ELIZABETH ELLIOTT

DER SCHURKE

Roman

Deutsche Erstausgabe

WILHELM HEYNE VERLAG
MÜNCHEN

HEYNE ROMANE FÜR ›SIE‹
Nr. 04/238

Titel der Originalausgabe
SCOUNDREL

Aus dem Amerikanischen von
Ingrid Laufenberg

Printed in Germany 1998
Umschlagillustration: Jean Monti/Agentur Schlück
Umschlaggestaltung: Atelier Ingrid Schütz, München
Satz: Pinkuin Satz- und Datentechnik, Berlin
Druck und Bindung: Elsnerdruck, Berlin

ISBN 3-453-13736-1

Ein gefährlicher Augenblick

Ihre Blicke trafen sich, und Lily trat zögernd einen Schritt zurück. »Wenn Sie vorhaben, eine weitere Rede darüber zu halten, in welch schwieriger Situation wir uns befinden und wie wir uns verhalten müssen, dann können Sie sich Ihren Atem sparen. Unsere Werbung ist nicht mehr als ein vorübergehendes Arrangement. Ich weiß, daß es in unser beider Interesse liegt, im Höchstfall herzlich zu erscheinen. Auf diese Weise wird es niemanden verwundern, wenn die Zeit gekommen ist, daß wir getrennte Wege gehen. Wir können einfach sagen, daß wir nicht zusammenpaßten.« Sie sah an ihm vorbei auf den Weg und räusperte sich nervös. »Wenn es Ihnen nichts ausmacht, würde ich wirklich gerne gehen. Es war ein schwerer Tag, und ich bin sehr müde.«

»Ich bin überhaupt nicht müde.« Remmington kam einen Schritt näher, und der Saum ihres Kleides streifte seine Beine. Sie versuchte zurückzuweichen, aber er packte ihre Ellbogen und hielt sie fest.

»Was tun Sie, Remmington?«

Er sah einen Moment auf sie hinab und murmelte dann seine Antwort, während er den Kopf senkte: »Ich gebe mich herzlich.«

Sie öffnete den Mund, um erschreckt aufzuschreien, aber er war schneller. Er unterdrückte das Geräusch, indem seine Lippen ihren Mund mit einem harten, besitzergreifenden Kuß bedeckten …

Herzlichen Glückwunsch zum Geburtstag, Mom!

Eins

London, 1813

»Schamlos, das ist sie.«

Lily Walters versuchte, die geflüsterte Beleidigung zu ignorieren. Sie konzentrierte ihre Aufmerksamkeit auf einen imaginären Punkt auf der anderen Seite des Ballsaals von Lord und Lady Ashland, und ihre Schritte waren gemessen, als sie den Saal durchquerte. Mehr als fünfhundert Menschen umfaßte die enorme Versammlung. Die Musik der besten Musiker Londons wurde von dem allgegenwärtigen Gelächter und den Unterhaltungen gedämpft. Ein üppiges Büfett stand zu ihrer Linken, während die Tanzfläche die gegenüberliegende Seite des Ballsaals beherrschte. Lily sagte sich, daß sie mit klatschenden jungen Frauen, wie es die vier neben dem Büfett taten, hatte rechnen müssen. Das Gift, das sie hinter ihren juwelenbesetzten Fächern flüsterten, konnte ihr nichts anhaben.

Eine junge Frau namens Margaret Granger sorgte dafür, daß ihre Stimme das Flüstern übertönte. »Der arme Osgoode ist kaum drei Monate in seinem Grab, Friede seiner Seele, und schon ist sie zurück in der Gesellschaft, als hätte es ihn nie gegeben. Haben Sie jemals in Ihrem Leben etwas so Unschickliches gesehen?«

Lily spürte, wie sie errötete. Sie wünschte, Margaret und ihre Freundinnen hätten den Anstand, hinter ihrem Rücken zu flüstern wie alle anderen. Obwohl der Saal summte vor Musik und Unterhaltungen, waren ihre Stimmen einfach nicht zu ignorieren.

»Der gute, törichte Osgoode«, fuhr Margaret fort. »Er hat sein Leben in diesem Duell gelassen, und sie hat nicht einmal den Anstand, den Mann zu betrauern.«

»Ein Duell?« fragte eine ihrer Freundinnen. »Ich dachte, Osgoode wäre Opfer von Straßenräubern geworden.«

»Bei Morgengrauen im Regent's Park?« fragte Margaret. »Ich glaube, die Fakten sprechen für sich selbst. Ich habe meinen Verlobten wegen der Sache befragt, und er denkt, es ist offensichtlich, daß Lord Osgoode in einem Duell gestorben ist.«

»Deinen Verlobten? Margaret, willst du damit etwa sagen, daß du verlobt bist?«

Die anderen Mädchen flüsterten aufgeregt, aber Margaret tat die Bitten ihrer Freundinnen, ihnen mehr zu erzählen, mit einer Handbewegung ab. »Nein, ich fürchte, ich kann nicht mehr sagen. Remmington hat mich gebeten, unsere Gespräche über die Verlobung vertraulich zu behandeln.«

Lily wäre beinahe gestolpert. Sie fand ihre Fassung wieder und warf aus den Augenwinkeln einen Blick auf das Büfett. Nur Margaret beobachtete sie. Die Blonde lächelte und warf ihre Locken über eine Schulter. Dann flüsterte sie dem Mädchen, das neben ihr stand, etwas zu. Lily beruhigte sich wieder, nachdem sie tief eingeatmet hatte, und ging weiter mit der Erkenntnis, daß Margarets Gift sie sehr wohl verletzen konnte.

Schließlich vermischte sich Margarets Unterhaltung mit dem Stimmengewirr, das mit dem Orchester wetteiferte, aber Lily spürte die Wirkung immer noch. Ein seltsamer Schmerz legte sich um ihre Brust, und ihr Hals schien so zugeschnürt, daß sie kaum atmen konnte. Der kühle Wind, der die Palmwedel an der Wand zusammen mit den Verandatüren bewegte, flaute im Ballsaal ab. Die schwüle, feuchte Luft hielt den Duft nach schalem Parfum fest und den Geruch nach zu vielen Menschen. Lily öffnete ihren Fächer, aber die erzwungene Brise brachte nicht die geringste Erfrischung.

Ein Farbfleck erregte ihre Aufmerksamkeit, und sie wandte sich zu einem Paar Palmen, die eine Verandatür flankierten. In einem Meer von pastellfarbenen Ballkleidern konnte nur Sophie Stanhope einen so auffallenden Fuchsiaton tragen. Sie erhaschte durch die Palmwedel einen weiteren Blick auf die gewagte Farbe und beschleunigte ihren Schritt.

»Lady Lillian!«

Lily stöhnte, setzte aber ein Lächeln auf und drehte sich um, während Lord Allen auf sie zustolzierte. Er hatte neben einer der breiten griechischen Säulen gestanden, die die Dekke stützten, und jetzt rannte er beinahe, um sie zu erreichen.

»Ich schwöre, daß Sie die letzte Person sind, die ich heute abend hier erwartet hätte, Lady Lillian.«

Dasselbe konnte Lily von George Allen nicht sagen. Egal, wo sie auch hinging, ihre Wege schienen sich immer zu kreuzen. Er war ein ganz netter junger Mann, aber manchmal ungeheuer lästig. Sie sagte sich, daß es nichts ausmachen sollte, daß seine hervorstehenden grünen Augen immer zu gierig schienen oder daß seine Haare immer schmutzig aussahen, auch wenn sie sauber waren. Da sie selbst unter dem Urteil von anderen gelitten hatte, weigerte sich Lily, einen Menschen nur nach dem Äußeren zu beurteilen. Aber trotzdem taten ihr bei der heutigen Kombination aus einem pfauenblauen Anzug und der dunkelroten Weste die Augen weh. Obwohl seine Kleidung teuer zu sein schien, schaffte er es immer, daß etwas fehlte oder unordentlich aussah. Heute fehlte ihm der unterste Knopf an seiner Weste, und dessen Abwesenheit lenkte ihren Blick auf das schneeweiße Hemd, das durch den Spalt hervorlugte. Ein weiterer modischer Fehler von George.

»Sie müssen mir den ersten Tanz versprechen«, verkündete er. Sein Blick glitt über ihr meergrünes Ballkleid und blieb auf dem juwelenbesetzten Oberteil haften.

»Wie reizend von Ihnen, mich darum zu bitten, Lord Allen. Ich fürchte, ich habe meinen ersten Tanz Lord Artonswell versprochen. Oder war es Lord Williams?« Sie öffnete ihren Fächer, klopfte mit der vergoldeten Kante gegen ihre Unterlippe und ihr Gesichtsausdruck war großäugig und unschuldig. »Ich habe meine Tanzkarte verlegt und kann mich nicht an die Reihenfolge erinnern.«

»Dann müssen Sie mir Ihren nächsten freien Tanz versprechen.«

»Ich glaube, das wäre der Tanz direkt nach dem ersten Walzer.« Lily lächelte ihn liebreizend an, sehr wohl wissend, daß dem ersten Walzer die erste Elefantenparade folgen würde. Jedermann wußte, daß die spießigen Ashlands dem Orchester niemals gestatten würden, Walzer zu spielen.

Lord Allen runzelte die Stirn. »Sie *müssen* mir erlauben, Sie durch die Gärten zu führen. Sie sind wirklich sensationell, und ich bin sicher, daß Sie sich das nicht entgehen lassen wollen.«

»Welch reizende Idee.« Lily versuchte, zur selben Zeit nachdenklich und aufgeregt auszusehen. Ihr Lächeln verzog sich zu einem Schmollmund, und ihre Finger drehten eine der kastanienbraunen Locken, die auf ihre Schultern fielen. Sie war nicht zu diesem Ball gekommen, um mit Leuten wie Lord Allen zu flirten oder zu tanzen. Je schneller sie diese Farce beendete, desto besser. »Papa hat mir verboten, ohne seine Begleitung hinauszugehen. Wollen wir sehen, ob er Zeit hat? Er ist jetzt im Kartenzimmer mit Lord Howland und seinen Freunden, aber vielleicht würden auch sie gerne an die frische Luft gehen.«

»Oh, ich glaube, es wäre nicht gut, Ihren Vater und seine Freunde zu stören«, sagte er schnell. »Der Graf würde sicher nicht …«

»Ja, Sie haben recht. Papa würde es mißbilligen, wenn ich ihm nicht gehorchte.« Sie berührte mit ihrem Fächer seinen Arm und lächelte ihn bewundernd an. »Wie reizend korrekt Sie sind, Lord Allen. Ich schwöre, es ist außerordentlich erfrischend. Ich freue mich darauf, mit einem so anregenden Gentleman zu tanzen.«

»Danke.« Er lächelte sie breit an und richtete seine Weste mit einem scharfen Ruck. Durch die Öffnung war noch mehr von seinem Hemd zu sehen.

»Ich sehe Sie dann nach dem Walzer, Lord Allen.« Sie winkte ihm heiter zu, drehte sich um und ging fort, bevor ihm noch etwas einfiel, daß sie tun *mußten*.

Als sie endlich die Palmen erreichte, blieb sie stehen und war erstaunt, nicht nur Sophie, sondern auch Sophies Tante Clara und Lord Poundstone dort zu finden. In ihrem Erscheinungsbild ähnelten sich Lady Bainbridge und ihre Nichte sehr. Sie hatten die gleichen gewellten braunen Haare und die gleichen grünen Augen, aber ihr Geschmack in puncto Kleidung ging vollkommen auseinander. Lady Bainbridges hellblaues Kleid ließ Sophies buntes Kleid im Vergleich noch greller aussehen. Neben Lady Bainbridge stand Lord Poundstone, ein korpulenter Herr mittleren Alters, der Sophies Interesse an ägyptischen Artefakten teilte. Zu jeder anderen Zeit hätte Lily nichts gegen seine Gesellschaft gehabt. Seine Anwesenheit heute abend war jedoch ein weiteres Zeichen dafür, daß nichts einfach sein würde. Sie erinnerte sich daran zu lächeln und begrüßte die Gruppe fröhlich: »Guten Abend.«

»Lady Lillian!« Poundstone breitete die Arme aus. Sein rötliches Gesicht wurde noch roter, als er sich über ihre Hand beugte. »Wie reizend, Sie wieder einmal zu sehen. Wir haben Sie bei den Treffen der Antiquities Society vermißt.«

Aus der ungelenken Verbeugung und dem seltsamen Quietschen schloß Lily, daß Lord Poundstone versuchte, seinen immer stärker werdenden Umfang mit einem Korsett zu verringern. Sein gequälter Gesichtsausdruck ließ sie sich fragen, wie er es schaffte, überhaupt Farbe in sein Gesicht zu bekommen.

»Ich verspreche, daß ich keines mehr versäumen werde«, sagte Lily mit einem Knicks. »Eine so erlesene Gesellschaft habe ich in den vergangenen Monaten vermißt, Sir. Die Gespräche sind immer so anspruchsvoll und wichtig. Nach jeder Sitzung fühle ich mich besser.« Sie machte eine Pause, um wehmütig zu seufzen, weil sie das für einen netten Gedanken hielt. »Unglücklicherweise kann ich die Theorien über Hippogrüffen nicht so schnell begreifen wie unsere Miß Stanhope. Auch kann ich mir diese schwierigen Namen von ägyptischen Königen und Dynastien nur so schwer merken. Aber ich muß sagen, Lord Alfred serviert bei jedem Treffen einen ausgezeichneten Tee. Die Umgebung und die Bewirtung sind höchst beeindruckend.«

Poundstone korrigierte sie überlegen: »Es heißt Hieroglyphen, Lady Lillian.«

»Ach ja«, murmelte Lily. »Sie haben natürlich recht. Ich muß daran denken, das Wort ein paarmal aufzuschreiben. Das hilft mir oft dabei, so schwierige Wörter wie Hürogliefen zu behalten.«

»Ist das ein neuer Fächer, Lily?« fragte Lady Bainbridge und unterbrach Lord Poundstones Versuch, Lily ein zweites Mal zu korrigieren. »Wie einzigartig. Ich muß mir diese Arbeit einmal näher ansehen.«

Lily gab Lady Bainbridge ihren Fächer. »Ich platze beinahe, weil ich meinen besten Freunden von Madame Justines neuester Seidenlieferung erzählen möchte. Ich hoffe, Sie werden diese Unterhaltung nicht weitergeben, Mylord, denn sonst werden alle Damen morgen früh als erstes zu Madames Geschäft gehen, wenn sie ein Wort von dieser Novität erfahren, und dadurch wird unsere Auswahl stark beschränkt.« Sie hob eine Hand, um ihre Worte zu schützen, während ihr Tonfall die Wichtigkeit ihres Geheimnisses vermittelte. »Die Ladung kommt aus Frankreich, Mylord. Können Sie sich das vorstellen? Sophie und ich werden bald geschmuggelte Ware tragen! Allein der Gedanke daran macht mich ganz benommen.«

»Wirklich«, antwortete Poundstone. Er verrenkte sich den Hals und hob seine Hand, um jemanden auf der anderen Seite des Saals zu begrüßen. »Ich würde gerne an diesem Gespräch teilnehmen, Lady Lillian, aber ich fürchte, ich habe bereits eine Verabredung im Kartenzimmer mit Lord Greyvall. Er wird furchtbar enttäuscht sein, wenn ich nicht bald auftauche.«

Poundstone äußerte ein paar höfliche Entschuldigungen und zog sich dann schnell zurück, damit die Damen unter sich über die geschmuggelten Waren sprechen konnten. Alle drei Frauen seufzten erleichtert auf.

»Gott sei Dank ist er weg«, sagte Sophie.

Lady Bainbridge sprach mit Lily, aber ihre wachsamen Augen gingen durch den Raum, um sicherzugehen, daß niemand sie beobachtete. Ihre Hände bewegten sich unauffällig über den ihr von Lily wie zufällig hingehaltenen Fächer. »Ich weiß, daß Sie heute abend nur Sophie erwartet haben, aber mein Mann ist sehr besorgt wegen der letzten Nachricht, die Sie übersetzt haben.«

»Dessen bin ich mir sicher«, sagte Lily. Sie kannte den Grund für Sir Bainbridges Ungeduld. Die Nachricht, die in ihrem Fächer versteckt war, enthielt Neuigkeiten über die letzten Truppenbewegungen Napoleons auf dem Kontinent. Aber nicht einmal Sir Malcolm Bainbridge, Direktor der Spezialeinsätze des Kriegsministeriums, konnte die ursprüngliche Nachricht lesen, bevor Lily sie übersetzt hatte.

Lady Bainbridge verstaute den Zettel in ihrem Handschuh und drückte Lily dann ihren Fächer wieder zu. »Ich lasse euch junge Mädchen jetzt alleine. Grüßen Sie Ihren Vater, Lily.«

Nach dem Weggang ihrer Tante wurde Sophies Gesichtsausdruck geheimnisvoll, und sie wandte sich wieder an Lily. »Du errätst niemals, wer heute abend hier ist!«

»Wer?« fragte Lily. Sie stellte sich näher an die Palmen. Hoffentlich würde niemand sie dort entdecken. Sie wollte nicht bei einer endlosen Zahl von Tänzen oder den bedeutungslosen gesellschaftlichen Vergnügen enden, die bei solchen Anlässen stattfanden. In einer Stunde würde sie gehen, aber wenigstens konnte sie in der Zwischenzeit Sophie Gesellschaft leisten.

»Er ist sehr groß, sündhaft geheimnisvoll und auch gefährlich, sagen manche. Meine beste Freundin hält ihn zufälligerweise für den bestaussehendsten Mann Englands.« Sophie legte einen Finger an ihr Kinn und sah grübelnd zur Decke. »Wer könnte das nur sein?« Sie sah Lily herausfordernd an, und ihr Lächeln schwand. »Was ist denn los? Du bist ja ganz blaß.«

»Nichts«, log Lily. »Ich fühle mich heute abend einfach nicht wohl.«

Sophie antwortete nicht. Sie sah Lily nur weiterhin abwartend an.

»Oh, schon gut. Ich habe gehört, wie Margaret Granger sagte, daß sie mit dem Herzog von Remmington verlobt ist.«

Margarets Ankündigung zu wiederholen, war beinahe ebenso vernichtend, wie sie zum erstenmal zu hören. Lily hatte immer die unmögliche Hoffnung gehegt, daß Remmington sie eines Tages bemerken würde, daß er wenigstens darum bitten würde, vorgestellt zu werden. Aber es war ja auch gut, daß er es nicht getan hatte, sagte sie sich. Sie mußte an ihre Arbeit denken. Höchst geheime Arbeit. Ein Mann wie Remmington würde nicht in ihr Leben passen.

»Remmington und Margaret Granger«, überlegte Sophie. »Das wird Gerede geben. Alle dachten, er würde nicht wieder heiraten.«

»Guck nicht so melancholisch«, rügte Lily. »Der Tag, an dem ich meine Vernarrtheit in Remmington zugegeben habe, war derselbe Tag, an dem wir beschlossen, herauszufinden, wie Brandy schmeckt. Ich habe nicht einmal die Hälfte von dem gemeint, was ich damals gesagt habe. Außerdem: Welcher Herzog würde eine Frau heiraten, die Alkohol trinkt und ihrer Freundin dann gesteht, daß sie ihn anziehend findet? Margaret Granger würde niemals beschwipst sein und schon gar nicht solch alberne Geständnisse machen. Die perfekt korrekte Lady Margaret wird eine ausgezeichnete Herzogin für ihn abgeben.«

»Sie wird ihm vermutlich eine bessere Frau sein als seine erste«, stimmte Sophie zu. »Seine erste Herzogin war berüchtigt für ihre heimlichen Liebhaber, obwohl es kaum ein Geheimnis war. Man sagt, daß sie bei der Geburt eines Kindes starb, das kaum von ihrem Mann stammen konnte, da er zu viele Monate vor dem Ereignis auf den Westindischen Inseln weilte. Er war zufällig da, als sie starb. Es gibt einige geschmacklose Gerüchte, wie sie genau gestorben ist.«

»Remmington hatte überhaupt nichts mit dem Tod seiner Frau zu tun«, schnaubte Lily. »Allem Anschein nach hat er ihre Untreue ignoriert. Er ist nicht der Mann, dessen Leidenschaft durch Eifersucht oder Rache angefacht wird, nicht so wie du es andeuten willst. Aber was uns das angeht, weiß ich sowieso nicht.«

»Ich wußte gar nicht, daß du ihn so gut kennst.«

»Du weißt genau, daß das nicht der Fall ist.«

»Ich weiß, daß du den Mann magst«, beharrte Sophie.

»Ihn mag?« Lily schnalzte verärgert mit der Zunge. »Wir haben uns eigentlich nie getroffen. Wie könnte ich ihn mögen, wenn ich ihn nicht einmal kenne? Die meisten halten ihn für kalt und arrogant, und es ist kein Geheimnis, daß er ein schockierender Wüstling ist. Letztes Jahr hat er seine Affäre mit Lady Penton so offen in Szene gesetzt, daß Lord Penton seine Frau schließlich auf eine ausgedehnte Reise zu den Westindischen Inseln mitgenommen hat. Und dann waren da noch Lady Saint James, Lady Farnsworth und viele andere mehr, da bin ich sicher.«

»Lieber Himmel!«

»Schockierend, nicht wahr? Wie könnte ich ihn attraktiv finden? Wirklich, ich habe diese dumme Vernarrtheit überwunden. Tatsächlich ...«

»Ja, natürlich!« Sophie lächelte strahlend, und ihr Blick richtete sich über Lilys linke Schulter. »Wir werden morgen früh als erstes Madame Justines Geschäft einen Besuch abstatten. Diese Seide fühlt sich wirklich himmlisch an.«

Lily brauchte nur einen Moment, um zu begreifen, daß jemand hinter ihr stand. Auch ohne Sophies bizarres Verhalten wußte sie, daß sie beobachtet wurden. Hinter ihr erklang eine tiefe Stimme, die ihr den Atem nahm.

»Guten Abend, Ladys.«

»Guten Abend, Euer Gnaden«, murmelte Sophie.

Sophies Antwort und ihr Knicks waren angemessen respektvoll. Lily drehte sich um und starrte schweigend hoch, bis Sophies Ellbogen sie zu einem unbeholfenen Knicks zwang.

Eine dunkle Augenbraue hob sich, als der Herzog von Remmington zusah, wie sie vor ihm knickste. Ansonsten blieben seine Gesichtszüge ausdruckslos. Lily hoffte, daß sie ebenso höflich gelangweilt aussah. Es war eine unwahrscheinliche Hoffnung. Sie war viel zu durcheinander durch seinen plötzlichen Auftritt.

Sie hatte den dunklen, gutaussehenden Herzog bei Bällen und Partys in den letzten paar Jahren einige Male gesehen, aber wann immer er zufällig in ihre Richtung blickte, hatte er schnell an ihr vorbeigesehen. Ein schweigendes Ignorieren einer Frau, die sein Interesse nicht erregen konnte. Und doch hatte sie immer gehofft. Gehofft, daß er eines Tages nicht durch sie hindurchsehen würde. Gehofft, daß seine unermeßlich tiefen grauen Augen nur einen Moment auf ihr ruhen würden. Vielleicht würde er dann einen Funken derselben Anziehung spüren, die sie stundenlang bei den langweiligsten Bällen ausharren ließ, nur um einen Blick auf ihn zu erhaschen. Es schien eine seltsame Manifestation ihrer Sehnsüchte und Fantasien, daß er jetzt vor ihr stand.

Wie oft hatte sie davon geträumt, ihn kennenzulernen? Wie oft hatte sie die klugen Dinge geprobt, die sie sagen würde, um ihn zu beeindrucken? Sie konnte sich an kein einziges Wort erinnern, was sie sagen wollte, schon gar nicht an ein kluges.

Als Lily zu ihm aufsah, erkannte sie, daß er größer war als sie gedacht hatte. Ihr Kopf reichte nur bis zur Mitte seiner Brust, und sie mußte den Kopf in den Nacken legen, um die starke Linie seines Kiefers zu betrachten. Eine Andeutung von dunklen Stoppeln überschattete sein Gesicht, das dadurch gleichzeitig gefährlich und maskulin wirkte. Ihr Blick blieb an seinem Mund hängen. Die vollen, perfekt geformten Lippen konnten gleichzeitig hart und weich wirken. Verstört von dem Gedanken, wie es wohl wäre, diese Lippen zu berühren, zwang sie ihren Blick höher. Seine Augen waren nicht direkt grau. Sie hatten einen silbernen Blauton, die Farbe von seltenem Damaszenerstahl. Faszinierend.

»Ich frage mich, ob Sie mich wohl vorstellen könnten, Miß Stanhope?«

Lilys Blick ging von Remmington zu Sophie. »Sie *kennen* sich?«

Sophie zog ihre Augenbrauen auf eine Art zusammen, die Bände sprach. Lily wußte, daß ihre herausgeplatzte Frage unangemessen klang, aber im Moment war ihr das egal.

»Wir haben uns vor ein paar Wochen bei Lady Barton getroffen«, antwortete Sophie. Sie wandte sich wieder an Remmington. »Es ist mir eine Ehre, Euer Gnaden. Dies ist meine Freundin, Lady Lillian Walters, die Tochter des Grafen von Crofford. Lily, der Herzog von Remmington.«

»Euer Gnaden«, murmelte Lily. Sie dachte daran, ihre Hand auszustrecken, aber die Geste wirkte übereilt und unbeholfen.

Remmington hob ihre Finger mit einer geschickten Bewegung und beugte sich über ihre Hand. Auch wenn sie seinen

Kuß auf ihrem Handrücken erwartet hatte, erschreckte sie der Druck seiner Lippen auf ihren Spitzenhandschuhen. Bildete sie sich nur ein, daß er den Kuß hinauszögerte?

Sie starrte die Stelle an, wo seine Lippen sie berührt hatten, und beobachtete, wie er ihre Hand losließ und erstaunt zusah, wie ihre Hand in der Luft ausgestreckt blieb. Es kostete sie bewußte Anstrengung, das abtrünnige Gliedmaß an ihre Seite zu zwingen.

»Die Freude ist auf meiner Seite, Lady Lillian. Ich war nicht sicher, ob die Damen meine Unterbrechung schätzen würden. Sie beide schienen so vertieft in Ihre Unterhaltung.« Er zog wieder eine Augenbraue hoch, als hätte er eine Frage gestellt. Vielleicht war es auch eine süffisante Geste, die besagte, daß er wußte, daß sie nichts gegen die Unterbrechung durch ihn einzuwenden hatten.

Lily lächelte schwach und überlegte, ob er wußte, wie sehr sie seinen Entschluß, sie zu unterbrechen, schätzte. Sie fand seine tiefe, rauhe Stimme ebenso faszinierend wie sein Gesicht. Der Klang hypnotisierte sie, während sie weiterhin seine Gesichtszüge betrachtete. Seine Größe und seine dunklen Farben brachen alle Regeln dessen, was die Gesellschaft für modisch hielt, aber er hatte eine natürliche männliche Anmut, die nichts mit Mode oder Manieren zu tun hatte. Sie vermutete, daß er sich in einer Schenke ebenso wohlfühlen konnte wie in einem Ballsaal. Er betrachtete sie in einer Kombination aus Weltläufigkeit und Intelligenz, die ihr den Atem nahm. Er sah sie an, als wüßte er alles über sie – Hoffnungen, Träume, Geheimnisse. Sie fragte sich, ob vor seinem durchdringenden Blick irgend etwas sicher war.

»Sie stören uns nicht im geringsten.« Das kam wenigstens von Sophie nach einem peinlich langen Schweigen. Sie stieß Lily wieder den Ellbogen in die Seite, aber Lily blieb hilflos still.

Warum konnte sie nicht den Mund aufmachen und irgendwas sagen?

»Ich habe Sie hinter all dem Grünzeug fast gar nicht bemerkt«, sagte er. Eine Hand deutete auf die Palmen. Lily folgte der Geste und war für den Augenblick von der ungekünstelten Leichtigkeit seiner Bewegungen abgelenkt. »Aber ich war sicher, daß Sie, Miß Stanhope, die einzige Frau sein konnten, die einen so bemerkenswerten Farbton trägt. Diese Farbe ist recht ... überwältigend.«

Sophie sah auf ihr Kleid und sagte zögernd: »Danke, Euer Gnaden.«

Lily überlegte, ob er ihrer Freundin ein Kompliment gemacht oder sie beleidigt hatte. Sie vermutete, daß es seine Absicht war, sie im Unklaren zu lassen. Der Schimmer einer zynischen Seite in seiner Persönlichkeit war verstörend, aber nicht überraschend. Dies war der Herzog von Remmington. Er konnte tun oder sagen, was er wollte, und tat beides gerne und häufig.

»Genießen die Damen Ashlands kleine Veranstaltung?« Er neigte seinen Kopf zur Tanzfläche. »Es scheint, daß die ganze Welt gekommen ist.«

»Bei den Ashlands ist es immer ein bißchen eng«, antwortete Sophie. »Bisher war es sehr nett. Lord Poundstone und ich hatten eine angeregte Diskussion über die Artefakte, die letzte Woche aus Kairo gekommen sind. Interessieren Sie sich für ägyptische Antiquitäten, Euer Gnaden?«

»Ich weiß nur wenig darüber, Miß Stanhope.« Remmington blickte kurz zu Sophie, dann wieder zu Lily. »Wie steht es mit Ihnen, Lady Lillian?«

Lily schwieg hoffnungslos. Worüber hatten er und Sophie gesprochen? Über Ägypten? Sie starrte so konzentriert in seine Augen, daß sie vergaß, der Unterhaltung zu folgen. Es schien mindestens eine Stunde Schweigen zu herrschen, bevor er seine Frage erklärte.

»Teilen Sie Miß Stanhopes Interesse für ägyptische Antiquitäten, Lady Lillian?«

»Nein.«

»Lily und ich waren gerade auf dem Weg, uns ein Glas Punsch zu holen«, sagte Sophie, um die Kontrolle über die Unterhaltung zu übernehmen. Lily segnete sie im stillen dafür. »Würden Sie gerne mitkommen?«

»Ich würde lieber mit einer von Ihnen tanzen.« Er verbeugte sich noch einmal, während sein Blick Lily gefangenhielt. »Würden Sie mir die Ehre erweisen, Lady Lillian?«

Lily konnte sich nicht erinnern, ob sie die Frage beantwortet hatte, aber er streckte seinen Arm aus, um sie zur Tanzfläche zu begleiten. Der Zauber, den er um sie spann, schien seine Wirkung in dem Moment zu verlieren, als sie vorwärts ging, vermutlich weil sie sich auf ihre Füße konzentrieren mußte, damit sie nicht darüber stolperte. Ihr kam der Gedanke, daß Miles Garrett Montague, der zwölfte Herzog von Remmington und Inhaber von vielen anderen Titeln, der letzte Mann war, mit dem sie an diesem Abend tanzen sollte. Er war ganz offensichtlich mit Margaret Granger verlobt. Sie hatte kein Recht, so schwindelig zu sein wegen der Aufmerksamkeit des Verlobten einer anderen Frau. Und sie hatte keine Veranlassung, sich auch nur im geringsten für einen Mann zu interessieren, der so klug war wie Remmington.

Das änderte nichts an der Tatsache, daß sie das Gefühl hatte, auf Wolken zu schweben, als er sie auf die Tanzfläche führte. Was konnte schlimm sein an einem Tanz? Was konnte schlimm daran sein, ein paar Augenblicke lang vorzugeben, daß sie ein Paar waren? Niemand würde jemals wissen, wie sehr sie sich selbst an die kleinsten Details ihrer ersten Begegnung mit Remmington erinnerte, wie sie nicht aufhören konnte, ihn anzustarren. Sie studierte das Muster einer kleinen Narbe auf seinem Kinn. Dann schloß sie die Augen für einen Moment, um den leichten Duft nach Tabak, Brandy und anderem undefinierbarem männlichen Geruch zu genießen, der ihre Sinne beherrschte.

Unter ihrer Hand und der weichen Seide seines Ärmels konnte sie seine beeindruckenden Muskeln spüren und fühlte sich im Vergleich klein und zierlich. Sie spürte die gleichen starken Muskeln an seinen Schultern, als sie ihre Hand dorthin legte, um den Tanz zu beginnen. Männliche Kraft und Virilität umgaben sie. Seine Nähe war ein faßbares Gefühl und so stark wie reifer Brandy. Den kannte sie ja schon. Die ersten Takte der Musik klangen durch den Saal, und Lilys Augen wurden groß vor Freude, als sie erkannte, daß das Orchester einen Walzer begann.

Da er einer der wenigen Männer war, der auf eine einen Meter fünfundsechzig große Frau hinablächeln konnte, brauchte sie eine Zeitlang, um sich zu fragen, weshalb er überhaupt lächelte. Und weshalb war da so ein triumphierendes Aufflackern in seinen Augen, als hätte er die ganze Zeit gewußt, daß sie diesen intimen Tanz miteinander tanzen würden? Sie wußte, daß die Ashlands den Walzer nicht mochten, aber sie würden dafür sorgen, daß das Orchester alles spielte, was ein Herzog hören wollte. Der vage Verdacht seines lang ersehnten Interesses kristallisierte sich zu einem kalten, harten Klumpen von Sicherheit. Wenn sie recht hatte, interessierte er sich nicht im geringsten für sie. Sie hatte die letzten paar Minuten wie eine Kuh einen Mann angestarrt, der vorhatte, sie zu melken. Sein umwerfendes Lächeln ließ die Schmetterlinge in ihrem Bauch zu Bleigewichten werden.

Sie beherrschte sich, damit ihre Gesichtszüge nichts von ihren Vermutungen und vor allem nichts von ihren närrischen Gefühlen verrieten. Sie richtete ihren Blick auf seine Schulter und gab vor, ihn nur für einen weiteren Dandy zu halten, der sie um einen Tanz gebeten hatte. Nicht mehr als eine flüchtige Bekanntschaft. Es war eine schwierige Aufgabe, die ihr auch nicht ganz gelang, aber wenigstens waren ihre Gedanken nicht mehr so zerstreut, und sie hatte ihre Gefühle ein bißchen besser unter Kontrolle.

»Sie scheinen über irgend etwas außerordentlich erfreut zu sein, Euer Gnaden.« Sie ließ die Worte fließen wie warme Butter und freute sich, einen mißtrauischen Zug in seinem Lächeln zu entdecken. Einen Moment lang wagte sie zu hoffen, daß er nicht bemerkt hatte, wie sie ihn angestarrt hatte, als sie sich kennenlernten, oder daß er sie einfach nur für dumm hielt. Wenn er damit gerechnet hatte, daß sie sich Hals über Kopf in ihn verlieben würde, dann mußte er jetzt feststellen, daß sein Plan nicht aufging. Sie senkte kokett ihre Wimpern, so wie sie es bei vielen Frauen gesehen hatte, wenn sie mit ihm flirteten. »Welcher Tatsache verdanke ich Ihr Lächeln?«

Er sah verwirrt aus über ihre Bemerkung, so als würde ihn allein die Tatsache beunruhigen, daß sie sich unterhielten.

Sein Lächeln schwand. »Welcher Gentleman wäre nicht erfreut, wenn er beim Walzer eine schöne Frau in den Armen hält?«

»Das stimmt.« Sie neigte ihren Kopf, um das Kompliment anzunehmen, und studierte dann gelassen sein Gesicht. Sie wußte eigentlich nicht, was sie suchte. Eine Spur von Mitleid? Oder vielleicht einen Funken Interesse in seinen außergewöhnlichen Augen? Was immer es war, sie fand es nicht. Seine wahre Meinung über sie behielt er für sich. Obwohl sein Kompliment aufrichtig klang, schien ihres zweideutig und unehrlich. »Und welche Lady müßte nicht erfreut sein, wenn sie Walzer mit einem gutaussehenden Gentleman tanzt?« Sie hob ihre Augenbrauen in perfekter Imitation eines Schulterzuckens und glitt weiter anmutig über die Tanzfläche. »Natürlich würde die Dame auch an die Verlobte des Herrn denken, die sich in diesem Moment sicher eine Anzahl von langsamen, schmerzlichen Qualen ausdenkt. Qualen für eine Frau, mit der nur aus einem einzigen Grund getanzt wird: um eine gewisse Lady Margaret eifersüchtig zu machen.«

Seine Mundwinkel wurden hart, und sie sah, wie er einem Bekannten zunickte, als sie an einem Paar auf der Tanzfläche vorbeikamen. Schließlich wandte er ihr seinen Blick wieder zu, und sein Mißfallen war offensichtlich. »Woher wußten Sie das?«

Ihr Lächeln verbarg, wie seine Worte sie trafen. Sie hätte so gerne unrecht gehabt. Er durfte einfach nicht so herzlos und gefühllos sein. Er mußte freundlich und höflich sein, der Inbegriff all dessen, was sie bei einem Mann bewundern würde.

Er war nicht einmal höflich genug, um zu lügen.

In Gedanken hatte sie ihn zu einem so perfekten Mann gemacht, daß es weh tat, ihn nur anzusehen. Drei Jahre lang hatte sie einen Mann bewundert, der nicht einmal drei Minuten Aufmerksamkeit wert war. Die Nachricht von seiner Verlobung mit Margaret Granger verblaßte im Vergleich zu dem Schmerz, der jetzt ihr Herz ergriff. Es war nicht Remmingtons Fehler, daß er nicht der Mann war, für den sie ihn hielt, aber dennoch fühlte sie sich betrogen.

»Sehen Sie den älteren Herrn neben der Bowle?« fragte sie mit einem Nicken zu Lord Porter. Sie wartete, bis Remmington den achtzigjährigen Herrn sehen konnte. »Abgesehen von meinem Vater sind Sie und Lord Porter die einzigen beiden Männer, die fähig zu sein scheinen, mir heute abend nur ins Gesicht zu sehen und nicht auf andere Teile meiner Person.«

Remmington war bestürzt über ihre Offenheit, aber in diesem Moment war es Lily egal, was er von ihr hielt. Sie wurde überrumpelt, als er lächelte und dann laut lachte. Der tiefe Ton erregte die Aufmerksamkeit anderer Paare auf der Tanzfläche.

»Oh, das war ein guter Einfall«, murmelte sie. »Jedermann wird glauben, daß wir gerade über ein intimes Geheimnis gesprochen haben. Ich glaube, Lady Margarets Fantasie hat sich gerade scharfen Gegenständen zugewandt.«

Er erwiderte ihr Lächeln mit einem warmen Ausdruck, der sein Gefallen spiegelte. Weshalb sollte er sich nicht freuen, daß sie so bereitwillig sein Spiel mitmachte? Lily biß die Zähne zusammen und spürte, wie ihr Lächeln bröckelte.

»Sie nehmen das mit sehr viel Haltung hin, Lady Lillian. Die meisten Frauen hätten mir sicher ins Gesicht geschlagen und eine Szene gemacht, wenn sie meine Absicht erraten hätten.«

Wenn sie nur die Nerven hätte, eine Szene zu machen! Sie hätte am liebsten laut geschrien. Statt dessen sprach sie leise und tat so, als mache es ihr nicht das geringste, daß er sie benutzte und demütigte. Sie würde ihm nicht die Befriedigung geben zu wissen, wie leicht sie in seine Falle getappt war. »Vielleicht finde ich es erfrischend, mit einem Mann zu tanzen, der mich nicht die ganze Zeit begafft.«

Die Herzlichkeit in seinem Blick wich langsam einer mißtrauischen Kälte. »Sie mögen es nicht, daß die Männer Sie attraktiv finden?«

Lily war gekränkt. Er fand sie nicht attraktiv. Er schätzte an ihrem Aussehen nur die Tatsache, daß es Margaret eifersüchtig machen würde. Er hatte keine Ahnung, was sich dahinter verbarg, und wenn er es wüßte, wäre es ihm wahrscheinlich egal. Es war schon beinahe komisch, wie sie beide sich gegenseitig falsch eingeschätzt hatten. Zumindest hatte sie seinen wahren Charakter erkannt, bevor sie sich vollkommen zum Narren gemacht hatte, obwohl sein Verhalten ihr zeigte, daß er das immer noch glaubte. Sie war versucht, ihm den Rüffel zu erteilen, den er sich verdient hatte, um ihm zu beweisen, wie falsch er sie eingeschätzt hatte.

»Mögen *Sie* es, Euer Gnaden?«

Er sah sie fragend an. »Verzeihung?«

Sie hielt den Atem an, als sie eine gewagte Drehung auf dem Parkett vollführten, und platzte dann mit ihrer Erklärung heraus, bevor sie ihre Meinung ändern konnte. »Ich habe gefragt, ob es Ihnen gefällt, daß Sie nach dem beurteilt werden, was Sie zu sein scheinen, und nicht nach dem, was Sie sind.«

Er sah sie schweigend an und wandte dann den Blick ab. Obwohl er sie immer noch eng hielt, konnte sie spüren, wie die Distanz zwischen ihnen wuchs. »Sie erweisen sich als offensichtlich zu verständnisvoll, Lady Lillian.«

Er sah aus, als wolle er noch mehr sagen, aber Lily gab ihm keine Chance zu näheren Ausführungen. Sie wollte keine weitere verletzende Bemerkung von ihm hören. Sie wollte sobald wie möglich von ihm fort, bevor sie etwas wirklich Unsinniges tat. Tränen wären die schlimmste Demütigung, und sie konnte bereits spüren, wie sie ihr in den Augen brannten. »Und Sie, Mylord, wissen sicher, daß Lady Margaret mich dafür verantwortlich macht, daß Lord Osgoode sich von ihr abgewandt hat. Wenn Sie irgendwelche Zweifel darüber hegen, lassen Sie mich Ihnen vergewissern, daß es ausgesprochen unangenehm ist, Ziel des Klatsches Ihrer Verlobten zu sein.«

»Lady Lillian, ich …«

»Ersparen Sie mir bitte Ihre Erklärungen.« Sie weigerte sich, ihn anzusehen, wünschte sich, sie würde niemals wieder dieses attraktive Gesicht sehen müssen. Statt dessen konzentrierte sie ihre Aufmerksamkeit auf einen winzig kleinen, losen Faden am Revers seines Jacketts. »Erklärungen sind vollkommen unnötig, Euer Gnaden. Welches Spiel Sie auch immer mit Ihrer Verlobten spielen wollen, ich möchte da nicht mitmachen.«

Die Musik verklang, und Remmington beendete schwungvoll ihren Tanz, ließ sie jedoch nicht los. Sie sah zu ihm auf und dann schnell weg. Das seltsame Funkeln in seinen Augen machte sie nervös. Es war, als könne er in das Innerste ihrer Seele blicken. Sie wollte das nicht. Sie wollte vor allen Dingen nicht sein Mitleid. »Euer Gnaden, der Tanz ist vorbei. Sie dürfen Ihren Plan zu diesem Zeitpunkt doch nicht dadurch ruinieren, daß Sie so unzufrieden mit mir aussehen.«

Auf der beinahe leeren Tanzfläche fielen sie außerdem auf. Lily konnte beinahe spüren, wie die Leute sie anstarrten, während hinter ihrem Rücken noch mehr geklatscht und geflüstert wurde. Warum tat er ihr das an? Was hatte sie getan, um das zu verdienen? Und sie hatte gedacht, daß sie quasi in ihn verliebt war. Diesen närrischen Gedanken mußte sie jetzt teuer genug bezahlen.

Remmington verbeugte sich geübt und zog dann ihre Hand unter seinen Arm, um sie von der Tanzfläche zu geleiten. Sein Schritt verlangsamte sich, als sie sich Sophie und den Türen zum Garten näherten. In diesem Moment bemerkte Lily die kleine Menge, die sich um Sophie versammelt hatte. Die Mitglieder waren unterschiedlichen Alters, aber alle männlich. Ihr Herz wurde schwer. Sie würde gezwungen sein, die Einladungen zum Tanz zu akzeptieren, wenn sie den Gerüchten, weshalb sie mit Remmington getanzt hatte, nicht noch mehr Nahrung geben wollte.

George Allen neigte seinen Kopf vor Remmington, als er auf das Paar zukam. Lily zuckte vor dem kaum verborgenen triumphierenden Unterton in seiner Stimme zurück. »Ich glaube, Lady Lillian hat mir den nächsten Tanz versprochen.«

»Lady Lillian fühlt sich nicht wohl«, sagte Remmington knapp. »Sie werden Ihren Tanz ein andermal einfordern müssen.«

Lord Allens Lächeln schwand.

»Sagen Sie, daß das nicht wahr ist«, verlangte er von Lily.

Er streckte die Hand nach ihrem Arm aus und sah gleichzeitig Remmington an. Was auch immer er sah, es veranlaßte ihn, zögernd einen Schritt zurückzutreten.

Lily nahm sich nicht die Zeit zu überlegen, weshalb Remmington ihr diese Entschuldigung vorgelegt hatte. Sie nutzte die Gelegenheit und legte eine schwache Hand an ihre Stirn. »Es stimmt. Ich fürchte, es sind die Kopfschmerzen.«

»Guten Abend, Allen.« Remmington entließ den jungen Lord mit einem kurzen Nicken, und er funkelte Lord Allen dabei so abweisend an, bis der sich verbeugte und zurückzog. Keiner der anderen Lebemänner wagte es, sich nach dieser kühlen Abfertigung noch zu nähern.

Sophie drängte sich durch die Menge zu ihnen. »Was heißt das, du fühlst dich nicht wohl?« Sie sah von Lilys gezwungenem Lächeln zu Remmingtons düsterem Gesichtsausdruck, und ihr Mund wurde zu einer schmalen Linie. »Frische Luft hilft mir immer bei Kopfschmerzen. Wenn Sie uns entschuldigen würden, Euer Gnaden, aber ich habe Lily versprochen, ihr die neuen Brunnen in den Gärten der Ashlands zu zeigen. Lord Poundstone hat mir versichert, daß sie höchst beeindruckend sind.«

»Natürlich«, antwortete er gestelzt. »Danke für diesen Tanz, Lady Lillian. Ich hoffe ...«

Seine Stimme verebbte. Lily überlegte, ob er vorhatte, sich für sein ungeheuerliches Verhalten zu entschuldigen, aber sie gab ihm keine Zeit, sich etwas weniger Beleidigendes auszudenken als seine Gründe, sie zu beleidigen.

»Guten Abend, Euer Gnaden.«

Lily drehte sich auf dem Absatz um und zog Sophie am Ellbogen mit sich, als sie schnell auf den Garten zugingen. Sie überquerten die riesige Terrasse, die sich über die gesamte Länge des Hauses erstreckte, und gingen dann die Stufen in den Garten hinunter, bevor Sophie sie zurückhielt.

»Bist du *wahnsinnig*?« fragte Sophie. »Du hast dem Herzog von Remmington quasi einen Schlag ins Gesicht versetzt. Dem Herzog von *Remmington*«, wiederholte sie, als könnte allein der Name Lily wieder zu Verstand bringen. »Er kann dich ruinieren!«

Sophie schlug sich die Hand vor den Mund und sah sich dann um. Sie zog Lily von den Stufen zu den Fliederbüschen in der Nähe der Terrasse, wo sie ihre Stimme zu einem Flüstern dämpfte. »Er kann dafür sorgen, daß du zu keiner wichtigen Veranstaltung mehr eingeladen wirst. Was hast du dir nur dabei gedacht?«

»Daß es ein ausgezeichneter Zeitpunkt für einen Spaziergang im Garten wäre.« Lily entzog ihren Arm Sophies Umklammerung. »Reg dich nicht so auf, Sophie. Ich glaube nicht, daß es so schlimm war.«

»Nicht so schlimm? Du hast ihn vor vierhundert Menschen beleidigt.«

»Vermutlich ja.«

»Vor einem Monat hast du erklärt, daß du in ihn verliebt bist!« Sophie schüttelte den Kopf. »Was ist geschehen?«

Lily spürte, wie sie errötete. »Der einzige Grund, weshalb er mit mir getanzt hat, war, Margaret Granger eifersüchtig zu machen.«

»Dieser Lump«, flüsterte Sophie. »Bist du sicher?«

»Er hat es zugegeben. Kannst du diese Frechheit glauben?« Lily schüttelte stumm vor Widerwillen den Kopf. »Ich habe Jahre damit verschwendet, mich nach einem Mann zu verzehren, der grob, arrogant und über alle Maßen unsensibel ist.«

»Du hattest recht, ihn so abzufertigen. Der Mann hat noch Schlimmeres verdient.«

Lily seufzte und stellte fest, daß sie wirklich Kopfschmerzen hatte. Sie rieb sich ihre Schläfen. »Unglücklicherweise bezweifle ich, daß jemand ihm den Rüffel erteilen wird, den er verdient.«

»Man soll die Hoffnung nicht aufgeben.« Sophie hakte sich bei Lily unter und lächelte strahlend. »Es gibt keinen Grund, sich von ihm unseren Abend verderben zu lassen. Warum spazieren wir nicht durch den Garten? Ich habe nicht gelogen über die Brunnen. Sie sind wirklich wunderschön. Wollen wir hingehen?«

Es war ein offensichtlicher Versuch, das Thema zu wechseln, aber Lily war es egal. Sie hatte für eine Nacht genug von dem Herzog von Remmington. Sie wandte sich dem Garten zu, aber der Klang einer weiblichen Stimme von der Terrasse über ihnen ließ beide Frauen erstarren.

»*Da* sind Sie.«

Lily sah Sophie entsetzt an und trat dann einen Schritt näher an die Büsche, um durch die Zweige hinaufzusehen. Von ihrem günstigen Punkt aus konnte sie sehen, daß direkt über ihnen ein Mann mit dem Rücken zum Terrassengeländer stand.

Remmington.

Wie lange stand er schon da? Bevor Lily sich eine Antwort überlegen konnte, erschien Margaret Granger auf der Terrasse, dicht gefolgt von Lord Allen. Sie konnte sie im Mondlicht ganz deutlich sehen. Margaret sah wütend aus, Lord Allen unbehaglich. Er zupfte ständig an seiner Krawatte und vermied es, Remmington anzusehen.

»Lady Margaret fühlte sich nicht ganz auf der Höhe. Sie sagte, sie bräuchte etwas frische Luft.« Nach dieser Erklärung senkte Lord Allen seinen Blick und schwieg.

»Ich war sicher, Sie hier zu finden«, schnurrte Margaret. »Ich schwöre, daß alle gesehen haben, wie Sie erst vor ein paar Augenblicken gleich nach Lady Lillian und Miß Stanhope den Ball verlassen haben.« Margaret sah sich auf der Terrasse um und dann Richtung Garten. Ihr Gesichtsausdruck blieb unschuldig. »Ich hoffe, wir stören nicht.«

Remmington lehnte sich gegen das Steingeländer und zog einen Stumpen aus seiner Brusttasche. Ganz gemächlich zündete er ihn an, dann legte er den Kopf zurück und blies Rauch in die Luft, der im Mondschein blau wurde, bevor er verschwand. »Sieht es so aus, als würden Sie stören, Margaret?«

»Man weiß ja nie«, sagte Margaret. »Besonders, wenn es um eine Frau geht, deren Ruf zweifelhaft ist.«

»Ich glaube, ich verstehe nicht ganz. Könnten Sie mir das bitte erklären?« Seine Worte waren ruhig gesprochen, aber auch gefährlich. Margaret schien das nicht zu bemerken.

»Sie sind sich dessen vielleicht nicht bewußt, Euer Gnaden, aber die Dame trägt noch Trauer. Sie sollte heute abend nicht hier sein und sich schon gar nicht bei einem frivolen Tanz vergnügen.«

»Da in Ihrer Familie kürzlich niemand gestorben ist, sprechen wir wohl von Miß Stanhope oder Lady Lillian Walters?«

»Natürlich nicht von mir.« Margarets Gesicht verzog sich zornig. »Mein Ruf ist tadellos, wie Sie wissen. Es ist Lady Lillian, die sich unanständig benimmt. Man spricht ganz offen darüber.«

»Ich glaube kaum, daß ein Tanz Anlaß zum Reden gibt«, murmelte Remmington.

»Sie wären überrascht.« Margaret klappte ihren Fächer auf und schlug einen wütenden Rhythmus in die Luft. Ihre blonden Locken bauschten sich um ihr Gesicht. »Ich habe zufällig ein paar interessante Bemerkungen gehört. Jedermann hat gesehen, daß sie wie verwandelt war, als Sie mit ihr tanzten. Viele sagen, daß sie einen neuen Liebhaber gefunden hat.«

»Wirklich?« Remmington schien erstaunt über die Neuigkeit. »Mich vielleicht?«

»Ich sage Ihnen das nur, damit Sie wissen, was die Leute so schamlos hinter Ihrem Rücken reden.« Margaret schloß ihren Fächer und schlug ihn gegen ihre Hand. Sie sah aus wie eine aufgebrachte Gouvernante, die ihren Schutzbefohlenen tadelte. »Jemand hat gedacht, daß man es für schlechten Stil hält, wenn ein Mann in Gegenwart der Dame, der er den Hof macht, mit seiner Mätresse tanzt.«

Margaret verschränkte die Arme und wartete darauf, daß Remmington auf diese Anklage reagierte. Lord Allen betrachtete mit verlegener Intensität einen Rosenstrauch im Topf. Die Spitze von Remmingtons Stumpen glühte orangefarben, während alle auf seine Antwort warteten. Seine Stimme blieb ruhig, als er sich schließlich äußerte, seine Worte waren sehr langsam gesprochen, aber Lily erkannte die unterschwellige Drohung.

»Wenn ich auch nur ein Wort dieser absurden Lüge höre, daß Lily Walters meine Mätresse ist, erwarte ich den Lügner bei Morgengrauen im Regent's Park. Wenn es eine Lügnerin ist, werde ich dafür sorgen, daß sie von der anständigen Gesellschaft nie wieder empfangen wird. Habe ich mich klar ausgedrückt, Margaret?«

Margaret trat einen Schritt zurück, als hätte sie endlich seine Wut erkannt. »Sehr klar, Euer Gnaden.«

Remmington stieß sich von dem Geländer ab und ging davon. Lily sah, wie die drei in den Ballsaal zurückkehrten. Margaret beeilte sich, mit Remmingtons langen Schritten mitzuhalten. Lord Allen blieb zurück.

»O je«, flüsterte Sophie. In fasziniertem Entsetzen blickte sie zur Terrasse empor. »Glaubst du, er hat unsere Unterhaltung gehört?«

Lily verdrehte die Augen. »Natürlich hat er das.« Sie strich ihr Kleid glatt und versuchte, eine Welle von Selbstmitleid zurückzudrängen. Das war die endgültige Demütigung, das Ende ihrer Vernarrtheit in Remmington, das sie für immer verfolgen würde. Sie würde ihm nie wieder in die Augen sehen können oder bei demselben Ball oder derselben Party bleiben können, zu der sie zufällig beide kamen. Unglücklicherweise erhielt Remmington zu jedem bemerkenswerten Ereignis eine Einladung. Ihr gesellschaftliches Leben war beendet. »Wenn es dir nichts ausmacht, Sophie, würde ich gerne Papa suchen und sehen, ob er bereit ist zu gehen. Ich glaube nicht, daß ich heute abend noch mehr Aufregung vertragen kann.«

»Du läßt dich doch von ihm nicht wegjagen.«

»Natürlich nicht. Die Nachricht, die ich überbringen sollte, ist sicher in den Händen deiner Tante. Ich bin zweifellos Klatschthema Nummer eins in diesem Ballsaal, und es ist mir gelungen, mein demütigendstes Geheimnis einem Mann mitzuteilen, für den ich mal etwas zu empfinden geglaubt hatte.« Lily zuckte die Schultern. »Ich würde sagen, ich habe heute abend eigentlich so ziemlich alles für meine Vernichtung geschafft. Welchen Grund hätte ich, noch zu bleiben?«

Zwei

Zwei Stunden später fielen die Vorhänge in Lilys Schlafzimmer wieder zurück, als sie vom Fenster zurücktrat. Sie hatte über eine Stunde lang die nebelverhangenen Umrisse der Stadthäuser des West End betrachtet und versucht, an etwas anderes oder jemand anderen als Remmington zu denken. Es funktionierte nicht.

Wenigstens hatte ihr Vater nicht mit ihr über den abrupten Wunsch, den Ball zu verlassen, diskutiert. Der Graf von Crofford mochte Partys beinahe ebensowenig wie Lily und hatte beschlossen, den Rest des Abends in seinem Club zu verbringen. Wenn der Graf sich erst einmal in eine philosophische Debatte mit einem seiner Freunde im White's vertiefte, konnte es Stunden dauern, bis er wieder nach Hause kam.

Lily ging in ihren Pantoffeln über den weichen Aubussonteppich und setzte sich vor einen Frisiertisch, der in einer Ecke ihres Zimmers versteckt stand. Die Dienerschaft sprach oft über die seltsame Einrichtung des Zimmers, denn der Frisiertisch war das einzige kleine Zugeständnis an ihre Weiblichkeit in diesem trist eingerichteten Schlafzimmer. Eine grünblau gemusterte Decke lag auf dem massiven altmodischen Bett, während dunkle Kommoden mit schweren Metallgriffen an einer Wand so ordentlich aufgereiht standen wie Soldaten. Einige enthielten persönliche Kleidungsstükke, wie man sie normalerweise im Zimmer einer Frau findet, aber die meisten waren vollgestopft mit Schreibpapier, Tinte und einer Anzahl von alten Dokumenten und seltsamen Andenken. Bücher und Papiere bedeckten jede zur Verfügung stehende Oberfläche, und eine flache, viereckige Steintafel balancierte gefährlich auf zwei der Kommoden, die verwitterte Granitoberfläche mit Hieroglyphen bedeckt. Die gemeißelten Miniaturbilder waren seltsam fremd, jedoch schön in ihrer Einfachheit.

All das wirkte wie ein sehr männlicher Raum, einer, in dem ein Mann sich wohlfühlen würde. Lilys zarte weibliche Schönheit wirkte vollkommen fehl am Platze. Aber es war ihr Zimmer, und die Einrichtung reflektierte mehr von ihrer Persönlichkeit als ihr Äußeres es jemals würde.

Sie arrangierte die Falten ihres blauen Seidenschlafrocks um den Stuhl und starrte in den ovalen Spiegel über dem Tisch. Sie haßte ihre Haare. Sie paßten so gut zu ihren Gesichtsausdrücken früher an diesem Abend. Die wirbelnden Locken hatten lächerlich gehüpft, als sie Lord Allen und Lord Poundstone leer angelächelt hatte. Ihre Finger zogen an dem Zopf und den Locken, bis ihre Haare sich als langes, rotbraunes Cape um ihre Schultern legten. Sie zog eine Bürste durch die langen Locken, und Tränen traten ihr in die Augen.

Remmington hielt sie für eine Närrin. Jeder hielt sie für eine Närrin. Sie war stark versucht, allen zu zeigen, wie sehr sie sich irrten; wollte etwas so unerhört Intelligentes tun, daß niemand sie mehr wie eine dumme Puppe behandeln würde. Wenn sie ihre Theorien über Hieroglyphen beim nächsten Treffen der Antiquities Society vortragen würde, das wäre gut. Und die letzten Zweifel wären beseitigt, wenn sie ihre Rolle in den Kriegsverhandlungen zugäbe.

Aber das war natürlich unmöglich. Lily starrte die dumme Närrin an, die sie geschaffen hatte, und wußte, daß sie damit geschlagen war, bis der Krieg endete.

Ein gedämpftes Geräusch irgendwo in dem großen Haus ließ sie mitten beim Bürsten innehalten. Die Haare in ihrem Nacken stellten sich auf. Seit sie an diesem Abend nach Hause gekommen war, hatte sie das seltsame Gefühl, daß etwas nicht stimmte, etwas Düsteres lag in der ruhigen Nacht. Sie sah ihren verängstigten Ausdruck im Spiegel und schüttelte den Kopf. Zweifellos kam das Geräusch von einem Diener, der auf dem Weg zur Toilette an eine Wand oder Tür gestoßen war. Es war viel zu früh, als daß ihr Vater nach Hause kommen würde.

Die Bürste begann wieder mit ihren langen Strichen, und ihr Gesichtsausdruck wurde angespannt, als sie auf weitere ungewöhnliche Geräusche lauschte. Aber es war kein Geräusch, das ihr einen Schauer der Angst über den Rücken jagte. Es war das Spiegelbild des Griffes ihrer Schlafzimmertür. Der Messinghebel bewegte sich ganz langsam. Das Herz klopfte ihr im Hals, als die Tür sich lautlos in quälend langsamen Schritten öffnete.

Ihr Vater war früher nach Hause gekommen. Er sah immer nach ihr, wenn er aus seinem Club zurückkam. Sie sollte rufen, damit er wußte, daß sie wach war. Statt dessen saß sie da wie angewurzelt und zitterte wie Espenlaub. Die Flammen der Kerzen, die ihren Frisiertisch flankierten, flackerten in dem Luftzug, als wollten sie sie vor dem Eindringling warnen. Ihre Augen blieben auf das Spiegelbild der Tür gerichtet. Sie beobachtete, wie sie sich zunächst einen Spalt öffnete, dann weiter und noch weiter. Der dunkle Flur schützte denjenigen, der draußen stand. Die Uhr auf dem Kamin, die sie Augenblicke vorher nicht einmal registriert hatte, tickte jetzt so laut, daß das Geräusch den ganzen Raum füllte und selbst den lauten Herzschlag übertönte, der in ihrer Brust hämmerte.

Das Spiegelbild zeigte einen Mann, der durch die Tür trat, und Lily seufzte erleichtert. Seine grüne, goldbesetzte Livree zeugte von seinem Platz unter den Bediensteten des Grafen von Crofford, aber der Anblick seines Gesichts ließ ihr den Seufzer im Hals steckenbleiben. Es war gar kein Gesicht, sondern eine seltsame orientalische Maske, die gemalten Gesichtszüge verzogen zur abscheulichen Karikatur eines Lächelns. Ein tiefes, bedrohliches Lachen ertönte hinter der Maske, als der Mann auf sie zukam. Lily öffnete den Mund und schrie gellend.

Es war beinahe zwei Uhr morgens, als Remmington seinen Club in Gesellschaft seines Freundes Harry, Viscount Gordon, verließ. Während sie neben White's Garderobe auf ihre Mäntel und Hüte warteten, bat Harry darum, mitgenommen zu werden.

»Wenn es keine Ungelegenheiten macht«, ergänzte er, und sein jungenhaftes Gesicht lächelte gewinnend. »Ich fürchte, meine Mutter und meine Schwestern haben sich mit der Familienkutsche davongemacht, um zu Ashlands zu fahren.«

»Es macht überhaupt keine Umstände«, versicherte Remmington ihm. Das stimmte nicht ganz, aber er war sich nicht sicher, ob Harry das Geld für eine Mietkutsche hätte. Harrys Vater hatte einen Berg von Schulden hinterlassen, als er letzten Winter gestorben war. Wie bei vielen anderen in dieser Situation lag Harrys einzige Hoffnung in der althergebrachten Tradition, eine Erbin zu heiraten. Überraschenderweise schien Harry es überhaupt nicht eilig zu haben, das Familienvermögen zu vergrößern.

»Ich habe heute abend ein interessantes Gerücht gehört.« Harry legte seinen Umhang über die Schultern. »Man sagt, Sie hätten Lady Lillian Walters für einen Walzer ausgesucht.«

Remmington runzelte die Stirn. Lily Walters war die letzte, an die er im Moment erinnert werden wollte. Sie hatte ihn schon die ganze Nacht in Gedanken verfolgt. Bevor er die unausgesprochene Frage beantworten konnte, kamen zwei weitere Gäste zur Garderobe. Beide waren mit Harry befreundet und eifrig darauf bedacht, von ihrem Erfolg an den Spieltischen in dieser Nacht zu berichten. Remmington nickte den beiden jüngeren Herren kurz zu und sagte zu Harry: »Ich warte draußen auf Sie.«

Dann ging er durch den Eingang des Clubs hinaus und machte dem Portier ein Zeichen, daß seine Kutsche vorfahren sollte. Ein livrierter Diener eilte in eine der Seitenstraßen, wo die Kutschen der Clubmitglieder auf ihre Besitzer warteten. Es würde eine gute Viertelstunde dauern, bis sein Fahrer sich durch die blockierten Seitenstraßen manövriert hätte. Remmington stützte einen Fuß auf eine Bank und zog einen Stumpen hervor. In dem Rauch, der folgte, stellte er sich eine Frau vor, deren Haare ihn an einen wunderbaren Herbsttag erinnerten und deren Augen die Farbe warmen Sherrys hatten.

Tiger Lily.

Ihm gefiel der Klang ihres Namens. Wie die Blume war sie erdverbunden und sinnlich, reizend und duftend und ebenso schnell zu zerdrücken. Ihre Schönheit hatte seine Aufmerksamkeit in den letzten Jahren mehr als einmal erregt. Er hatte eine Schwäche für schöne Frauen, und keine konnte

Lily Walters das Wasser reichen. Sie strahlte Unschuld und Sinnlichkeit aus, eine Kombination, der man kaum widerstehen konnte. Er hatte dafür gesorgt, sie stets zu meiden, weil er nur zu gut wußte, daß es für eine Frau wie Lily in seinem Leben keinen Platz gab.

Bis heute abend.

Heute abend war er aus einem höchst selbstsüchtigen Grund zu ihr gegangen und hatte sein Handeln damit gerechtfertigt, daß sie sein Motiv niemals erraten würde. Es war nicht ihr Intellekt, der die Männer anzog wie Honig die Bienen. Tatsächlich hielten viele sie für ein bißchen langsam. Er fragte sich, wie sie auf diese Idee kamen. Der Verstand, dem er sich heute abend gegenübergesehen hatte, war messerscharf. Sie hatte einen der Gründe, weshalb er sie aufgefordert hatte, nur Augenblicke später durchschaut und sich dann über seinen eingebildeten Plan lustig gemacht. Er hatte sie gedemütigt. Er erinnerte sich an den kurzen Blick in ihre Augen, nachdem der Tanz beendet war. Es würde lange dauern, bevor er diesen verwundeten und verratenen Blick vergessen konnte. Später auf der Terrasse hatte er erfahren, wie tief er sie verletzt hatte.

Es gab andere Möglichkeiten, sein Werben um Margaret Granger zu beenden, andere Frauen, mit denen er hätte tanzen können, um Margaret klarzumachen, daß sein Interesse an ihr erloschen war. In einem Moment der Schwäche hatte er Lily Walters gewählt, weil er ihrem betörenden Lächeln nicht länger widerstehen konnte. Mit Lily zu tanzen, hatte sich als wirkungsvoller erwiesen, als er sich hätte vorstellen können. Er hatte nichts von Margaret und Osgoode gewußt oder daß Margaret Lily beschuldigen würde, seine Mätresse zu sein. Er hatte getan, was er konnte, um sicherzustellen, daß Margaret diese Verleumdungen nicht wiederholen würde, aber mußte sich ständig Lilys Gesichtsausdruck vorstellen, als sie Margarets Anschuldigung mitgehört hatte.

Schuld war ein neues Gefühl für seine abgestumpften Sinne. Und es gefiel ihm überhaupt nicht. Es sah ihm nicht ähnlich, Unschuldige in seine Pläne zu verwickeln. Er hatte tatsächlich beinahe vergessen, daß es auf dieser Welt noch

Unschuldige gab. Er hätte sich von Lily Walters in dem Moment abwenden müssen, als sie einander gegenüberstanden, in genau dem Augenblick, als sie zu ihm aufsah. Sie hatte ihn angesehen, als wäre er ein mächtiger Eroberer oder ein seit langem vermißter Geliebter, der aus dem Krieg heimkehrt.

Es war ein berauschendes Gefühl, das Objekt der Aufmerksamkeit einer solchen Schönheit zu sein, zu erkennen, daß sie sich zu ihm hingezogen fühlte. In der Vergangenheit hatte er beobachtet, wie sie zahllosen Männern ihr reizendes Lächeln geschenkt hatte, aber niemals hatte sie einen mit so unverhohlenem Begehren angesehen. Wie gerne er sie da geküßt hätte, um zu wissen, ob sie ebenso süß schmeckte wie sie aussah. Er hatte sich mit einem keuschen Kuß auf ihre Hand zufriedengeben müssen.

Er starrte auf die glühende Spitze seines Stumpen und beobachtete, wie der Rauch sich träge nach oben kräuselte. Die Erinnerung an den Geruch nach Rosen und Sandelholz hing ihm nach und die Erinnerung an die Versuchung. Er erinnerte sich daran, wie Lily sich angefühlt hatte, als er sie für den Walzer in die Arme nahm. Wie seine Hand unbewußt ihre schmale Taille gemessen hatte und dann der Wölbung ihrer Hüfte gefolgt war, so weit er es wagte. Ihre Hitze hatte ihn überall durchdrungen. Das spitze Kompliment, daß er nicht ihre Figur anstarrte, ließ ihn immer noch lächeln. Lily Walters hatte eine Figur, die jeder Mann einfach anstarren mußte. Sie füllte ein Kleid, wie es kaum eine andere tat, und der Anblick ihrer gerundeten Brüste ließ seinen Mund trocken werden. Er hatte diesen verführerischen Anblick lang und oft genossen. Sie hatte ihn dabei nur nicht erwischt. Er überlegte, ob sie wirklich so unschuldig war, wie sie schien.

»Tut mir leid, daß Sie warten mußten«, entschuldigte sich Harry, als er aus der Tür des Clubs herüberkam. Zur selben Zeit kam Remmingtons Kutsche um die Ecke. »Jamison will unbedingt meine Schwester Prue haben, und er läßt keine Gelegenheit aus, seine potentiellen Qualitäten als Ehemann hervorzuheben. Er kann offensichtlich nicht verstehen, daß ich ihre älteste Schwester Claire erst mal unter die Haube bringen muß, bevor ich Arrangements für die jüngeren treffen kann.«

Remmington schob die Gedanken an Lily beiseite und zwang sich zu einem Lächeln. »Ich bin oft dankbar, daß meine Eltern so geschickt waren, nur männliche Kinder zu produzieren. Schwestern müssen ein großes Ärgernis sein.« Er sah Harry nachdenklich an. »Irgendwelche Pläne, selbst in nächster Zukunft an eine Heirat zu denken?«

»Ich habe ein Auge auf eine Dame geworfen, aber sie muß erst noch merken, daß ich dasselbe Universum wie sie bewohne. Vielleicht sollte ich damit beginnen, ihren Bruder mit endlosen Listen über meine ehelichen Fähigkeiten zu nerven.« Harry grinste und tat das Thema Heirat schulterzukkend ab. »Was ist mit Ihnen, Remmington? Sie müssen doch ein alter Mann von dreißig sein. Irgendwelche Pläne, selbst eine Familie zu gründen?«

Ja.

Die Stimme kam ungebeten aus seinem Kopf, eine sanfte, feminine Stimme. Es war Lilys Antwort, als er sie um den Tanz gebeten hatte, voller Hoffnungen, die er zu jenem Zeitpunkt nicht verstanden hatte. Welch ein Narr er gewesen war. Welcher Narr er jetzt war, weil er bedauerte, was nicht sein konnte. Er war immer ein Narr, wenn es um schöne Frauen ging. Manche Dinge änderten sich nie.

»Ich habe keine Eile, wieder zu heiraten«, sagte er und ging mit Harry zur Kutsche.

»Nun, ich habe auch keine Eile, mich in einen Status zu begeben, der die meisten Männer, die ich kenne, absolut mißmutig macht. Wenn ich auch zugeben muß ...« Harry hielt mitten im Satz inne. »Guter Gott. Sehen Sie sich das an.«

Remmington drehte sich um. Auf den Straßen Londons konnte man so ziemlich alles sehen, aber sein Gesicht spiegelte seine maßlose Überraschung bei dem Anblick, der sich ihm jetzt bot.

Die neuen Gaslaternen der Saint James's Street zeigten die Schattenrisse einer Frau, die mitten auf der nebligen Straße entlanglief. Ihre Gestalt war nur verschwommen und stumm. Er beobachtete sie mit einem Sinn für das Surreale, als sie näherkam und ihre Züge deutlicher wurden.

Der sie umgebende Nebel begann zu verschwinden, eine Sinnestäuschung, so daß es aussah, als tauche sie direkt aus der Nacht auf. Die voluminösen Falten eines dunkelblauen Schlafrocks blähten sich von ihrer Taille aus wie seidene Segel in einer frischen Brise. Der Rock eines makellosen weißen Nachthemds wurde unter dem Schlafrock sichtbar, und durch ihr Laufen waren ihre langen, geschmeidigen Beine durch den weichen Stoff zu erkennen. Taillenlanges, kastanienbraunes Haar fiel ihr in schimmernden Wellen über die Schultern. Eine schmale Hand hielt den Rock ihres Schlafrocks und ihres Nachthemdes über ihren beschuhten Füßen, während die andere Hand ihren Hals umklammerte. Ihr Gesichtsausdruck war der reinen Entsetzens. Sie sah mehrere Male über ihre Schulter, als ob ihr blutrünstige Höllenhunde auf den Fersen wären.

Das Mädchen war weniger als fünf Meter entfernt, als Remmington leise fluchte, weil er die schattenhafte Gestalt schließlich erkannte. Er dachte, sie würde direkt auf ihn zulaufen, aber sie änderte im letzten Moment die Richtung, offensichtlich in der Absicht, White's zu betreten. Zwei lange Schritte von der Kutsche weg fing er sie ab. Er erwischte sie mit seinem ausgestreckten Arm und sie atmete zischend aus. Er drängte sie zu Harry und der wartenden Kutsche.

»Setzen Sie sie rein, Mann. Sie darf nicht auf der Straße gesehen werden!« Remmington wirbelte herum, um den Portier des Clubs anzusehen. Der livrierte Diener hatte den Mund weit offenstehen. Er drückte dem Mann zehn Pfund in die Hand. »Ein Wort über diesen Zwischenfall, und ich weiß, gegen wen ich meine Wut richten muß.«

Remmington hielt es nicht für möglich, aber die Augen des Mannes wurden noch größer, als er das Geld anstarrte.

»Nein! Mein Vater!« rief das Mädchen. Sie versuchte, sich aus Harrys Griff zu lösen. Ihre Stimme klang heiser, und sie legte ihre Hand wieder an den hohen gekräuselten Kragen ihres Nachthemds. Sie wandte Remmington ihre Aufmerksamkeit zu, beide Hände am Hals jetzt, als wäre es zu schmerzhaft zu sprechen. »Er ... ist drinnen.«

»Nein, ist er nicht«, antwortete Remmington.

Harry starrte die Frau mit ungläubigem Gesichtsausdruck an. »Lieber Himmel! Lady ...«

»Halten Sie den Mund«, schnauzte Remmington. Er schob Harry zur Tür der Kutsche. »Hieven Sie sie hinein, bevor jemand sie sieht.«

Harry schob Lady Lillian in die feudale Kutsche und setzte sich ihr gegenüber. Remmington folgte einen Moment später, dann gab er dem Fahrer mit einem Klopfen auf das Dach ein Zeichen, bevor er sich neben Lily setzte. Sie umklammerte seinen Arm, als die Kutsche ruckartig anfuhr, zog sich aber von ihm zurück, sobald sie ihr Gleichgewicht wiedergefunden hatte. Ihr Atem ging stoßweise, und er konnte spüren, wie sie zitterte. Die Angst in ihren Augen rührte ihn.

»Würde es Ihnen etwas ausmachen, uns zu sagen, was Sie um diese Nachtzeit auf der Straße machen?«

»Muß ihn finden ...« Sie hob die Hand an ihren Hals. Ihre Worte erstarben zu einem heiseren Flüstern. »... Papa.«

Er streckte die Hand aus, um die Spitzenrüschen an ihrem Hals zur Seite zu schieben. Sie schlug seine Hand weg, aber nicht schnell genug. Die häßlichen roten Flecken auf ihrem Hals ließen ihn leise fluchen. Jemand hatte versucht, sie zu erdrosseln! Wilde Wut erfaßte ihn, aber er zwang sich zu einer ruhigen Stimme. »Wer hat Ihnen das angetan, Lily?«

Harry beugte sich vor. Auch er hatte die Verletzungen bemerkt. »Sagen Sie uns den Namen, und wir kümmern uns um den Halunken.«

»Weiß ... nicht. Muß ihn ... finden ...«

»Ganz ruhig, Lady Lillian«, sagte Harry. »Wir werden Sie nach Crofford House zurückbringen und dieser schrecklichen Sache auf den Grund gehen.« Harry beugte sich vor, um seine Hand auf ihre zu legen, aber Lily schreckte zurück und drückte sich noch tiefer in die Ecke der Kutsche.

»Nein!« Sie schüttelte den Kopf.

»Wir werden Ihnen nicht weh tun«, sagte Remmington beruhigend. »Wir möchten Ihnen nur helfen, Lily. Haben Sie Angst, daß der Täter noch in Ihrem Haus ist?«

Ihr Blick wanderte langsam zu Harry, dann zurück, bevor sie langsam nickte. Remmington legte seine Hand auf ihre, bevor ihm einfiel, daß sie den gleichen kleinen Trost von Harry abgelehnt hatte. Er freute sich absurd, als sie sich von ihm nicht zurückzog. »Wie viele waren da?«

»Ich habe … einen … gesehen«, sagte sie mühsam. »Ich habe geschrien … niemand kam … Bitte …«

»Wie viele Diener gibt es bei Ihnen?«

»Sieben.«

Remmington runzelte die Stirn. Keine ungewöhnlich große Anzahl von Bediensteten, aber genug, daß jemand ihre Hilfeschreie hätte hören können. Harrys Kommentar spiegelte seine Gedanken.

»Es scheint unwahrscheinlich, daß ein Mann mit sieben Dienern fertigwerden könnte.«

Lily zog an Remmingtons Ärmel. »Papa ist im White's.«

Er runzelte beim Klang ihrer krächzenden Stimme die Stirn, dann schüttelte er langsam den Kopf. »Nein, Lily. Ich habe gesehen, wie Ihr Vater vor einer Stunde White's verlassen hat. Wo könnte er sein?«

Ihr Gesichtsausdruck wurde unsicher. »Ich weiß nicht.«

Er und Harry sahen sich besorgt an, dann nickte er zu der Falltür in der Decke der Kutsche. »Sagen Sie dem Fahrer, er soll uns zu meinem Haus bringen.«

Harry stand auf, um den Befehl auszuführen, aber Lily schüttelte den Kopf. »Ich kann nicht …«

»Wir werden nur lange genug bleiben, um einige meiner Männer zu holen«, sagte Remmington. »Dann werden wir uns um Ihre Diener kümmern. Wenn Ihr Vater in der Zwischenzeit nicht auftaucht, werde ich jemand nach ihm suchen lassen.«

Sie nickte, aber ihre Hände waren zu festen Fäusten geballt, und sie biß sich auf die Unterlippe. Ihre Augen zeigten verwirrte Angst. Als er in ihr schmerzerfülltes Gesicht sah, wurde er beinahe überwältigt von dem Bedürfnis, sie in die

Arme zu nehmen und festzuhalten. Er wollte den Mann töten, der ihr das angetan hatte.

»Können Sie den Mann beschreiben, der Sie angegriffen hat?« Seine Frustration wurde stärker, als sie den Kopf schüttelte. »Können Sie sich überhaupt an etwas erinnern? Die Farbe seiner Augen? Seine Größe oder Statur? Sind Sie sicher, daß es nicht ein Diener war oder jemand, den Sie kennen?«

Ihr Atem ging mit jeder Frage schneller und flacher. Sie hielt eine Hand an ihren Hals, die andere an ihre Stirn.

»Atmen Sie tief ein«, befahl er, besorgt, daß sie ohnmächtig werden könnte. Aus seiner Erfahrung in Schlachten wußte er, daß jemand, der so schreckliche Angst hatte, eher auf Befehle als auf Mitleid reagierte. »So ist es gut. Jetzt noch einmal, dann geht es Ihnen besser.«

Sie befolgte seinen Befehl noch ein paarmal, bevor ihr Atem wieder normal ging. »Zu viele … Fragen. Keine Antworten.«

Er glaubte ihr nicht ganz. Sie mußte sich an etwas erinnern. Sie war zu geschockt, um im Moment Antworten zu finden, aber er wußte nicht, wie er sie beruhigen sollte.

»Wir brauchen einen Plan. Lassen Sie mich einen Moment nachdenken.« Er konnte sich nicht konzentrieren, wenn er sie ansah, also zog er die Vorhänge beiseite und sah in die Nacht hinaus. Er schloß die Augen und dachte an die Verletzungen an ihrem Hals. Morgen würden es dunkle, brutale Blutergüsse sein. Er konnte sich nicht vorstellen, daß ein normaler Mann diesen schlanken Hals zwischen seine Hände nehmen und absichtlich ihr Leben auslöschen würde. Er konnte sich eine Menge Dinge vorstellen, die ein Mann mit einer schönen, wehrlosen Frau tun wollte, aber Mord gehörte nicht dazu.

Seine Hände ballten sich zu Fäusten, als er überlegte, welchen Mann sie da getroffen hatte. Vielleicht war sie über einen gemeinen Dieb gestolpert, hatte ihn so überrascht, daß er sich auf sie gestürzt hatte. Nur ein Narr würde ein Haus überfallen, wenn die Familie anwesend war. Aber wer sollte sonst versuchen, sie zu töten? Es war ein gewagter Plan, aber immerhin eine Möglichkeit. Wenn ein Dieb wußte, daß Lily und ihr Vater auf einem Ball waren, war es nur logisch, anzunehmen, daß sie dort bis zu den frühen Morgenstunden bleiben würden. Lily war jedoch in dieser Nacht früh nach Hause gegangen, und Remmington kannte den Grund dafür.

Er wandte seinen Blick wieder ihr zu. Wenn er sich nicht an diesem Abend in ihr Leben gemischt hätte, wäre sie vielleicht immer noch auf dem Ball der Ashlands. Ohne nachzudenken, streichelte er ihre Wange. »Keine Angst, Lily. Sie sind jetzt in Sicherheit.«

Die Kutsche hielt an, und er hörte, wie der Fahrer ankündigte, daß sie jetzt bei seinem Stadthaus waren. Er drückte ihre Hand, öffnete die Tür und sprang aus der Kutsche.

Lilys Angst kehrte zurück, sobald er von ihrer Seite gewichen war. Mehr als alles wollte sie ihren Vater finden. Wenn er nach Hause gekommen und auf ihren Angreifer gestoßen war?

Sie schloß fest ihre Augen vor dem Gedanken. Statt dessen zwang sie sich, sich an jede Einzelheit zu erinnern, die zu dem Angriff führte, um vielleicht doch noch irgendeinen verborgenen Hinweis zu finden. Bevor Remmington seine Fragen gestellt hatte, hatte sie nur an diese schreckliche Maske und den entsetzlichen Drang zu fliehen gedacht. Sie hatte sich nicht mit solchen Kleinigkeiten wie der Haarfarbe des Schuldigen oder seiner Statur beschäftigt. Er hatte zu jenem Zeitpunkt überlebensgroß gewirkt, aber jetzt dachte sie, daß er nicht viel größer als sie gewesen war. An seine Haare konnte sie sich nicht erinnern. Eine schwarze Kapuze, die an seiner Maske befestigt war, hatte seinen Kopf vollständig bedeckt.

Sie stellte sich die Maske vor, so wie sie sie im Spiegel gesehen hatte – das unheimliche weiße Porzellangesicht, keramikrote Lippen, die sich in den Mundwinkeln zu einem ewigen Lächeln formten, und riesige schwarze Augen, in deren Mitte Gucklöcher gestochen waren. Sie konnte durch diese Gucklöcher nichts von seinen Augen sehen, nichts, das auf etwas Menschliches hinter dieser Maske hinweisen würde. Reines Entsetzen hatte sie regungslos gemacht, dann die schrillen Schreie und die seltsame Erkenntnis, daß das Geräusch von ihr kam.

Ihre Hand faßte nach ihrer Hüfte, um eine Verletzung dort zu betasten. Dann fiel ihr ein, wie sie mit der Hüfte gegen die Kante ihres Frisiertischs gestoßen war, als er sie zu Boden geworfen hatte. Dann der Knall, als ihr Frisiertisch umgefallen war. Sie hatte auf dem Rücken gelegen, das Gewicht ihres Angreifers auf ihrer Brust, seine Knie auf ihren Schultern, um sie am Boden festzuhalten. Er hatte seine Hände um ihren Hals gelegt, ein unentrinnbarer Schraubstock, der zudrückte und würgte. Dann konnte sie nicht mehr atmen, und der Schmerz wurde durch seinen Griff unerträglich.

Lily schloß die Augen noch fester, um sich zu erinnern, um etwas außer der verschwommenen Vision zu sehen. Woran sie sich jetzt erinnerte, drehte ihr den Magen um. Plötzlich war das niederdrückende Gewicht von ihrer Brust verschwunden. Er hatte ihren Hals mit einer Hand umklammert, während er mit der anderen hinter sich griff, um ihr Nachthemd hochzuziehen. Er ließ ihren Hals in genau dem Moment los, als die Dunkelheit sie zu überwältigen schien. Seine Hände bewegten sich zu seinem Hosenverschluß, dann verlagerte er sein Gewicht von ihren Schultern und gab sie für einen Moment frei.

Sie hatte etwas in ihrer Hand gespürt, erkannt, daß sie irgendwann während des Kampfes einen der Kerzenhalter ergriffen hatte, die von dem Frisiertisch neben sie gefallen waren. Der Kerzenhalter war sehr alt und sehr schwer. Sie nahm all ihre Kraft zusammen, um ihn hochzuschwingen. Es gab ein dumpfes, beinahe hohles Geräusch, als er mit der Seite seines Kopfes zusammentraf. Dann war da die unklare Erinnerung daran, wie er auf den Boden sank. Ihre Lungen drohten zu platzen. Sie konnte sie nicht mit genug Luft füllen.

Irgendwie wußte sie, daß er nicht tot war. Es war die Angst, diese Sicherheit, die sie zum Handeln trieb. Sie hatte sich aufgerappelt, konnte aber nur ein paar Schritte stolpern, bevor sie seine Hand um ihren Knöchel fühlte. Den Kerzenhalter hielt sie immer noch umklammert. Ohne nachzudenken, schlug sie auf sein Handgelenk. Sein Schmerzensschrei gab ihr die Kraft zu laufen, diesem Alptraum zu entfliehen und Zuflucht auf der Straße zu suchen. Sie versuchte, sich daran zu erinnern, ob er ihr gefolgt war. Es gab einen Moment, als sie über ihre Schulter sah, während sie die Treppe hinunterlief und …

Die Tür der Kutsche pendelte auf, und Remmington stieg ein. Einen Augenblick später bedeckte seine Hand Lilys Mund, um ihren entsetzten Aufschrei zu ersticken.

»Ich bin es nur, Lily!« Er setzte sich neben sie in die Kutsche und zog sie fast auf seinen Schoß. Er hielt sie sanft, trotz seiner groben Worte. Langsam zog er seine Hand von ihrem Mund. Er sah besorgt aus, daß sie wieder schreien würde. »Sie sind in Sicherheit. Ich werde nicht zulassen, daß irgend jemand Ihnen etwas antut. Atmen Sie, verdammt.«

Lily nickte und versuchte, dem Befehl zu folgen und tief einzuatmen.

Er funkelte Harry zornig an. »Was, zum *Teufel*, haben Sie mit ihr gemacht?«

Die kaum verhohlene Gewalt in seiner Stimme erschreckte Lily. Sie blickte auf und sah, daß Harry sich gegen die Lehne seines Sitzes gepreßt hatte. Er sah ebenso erschrocken über Remmingtons Tonfall aus.

»N-nichts! Sie hat hier totenstill gesessen, während Sie da drinnen waren.«

Die beiden Männer sahen einander an, bis Remmington schließlich zu der Falltür nickte. Harry befolgte den schweigenden Befehl und machte dem Fahrer durch Klopfen ein Zeichen. Einen Moment später fuhr die Kutsche ruckartig los.

Lily zog sich von Remmingtons Schoß auf den Sitz zurück, aber er hielt seinen Arm um ihre Schultern, als wollte er sie an seiner Seite verankern. Er griff unter ihr Kinn und hob es hoch, bis sie ihm in die Augen sah. Sie registrierte, daß er vermied, ihren verletzten Hals zu berühren. Das war sehr überraschend für einen so rüden Mann. »Geht es Ihnen jetzt besser?«

»Sie haben mich erschreckt«, flüsterte sie. »Ich habe … versucht, mich zu … erinnern.« Sie schloß die Augen, als ein Schauer ihren Körper durchlief. »Schrecklich.«

Er zwang sie, ihn wieder anzusehen. »Woran konnten Sie sich erinnern? Sagen Sie mir alles, was hilfreich sein könnte.«

»Ich habe ihn verletzt.« Sie berührte die Seite ihres Kopfes, wo sie ihren Angreifer getroffen hatte. »Er blutet. Er ist vielleicht noch da.«

Remmington sah Harry an und nickte dann wieder zu der Falltür. »Er soll sich beeilen.«

Lily beobachtete, wie Remmington aus der Kutsche stieg und Crofford House betrachtete. Dann half er ihr, auszusteigen. Sein Blick blieb mit ihrem verhaftet, auch nachdem ihre Füße den Boden berührten, und seine Hände lagen immer noch um ihre Taille. Einen Moment lang hatte sie das komische Gefühl, daß er sie am liebsten näher an sich gezogen hätte. Er ließ sie merkwürdig abrupt los und drehte sich um, um eine große Reisekutsche heranzuwinken, die hinter ihnen anhielt.

Sie ging zu einem der schmiedeeisernen Kutschenpfosten, die an der Straße standen, und legte einen Arm um das kühle, feuchte Metall, während sie die stattliche Ziegelfassade ihres Hauses betrachtete. Es fiel ihr schlagartig ein, daß sie noch niemals soviel Angst an einem so vertrauten Ort gehabt hatte. Sie stand vor ihrem eigenen Zuhause und hatte Angst, einzutreten. Ihre Sicherheit lag in den Händen eines Mannes, mit dem sie niemals wieder hatte sprechen wollen. Das Leben machte im Moment nur wenig Sinn.

Ihr Blick ging zu Remmingtons Reisekutsche, und ihre Augen wurden groß, als sie den Fahrer erblickte. Er war der grimmigste Mann, den sie jemals gesehen hatte. Er trug einen roten Seidenschal, den er wie eine Bandage um seinen Kopf geschlungen hatte. Ein goldener Ohrring blinkte an einem Ohr, und eine gewagte rote Schärpe unterbrach die Monotonie seiner schwarzen Hose und seines schwarzen Hemdes. Er sprang mit katzengleicher Anmut von dem Kutschbock.

Die Tür der Kutsche öffnete sich und noch mehr kräftige Männer stiegen aus. Statt der adretten Livree der Bediensteten von Adligen trugen sie seltsam zusammengestellte Kleidung, betont durch gewagte Streifen und bunte Farben. Wie der Fahrer trugen einige von ihnen diese seltsame Kopfbedeckung und Ohrringe.

»Piraten!« flüsterte Lily.

»Seeleute«, berichtigte Harry. Er stand direkt hinter ihr. »Remmingtons Familie besitzt eine Schiffahrtslinie. Sie kommen von seinem Schiff, der *Reliant*. Eine seiner komischen Marotten. Er stellt sie als Diener ein, wenn sie im Hafen sind. Ich kann nicht sagen, daß es mir leid tut, sie heute abend in meinem Rücken zu haben.«

Während sie beobachtete, wie Remmington die Männer in ihr Haus dirigierte, überlegte sie blöderweise, wann Harry sie in seinem Rücken erwartete. Einer der Männer trat vor, um Remmington anzusprechen, und Lily vergaß Harry. Wenn Remmingtons Fahrer einen Wettbewerb im grimmigen Aussehen gewinnen konnte, dann würde dieser den 1. Platz als Häßlichster bekommen. Er war nicht größer als Lily, aber er war ebenso muskulös wie seine Kumpane. Kaum ein Zentimeter seines Gesichts wies keine Narbe auf, und seine große Blumenkohlnase verschönerte sein Erscheinungsbild auch nicht gerade. Lockige rote Haare, mit grau gesprenkelt, standen in alle Richtungen von seinem Kopf ab.

Remmington hob eine Hand, während er ihn ansprach. »Digsby, sorgen Sie dafür, daß der Eingang gesichert ist. Dann lassen wir uns von Lady Lillian durch das Haus führen.«

Der Mann mit den lockigen Haaren verbeugte sich förmlich und führte dann die anderen Männer die Stufen hinauf und in das Haus. Einen Moment später tauchte er wieder auf.

»Der Eingang scheint in Ordnung, Euer Gnaden.« Digsby verbeugte sich wieder, eine Hand über der Taille, die andere zeigte in das Innere des Hauses. »Lady Lily wird wohl sicher sein, wenn sie hineingeht.«

Lily war so erstaunt über die gute Ausdrucksweise und die eleganten Manieren, die von einem so grob aussehenden Mann kamen, daß sie nicht zögerte, als Remmington ihren Ellbogen nahm und sie zum Haus führte.

»Wo ist die Bibliothek?« fragte Remmington. Lily zeigte auf die Doppeltür und drückte sie auf. Auf dem Schreibtisch brannte hell eine Lampe, und Remmington sah sich entsetzt in dem Raum voller Bücher um. »Guter Gott.«

»Was?« fragte sie ängstlich.

Remmington trat ganz in die Bibliothek und drehte sich langsam um sich selbst, um seine Beobachtung zu vollenden. »Er hat den Raum durchwühlt.«

»O nein!« Lily lief hinter ihm her. Sie überprüfte die vom Boden bis zur Decke reichenden Bücherregale, den Schreibtisch und die Tische, selbst den Boden. Verwundert sah sie dann Remmington an: »Alles ist doch in Ordnung.«

»Die Bibliothek sieht immer so aus?« Seine Hand zeigte über mehrere Stapel Papier auf dem Boden neben dem Schreibtisch, jeder war mehr als dreißig Zentimeter hoch. Seine andere Hand deutete auf ähnliche Stapel, die sich gefährlich nah am Kamin befanden. Lily nickte.

Remmington sah sich noch einmal in dem Raum um, total verblüfft über das Chaos. Er nahm an, daß unterhalb der Bücher und Papiere, die sich auf und um ein rechteckiges Möbelstück befanden, ein Schreibtisch stand. Neben dem Kamin erhoben sich zwei Stuhlrücken über noch mehr Papieren. Unter einem Stapel von Schriftrollen, die bis auf den Boden reichten, schien sich ein Sofa zu verbergen, und die Bücherregale waren ebenso unordentlich. Zumindest die Hälfte des Inhaltes der Regale lag im Raum verstreut. Sie hinterließen in den Regalen Lücken, die an fehlende Zähne erinnerten.

»Euer Gnaden?« fragte Digsby von der Tür aus. Er neigte seinen Kopf in den Flur. »Dürfte ich um Ihre Anwesenheit in der Küche bitten?«

»Behalten Sie sie im Auge«, sagte Remmington zu dem draußen wartenden Harry. »Ich erzähle Ihnen später, was geschehen ist.«

Nachdem Remmington gegangen war, zündete Lily mehrere Kerzen an und arrangierte einen Stapel Papiere so, daß sie sich in einen der Ohrensessel setzen konnte, die den Schreibtisch flankierten. Harry erspähte die Karaffen aus geschliffenem Glas auf dem Sideboard und goß einen anständigen Brandy in ein Glas.

»Hier, trinken Sie das.« Er hielt Lily das Glas hin. Sie schüttelte den Kopf, aber Harry drückte ihr das Glas in die

Hand. »Es wird bestimmt Ihren Hals beruhigen«, erklärte er, als er das Glas an ihre Lippen führte. »Es kann auf keinen Fall schaden.«

Lily war sich nicht so sicher, als die brennende Flüssigkeit das Innere ihrer Kehle traf, aber sie mußte sich nicht lange um die Auswirkungen kümmern. Der Klang von lauten Stimmen lenkte sie ab. Remmington erschien an der Tür und direkt dahinter ihr Vater und Digsby.

»Papa!« Lily warf sich ihrem Vater in die Arme.

Remmington führte den älteren Mann zu einem Ohrensessel.

Obwohl Mitte Fünfzig, erschien Crofford immer noch schlank und fit trotz seiner spärlichen grauen Haare, aber in dieser Nacht zeigte sein kantiges Gesicht sein Alter. Seine Augen, in derselben Farbe wie die seiner Tochter, reflektierten seine Angst. Harry räumte Bücher und Papiere von dem Sessel, um dem Graf Platz zu machen, während Lily neben dem Knie ihres Vaters auf den Boden sank.

»Danke, Digsby.« Remmington entließ den Diener mit einem Nicken. »Sag mir Bescheid, wenn du im Rest des Hauses etwas Ungewöhnliches findest.«

»Euer Gnaden«, murmelte Digsby. Er verbeugte sich wieder und entfernte sich aus der Bibliothek.

»Darf ich Ihnen einen Drink einschenken, Sir?« Remmington griff nach der Brandykaraffe.

Der Graf nahm den Drink, trank ihn in einem Schluck und gab das Glas zum Nachschenken zurück. Remmington füllte das Glas erneut und wartete, während der Graf einen weiteren großen Schluck nahm. »Können Sie uns erzählen, was geschehen ist?«

»Der verdammte Lump hat sich als mein Fahrer verkleidet.« Crofford schüttelte den Kopf. »Ich hatte in der letzten Stunde genug Zeit, darüber nachzudenken. Mein Fahrer, John, war auf dem Bock, als wir zu Ashlands fuhren. Ich habe nicht darauf geachtet, als ich zu White's gefahren bin, aber jetzt ist mir klar, daß der Mann später sorgfältig darauf geachtet hat, daß ich sein Gesicht nicht sehe. Zu dem Zeitpunkt muß er John schon außer Gefecht gesetzt haben. Als wir wieder hier ankamen, öffnete der Verbrecher die Tür und hielt mir eine Pistole ins Gesicht.«

»Haben Sie ihn erkannt?« fragte Remmington.

»Nein, er trug eine Maske. Ein häßliches orientalisches Teil«, fügte Crofford hinzu. Er rieb sich die Stirn. »Es war eine Maske, wie die Chinesen sie im Theater benutzen, glaube ich.«

»Es scheint, daß er eine Maske trug, um nicht erkannt zu werden«, sagte Remmington. »Sind Sie sicher, daß es nicht Ihr Kutscher war?«

»Mein Kutscher ist Ire«, erzählte Crofford. »Ich bin sicher, daß dieser Mann Engländer ist. Die Maske hat seine Stimme gedämpft, aber er sprach ohne jeden Akzent.«

Trotz Croffords Sicherheit war Remmington von der Unschuld des Fahrers nicht überzeugt. Von den sieben Dienern des Grafen fanden sie sechs gefesselt in der Küche mit ihrem Arbeitgeber. Der Fahrer war der einzige Bedienstete, dessen Aufenthaltsort jetzt und während des Überfalls ungeklärt war.

Er beobachtete, wie der Graf geistesabwesend das Haar seiner Tochter streichelte, und eifersüchtig schmerzte es ihn, daß er nicht dasselbe tun konnte. Er erinnerte sich daran, wie weich sie sich angefühlt hatte, als er sie in seiner Kutsche festgehalten hatte, ihre samtene Wange, als er ihr Gesicht berührt hatte. Plötzlich war der Raum wärmer, und er rieb seine Handfläche an seinem Schenkel, als wollte er diese Erinnerung wegbürsten. Er wollte für Lily nichts anderes als Mitgefühl empfinden. Er zwang sich, seine Aufmerksamkeit auf den Grafen zu konzentrieren. »Was geschah als nächstes?«

»Er hielt mir die Waffe an den Kopf und sagte, wir hätten im Haus etwas Geschäftliches zu erledigen. Ich dachte, er wollte das Haus ausplündern.« Croffords Stimme versagte, und er mußte einen Moment warten, bevor er fortfuhr. »Er hatte aber einen viel hinterhältigeren Plan. Er kannte alle meine Diener mit Namen und wußte, wo sie um diese Zeit zu finden waren, der clevere Bastard. Zuerst befahl er einem Lakai, die Bediensteten zu wecken und in die Küche zu schikken. Dann ließ er den Koch jeden fesseln, während er die Pistole auf mich gerichtet hielt. Er versicherte sich, daß alle Knoten fest waren, bevor er uns alle knebelte. Zusammengebunden wie Weihnachtstruthähne. Wenn ich da gewußt hätte …«

Lily nahm seine rechte Hand in ihre linke und legte ihren Kopf auf das Knie ihres Vaters. Sie gaben ein schönes, trauriges Bild ab, an das Remmington sich lange würde erinnern können. Er sah, wie dem Grafen Tränen über das Gesicht tropften, und alle warteten, während er seinen Brandy trank, eine sichtbare Anstrengung, um seine Beherrschung wiederzufinden.

»Es schien Stunden später, als ich Lily schreien hörte.« Crofford sah seiner Tochter intensiv in die Augen, und in die Falten seines Gesichtes hatte sich der gequälte Ausdruck eines Vaters gegraben, der nichts tun konnte, um sein Kind vor einer Gefahr zu schützen. Seine Stimme wurde zu einem Flüstern. »Die Schreie schienen immer gellender zu werden, aber es war noch schlimmer, als sie aufhörten. Ich dachte … Ich dachte, er …«

Crofford bedeckte sein Gesicht mit den Händen. Ein lautloses Schluchzen schüttelte seine Schultern. Lily hob ihren Kopf und zog sanft die Hände ihres Vaters von seinem Gesicht, um ihn zu zwingen, ihr in die Augen zu sehen. »Es … geht mir gut, Papa.«

Die Worte klangen gezwungen. Der Graf zog eine Grimasse und streckte die Hand aus, um mit seinen Fingern an dem gekräuselten Kragen ihres Nachthemdes entlangzufahren. »Gut?« Er strich mit zärtlicher Sorge über die dunklen Flecken auf ihrem Hals. Seine Stimme klang rauh. »Er hat beinahe mein Baby umgebracht! Er hätte …«

Der Gesichtsausdruck des Grafen wurde nun hart. Er hielt das Gesicht seiner Tochter zwischen seinen wettergegerbten Händen, und seine Stimme war ruhig und fest. »Hat er dir noch woanders wehgetan, Lily?«

Sie schüttelte den Kopf. »Nein!«

Ein diskretes Klopfen an der Bibliothekstür unterbrach den peinlichen Augenblick. Harry öffnete sie nur einen Spalt, um Digsby in das Zimmer zu lassen.

»Sag uns, was du im Rest des Hauses gefunden hast.« Remmington goß sich noch einen Brandy ein. Er begrüßte die Ablenkung durch die Anwesenheit Digsbys. Die Sorge des Grafen brachte ihm ein häßliches Bild vor Augen, eines, an das er bisher nicht gedacht hatte. Die Art, wie Lily errötet war und von ihrem Vater weggesehen hatte, konnte bedeuten, daß ihr die Frage einfach nur peinlich war. Es konnte aber auch bedeuten, daß sie ihrem Vater die Wahrheit ersparen wollte. Er sah auf seine verkrampfte Hand und beschloß, daß es besser wäre, das zerbrechliche Brandyglas erst einmal zur Seite zu stellen.

Digsby verbeugte sich und begann mit seinem Bericht. »Wir haben uns um das Hauspersonal des Grafen gekümmert, und sie scheinen sich erholt zu haben. Niemand im Haus ist ernstlich verletzt worden. Leider fanden wir eine unerfreuliche Überraschung in den Ställen. Dem Koch zufolge ist der Herr, den wir dort gefunden haben, ein gewisser John Larson, der Kutscher des Grafen.« Digsbys Blick fiel auf Lily, die immer noch auf dem Boden saß. Er dämpfte seine Stimme, so daß nur Remmington ihn hören konnte. »Es scheint, daß er erwürgt wurde, Euer Gnaden.«

»John ist tot?« fragte Crofford geschockt.

Digsby wartete auf Remmingtons schweigende Zustimmung und nickte dann. »Wir haben den Totengräber noch nicht gerufen. Ich dachte, Sie wollten die Sache selbst in die Hände nehmen.«

»Haben Sie die Kutsche des Grafen gefunden?« fragte Remmington. Da der Kutscher tot war, war die Dienerschaft von jedem Verdacht befreit. Die Stadtdienerschaft, ergänzte er und dachte, daß seine Landsitze noch in Frage kamen. Es gab einen Grund dafür, daß der Mann eine Maske getragen hatte. Wenn er es nicht getan hätte, da war sich Remmington sicher, hätten der Graf oder Lily ihn erkannt.

»Nein, Euer Gnaden«, antwortete Digsby. »In den Ställen gab es zwei Berberpferde und einen Zweispänner, aber keine Kutsche.«

»Was ist mit Lady Lillians Zimmer?«

»Zeichen eines Kampfes, Euer Gnaden. Ich habe einen

ziemlich schweren Kerzenhalter mit Blutspuren am Fuß gefunden. Auf dem Teppich waren ein paar Flecken und Spuren im Treppenhaus. Es scheint, daß die verletzte Person eine Hand auf die Wunde gelegt hat, bevor sie die Treppe hinunterging. Eine Hand an der Wand, um sich abzustützen, würde die Flecken dort erklären. Der Koch sagt, sie hätten gehört, wie ihre Herrin aus dem Haus geflohen sei, und seien sicher, daß der Schuldige kurze Zeit darauf das Anwesen verlassen hätte.«

»Gab es noch etwas Interessantes im Haus?«

»Nicht im Haus, Euer Gnaden, aber im Seitenhof.«

Digsby blieb ruhig und gefaßt, als interessiere ihn das Thema nicht mehr als das Wetter. »Es gibt direkt unter dem Fenster der Bibliothek einen Bereich, wo die Büsche zur Seite geschoben und das Unterholz niedergetrampelt wurde. Wir haben jede Menge von diesen Dingern hier gefunden, aber da es sich immer um die gleichen handelte, habe ich Ihnen nur den größten gebracht.«

Remmington nahm den Zigarrenstummel aus Digsbys Hand und hielt die halb gerauchte Zigarre dann ins Licht, um sie genauer zu betrachten. Er hielt sich das Objekt unter die Nase und bemerkte abwesend: »Teuer.« Dann übergab er den Stumpen Crofford zur Inspektion. »Ich weiß nicht, wie es Ihnen geht, Sir, aber ich kann an einem Abend nur zwei von diesen Dingern rauchen. Eigentlich ist eine mehr als genug. Es scheint, daß der Täter mehrere Male vor Ihrem Haus gewesen ist. Das würde auch seine Kenntnisse über Eure Angestellten erklären, wenn auch nicht ganz. Wer immer es ist, der Mann ist gründlich.«

»Er ist ein Mörder!« erklärte Crofford mit geballten Fäusten. »Ich werde nicht eher ruhen, als bis er hinter Gittern ist. Meine Tochter wird bis dahin nicht sicher sein.«

»Ich fürchte, daß Sie damit recht haben.« Remmingtons Gesichtsausdruck wurde grimmig. »Leider scheint er außerdem ziemlich klug zu sein.«

»Klug oder nicht, ich will, daß er gefangen wird und für seine Verbrechen hängt.« Crofford sah von Harry zu Remmington. »Ich kann Ihnen beiden nicht genug dafür danken, was Sie heute nacht getan haben. Wenn ich daran denke, wie Lily allein auf der Straße war, nach dem, was sie in ihrem eigenen Haus durchgemacht hatte ... Er hätte uns alle töten können. Zusammengebunden wie hilflose Kaninchen, hätte er jedem von uns die Kehle durchschneiden können.«

»Ihre Leben waren in Gefahr«, stimmte Remmington zu. Ein Muskel in seinem Kiefer spannte sich an, als er von Crofford zu dessen Tochter sah. Lily wirkte immer noch wie unter Schock. »Wir sind froh, daß wir zu Diensten sein konnten.«

»Ich habe zusätzliche Männer von Crofford Hills angefordert«, verkündete der Graf mit einem Nicken, das seine Entscheidung zu bestätigen schien. Er stützte seinen Ellbogen auf die Sessellehne und fuhr sich mit einer Hand durch die Haare. »Ihre Hilfe heute nacht weiß ich sehr zu schätzen, Euer Gnaden. Ebenso die Ihre, Lord Gordon. Ich stehe in Ihrer beider Schuld, und die wäre noch größer, wenn Sie diese Angelegenheit so verschwiegen wie möglich behandeln würden. Der Skandal wäre zu peinlich, wissen Sie.«

»Natürlich«, antwortete Harry. »Sie haben mein Wort in dieser Sache, Sir.«

»Und meins«, fügte Remmington hinzu. »Seien Sie versichert, daß auch niemand ein Wort über diesen Zwischenfall von meinen Männern erfahren wird. Man kann ihnen vertrauen, daß sie schweigen.«

»Das schätze ich.« Crofford nickte ernst.

»Möchten Sie, daß meine Männer bei Ihnen bleiben, bis Ihre Leute von Crofford Hills gekommen sind?« bot Remmington an. Sein Blick ruhte kurz auf Lily. Er spürte, daß ihre gemeinsame Zeit zu Ende ging. Er wollte sie nicht verlassen, aber sie war jetzt bei ihrer Familie. Er hatte kein Recht zu bleiben.

»Ich glaube nicht, daß der Verrückte im hellen Tageslicht angreifen wird«, begann Crofford, »aber ich würde bedeutend ruhiger schlafen, wenn Ihre Männer bis zum Morgengrauen bleiben würden.«

»Ich werde Digsby über das Arrangement informieren. Sagen Sie ihm einfach Bescheid, wenn Sie ihn nicht mehr brauchen. Er und die anderen Männer können in meiner Reisekutsche zurückkehren.«

Es herrschte ein kurzes unbehagliches Schweigen, als alle erkannten, daß die unmittelbare Gefahr vorüber war. Es bestand kein Anlaß mehr, daß Remmington und Harry in Crofford House blieben. Harry räusperte sich und lächelte grimmig.

»Ich denke, Remmington, wir sollten gehen und diese Menschen sich ausruhen lassen. Es war eine ereignisreiche Nacht für uns alle.«

Remmington nickte, aber seine Augen suchten Lily. »Sind Sie sicher, daß alles in Ordnung ist?« Er hatte die Frage an Lily gerichtet, aber es war Crofford, der antwortete.

»Ganz gut, dank Ihrer Hilfe, Euer Gnaden, und Ihrer, Lord Gordon.« Crofford tätschelte die Schulter seiner Tochter, stand dann aus seinem Sessel auf und begleitete die Männer zur Tür. »Wenn es irgend etwas gibt, das ich tun kann, um das wiedergutzumachen, zögern Sie bitte nicht, es mir zu sagen.«

Remmington sah ein letztes Mal Lily an, nickte, trat dann hinaus und schloß die Tür hinter sich.

Drei

»Die Scharade ist vorbei, Lily.«

In dem Graf ging eine Veränderung vor, sobald die beiden Männer gegangen waren. Verschwunden war jede Angst und Ruhelosigkeit. Statt dessen grimmige Entschlossenheit. Lily sprang aus dem Weg, als ihr Vater seinen Stuhl an den Schreibtisch schob. Er durchsuchte seinen Schreibtisch, bis er seinen Füllfederhalter und einen Stapel Papier fand.

»Setz dich.« Die Spitze seiner Feder zeigte auf einen Stuhl auf der anderen Seite des Schreibtischs. Dann beugte er sich über das leere Blatt Papier und begann mit rasender Geschwindigkeit zu schreiben. »Ich werde diesen Brief bei Morgengrauen durch einen Lakai zu Sir Malcolm bringen lassen.

Er wird dann erfahren, was heute nacht geschehen ist, und außerdem, daß du bereits auf dem Weg zu seiner konspirativen Wohnung in Brighton bist. Wir müssen dich aus London rausbringen. Und zwar schnell.«

»Was ist eine konspirative Wohnung?« fragte Lily. Mit der Hüfte schob sie einen Stapel Papiere zur Seite, als sie sich auf den Stuhl setzte.

»Das ist ein Ort, an dem niemand Fragen stellen wird, wo du sicher sein wirst, bis wir diesen Mann gefunden und die Gründe für seinen Angriff aufgedeckt haben.« Er riß eine Ecke von einem Papier auf seinem Schreibtisch ab und schrieb eine Adresse auf. »Das ist die Wegbeschreibung zu dem Haus. Sag den Dienern dort, daß du auf Einladung von Mr. Scott kommst. Das ist ein Code, und sie werden dir keine weiteren Fragen stellen.«

»Aber ...«

»Ich möchte nicht mit dir darüber streiten, Lily. All meine Ängste, die ich in den vergangenen vier Jahren hatte, haben sich heute nacht bewahrheitet. Es war ein Fehler von mir, Bainbridge die Erlaubnis zu geben, dich in seine Geschäfte zu verwickeln. Ich wußte, daß dabei nichts Gutes rauskommen würde.« Er sah von seinem Schreiben lange genug auf, um ihr einen finsteren Blick über den Schreibtisch zuzuwerfen. »Es scheint, daß ich recht hatte.«

»Sir Malcolm ist äußerst vorsichtig, um meine Mitarbeit geheimzuhalten. Wir können nicht einmal mit Sicherheit sagen, daß dies wegen unserer Arbeit geschehen ist. Du darfst dir nicht die Schuld geben, Papa. Der Mann, der mich angegriffen hat, ist für das verantwortlich, was heute nacht geschehen ist, nicht du.«

Crofford tat ihre Meinung mit einer ungeduldigen Handbewegung ab. »Bainbridge könnte in Newcastle Kohle verkaufen. Er hat mich davon überzeugt, daß du niemals in Gefahr sein würdest. Ich muß verrückt gewesen sein. Ich hätte dem schon vor Jahren Einhalt gebieten sollen, bevor dein Leben auf dem Spiel stand.«

»Aber meine Arbeit ist wichtig, Papa. Du hast selbst gesagt, daß ich ein seltenes Talent für Codes habe.«

»Stimmt, aber du wirst dein Talent so bald nicht wieder einsetzen.« Er fügte dem Brief einen letzten Absatz hinzu. »Nichts ist wichtiger als dein Leben.«

»Was ist mit Roberts Leben?« fragte sie. »Ich bin die einzige in England, die seinen Cross Code entschlüsseln kann. Es wird Monate dauern, bevor du die Formeln beherrschst.«

Er sah schließlich auf und schüttelte seinen Kopf. »Dein Bruder kann sich um sich selbst kümmern, Lily. Bainbridge wird Robert benachrichtigen, daß er den neuen Maze-Code benutzen soll, bis wir die Situation im Griff haben. Die Franzosen haben in den letzten Monaten keinen neuen Code entwickelt, und ich bin absolut in der Lage, alles zu entziffern, was sie abschicken.«

»Du weißt, daß ich die Codes schneller knacken kann als du.« Das war keine Prahlerei, sondern eine Feststellung. Wenn die Wahrheit ihn nicht überzeugen konnte, dann vielleicht Schuldgefühle. »Was ist mit den Menschenleben, die davon abhängen, daß diese Nachrichten so schnell wie möglich entziffert werden?«

»Ich kann mich nicht um die ganze Welt kümmern«, sagte er, »und ihr Schicksal ruht auch nicht allein auf deinen Schultern. Wir werden in deiner Abwesenheit versuchen, so gut wie möglich zurechtzukommen. Was glaubst du, würden wir tun, wenn dieser Verrückte heute nacht Erfolg gehabt hätte? Du würdest für immer fehlen. Glaubst du, ich werde dein Leben noch einmal auf diese Weise riskieren?«

Die Endgültigkeit seines Tonfalls beunruhigte sie. »Wenn du mich wirklich fortschicken willst, dann werde ich gehen, aber nimm mir nicht meine Arbeit. Bitte, Papa.«

Crofford legte seine Feder zur Seite und faltete seine Hände auf dem Schreibtisch. »Wir werden den Krieg nicht in den paar Tagen oder Wochen verlieren, in denen du fort bist, Lily. Aber du mußt der Tatsache ins Gesicht sehen, daß ich im Moment nichts versprechen kann. Wenn der Angriff heute nacht mit deiner Arbeit zu tun hatte, bedeutet das, daß die Franzosen deine Identität kennen und du bis zum Ende des Krieges nicht sicher sein wirst. Wenn das der Fall ist, weiß ich nicht, was wir tun werden. Zweifellos wird deine Arbeit unterbrochen. Du mußt dich auf diese Möglichkeiten vorbereiten.«

Lily nickte. Zum erstenmal wurde ihr klar, wie sehr sich ihr Leben in den vergangenen paar Stunden verändert hatte. Sie würde sich vielleicht verstecken müssen, bis der Krieg vorüber war. Sie konnte es sich nicht vorstellen.

»Du hast schon mehr mitgemacht, als eine junge Frau in ihrem ganzen Leben erfahren sollte«, fuhr er mit gedämpfter Stimme fort, »und du wirst in den nächsten Wochen gezwungen sein, noch mehr zu ertragen. Du bist ein starkes Mädchen. Und genau jetzt könnte dein Leben von dieser Stärke abhängen. Kannst du stark sein für mich, Lily?«

Sie nickte wieder.

»Gut. Ich möchte, daß du jetzt nach oben gehst und nicht mehr als einen Koffer packst. Du wirst morgen früh die Postkutsche nach Brighton nehmen, und mehr als ein Koffer würde Aufmerksamkeit erregen. In Schwarz gekleidet mit einem Schleier, der dein Gesicht verbirgt. Die Trauerkleidung, die du zur Beerdigung deiner Großtante Amelia trugst, wird genau richtig sein. Ich glaube, am besten erscheinst du als junge Witwe, die zu sehr in ihrem Kummer gefangen ist, um sich an höflichen Unterhaltungen zu beteiligen.«

»Die Postkutsche nach Brighton? Als *Witwe!*«

»Wenn du in einer Crofford-Kutsche mit dem Familienwappen reist, würde dein Aufenthaltsort kaum geheim bleiben. Mietkutschen sind bekanntermaßen langsam. Sie gehen nur selten auf eine Reise, ohne mindestens eine Panne zu haben. Denk nach, Lily. Die Postkutsche ist das schnellste, verläßlichste Mittel, um heimlich diese Reise zu machen.«

»Ich werde alleine reisen?«

»Nicht ganz, meine Liebe. Jede anständige Dame reist mit einem Diener. Nimm deine Zofe Gretchen mit. Sie scheint nicht so schwatzhaft zu sein. Wenn man die Ereignisse dieser Nacht bedenkt, wird sie mit der Witwengeschichte ganz schnell einverstanden sein.«

»Du wirst mich nicht begleiten?«

»Nein, Lily. Ich muß hierbleiben. Ich werde dafür sorgen, daß alle denken, daß du ebenfalls hier bist, erkrankt, so daß du ans Bett gefesselt bist. Wenn der Fanatiker wieder in das Haus einbricht, werden wir dieses Mal vorbereitet sein. Ich werde dein Leben nicht dadurch riskieren, daß du innerhalb seiner Reichweite bleibst.«

»Komm mit mir, Papa. Du darfst dich ebenfalls nicht in Gefahr begeben.« Lily streckte über den Tisch die Hand aus, um seine zu ergreifen, aber er betrachtete die andere Hand seiner Tochter – die, die über ihren Hals rieb. Er schüttelte seinen Kopf.

»Ich bin kaum in akuter Gefahr. Die Männer, nach denen ich schicke, kommen nicht von Crofford Hills. Es werden Bainbridges Männer sein, alle mehr als nur fähig, mit einer solchen Situation umzugehen. Ich kann deine Abwesenheit vertuschen, aber dieser Mann wird sich nicht wieder zeigen, wenn wir beide abreisen.«

»Warum kann ich nicht bei Sophie und den Bainbridges bleiben?« fragte sie. »Wenn ich in der Nähe bin, kannst du mich erreichen, wenn ich gebraucht werden.«

»Wenn du zu den Bainbridges gingst, wäre das, als würde man einen Fuchs in einen Hühnerstall bringen. Das einzige, was du jetzt tun mußt, ist, dich zu verstecken. Ich möchte, daß du mir versprichst, nichts zu tun, was dich in Gefahr bringt. Ich werde mich schon genug um deine Sicherheit sorgen.«

Lily sah aus, als wollte sie die Auseinandersetzung fortführen, aber schließlich nickte sie. »Ich verspreche es, Papa.«

»Ausgezeichnet. Und jetzt pack deine Sachen. Ich möchte nicht, daß du die Kutsche verpaßt.«

Lily packte ihren Koffer so schnell wie möglich. Sie schickte das schläfrige Gretchen in ihr Quartier, um das gleiche zu tun. Weniger als eine halbe Stunde später trugen zwei hagere Lakaien ihren Schrankkoffer die Treppe hinunter, gefolgt von Gretchen, die ihre eigene vollgestopfte Tasche schleppte. Remmingtons Diener Digsby hielt sich immer noch in der Eingangshalle auf. Die Tür zur Bibliothek stand offen, und ihr Vater trat heraus, als er sie kommen hörte.

»Digsby hat mich daran erinnert, daß meine Kutsche im

Moment nicht da ist. Es wird so gut wie unmöglich sein, zu dieser Nachtzeit eine Mietkutsche zu finden. Digsby ist sich sicher, daß der Herzog darauf bestehen würde, daß sein Fahrer euch beide sicher zum ›Two Swans‹ bringt, und er hat uns liebenswürdigerweise anstelle seines Arbeitgebers die Benutzung von Remmingtons Kutsche angeboten. Ich habe ihm erzählt, daß du vorhast, bei Großtante Amelia in West Wycombe zu bleiben, bis diese schreckliche Sache vorüber ist.« Er sah sie bedeutungsvoll an, und ihr Nicken sagte ihm, daß sie die Lüge verstanden hatte. »Ich werde dich wissen lassen, wenn wir den Schuft gefangen haben. Bis dahin fühle ich mich besser, wenn ich weiß, daß du bei Tante Amelia in Sicherheit bist. Jetzt laß uns zur Kutsche gehen. Ich möchte nicht, daß du die Kutsche nach West Wycombe verpaßt.«

Als sie hinaustraten, bemerkte Lily, daß ihr Schrankkoffer bereits auf die Kutsche des Herzogs geladen war. Digsby eilte vor, um ihr die Tür aufzuhalten.

»Mylady.« Er führte eine weitere seiner makellosen Verbeugungen aus, während er die Tür aufhielt. Lily überlegte, ob Remmington bei dem Mann Stunden genommen hatte. Sie beide führten diese Bewegung so makellos aus.

Der Kutscher kümmerte sich im nächsten Moment um Gretchens Tasche. Er war einer der Ohrringträger mit dem farbenfrohen Kopftuch. Nicht der am zuverlässigsten aussehende Kutscher, aber Digsby sah auch kaum aus wie ein Butler – mit seinen Narben und seinen widerspenstigen Haaren. Seine rostfarbenen Locken schienen im nächtlichen Wind ihr eigenes Leben zu führen. Aber er war die Höflichkeit selbst, als er Lily zur Kutsche geleitete. Gretchen folgte, und dann kam der hastige Abschied vom Grafen. Lily wußte, daß ihr Vater sie aus der Gefahrenzone wissen wollte, solange die Hoffnung bestand, daß ihr Angreifer ihre Abreise nicht beobachten würde. Die Kutsche fuhr ruckartig an. Crofford House und alles, was Lily schätzte, entfernte sich aus ihrem Blickfeld.

Nur gut vier Stunden früher hatte sie den Mann niedergeschlagen, der versucht hatte, sie zu töten. Er hatte sich inzwischen vielleicht von seinen Verletzungen erholt und war gierig darauf aus, sie wieder zu jagen. Ein unkontrollierbarer Schauer lief ihr durch den Körper, und sie senkte den schwarzen Netzschleier, um ihre Angst vor Gretchen zu verbergen.

Das Mädchen schien aufgeregt über die Reise zu sein, und sie hatte bereitwillig zugestimmt, ihre Herrin zu dem unbekannten Ziel zu begleiten. Nur eine Handvoll der Stadtdienerschaft begleitete die Familie nach Crofford Hills, wenn sie sich aufs Land zurückzog, und Gretchen gehörte nicht dazu. Lily überlegte, ob das Mädchen jemals außerhalb der Grenzen Londons gewesen war. Sie wollte diese Frage stellen, als die Kutsche anhielt.

»Wir können noch nicht beim ›Two Swans‹ sein.« Lily beugte sich vor, als Digsby auch schon an der Tür stand mit einer Erklärung.

»Verzeiht mir, Mylady.«

Lily erwartete den Schlag, bevor er kam. Himmel, die Diener des Königs verbeugten sich nicht so oft wie dieser Mann. »Ja, Digsby?«

»Jack hat mich daran erinnert, daß meine Missus sich Sorgen machen wird, da wir heute abend früh abgefahren sind. Da wir sowieso an der Residenz Seiner Gnaden vorbeikommen, dachte ich, Sie hätten nichts dagegen, wenn wir schnell anhalten, um meine Frau zu beruhigen.«

»Sie sind verheiratet, Digsby?«

Das war nicht sehr höflich, dachte sie und war froh über den Schleier, der ihre Verlegenheit wegen der taktlosen Frage verbarg. Es gab keinen Grund, daß der Mann nicht verheiratet sein sollte. Schließlich hatte Vikar Robbins gesagt, daß es für jeden Topf einen Deckel gab. Eine Frau für Digsby war der Beweis dafür.

»Meine Frau arbeitet als Köchin, Mylady.« Digsby hielt seine Hände an den Seiten und stand stramm. Lily wurde schließlich klar, daß er auf ihre Erlaubnis wartete.

»Sie müssen sie natürlich beruhigen«, sagte sie mit einer Bewegung zur Tür. »Beeilen Sie sich, Digsby, wir haben nicht viel Zeit.«

»Mylady.« Er verbeugte sich wieder, und langsam fand sie das ärgerlich.

Digsby eilte die Stufen hinauf und verschwand im Haus, während Lily durch den Vorhang am Fenster der Kutsche spähte. Verschleiert oder nicht – ihr gefiel es nicht, daß sie eventuell vor der Residenz des Herzogs gesehen werden konnte.

Remmington war im Haus, nur ein paar Schritte entfernt. Weshalb brachte diese Erkenntnis eine plötzliche Erregung mit sich? Lily runzelte die Stirn und lehnte sich in die Polster zurück. Ihre kurze, aber ereignisreiche Bekanntschaft war ein für allemal beendet.

Zumindest mußte sie sich keine Gedanken mehr darüber machen, ob sie ihn wiedersehen würde, bis sie aus Brighton zurückkehrte. Es konnte Wochen dauern. Vielleicht Monate. Sehr wahrscheinlich würde er in der Zwischenzeit verheiratet sein. Sie mußte diese Zeit nutzen, um Remmington und ihre kindische Zuneigung zu ihm zu vergessen. Dieser Gedanke ließ sie aufseufzen, denn es wäre für sie einfacher, ihren Namen zu vergessen. Sie vermißte ihn schon jetzt, seine autoritäre Ausstrahlung, die sanfte Art, wie er sie hielt, die Zärtlichkeit in seinem Gesichtsausdruck, als sie vor Crofford House standen. Sie hatte sich gewünscht, daß er ihre Arme um sie legte, sie näher an sich zog ...

»Sind wir wirklich in der Kutsche des Herzogs?« fragte Gretchen. Das Mädchen strich mit einer Hand über die gefederten Sitze und berührte ehrfürchtig die Samtpolsterung der Wände. Die metallene Einfassung der Türen und der Einrichtung funkelten wie Gold in dem sanften Licht, das von der Laterne der Kutsche kam, und innen glänzte das Mahagoniholz.

Gretchen sah Lily schuldbewußt an und legte ihre Hände wieder züchtig in den Schoß, den Blick nach unten gerichtet. »Entschuldigung, Mylady. Ich wollte nicht dreist sein.«

Lily lächelte. Sie bezweifelte, daß Gretchen in ihrem Leben einen *nicht*dreisten Moment erlebt hatte. »Die Fragen stören mich nicht. Ja, es ist die Kutsche des Herzogs. Er ist der Arbeitgeber von Jack und Mr. Digsby und den anderen Männern, die heute im Haus sind.«

»Ist er einer Ihrer Verehrer? Der Herzog, meine ich?« Gretchen zappelte nervös, als Lily sich einen Moment Zeit nahm, bevor sie antwortete.

»Nein. Er macht einer anderen Dame den Hof.« Lily überlegte, wie sie auf dieses Thema gekommen waren. »Hast du denn einen Verehrer, Gretchen?«

»O nein, Miß. Ich hatte vor langer Zeit einen, aber er hat meine beste Freundin geheiratet. Danach hatte ich kein Interesse mehr. Ich bin sowieso nicht der Typ, der die Aufmerksamkeit der Männer erregt.«

»Nun, dem stimme ich nicht zu«, sagte Lily freundlich. Sie betrachtete das Mädchen kritisch und suchte nach einem bemerkenswerten Zug. Gretchens Haar war von einem unbeschreiblichen Braunton, ihre Augen ein trübes Grün. Sie hatte ein Gesicht, das in ein paar Jahren sehr mütterlich aussehen würde. Obwohl nicht feist, war Gretchen doch ein wenig drall. »Du hast einen schönen Teint und ein nettes Gesicht, Gretchen.«

»Danke, Miß.« Gretchens Wangen glühten bei dem Kompliment. »Ich fürchte, die Männer sehen das anders. Aber vielleicht ist einfach noch nicht der Richtige gekommen!«

Lily begann über Gretchens Betrachtung der Männer zu lachen, als ihr das Lachen im Hals steckenblieb. Die Tür der Kutsche wurde aufgerissen, eine Hand griff hinein und legte sich um ihr Handgelenk. Sie konnte kaum Luft holen, als sie auch schon aus der Kutsche gerissen wurde.

»Remmington!« Lily versuchte, auf den Füßen zu bleiben, als er sie die Treppe zu seinem Haus hinaufzerrte. Er reagierte nicht auf seinen Namen, sondern schien nur zu bemerken, daß sie an seiner Seite war, während er sie mit sich zog. Sein Mund war eine gerade entschlossene Linie, und sein düsterer Gesichtsausdruck war beinahe furchteinflößend. Sie senkte ihren Blick und erkannte, daß er einen schwarzen Satinschlafrock trug. Seine kräftigen nackten Beine blitzten bei jedem energischen Schritt aus dem Kleidungsstück hervor. »Lieber Himmel. Sie sind im Schlafrock, und das auf der Straße! Haben Sie den Verstand verloren?«

»Ich glaube, ich kann mich daran erinnern, Sie vor nicht allzulanger Zeit in ähnlichem Zustand gefunden zu haben«, sagte er leicht ironisch. Sein Schritt wurde nicht langsamer, als er das Haus betrat. Er ging durch eine Tür in die Bibliothek, führte sie zu einer Couch und drückte sie an ihren Schultern hinein.

»Sie bleiben da.«

Von allen Dingen, die er ihr hätte sagen können, hatte sie das am wenigsten erwartet. Es stand nicht einmal auf ihrer Liste. »*Was* tue ich?«

»Sie bleiben hier. In meinem Haus.« Er stemmte die Hände auf seine Hüften und sah auf sie hinab. Der Blick in seinen Augen machte sie wütend. »Digsby hat mir erzählt, daß Ihr Vater Sie in das Haus einer ältlichen Tante auf dem Land schicken will. Ich habe noch nie in meinem Leben etwas so Lächerliches gehört. Bis ich Ihren Vater überzeugt habe, werden Sie hier bleiben.«

»Genau das werde ich nicht tun!« Während sie aufstand, begriff sie allerdings langsam, daß Remmington das Gefühl hatte, ihr einen Gefallen zu tun. Er hatte sie in dieser Nacht bereits einmal gerettet, und jetzt schien er sich für ihre Sicherheit verantwortlich zu fühlen. Sie schätzte seine Fürsorge, aber wie sollte sie ihm sagen, daß sie nicht gerettet werden mußte? Die Fenster spiegelten lange graue Schatten, und sie wußte, daß ihr die Zeit weglief. Die Postkutsche würde in weniger als einer halben Stunde abfahren. Sie mußte fort.

Körperliche Stärke würde diese Auseinandersetzung nicht entscheiden. Aber ihr Verstand. Oder vielmehr, was als ein Mangel daran erscheinen würde. Männer konnten so beharrlich sein, wenn sie sich erst einmal an einer Sache festgebissen hatten, aber sie konnte in gleichem Maße ausweichen. Ruhig zog sie das Netz zur Seite und arrangierte den Schleier über ihrem Hut. »Ich schätze Ihre Sorge, Euer Gnaden, aber ich kann nicht einen Moment länger hier bleiben. Meine Kutsche wird ›Two Swans‹ spätestens um sieben Uhr verlassen, und ich möchte in ihr sitzen.«

Er betrachtete sie einen Augenblick mit einem verwirrten Gesichtsausdruck. Dann schüttelte er den Kopf: »Es gibt keine Eile. Sie werden nicht mit einer öffentlichen Kutsche nach West Wycombe reisen.«

»Aber natürlich tue ich das. Papa hat das selbst geplant. Es würde ihn sehr aufregen, wenn er erführe, daß Sie mich zurückhalten, daß ich ohne Anstandsdame in Ihrem Haus bin. Können Sie sich vorstellen, welchen Skandal dieser Besuch auslösen würde?« Es war nicht schwierig, bei dieser Möglichkeit entsetzt auszusehen. Männer trugen wegen weitaus unwichtigeren Dingen Duelle aus. Er mußte die möglichen Konsequenzen kennen, aber trotzdem wollte sie ihm noch eine Gedächtnisstütze geben. »Meine Familie würde sicher Satisfaktion verlangen, weil mein Ruf ruiniert wäre. Es würde den gesellschaftlichen Ruin für uns beide bedeuten. Bitte seien Sie nicht so stur, Remmington. Ich fahre.«

»Tun Sie nicht.«

Lily biß die Zähne zusammen. »Sie können mich hier nicht festhalten.«

»Wirklich?«

Die Vorstellung, daß er vielleicht körperliche Gewalt anwenden würde, um zu bekommen, was er wollte, ließ sie zögern. Der Gedanke alarmierte sie, und doch war das, was er wollte, gar nicht so anstößig. Er wollte sie in Sicherheit wissen, und er hatte offensichtlich beschlossen, alles zu tun, um das zu garantieren. Ach, wenn die Situation nur so einfach wäre, wie sie schien. Er verdiente Dankbarkeit und keinen Streit. Leider änderten ihre Gefühle in dieser Angelegenheit nichts an den Tatsachen. Sie mußte fort.

»Ich glaube, Kidnapping ist ein sehr schweres Vergehen«, sagte sie. »Mein Mädchen wird direkt zu meinem Vater gehen, wenn ich nicht zu meiner Kutsche zurückkehre. Seine Dankbarkeit wird nicht von langer Dauer sein, wenn er erfährt, daß Sie mich hier gegen meinen Willen festhalten. Er wird sicher Anzeige erstatten.«

Remmington tat ihre Warnung ab. »Ich bin sicher, daß Ihr Mädchen gerade eine schöne Tasse heißen Tee in meiner Küche trinkt. Digsby ist bereits auf dem Rückweg zu Ihrem Haus, um meine restlichen Männer zu holen. Außerdem wird er den Grafen darüber informieren, daß ich mit ihm in unserem Club essen möchte, um mit ihm einige Änderungen in Ihren Reiseplänen zu diskutieren. Wenn er darauf besteht,

Sie nach West Wycombe zu schicken, werde ich Sie persönlich hinbringen. Es wird keine große Meisterleistung sein, Sie wieder unauffällig in meine Kutsche und dann unerkannt nach West Wycombe zu bringen.« Er ließ seinen Blick über ihre dunkle Trauerkleidung wandern und sagte verächtlich: »Ich bezweifle, daß Großtante Wie-heißt-sie-noch Sie in diesem schrecklichen Aufzug wiedererkennen wird.«

Lily nahm ihm die Beleidigung nicht übel. Sein Plan klang vernünftig. Es wäre viel sicherer, in Remmingtons Kutsche anstatt in der Postkutsche zu reisen. Sie konnte sich beide schon in seiner Kutsche vorstellen. Er würde wieder seinen Arm um sie legen, und ihr Kopf würde an seiner Schulter ruhen. Das sanfte Schaukeln der Kutsche würde sie beide in Schlaf wiegen, aber er würde sie sicher in seinen Armen halten. Sie seufzte wehmütig. Sein Plan war verlockend. Leider gab es ein paar winzige Fehler in seinem Vorhaben, zum Beispiel die Tatsache, daß Großtante Amelia schon vor drei Jahren gestorben war und daß die Frau niemals in West Wycombe gelebt hatte. Und ihr wahres Ziel durfte er nicht erfahren.

Sie mußte fort!

»Sie haben schon mehr als genug für mich getan«, sagte sie und suchte verzweifelt nach einem logischen Argument. »Ich kann es nicht zulassen, daß Sie meinetwegen noch mehr Unannehmlichkeiten haben. Gretchen und ich werden in der Postkutsche sicher sein. Ich vermute, die Reise wird ohne Zwischenfälle, vermutlich sogar langweilig verlaufen. Sie wissen, wie öde lange Reisen sein können. Es besteht kein Grund, daß Sie die lange Fahrt nach West Wycombe auf sich nehmen, Mylord. Wenn Sie wirklich so besorgt sind um meine Sicherheit, werde ich meinen Vater bitten, daß er Ihnen eine Nachricht über meine sichere Ankunft schickt. Sie sind natürlich sehr willkommen, mich zu dem ›Two Swans‹ zu begleiten, obwohl Sie dort sicher erkannt werden. Sie wissen, wie voll die Gasthäuser sind, wenn die Postkutschen abfahren. Und Sie sind kaum für einen Ausflug gekleidet. Deshalb ist die Idee vielleicht doch nicht so gut. Wir stehen unter großem Zeitdruck. Ich glaube, am besten fahren wir ohne Sie zum ›Two Swans‹.«

Remmington runzelte die Stirn und drehte dann den Spieß um. »Es ist abgemacht, Lily. Sie werden nicht einen Fuß aus diesem Haus setzen, bis ich mit Ihrem Vater gesprochen habe. Sie können es sich bis dahin hier in der Bibliothek bequem machen oder sich in einem der Gästezimmer für ein paar Stunden ausruhen. Angesichts der Tatsache, daß keiner von uns heute nacht geschlafen hat, würde ich das Ausruhen empfehlen. Ich selbst habe auch vor, bis zu der Verabredung mit Ihrem Vater ein paar Stunden zu schlafen. Ich bin sicher, daß Sie etwas Bequemeres als Ihr Kleid zum Schlafen anziehen wollen. Deshalb habe ich Ihren Koffer nach oben in Ihr Zimmer bringen lassen. Sie schlafen vielleicht ruhiger, wenn Sie wissen, daß ich einen meiner Männer vor Ihrer Tür postiert habe. Möchten Sie eine Tasse Tee oder vielleicht einen Sherry, bevor Sie sich zurückziehen?«

Jetzt runzelte Lily die Stirn. »Ich reise ab.«

»Sind wir schon wieder an dem Punkt?« Er verdrehte die Augen. »Der Schlafmangel macht Sie langsam gereizt. Ich habe eine vernünftige Lösung für Ihr Dilemma angeboten. Bis ich Sie nach West Wycombe begleiten kann, sind Sie hier viel sicherer, als Sie es in der Postkutsche wären. Jetzt müssen Sie sich entscheiden. Entweder Sie gehen nach oben in das Gästezimmer oder ich trage Sie hinauf. Entweder oder. Ich möchte in einer Viertelstunde in meinem Bett liegen und schlafen. Also?«

»Ich möchte weg!«

Sein Gesichtsausdruck ließ Lily überlegen, ob sie es besser sofort mit Tränen versucht hätte. Sie veränderten sein Verhalten beachtlich. Augenblicklich war die Entschlossenheit aus seinem Gesicht verschwunden, und statt dessen sah er unsicher und besorgt aus. Er nahm eine ihrer Hände und tätschelte sie. »Sie sind vollkommen durcheinander. Kein Wunder nach allem, was Sie durchgemacht haben.«

Sie schluchzte heftiger. Remmington sah sie einen Moment zögernd an und nahm sie dann in die Arme. Der schwarze Satin seines Morgenrocks fühlte sich warum und glatt unter ihren Händen an. Sie drehte den Kopf und legte ihre Wange an das weiche Material. Nur zu deutlich spürte sie die harten Muskeln, die unter dem Stoff waren. Die Versuchung war einfach zu groß. Lily spürte, wie sie förmlich an seiner Brust zerschmolz. Sie gab den Streit auf und überließ sich seiner Fürsorge.

Er konnte nicht wissen, was er da gerade getan hatte. Ihr Vater würde außer sich sein, wenn er erfuhr, daß sie hier war. Was sollte er zu Remmingtons Angebot sagen? Sie überlegte, ob es einen Zufluchtsort in West Wycombe gab. Die Möglichkeit schien gering.

»Jetzt wird nicht mehr von der Postkutsche gesprochen«, sagte er. »Ich bringe Sie nach oben. Es ist offensichtlich, daß Sie Schlaf brauchen, um sich von der Tortur zu erholen. Auf jeden Fall ist es schon beinahe Tagesanbruch, und Sie werden die ›Two Swans‹ auf keinen Fall rechtzeitig erreichen.«

»Und ob.« Ihre tränenreiche Erklärung hatte wenig Gewicht. Es müßte ein Wunder geschehen, wollte sie ›Two Swans‹ erreichen, bevor die Postkutschen abfuhren. Sie wußten es beide.

»Werden Sie nicht«, erwiderte er. Er nahm sie auf die Arme und trug sie aus der Bibliothek.

Die plötzliche Verlagerung vom aufrechten Stehen zum Getragenwerden machte sie schwindlig. In Wahrheit konnte sie nicht sagen, was verantwortlich für diese Reaktion war: Die Veränderung ihrer Position oder der Mann, der sie trug. Sie stemmte ihre Hände gegen seine Brust. »Lassen Sie mich sofort runter. Das ist unanständig!«

»Ich würde es vernünftig nennen.« Er ignorierte ihre schwachen Kampfversuche und trug sie die Treppe hinauf. »Den verrückten Plan Ihres Vaters, Sie in einer öffentlichen Postkutsche wegzuschicken, nenne ich unanständig.«

»Sie verstehen das nicht!«

Er sah sie ironisch an und stieß dann eine der Türen auf, die sich im oberen Flur befanden. Sie betraten ein feminin aussehendes Schlafzimmer, das muffig nach Lavendel roch. Er setzte sie nicht allzu sanft auf dem unordentlichen Bett ab, trat dann zurück und verschränkte die Arme. »Ich verstehe mehr, als Sie denken.«

Ob der Sicherheit seiner Worte stockte ihr der Atem. Er

hatte sie so abgelenkt, daß sie sich nicht richtig darauf konzentrieren konnte, was sie sagte. War ihr etwas rausgerutscht?

»Sie sind besorgt wegen meiner Motive, Sie hierzubehalten.«

»Bin ich das?« Sie unterdrückte ein erleichtertes Seufzen. Ihr Geheimnis war für den Moment sicher.

»Ja, das sind Sie.« Er ging zum Kamin und arrangierte abwesend die kleinen Figürchen auf dem Sims neu. »Manche Männer würden diese Situation vielleicht ausnutzen.« Er sah sie über die Schulter an. »Ich bin nicht dieser Typ Mann. Sie sind bei mir ebenso in Sicherheit, wie Sie es bei Ihrem Vater wären. Vielleicht sogar sicherer, wenn man seine Ideen bedenkt, Sie zu beschützen.« Er hob eine Hand, um jede Erwiderung zu unterbinden. »Wir hatten gestern abend bei dem Ball einen schlechten Start. Ich weiß, ich habe Ihre Gefühle verletzt. Sehen Sie das als den Versuch an, es wiedergutzumachen. Ich werde Sie morgen nach West Wycombe bringen, und wir können von vorne anfangen, wenn Sie zurückkehren. Wenn Sie es können, vergessen Sie bitte, was bei Ashlands geschehen ist.«

Ihr unglückliches Treffen auf dem Ball bei Ashlands war das letzte, woran Lily dachte. Ihre größte Sorge im Moment war, eine Möglichkeit zu finden, von diesem Haus nach Brighton zu kommen und nicht in West Wycombe zu landen. Die Fenster des Schlafzimmers spiegelten bereits die rosigen Farben der Morgendämmerung. Sie seufzte frustriert. Es war ein so einfacher Plan gewesen. Er hatte es geschafft, ihn vollkommen zu durchkreuzen.

»Sie haben keine andere Wahl, als hierzubleiben«, sagte er, als hätte er ihre Gedanken gelesen.

Sie starrte aus dem Fenster und weigerte sich, ihn anzusehen. »Sie haben mir keine Wahl gelassen.«

Sie hörte nicht, wie er näher an das Bett herantrat. Seine Berührung erschreckte sie, als er seine Hand unter ihr Kinn legte, ein schweigender Befehl, zu ihm aufzusehen. »Haben Sie keine Angst vor mir, Lily, ich denke nur an Ihre Sicherheit.«

Seine Finger strichen über ihre Wange, und schließlich hob sie die Wimpern und sah ihm in die Augen. Sie konnte sich in diesen blaugrauen Tiefen verlieren. Jedes Gefühl, das sie für ihn hatte, schoß an die Oberfläche. Wut und Bewunderung, Sehnsucht und Verlangen, Eifersucht und Hoffnung. Was auch immer geschehen war, seine Anziehungskraft blieb.

Seine Hand umschloß sanft ihr Gesicht und zog sie näher. Sein Blick erinnerte sie an die hypnotische Anziehungskraft, die Motten zum Feuer zog. Sie schloß die Augen und atmete schwer. Dieses Feuer konnte sie zerstören.

Schließlich glitt seine Hand weg, und sie seufzte erleichtert. Sie hatte gehofft, er würde sie küssen, hatte *gewollt*, daß er sie küßte. Es beschämte sie zu wissen, wie leicht er sie beeindrucken konnte.

»Ich glaube, ich gehe jetzt besser.« Seine Stimme klang gequält, und ihr Blick wanderte nicht höher als bis zu dem finsteren Zug um seine Lippen. »Auf dem Gang steht eine Wache.« Er deutete auf eine Tür neben ihrem Bett. »Mein Zimmer ist auf der anderen Seite dieser Tür. Ich dachte, Sie schlafen ruhiger, wenn Sie wissen, daß niemand Unbefugter Ihr Zimmer betreten kann.« Er zögerte einen Augenblick, wollte etwas sagen, überlegte es sich dann jedoch anders. Kopfschüttelnd sagte er: »Es war eine lange Nacht, Lily. Versuchen Sie, sich auszuruhen. Ich wecke Sie, wenn ich von dem Treffen mit Ihrem Vater zurückkomme.«

Vier

Remmington ging in seiner Bibliothek auf und ab wie ein gefangener Tiger. Er hätte am liebsten etwas zerbrochen. Wie konnte er nur so dumm sein?

»Euer Gnaden?« fragte Digsby, der in der Tür stand.

»Wurde auch Zeit, daß du kommst.« Er hatte vor weniger als einer Minute nach Digsby geschickt, in derselben Minute, als er nach seinem Treffen mit Crofford nach Hause gekommen war. »Weck die verdammte Frau und schick sie sofort herunter.«

»Ist die verdammte Frau Miß Gretchen oder Lady Lillian?«

Remmington funkelte ihn zornig an. »Spiel jetzt nicht den Dummkopf. Ich habe für heute wirklich genug mit Narren zu tun gehabt und muß immer noch ...« Seinen nächsten Befehl knirschte er zwischen zusammengebissenen Zähnen heraus: »Ich möchte Lady Lillian sofort in diesem Zimmer sehen.«

Digsby verbeugte sich und zog sich zurück, während Remmington den Brandy nahm, den er sich gerade eingeschenkt hatte. Einen Augenblick lang überlegte er, das Glas an die Tür zu pfeffern. Es war verlockend, aber statt dessen trank er die braune Flüssigkeit und knallte das leere Glas dann auf seinen Schreibtisch. »Von allen dummen, unbegreiflichen Eseln ...« Remmington murmelte weiter, als er auf und ab ging und sich an die Ereignisse erinnerte, die zu seiner Wut geführt hatten.

Zusammen mit Lilys Vater hatte er sich in einem von White's Privaträumen niedergelassen, und die Unterredung hatte nicht länger als ein paar Minuten dauern sollen. Er hatte Crofford über die Veränderung in den Reiseplänen seiner Tochter informieren und dann nach Hause zurückkehren wollen, um Lily auf dem schnellsten Wege nach West Wycombe zu bringen. Morgens, als er ihr Zimmer verlassen hatte, wußte er, daß er sie so schnell wie möglich aus seinem Haus bringen mußte. Ein schlechtes Gewissen konnte niedrige Instinkte nur für eine gewisse Zeit unterdrücken. Sie würde kreidebleich werden, wenn sie auch nur die geringste Ahnung von dem hätte, was ihm durch den Kopf ging, wenn er sie berührte. Er wollte sie. Unbedingt.

Sein einfacher Plan, sich selbst von der Versuchung zu befreien, war von Anfang an schiefgegangen, von dem Moment an, da er Crofford über Lilys Aufenthaltsort informiert und seine Absicht verkündet hatte, sie in seiner Kutsche nach West Wycombe reisen zu lassen.

»Guter Gott«, hatte Crofford geflüstert. »Das wird nicht gehen, Remmington. Nein, überhaupt nicht.«

»Sie können doch nicht wirklich vorhaben, sie in der Postkutsche reisen zu lassen«, meinte er, verwirrt von der Rede des Grafen. Er hatte Dankbarkeit erwartet, nicht einen Ausdruck des Entsetzens. »Es gibt nur wenig Zwischenfälle bei den Postkutschen heutzutage. Aber sie wird in einer Remmington-Kutsche fraglos sicherer sein. Niemand wird sie darin vermuten oder irgendeinen Hinweis auf ihren Aufenthaltsort haben. Es ist einfach die logischste Lösung.«

»Nein, Sie verstehen nicht«, sagte Crofford. »Lily wird nicht nach West Wycombe reisen.«

»Werden Sie mir sagen, weshalb?«

»Natürlich.«

Er hatte geduldig auf die Erklärung gewartet und sich während des langen Schweigens verwundert gedacht, ob Crofford die Frage falsch verstanden hatte.

»Tante Amelia ist nicht in West Wycombe.« Croffords Ankündigung war unverblümt und seine Erklärung hastig. »Ich habe heute morgen nach meinem Anwalt geschickt wegen zusätzlicher Mittel zur Unterstützung von Tante Amelia, und der Mann hat mich daran erinnert, daß die Dame vor über einem Monat nach Italien gereist ist. Ich fürchte, das war mir letzte Nacht vollkommen entfallen bei der ganzen Aufregung. Sie verstehen sicher, wie schwierig es ist, den Kontakt zu Verwandten zu halten. Man weiß nie, ob sie kommen oder gehen. Ich war dann nicht sehr beunruhigt, weil ich bereits Ihre Nachricht erhalten hatte, daß Lilys Reisepläne geändert wurden und daß ich mir keine Sorgen machen brauchte. Ich dachte, sie hätte vielleicht die Kutsche verpaßt und es sei gut, nachdem Tante Amelia nicht in West Wycombe ist. Sehen Sie? Es war alles zum Besten. Lily wäre in West Wycombe völlig verloren gewesen.«

Remmington starrte den Graf schweigend an. Er überlegte, ob der Mann wußte, welche Bedrohung seine Tochter für jedermanns Seelenfrieden war. Sie zu einer ältlichen Tante zu bringen, war kaum eine gute Idee. Sie in einer öffentlichen Kutsche reisen zu lassen, war undenkbar. Wenn er heute morgen nicht eingegriffen hätte, wäre Lily in diesem Moment in West Wycombe gestrandet, allein und vermutlich sehr verängstigt. Er war versucht, dem Grafen zu sagen, was er von seinen blödsinnigen Plänen hielt. Wenn Lily ihm gehörte, würde er sie nicht aus den Augen lassen.

Als ihm eine Frage einfiel, die nicht beleidigend war, gab er sein Bestes, um seinen Sarkasmus zu verbergen. »Wo wollen Sie Lily jetzt also hinschicken, da Sie an den Ferienaufenthalt von Tante Amelia in Italien erinnert wurden?«

»Italien ist um diese Jahreszeit sehr schön.« Crofford rieb sein Kinn. »Lily könnte eine Passage auf einem der Schiffe bekommen, die von Brighton abfahren. Die Postkutschen fahren dort auch hin. Ich bin sicher, sie würde die Reise ohne Schwierigkeiten meistern. Es besteht keine Veranlassung, daß Sie sich damit belasten, Euer Gnaden. Wenn Sie so gut wären, Lily morgen früh zu den ›Two Swans‹ zu begleiten, könnte sie ihre Reise mit dieser kleinen Änderung fortsetzen.«

»Klein?« Remmington zog eine Augenbraue hoch. Hatte der Graf den Verstand verloren? »Crofford, Ihre Tochter ist nicht in der Verfassung für eine lange Seereise. Sie sollten Lily im Moment nicht alleine fortschicken. Sie sollten mit ihr reisen.«

»Glauben Sie nicht, daß ich bei meiner Tochter sein möchte?« Crofford stützte seinen Ellbogen auf den Tisch und rieb sich die Stirn. »Ich kann London nicht verlassen. Mein Plan ist, ihren Angreifer hervorzulocken, indem ich ihn glauben mache, daß Lily sich noch im Haus befindet. Wenn er jedoch entdeckt, daß Lily geflohen ist, wird er sie suchen. Wenn ich bei ihr bin, wird es kein Rätselraten erfordern, was ihren Aufenthaltsort angeht.«

»Können Sie Lily nicht woanders hinschicken? Irgendwohin, wo dieser Mann sie nicht suchen wird?«

»Nirgends, wo ich sie sicher weiß. Ich möchte sie überhaupt nicht fortschicken, aber sie ist hier nicht sicher. Hoffentlich finden wir diesen Verrückten in ein oder zwei Tagen, und diese ganze Sache findet ein glückliches Ende. Ich will meine Tochter zurück.«

Remmington wollte sie nicht zurückgeben. Crofford hatte einen vernünftigen Plan, um den Mann zu fangen, der die Sicherheit seiner Tochter bedrohte. Doch er schien nicht fähig zu sein, sie in der Zwischenzeit außer Gefahr zu bringen.

»Wenn Sie kein passenderes Ziel als Italien finden, ist sie bei mir sicherer.« Remmington schloß seinen Mund zu spät. Was hatte ihn geritten, solch einen Vorschlag zu machen?

»Das wäre eine enorme Zumutung.« Crofford schüttelte den Kopf. »Sie haben bereits genug getan.«

Remmington seufzte erleichtert.

Crofford starrte weiter auf seine gefalteten Hände und richtete sich dann in seinem Stuhl auf. Er nickte langsam, und sein Gesichtsausdruck wurde enthusiastisch. »Es macht natürlich Sinn. Niemand weiß, daß sie da ist. Und es wäre nur für ein paar Tage.«

Remmington verspürte einen Anfall von Panik. Der Graf dachte ernsthaft über die Idee nach. Nicht, daß der Gedanke daran, Lily zu behalten, ihm nicht auch gefiel. Es war der Gedanke daran, daß ihr Vater von dem Arrangement wußte, der ihn entsetzte. Sie würde so unantastbar sein wie immer, aber auch genauso verführerisch. Es wäre eine Qual, eine wahnsinnige Herausforderung an seine Willenskraft. »Natürlich würde ich verstehen, wenn Sie das Angebot als zu empörend empfinden. Ihr Ruf wäre ruiniert, wenn irgend jemand erführe, daß sie ungeschützt in meinem Haus war.«

»Ich dachte, Sie hätten gesagt, daß Ihre Diener nicht schwatzhaft sind.«

»Sie finden in London keine diskreteren Diener.« Remmington kniff sich in Gedanken wegen der vorschnellen Antwort. Er hätte über die Verbreiter von Gerüchten unter seinen Angestellten prahlen sollen. »Und doch würde ich jeden Vater verstehen, der zögert, eine unverheiratete Tochter in meine Obhut zu geben. Ich fürchte, mein Ruf, was Frauen angeht, ist nicht vorbildlich.«

Croffords Gesichtsausdruck wurde kalt. »Wollen Sie sagen, daß Sie dieses Angebot nur machen, um meine Tochter zu verführen?«

»Natürlich nicht! Ich habe nicht die Absicht, Ihre Tochter zu verführen.« Tatsächlich wollte er genau das vermeiden. Es war beleidigend, beschuldigt zu werden, ihre Verführung zu planen. Er bedachte Crofford mit einem Blick, der jeden anderen hätte erzittern lassen. »Sie haben mein Ehrenwort.«

»Gut. Ich akzeptiere es.« Der Graf beugte sich mit ernstem Gesicht vor. »Schließlich würde kein *wahrer* Gentleman die Situation einer Frau unter solchen Umständen ausnutzen.«

Die beiden Männer starrten einander über den Tisch hinweg an, und die Atmosphäre zwischen ihnen schien Funken zu sprühen. Schließlich brach Remmington das Schweigen.

»Ihre Tochter ist sicher, Crofford. Falls Sie es noch nicht wissen: Den Gerüchten zufolge bin ich so gut wie verlobt mit Lady Margaret Granger.«

»Ich habe es gehört«, murmelte Crofford, nicht entmutigt von seinem zornigen Blick.

»Lily hat von mir nichts zu fürchten.«

»Ich bin froh, das zu hören.«

»Sie ist in meinem Haus sicherer als in ihrem eigenen!«

»Ich glaube, Sie haben recht, Remmington. Ich akzeptiere Ihr Angebot, Lily zu verstecken. Sie haben meine Bedenken vollkommen zerstreut.«

Remmington schüttelte den Kopf. Es machte ihn schon wütend, nur an die Unterhaltung mit Crofford zu denken. Er ging zu einem der großen Fenster in der Bibliothek, stützte sich mit beiden Händen daran ab und starrte in den Garten, ohne die erhabene Schönheit zu würdigen.

Er war überlistet worden. Wenn er an das Gespräch zurückdachte, war er sicher, daß er dem Grafen in die Falle gegangen war. Er hatte den häßlichen Verdacht, daß Crofford dieses Arrangement von Anfang an im Kopf gehabt hatte. Crofford mußte gewußt haben, daß seine Männer Lily nicht einfach in einem öffentlichen Gasthof alleine absetzen würden. Wenn er die Situation von Croffords Standpunkt aus betrachtete, war sein Stadthaus das ideale Versteck. Niemand würde Lily hier vermuten.

»Sie haben nach mir geschickt?«

Er zog eine Grimasse beim Klang ihrer leisen, heiseren Stimme. Seufzend drehte er sich um. Im Moment sah sie nicht sehr anziehend aus. Ihre Gretchenfrisur hatte sich gelöst. Die langen Locken umrahmten ein Gesicht, das geschwollen von Tränen war, und sie trug immer noch das häßliche schwarze Kleid, in dem sie offensichtlich geschlafen hatte. Sie sah verheerend aus. Er spürte widerwillig Mitleid. Nichts von allem war ihr Fehler oder von ihr verursacht. Ihr Vater war vielleicht manipulierend, aber er hätte geschworen, daß sie keinen Anteil an dem Plan hatte, sich in seinen Haushalt einzuschmeicheln. Sie war unschuldig, alleingelassen und verwundbar in der Obhut eines Mannes, den sie kaum kannte. Ihren Vater sollte man auspeitschen.

Er kämpfte gegen den Drang, das Zimmer zu durchqueren und sie in die Arme zu nehmen. Und dann dachte er, warum nicht? Das würde ohne Zweifel beweisen, daß das Vertrauen ihres Vaters in ihn nicht gerechtfertigt war.

In diesem Moment fiel ihm wieder die Unterhaltung ein, die er in Ashlands Garten belauscht hatte. Wußte Crofford von Lilys Zuneigung? Ein Vater konnte die Heirat verlangen, wenn ein Mann seine Tochter kompromittierte. Konnte der Graf so hinterhältig sein? Es wäre der raffinierteste Plan, der je ausgedacht wurde, um ihn an den Altar zu zwingen, aber er konnte den Verdacht nicht ganz beiseite schieben.

Wenn es irgendeine Hoffnung gab, diese Situation unbeschadet zu überstehen, mußte er Lily von Anfang an klarmachen, daß ihre Beziehung rein geschäftlich war. Er würde nichts tun, was ihre Zuneigung verstärken würde. Er würde sich abwenden, wenn sie ihn mit dieser Mischung aus Unschuld und Verlangen ansah, die er so anziehend fand. Unschuldige Blicke konnten täuschen. Seine eigene Erfahrung hatte ihn das gelehrt, und er machte niemals denselben Fehler zweimal. Er würde die Hitze ignorieren, die ihn durchfuhr, sobald sie in seine Nähe kam, und er würde sie nicht anstarren, wenn er wußte, daß sie ihn gerade nicht ansah. Zur Zeit war er ihr Beschützer, und er würde sie auf keinen Fall berühren.

Fest entschlossen zeigte er auf einen Stuhl mit hoher Lehne neben seinem Schreibtisch. »Setzen Sie sich.«

Lily setzte sich ohne Widerworte. Ihr Kopf schmerzte, der Hals tat weh und ihre Augen waren so geschwollen, daß sie

sie kaum offenhalten konnte. Aber sie war hier, um herauszufinden, was ihre Zukunft brachte, wie ihr Vater sie in die Postkutsche nach Brighton bringen würde, ohne Remmingtons Verdacht zu erregen. Sie umfaßte ihren Hals, weil es weh tat, den Kopf zu drehen, und sah über die Schulter ihren Gastgeber an.

Remmington stand vor dem Fenster, das ihr am nächsten war. Die langen Sonnenstrahlen des Nachmittags paßten nicht zu seiner dunklen Kleidung. Er trug ein anthrazitfarbenes Reitjackett mit passenden Hosen, dazu ein perlgraues Hemd und Krawatte. Das Sonnenlicht wurde von seinen hochglanzpolierten Reitstiefeln reflektiert. Es schien, daß alles, was er trug, irgendeinen Ton von Schwarz hatte.

Selbst das Zimmer schien heiterer als sein Besitzer, jetzt da sie die Gelegenheit hatte, den Raum bei Tageslicht zu betrachten. Dunkelblaue Wände waren vom Boden bis zur Decke mit weißen Holzregalen versehen. Zwischen den Büchern zeigte sich keine Lücke, ein Zeichen dafür, daß alle ledergebundenen Bücher an ihrem Platz standen. Die Bücher waren nicht nur nach Größe geordnet, sondern auch nach der Farbe ihres Einbandes. Seltsam.

Lily drehte sich auf ihrem Stuhl um, um den Raum als Ganzes zu betrachten. Sie erkannte, daß alles genau an seinem Platz zu stehen schien. Selbst die Möbel standen im perfekten Winkel. Das Holz glänzte nach einer kürzlichen Politur, und durch den Duft nach Zitrone und Bienenwachs roch der Raum ebenso frisch und sauber, wie er aussah. Abgesehen von ein paar Papieren auf Remmingtons Schreibtisch wirkte der Raum, als würde er nie benutzt. Sie überlegte, wie man sich an einem so ordentlichen Ort konzentrieren konnte.

»Es hat gewisse Änderungen in Ihren Reiseplänen gegeben.« Remmingtons spröde Stimme unterbrach ihre Gedanken, und er ging um den Tisch, um sich ihr gegenüber zu setzen. »Um genau zu sein, Sie haben keine Reisepläne mehr.«

Sie seufzte erleichtert. »Ich werde nicht lange brauchen, um meine Sachen zu packen. Ich bin sicher, es wird ein bißchen riskant sein, nach Crofford House zurückzukehren, aber Papa wird einen vernünftigen Plan haben, um mit dem Täter fertig zu werden. Ich hoffe, mein Aufenthalt hat Ihnen nicht zuviel Unannehmlichkeiten bereitet.« Sie stand auf, um zu gehen.

»Ihr Aufenthalt hat noch nicht begonnen, mir Unannehmlichkeiten zu bereiten.« Er deutete wieder auf ihren Stuhl. »Setzen Sie sich, Lily.«

»Aber ...«

»Sie gehen nicht.« Er nahm ein zusammengefaltetes Papier von seinem Schreibtisch und schlug damit gegen seine Fingerspitzen. »Ich möchte, daß Sie sich gut anhören, was ich Ihnen jetzt sagen werde, Lily. Ich wiederhole mich nur ungern.«

Seine Stimme erinnerte sie an den Tonfall ihres Vaters, wenn er mit Dienern oder kleinen Kindern sprach. Vielleicht teilte er die Meinung vieler Männer, daß das schwächere Geschlecht auch ein schwächeres Hirn hatte. Wenn man die Umstände betrachtete, war es gar nicht so schlecht, diese Fehleinschätzung zu fördern. Ihr Gesicht blieb ausdruckslos, als sie ernst nickte.

»Ihr Vater und ich haben beschlossen, daß es am besten ist, wenn Sie hierbleiben.« Er gab ihr keine Chance, den Schock zu verarbeiten, sondern fuhr fort, bevor sie widersprechen konnte. »Ihre Großtante ist nach Italien gereist, und Ihr Vater kennt keinen anderen sicheren Ort, an dem Sie bleiben können, bis er den Täter verfolgt hat, der für diese Situation verantwortlich ist. Ich denke, es ist wichtig, ein paar Regeln für dieses Arrangement aufzustellen, damit wir beide wissen, was von dem anderen zu erwarten ist. Zunächst arbeite ich morgens viel in meiner Bibliothek und dulde keine Störungen. Zweitens ...«

»Das kann nicht Ihr Ernst sein!« Ihre Stimme brach und wurde zu seinem heiseren Krächzen, aber er ignorierte das Geräusch.

»Es ist mein Ernst«, sagte er. »Meine Güter und geschäftlichen Unternehmungen verlangen morgens meine ungeteilte Aufmerksamkeit, und ich werde mir keine Störungen gefallen lassen. Ich habe einen sehr genauen Terminplan, der durch Ihren Aufenthalt nicht gestört wird, wenn Sie einfach …«

»Ich bleibe nicht hier.« Sie verschränkte ihre Arme und lehnte sich zurück, um auf den Streit zu warten.

»Ihr Vater befürchtete, daß Sie an dem Arrangement zweifeln würden.« Er warf das zusammengefaltete Papier über den Tisch. »Sein Brief sollte helfen, die Situation zu klären.«

Lily schnappte den Brief und brach das Siegel. »Mein Vater würde niemals einem so lächerlichen Plan zustimmen, Remmington. Sie müssen …« Ihre Stimme verstummte, als sie den Brief ihres Vaters las.

Liebste Lily:
Nach einer langen Diskussion mit Remmington bin ich davon überzeugt, daß Du in seiner Obhut sicherer bist als bei Tante Amelia in Italien.
Ich bin sicher, Seine Gnaden weiß, daß ich Befürchtungen wegen dieses Übereinkommens habe, aber er hat mich davon überzeugt, daß Deine Sicherheit von höchster Wichtigkeit ist.
Ich habe sein Wort, daß nichts Unschickliches passieren wird, während er mit Deiner Obhut betraut ist, daß Deine Ehre in keiner Weise kompromittiert wird.
Resultat meiner Überlegungen ist: Du bist in Remmingtons Stadthaus in einem sicheren Versteck, bis Dein Angreifer der Gerechtigkeit übergeben wird.
Zu Hause wirst Du nicht sicher sein, bis dieser Verrückte in Haft ist oder bis seine Gründe für einen so kühnen Angriff bekannt sind, fürchte ich.
Ich wünschte, ich könnte ebenfalls da sein, um Dich zu unterstützen, aber Du kennst die Gründe, weshalb ich hierbleibe.
Dein Aufenthalt wird ein Geheimnis bleiben. Remmington hat das versprochen und außerdem, daß nicht einmal der Hauch eines Skandals daraus resultieren wird.
Es scheint sicher, daß wirklich niemand besser dazu geeignet ist, Dich zu diesem Zeitpunkt zu beschützen.
Ich hoffe, Du kannst Remmington ebenso vertrauen wie ich es tue.

*Ich kann mir gut ein **halbes Dutzend** Gründe denken, weshalb Du gegen diesen Plan bist, aber wisse, daß es mein Wunsch ist, daß Du bei Remmington bleibst, bis dieses schreckliche Problem gelöst ist.*

Dein Vater

Lily verstand sofort, weshalb ihr Vater *halbes Dutzend* unterstrichen hatte. Es war das sechste Wort in dem Satz und ein anderer Ausdruck für sechs. Es war außerdem der Schlüssel zu dem einfachen Code des Briefes. Sie las die Nachricht noch einmal, dieses Mal nur das sechste Wort jedes Satzes. *Remmington weiß nichts. Bist sicher. Dableiben. Niemandem vertrauen.* Ihre Hand zitterte, als sie den Brief auf Remmingtons Schreibtisch legte.

»Sie müssen sehr überzeugend sein, Remmington. Entweder das, oder mein Vater hat seinen Verstand verloren.« Sie versuchte, sich mit der Tatsache zu versöhnen, daß sie bleiben würde. Ein Teil von ihr spürte Begeisterung, ein anderer reine Panik.

»Ich versichere Ihnen, daß ich nicht im geringsten überzeugend war, und ich stimme vollkommen mit Ihnen überein, daß Ihr Vater den Verstand verliert, wenn es um Sie geht.«

Ihr Kinn hob sich ein paar Zentimeter. »Wie können Sie es wagen, meinen Vater zu beleidigen!«

»Ich stelle Tatsachen fest, keine Beleidigungen. Sie müssen auch die Tatsache in Erwägung ziehen, daß ich in den letzten zwei Tagen weniger als drei Stunden Schlaf gehabt habe und jetzt Beschützer einer jungen Frau bin, die ich kaum kenne. Vergeben Sie mir, wenn ich ein bißchen gereizt bin.«

Ihre Gedanken rasten. Sie würde gezwungen sein, ihn jeden Tag zu sehen, vielleicht mehrere Male am Tag. Wie lange konnte sie Gleichgültigkeit heucheln? Wie lange würde es dauern, bis er erkannte, daß sie immer noch so dumm in ihn vernarrt war wie vor ihrem Kennenlernen? Es war ein finsterer Gedanke. »Sie können mich hier nicht wollen. Meine Anwesenheit wird schreckliche Umstände bereiten.«

»Dem stimme ich vollkommen zu.«

»Dann gehe ich.«

»Sie bleiben.«

Lily schüttelte den Kopf. »Mein Vater hatte unrecht, Ihnen so etwas zuzumuten. Ich werde Eure Gastfreundschaft nicht länger dadurch strapazieren, daß ich darauf bestehe, daß Sie seiner Bitte nachkommen. Wir stehen schon tief in Ihrer Schuld wegen Ihrer Hilfe letzte Nacht. Alles weitere wäre mehr als unverschämt. Die angespannte Situation muß das Urteilsvermögen meines Vaters beeinflußt haben. Unter normalen Umständen hätte er niemals in Betracht gezogen, Sie um einen solchen Gefallen zu bitten. Ich fürchte, ich muß ...«

»Ihr Vater hat nicht gefragt.«

»Und warum ...«

»Die Gründe brauchen Sie nicht zu interessieren. Ich habe Ihrem Vater mein Wort gegeben und habe vor, es zu halten. Wie ich bereits sagte, gibt es gewisse Regeln in diesem Haus, und ich erwarte, daß Sie sie befolgen. Nachdem ich morgens meine Arbeit beendet habe, reite ich jeden Tag genau eine Stunde lang im Park. Um punkt ein Uhr dreißig wird das Mittagessen serviert. Nachmittags oder abends bin ich im Haus oder auch nicht, je nachdem, welche Verabredungen ich habe. Wie auch immer, das Dinner wird genau um acht Uhr serviert. Es wird keine besonderen Vereinbarungen für Ihre Mahlzeiten geben. Wenn Sie essen wollen, werden Sie sich um halb zwei und um acht Uhr im Speisezimmer einfinden. Und ich mag keine Verspätungen.«

Lily lehnte sich in ihrem Stuhl zurück und schwieg. Weshalb hatte Remmington diesem Plan zugestimmt? Weshalb hatte er sich überhaupt eingemischt?

»Tagsüber können Sie den Salon benutzen«, fuhr er fort. »In der Bibliothek ist Zutritt verboten. Die Quartiere der Diener befinden sich im dritten Stock, und Sie werden ihre Privatsphäre dort respektieren. Das Musikzimmer befindet sich im vierten Stock, ist aber in so desolatem Zustand, daß man es besser meidet.«

Sie hatte das Gefühl, wie ein Kind behandelt zu werden, als er all die Regeln des Hauses aufzählte, so als hätte er Angst, sie könnte etwas kaputtmachen. Was war mit dem

Mann geschehen, der ihr Sicherheit versprochen hatte, der seine Arme um sie gelegt und sie getröstet hatte? Der Mann schien besorgter um die Sicherheit seines Hauses zu sein als um die ihre.

»Sie werden hoffentlich nicht länger als ein paar Tage bleiben. Ich sehe also keinen Grund, daß Sie versuchen, sich hinauszuwagen. Es gibt zwölf Diener hier. Sie werden mit ihnen nichts zu schaffen haben. Sie erhalten ihre Befehle von mir und werden keine Zeit haben, sich um Ihre Launen zu kümmern. Ihre Zofe untersteht Ihrer Verantwortung und sollte angewiesen werden, meiner Dienerschaft nicht ins Gehege zu kommen. Wenn Sie meine Regeln befolgen, sollten wir diese Situation ganz gut meistern«, sagte er abschließend. »Haben Sie noch Fragen?«

Lily wollte ihn fragen, um welche Tageszeit sie ihrem Gastgeber eins über den Schädel ziehen konnte wegen seiner Arroganz. Wenn er während ihres Aufenthaltes so unausstehlich blieb, würde sie keine Probleme mehr mit ihren Gefühlen für ihn haben. Sie fixierte ihn mit ihrem harmlosesten, leersten Blick und klapperte einmal sehr langsam mit den Augenlidern. »Es scheint so viel, an das ich denken muß. Vielleicht könnte ich Ihre Regeln besser befolgen, wenn Sie sie aufschreiben.«

»Sehr gut.« Er sprach mit zusammengebissenen Zähnen. Sie wunderte sich, wie beherrscht er ihren Wunsch aufnahm. »Ich werde sie aufschreiben. Sie können lesen?«

»Natürlich«, antwortete sie. »Ich bin vielleicht nicht die schnellste Leserin, aber ich bin sicher, ich werde nicht länger als einen Tag oder zwei brauchen, um Ihre Liste zu lesen. Bis zum Ende der Woche werde ich wahrscheinlich einen Teil auswendig gelernt haben.« Sie versuchte, nicht über sein Stöhnen zu grinsen. »Könnte ich meinem Vater eine Nachricht zukommen lassen? Ich würde ihm gerne versichern, daß ich seine Besorgnis verstehe und tun werde, um was er mich bittet.«

»Ich fürchte, das wird nicht möglich sein.« Er nahm den Brief des Grafen und legte ihn in die oberste Schublade seines Schreibtisches. »Wir sind übereingekommen, Nachrichten nur auszutauschen, wenn es unbedingt notwendig ist. Irgend jemand würde es bemerken, wenn wir uns regelmäßig treffen. Ihr Vater und ich sind nur flüchtige Bekannte. Ein plötzlicher Umgang würde ungewöhnlich sein. Wir müssen in Betracht ziehen, daß Ihr Angreifer jemand ist, den einer von uns vielleicht kennt. Wir wollen nicht seinen Verdacht erregen, besonders nicht, wenn Ihre Abwesenheit von Crofford House entdeckt wird. Ich werde sämtliche Maßnahmen für Ihre Sicherheit treffen, Lily, aber ich möchte Ihren Angreifer nicht in mein Haus locken, wo das Leben meiner eigenen Diener gefährdet wird. Mit ein wenig Glück werden Sie in ein paar Tagen zu Ihrem Vater zurückkehren, und eine Nachricht jetzt ...«

»Ich verstehe Ihre Gründe«, unterbrach Lily und überlegte, ob er weiterquasselte, weil er sie für unfähig hielt, das Wort ›nein‹ zu verstehen. »Wir wollen auf keinen Fall, daß meine unbedeutende kleine Nachricht das Leben Ihrer Diener gefährdet.«

Er ignorierte den sarkastischen Unterton, lehnte sich zurück und betrachtete sie stirnrunzelnd über seinen zusammengelegten Fingern. »Es gibt noch einen wichtigen Punkt, den wir besprechen müssen. Als Ihr zeitweiliger Beschützer bin ich durch mein Wort gebunden, Ihren Ruf ebenso zu schützen wie Ihre Person. Es ist eine sehr ungewöhnliche Situation. Da wir unter demselben Dach leben, wird es Zeiten geben, da wir vielleicht versucht sind zu vergessen, daß es noch eine Welt da draußen gibt, daß diese Situation vorübergehend ist. Extrem vorübergehend. Wie Sie wissen, bin ich einer anderen Lady versprochen. Wir müssen beide daran denken, daß zwischen uns nicht mehr sein kann als Freundschaft.«

Lily lächelte. Sie wußte, daß nichts zwischen ihnen sein konnte. Bis die Umstände des Angriffs auf sie anderes verlangt hatten, hatte sie nicht die Absicht gehabt, ihn je wiederzusehen. Sie hatte sich zwar Sorgen darum gemacht, wie sie ihn meiden konnte. Doch er machte die Dinge einfach. Das milderte allerdings den Schmerz seiner Zurückweisung nicht.

»Sie müssen sich keine Sorgen machen, daß ich mehr von Ihnen erwarte«, sagte sie.

»Ausgezeichnet. Ich bin froh, daß Sie mich verstehen.« Er sah zu der Uhr auf dem Kaminsims. »Sie haben drei Stunden Zeit bis zum Mittagessen. Ich bin sicher, daß Sie etwas finden werden, sich bis dahin zu beschäftigen. Vielleicht können Sie Ihre Zofe überwachen, während sie Ihren Koffer auspackt oder so etwas. Um jeden Verdacht zu vermeiden, werde ich wie üblich meinen Geschäften und meinen gesellschaftlichen Verpflichtungen nachgehen. Deshalb werde ich den Rest des Nachmittags und den größten Teil des Abends außer Haus sein.« Er stand auf, ging forsch zur Tür, hielt sie auf und verbarg die Tatsache nicht, daß er sie schnell loswerden wollte. »Wenn Sie mich jetzt entschuldigen wollen, Lily, ich habe zu arbeiten.«

Fünf

»Er will uns hier nicht haben.« Gretchen runzelte die Stirn, während sie eins von Lilys frisch gebügelten Kleidern in den Kleiderschrank hängte. »Dieser aufgeblasene Digsby sagt ja nichts zu dem Thema, aber Jack meinte geradeheraus, daß Seine Gnaden uns weg haben möchte. Als ob wir eine Wahl hätten!«

Lily schwieg. Gretchen hatte nicht lange gebraucht, um sich in ihrem vorübergehenden Zuhause einzuleben. In weniger als zwei Tagen hatte sie bereits mehr Klatsch gehört als Lily jemals von den Dienern Remmingtons erfahren würde.

Das Mädchen schüttelte ein anderes Kleid aus und schlug auf den Rock. »Manchmal glaube ich, daß Männer nicht wissen, was sie wollen. Erst zwingt er uns, zu bleiben, und dann fällt ihm ein, daß wir besser verschwinden würden.«

»Ich hoffe, du hast mit den Dienern des Herzogs nicht über mich geklatscht.« Sie hatte Gretchen bereits deshalb gewarnt. Obwohl das Mädchen nichts über die Arbeit der Familie für die Regierung wußte, wußte Gretchen doch mehr über das, was in Crofford House vorging, als Remmington nach Lilys Auffassung erfahren sollte.

Gretchens verstimmter Gesichtsausdruck verwandelte sich in den Ausdruck verletzter Würde. »Natürlich nicht. Ich stimme vollkommen mit Ihnen überein, Mylady. Je weniger man über Sie weiß, desto besser. Ich habe auch beschlossen, daß sie nicht alles über mich wissen müssen. Es ist ein komisches Volk, Mylady. Wenn Sie mich fragen, dann beschäftigt er diese Bande von Strolchen, um die Leute abzuschrecken. Jack hat mir erzählt, daß der Herzog niemanden in diesem Haus empfängt außer seinem Bruder und seinem Cousin. Bei der Gastfreundschaft, die er uns gegenüber an den Tag legt, fragt man sich, ob der Mann überhaupt Freunde hat, die ihn besuchen.«

Lily zuckte die Schultern. Sie hatte genug über ihren Gastgeber geredet. Er war ein Privatmann, und sie konnte nichts Schlimmes daran finden, daß er abstoßend aussehende Diener beschäftigte, um seine Privatsphäre zu sichern.

Sie dachte an ihren Vater. Wie oft hatte er sich über die Menschen beschwert, die ihm ständig in den Ohren lagen. Menschen konnten sehr einfallsreich sein, wenn es um Geld ging, aber das Crofford-Vermögen verblaßte gegen Remmingtons. Sie konnte sich die Anzahl der Leute nur vorstellen, die versuchten, ihn für ihre Zwecke einzuspannen.

Das war ein weiterer Grund dafür, daß sie nicht vergessen konnte, was auf Ashlands Ball geschehen war. Sicher wußte er, wie es war, ausgenutzt zu werden. War er so abgestumpft, daß es ihm inzwischen egal war, wessen Gefühle er verletzte? Wenn das der Fall war, machte seine Sorge um sie in der Nacht des Überfalls nur wenig Sinn. Nicht daß seine Sorge allzulange angehalten hätte. Er war sehr schnell wieder grob und arrogant geworden. Aber der flüchtige Blick auf den anderen Remmington, den, der fähig war zu Wärme und Freundlichkeit – das war ein Mann, den sie kennenlernen wollte, ein Mann, für den sie sich interessierte.

Was dachte sie da nur? Abstruse Gedanken, wirklich. Wer wäre nicht freundlich zu einer Frau unter den Umständen jener Nacht? Er war also fähig zu Mitleid. Das bedeutete nicht, daß er ihre Zuneigung wollte. Er hatte klargemacht, daß er nichts von ihr wollte als freundliche Unterhaltung. Sie bezweifelte, daß er sogar das überhaupt wollte.

»Ich glaube, ich werde heute das rosa Kleid tragen, Gretchen.«

»Eine kluge Wahl, Mylady.« Die Zofe suchte in dem Schrank und hielt dann das Kleid hoch, um noch ein paar Fältchen glattzustreichen. »Der hohe Kragen wird diese schrecklichen Male an Ihrem Hals verbergen. Tut es immer noch sehr weh?«

»Mein Hals ist zwar wund, aber es sieht schlimmer aus als es sich anfühlt.«

Gretchen schüttelte betrübt den Kopf. »Armes Ding. Sie sollten noch einen Tag im Bett bleiben.«

»Es geht mir schon besser. Es wäre nicht richtig, mir die Mahlzeit bringen zu lassen, wenn ich in der Lage bin, mich zum Essen nach unten zu begeben.«

»Sie scheinen sehr darauf fixiert, daß unten gegessen wird.« Gretchen stemmte ihre Hände in die Hüften. »Ich wollte Ihnen das gestern nicht sagen, als es Ihnen so elend ging, aber zunächst weigerte sich der Koch, ein Tablett mit Ihrem Essen zurechtzumachen. Der Mann benahm sich, als hätte ich um Frankreich auf dem Silbertablett gebeten. Ich habe diesem Riesentrottel erklärt, daß Sie zu krank sind, um Ihr Bett zu verlassen. Dann mußte ich ihn daran erinnern, daß Ihr Hals zu verletzt ist, um die riesigen Fleischstücke zu schlucken, die er servieren wollte.«

Lily gab ihrer Vermutung keinen Ausdruck, daß der Koch offensichtlich versuchte, Remmingtons Befehl zu folgen, daß sie gefälligst im Speisezimmer zu erscheinen habe. »Ich dachte, Remmingtons Koch wäre eine Frau. Digsbys Frau, um genau zu sein.«

»O nein, Mylady. Digsby hat Sie einfach angelogen. Der Koch ist ein Riese von Mann mit einem kahlen Kopf und einem Goldring in einem Ohr.« Gretchen verzog das Gesicht. »Er hört auf den Namen ›Bull‹.«

Lily hob einen kurzen Augenblick die Brauen und zog sie dann finster zusammen. Sie war betrogen worden! Digsby hatte sie angelogen, als es um den Grund dafür ging, bei Remmington anzuhalten. Wenn er sich nicht eingemischt hätte, wäre sie jetzt nicht in dieser peinlichen Situation. »Ein ziemlich unappetitlicher Name für einen Koch, nicht wahr? Vielen Köchen sagt man nach, sehr aufbrausend zu sein. Ich frage mich, ob dieser Bull sehr temperamentvoll ist.«

»Das kann ich Ihnen versichern, Mylady.«

Gretchen flocht ihre Haare, während Lily über die besten Vergeltungsmaßnahmen nachdachte. Sie beschloß, Digsbys ›Frau‹ direkt nach dem Essen einen Besuch abzustatten.

Der Gedanke an das Mittagessen dämpfte ihre Laune. Es würde seit ihrer Ankunft in der letzten Nacht die erste Mahlzeit sein, die sie gemeinsam mit Remmington einnahm. Sie hoffte, er würde vielleicht ausgehen, aber diese Gnade schien ihr unwahrscheinlich. Gretchen zufolge, die irgendwie alles wußte, was sich in diesem Haus abspielte, hatte er den ganzen Morgen in seiner Bibliothek gearbeitet und war noch dort. Lily wünschte, sie könnte ihre Arbeit fortführen, anstatt zum Essen zu gehen. Sie hatte den Rest des Vormittags über einer der Schriftrollen gehockt, die sie in ihren Koffer gepackt hatte. Im Moment waren die alten Schriftrollen anziehender als der Gedanke daran, ihren widerwilligen Gastgeber wiederzusehen.

»Mylady, Sie müssen sich gerade hinsetzen, damit ich das richtig aufstecken kann.«

Lily winkte ungeduldig ab. »Wir stecken sie heute nicht auf, Gretchen. Diese verdammten Knoten machen mir Kopfschmerzen.«

»Wir sind noch in der Stadt«, erinnerte Gretchen sie. »Die meisten Herren erwarten, daß das Haar einer Dame anständig frisiert ist.«

Gretchen hatte recht, aber Lily wollte nicht, daß Remmington dachte, sie würde auch nur das Geringste unternehmen, um ihn mit ihrem Äußeren zu beeindrucken. »Bind es bitte einfach nur mit einem Band zurück.«

Lily stand genau um halb eins vor der Tür zum Speisezimmer. Ihre vage Hoffnung schwand, als sie Remmington am

Ende der langen Tafel erblickte. Sie hatte kein Glück. Sie würde gezwungen sein, seine dumpfe Anwesenheit für eine gute Stunde zu ertragen. Dieses Mal hatte sie sich geschworen, ihre fünf Sinne beisammenzuhalten. Er hatte eine Art, daß sie sich vergaß, ihre Geheimnisse vergaß. Sie konnte sich keine weiteren Fehler leisten.

Ihr fröhlich gestreiftes rosa Kleid biß sich mit den dominierenden Burgundertönen des Eßzimmers. Remmingtons Kleidung paßte viel besser zu der steifen Förmlichkeit des mit Mahagoni eingerichteten Raumes. Wie üblich trug er Schwarztöne und stand auf, um sie zu begrüßen.

»Guten Tag, Lily. Möchten Sie sich nicht zu mir setzen?«

Die Begrüßung klang eher automatisch als aufrichtig. Sein Stirnrunzeln bestätigte das, als er auf den Platz neben sich am Tisch zeigte. Lily versuchte krampfhaft, ihn nicht anzustarren. Er sah in natura dummerweise viel besser aus als in der Erinnerung, wenn sie getrennt waren. Sie war fest entschlossen, seine Wirkung auf sie zu ignorieren und ihre Wut, die sie nach dem Ball bei Ashlands immer noch spürte, als Schutz einzusetzen. Es funktionierte nicht. Ihr Herz schlug mit jedem Schritt, den sie auf ihn zuging, schneller. »Guten Tag, Euer Gnaden.«

»Ihre Stimme klingt besser.« Er rückte ihren Stuhl zurecht, als sie sich setzte. »Ihre Verletzungen scheinen zu heilen.«

Lily rieb ihr Ohr und wünschte, er würde sich nicht so nahe zu ihr beugen, wenn er mit ihr sprach. Es gelang ihr ein Schulterzucken. »Ich nehme es an.«

Sie bereute die Antwort beinahe sofort. Sie sollte nichts anderes sein als ein zerbrechlicher gesellschaftlicher Schmetterling. Diese Frau hätte mit seinem Mitgefühl spielen müssen, sich lang und breit beklagen und über ihre zarte Gesundheit auslassen müssen. In seiner Gegenwart vergaß sie zu oft, wen sie darstellen sollte, und wurde zu derjenigen, die sie sein wollte. Das mußte aufhören. Sie hatte bereits zu viel über sich enthüllt.

Ihr Essen kam beinahe augenblicklich, Tabletts und Teller, die zwei Diener unter Digsbys Anleitung auf dem Sideboard aufstellten. Die Diener gingen hinaus, aber Digsby blieb. Er servierte als ersten Gang Cheddarsuppe und kehrte dann zu seinem Platz neben dem Sideboard zurück. Nur das Klappern ihrer Löffel gegen das feine Porzellan störte das gedehnte Schweigen.

Remmington starrte sie an.

Ein schneller Blick unter den Wimpern hervor bestätigte das Gefühl. Weshalb beobachtete er sie? Dieses ständige Anglotzen wurde unangenehm. Ihr Rücken wurde steif, und sie konzentrierte sich auf ihre Tischmanieren. Der einfache Akt, ihren Löffel vom Teller zum Mund zu führen, wurde eine Übung in Höflichkeit.

Der plötzliche Klang von Remmingtons Stimme erschreckte sie. »Weshalb hat Ihr Vater Sie nicht zu Sir Malcolm Bainbridge geschickt, um Sie in Sicherheit zu bringen?«

Lilys Löffel fiel in ihren Suppenteller, und die Brühe spritzte auf das feine irische Leinen, das den Tisch bedeckte. Sie kippte ihren Teller beinahe um, als sie wieder nach dem Löffel griff. Ihre Wangen wurden heiß und rot, als sie mit ihrer Serviette den Fleck betupfte. »Wie ungeschickt ich bin!«

Digsby eilte zu ihr, um das Mißgeschick mit einem Leinentuch zu bedecken, das über seinem Arm hing. Er nickte zu dem leeren Stuhl ihr gegenüber. »Wenn Sie vielleicht den Stuhl zur Linken Seiner Gnaden einnehmen wollen, Mylady?«

Lily befolgte den kaum verhohlenen Befehl. Digsby hatte eine frische Schale Suppe auf ihren neuen Platz gestellt, bevor sie noch ganz saß. Remmington ignorierte den Zwischenfall. Seinem ausdruckslosen Gesicht zufolge hätte sie denken müssen, daß es für ihn nichts Ungewöhnliches war, wenn ein Gast beinahe eine ganze Schale Suppe über sich goß.

»Die Bainbridges?« gab er als Stichwort. »Sie scheinen mit Miß Stanhope und ihrer Familie vertrauter zu sein. Ich muß mich einfach wundern, daß Ihr Vater Sie nicht zu Sir Malcolm, sondern zu einer alten Tante schicken wollte.«

»Papa wollte den Bainbridges keine Umstände machen«, sagte sie schnell. »Er hielt es für klüger, daß ich London ganz verlasse und an einem Ort bleibe, an dem mich niemand vermutet.«

Remmington sah sie einen langen Augenblick an und nickte. Sein Gesichtsausdruck war geheimnisvoll. »Ich kann mir nicht vorstellen, worüber sich Ihr Vater und Sir Malcolm unterhalten. Hat der Graf Interesse am Militär?«

Die Frage war vernünftig. Lily versuchte, nicht in Panik zu geraten. »Hm, nein, Euer Gnaden. Nicht, daß ich wüßte. Ich bin sicher, sie sprechen über Männerthemen.«

»Männerthemen?« wiederholte Remmington. »Sagen Sie mir, was das sein könnte.«

Lily suchte an der Decke nach einer Antwort. Abgesehen von der enormen Loyalität ihrem Land gegenüber und einem Interesse an Spionage, hatte sie nicht die geringste Ahnung, was die beiden Männer gemeinsam hatten. »Da ich kein Mann bin, kann ich wohl auch diese Frage nicht beantworten.«

»Welch ein Glück, in beiderlei Hinsicht.«

Sie bat ihn nicht, diese seltsame Bemerkung zu erklären. Statt dessen versuchte sie, wieder sicheren Boden unter die Füße zu bekommen. »Papa ist ein begeisterter Gelehrter. Ich glaube, er und Sir Malcolm unterhalten sich manchmal über Philosophie. Man kann kaum mit meinem Vater zusammensein, ohne etwas über dieses Thema zu hören.« Sie sah auf und bemerkte, daß er sie nicht mehr beobachtete. Wahrscheinlich langweilte sie ihn. »Mögen Sie es?«

Remmington sah ihr in die Augen. Sein Gesichtsausdruck war erschreckt, als hätte sie gerade eine beunruhigende Frage gestellt. Lily hatte das unangenehme Gefühl, er könnte in ihre Seele blicken.

»Philosophie«, wiederholte sie unsicher und überlegte, ob er die Frage falsch verstanden hatte. »Haben Sie Spaß an Philosophie, Euer Gnaden?«

Er schüttelte den Kopf. »Das einzige Werk, an das ich mich erinnere, ist das Höhlengleichnis von Sokrates. Aber ich habe niemals begriffen, was Sokrates mit seinen Anspielungen auf blinde Männer und ein Feuer meinte.«

Lily sortierte mit der Spitze ihrer Gabel die Kartoffeln auf ihrem Teller und konnte der Versuchung nicht widerstehen, ihn zu korrigieren. »Es war Platon, der das Höhlengleichnis geschrieben hat, Mylord. Ich habe viele Male gehört, wie mein Vater die Geschichte erzählt hat. Papa sagt, es bedeutet einfach, daß die Erkenntnis nur durch die Realitätswahrnehmung der Menschen beeinträchtigt wird.«

»Ach ja, Sie haben natürlich recht.« Er neigte anmutig seinen Kopf. »Ich fürchte, ich habe mich seit meinen Schultagen nicht mehr mit Philosophie beschäftigt. Ich hatte vergessen, wie faszinierend es sein kann. War nicht Platon derjenige, der eine Frage mit einer Frage beantwortete?«

»Das war Sokrates, Mylord. Er dachte, daß jeder die Antworten auf seine eigenen Fragen kennt, wenn man sich nur die Zeit nimmt, herauszufinden, weshalb die Frage überhaupt gestellt wurde.« Lily hätte sich am liebsten auf die Lippe gebissen. Sein intensiver Blick erinnerte sie wieder daran, daß er sie ebenso gedankenlos machen konnte wie eine Motte neben einer Flamme. Warum hatte sie seinen berechnenden Blick vorher nicht bemerkt? Er stellte sie auf die Probe.

»Ach ja«, sagte er nett. Die Ellbogen auf die Armlehnen seines Stuhls gestützt, faltete er die Hände und lehnte sich zurück. Er sah vollkommen entspannt aus, so träge uninteressiert an ihr wie eine Katze, bevor sie ihre Beute ansprang. »Ich bin sicher, es war Sokrates, der sagte: ›Das unerforschte Leben ist nicht lebenswert.‹«

Lily nickte, aber sie schwieg und vermied seinen Blick.

»Ich finde, Sie verstehen ziemlich viel von dem Thema. Ein flüchtiges Interesse an der Arbeit Ihres Vaters kann sicher nicht für so detaillierte Kenntnisse verantwortlich sein. Oder doch?«

»Nun, ich … äh …«

»Sind Sie vielleicht ein verkleideter Blaustrumpf, Lady Lillian?«

Lily spürte, wie ihr alle Farbe aus dem Gesicht wich. Sophie hatte sie all diese Jahre vor Remmington gewarnt, weil sie ihn für zu klug hielt, um sich von Lilys Vorstellung narren zu lassen. Es war ein schlechter Zeitpunkt, um herauszufinden, daß Sophie die ganze Zeit recht gehabt hatte. Sie hatte einem Außenseiter gegenüber viel zuviel von sich preisgegeben.

»Es ist nichts, wofür man sich schämen müßte«, sagte er ruhig. »Ich finde gebildete Frauen überhaupt nicht undamenhaft, falls es das ist, was Sie befürchten.«

»Nein, das ist es nicht.« Lily zwang sich, zu entspannen und ein schwaches Lächeln aufzusetzen. »Ich war nur überrascht, daß Sie mich für einen Blaustrumpf halten könnten. Mein Vater neigt dazu, ständig über seine Arbeit zu plappern. Ich fürchte, in einem solchen Haushalt ist ein wenig Bildungswissen unumgänglich. Das ist alles, Mylord.«

»Verstehe.«

Er glaubte ihr nicht. Es gab aber keinen Grund, in Panik zu geraten, keinen Grund, daß ihr Herz so raste. Er dachte einfach, daß sie ihre Intelligenz verbarg, um nicht als Blaustrumpf abgestempelt zu werden. Ihre Hände zitterten.

»Würden Sie mich entschuldigen?« Sie stand auf und Remmington automatisch ebenfalls, aber sie wandte sich an Digsby. »Bitte richten Sie Ihrer *Frau* meine Komplimente aus, Digsby. Das Essen ist gut, aber das Gerede über Philosophie hat meinen Appetit gedämpft.« Sie neigte Remmington gegenüber den Kopf und murmelte: »Danke für das Essen, Euer Gnaden. Ich hoffe, Sie beim Abendessen zu sehen.«

»Ich werde heute abend ausgehen.« Seine Antwort war kurz und knapp. Außerdem hatte er wieder die Stirn gerunzelt. Er nahm ihren Ellbogen, um sie hinauszubegleiten und sagte leise: »Vielleicht wird das Ihren Appetit anregen.«

Sie mußte aus Remmingtons Haus fliehen. Dieser Gedanke war vorherrschend in Lilys Kopf, als sie das Speisezimmer verließ. Sie lehnte sich gegen die Tür, nachdem diese sich hinter ihr geschlossen hatte, und versuchte einen Augenblick lang, ihre Nerven zu beruhigen. Sie hätte wissen müssen, daß Remmington Verdacht geschöpft hatte, nachdem er nach Sir Malcolm gefragt hatte. Wie schaffte er es, daß sie soviel preisgab?

Wie viele dieser Begegnungen konnte sie ertragen, bevor sie etwas wirklich Katastrophales sagte? Es war nur eine Frage der Zeit, bevor er ihr Fragen stellte, die sie nicht beantworten konnte. Er verdächtigte sie bereits, wußte vermutlich aber nicht, wessen. Bald würde er es vermuten. Sie mußte fort.

Leider folgte ihr Remmingtons Diener Jack wie ein treuer Hund überall hin. Seine Piratenkleidung störte sie nicht mehr. Jack mochte wild aussehen, aber er schien kaum Erfahrung damit zu haben, Wachhund für eine Dame zu spielen. Lily hatte das Gefühl, daß sie ihn nervös machte. Er stand draußen vor der Tür des Speisezimmers, die Hände hinter dem Rücken verschränkt, und starrte auf den Boden. Offensichtlich wartete er darauf, ihr nach oben zu folgen, wo er vor ihrer Tür Wache stehen würde. Es war nicht möglich, sich aus diesem Haus hinauszustehlen. Aber vielleicht konnte man sich hinauswerfen lassen.

»Die Treppe ist hier, Mylady«, sagte Jack.

Lily ging weiter an der Treppe vorbei den Gang entlang zum hinteren Teil des Hauses. Sie rief ihm über die Schulter zu: »Ich würde gerne dem Koch für die guten Mahlzeiten danken. Ich weiß, daß das Küchenpersonal einige Mühe hat wegen meiner Verletzungen.«

»Ich glaube nicht, daß das eine gute Idee ist, Mylady.« Jack warf einen besorgten Blick auf die Tür zum Speisezimmer. »Bulls Küche ist kein Ort für eine Lady.«

»Unsinn. Gretchen geht dort ein und aus.« Sie hielt inne, um Jack direkt in die Augen zu sehen. »Es sei denn, Sie wollen sagen, meine Zofe ist keine Lady.«

»O nein, Miß. Ich meine Mylady.« Jack trat von einem großen Fuß auf den anderen. »Miß Gretchen ist eine anständige junge Dame. Es ist nur … nun ja … ich glaube, Seine Gnaden würden dem nicht zustimmen.«

»Ich bin sicher, Remmington hätte nichts dagegen. Jedermann braucht ab und zu ein bißchen Lob. Ist die Küche hier?«

Lily drückte eine Tür auf und trat in eine geräumige, luftige Küche. Der Mann, der neben einem großen Fleischerblock stand, konnte nur Bull sein. Der kahle Mann war beinahe ebenso breit wie hoch. Seine Aufmerksamkeit war auf ein großes Messer und einen farbenfrohen Haufen Gemüse gerichtet, und er sah nicht auf.

»Guten Tag, Sir«, rief Lily.

Bull antwortete, ohne sich umzudrehen. »Ich habe doch gesagt, du ...«

»Lady Lillian ist hier für dich, Bull!« Jacks Ruf übertönte die Antwort des Kochs.

Der stämmige Mann drehte sich um und hielt sein Messer bedrohlich vor sich. »Was wollen Sie hier?«

Seine Stimme erinnerte Lily an eine sehr schlecht gespielte Baßgeige. Sie unterdrückte ihre Nervosität und lächelte. »Ich möchte Ihnen im Namen meiner Zofe und meiner selbst für Ihre Mühe danken. Gretchen hat mir erzählt, daß Sie besondere Gerichte gekocht haben, um meinen Verletzungen zu entsprechen. Ich schätze Ihre Umsicht.«

»Nix damit zu tun«, brummte Bull. Er zeigte mit der Spitze seiner Klinge auf Lily. »Ich habe dem Frauenzimmer gegeben, was sie wollte, damit sie aus meiner Küche verschwindet. Ich kann quatschende Weiber nicht ausstehen, und sie ist die Schlimmste. Sie können ihr das ruhig sagen.«

»Ich werde Ihre Meinung weitergeben«, sagte Lily höflich. Ihre Augenbrauen zogen sich zusammen, und ihr Gesichtsausdruck wurde nachdenklich. Sie betrachtete den Mann vom Kopf bis zu den Zehen und nickte dann langsam.

Bull sah sie wütend an. »Ham Sie was Interessantes gesehen, Mistreß?«

»Sie müssen mich für ziemlich grob halten.« Sie täuschte Verlegenheit vor. »Ich fürchte, meine Neugier hat die Oberhand gewonnen. Sie sind überhaupt nicht so, wie ich mir Sie vorgestellt habe. Es war einfach ein Fehler, anzunehmen, Sie wären eine Frau.«

»*Eine was!?*«

Sie wich zurück, aber sie ließ sich nicht unterkriegen. »Digsby sagte mir, daß Sie beide verheiratet sind, und damals wäre es mir niemals eingefallen, daß Sie ein Mann sein könnten. Sie müssen eine einmalige Hochzeit gehabt haben. Diese modernen Sitten erstaunen mich immer wieder.« Sie zuckte die Schultern, als wäre die Sache für sie damit erledigt. »Nun, ich muß jetzt gehen. Noch einmal vielen Dank für die ausgezeichneten Mahlzeiten, Sir.«

Lily zog sich hastig aus der Küche zurück. Ein bißchen war sie überrascht darüber, daß Bull nach ihrer Erklärung schwieg. Sie und Jack waren im Gang, als sie den ersten lauten Krach hörten und darauf ein anschauliches Fluchen.

»Digsby und Bull sind nicht verheiratet.« Jack sah besorgt über seine Schulter. »Bull wird Digsby sicher die Haut abziehen wegen dieser Lüge, Mylady.«

Lily lächelte. »Oh, ich glaube nicht, daß Digsby mich anlügen würde, Jack. Das wäre nicht richtig. Ich hoffe, Sie nehmen es mir nicht übel, aber Sie sollten Ihren Freund keinen Lügner nennen. Das ist unloyal.« Sie wechselte das Thema, bevor Jack weiter argumentieren konnte. »Seine Gnaden sagte, ich könnte das Haus ein wenig erkunden. Ich glaube, ich würde gerne mit den oberen Stockwerken beginnen.«

Remmington lehnte sich mit einer Schulter an die Tür zum Musikzimmer. Er brauchte einen Moment, um seine Augen an den verdunkelten Raum zu gewöhnen. Verstaubte Laken bedeckten die Möbel und alle Fenster bis auf eins. Die Scheiben waren so dreckig, daß der Tag grau und düster erschien, obwohl er wußte, daß draußen die Sonne schien. Er wollte nachmittags ausgehen, als Digsby ihn über den Aufenthaltsort seines Gastes informiert hatte. Digsby wußte, daß er ihr dieses Stockwerk verboten hatte. Jack stand neben ihm auf dem Flur und sah sehr schuldbewußt aus. Remmington entließ ihn mit einem kurzen Nicken und wandte dann seine Aufmerksamkeit wieder Lily zu. Sie stand neben einem der schmutzigen Fenster, während sie versuchte, unter ein abgedecktes Musikinstrument zu blicken.

Mit den Schmutzflecken auf ihrem Kleid und den einfach zurückgebundenen Haaren sah sie sehr jung aus. Sie beugte sich vor, um unter das Laken zu schauen, und ihre Haare glitten langsam über eine Schulter. Selbst in dem gedämpften Licht schimmerten die kupferroten Locken lebendig. In Gedanken löste er ihre Haare und stellte sich vor, wie es wäre, diese üppige Mähne um seine Hände zu wickeln. Sein Blick wanderte tiefer, und er schluckte hart. Sie stand mit dem Rücken zu ihm, nach vorne gebeugt und bot ihm den Anblick eines hübsch geformten Hinterteils. Seine Fantasie ließ ihre Haare los und wanderte zu diesem noch verlockenderen Körperteil. Er fand die unbewußt provokative Pose reizend und das, was er in diesem Moment mit ihr tun wollte, absolut verboten.

Es war eine unwillkommene Erinnerung daran, daß er schauen, aber nicht berühren durfte. Und wie sehr wollte er sie berühren! Im Speisezimmer hatte er versucht, sich mit ihrer Unterhaltung abzulenken, aber mehr als einmal hatte er sich dabei ertappt, sie anzustarren. Er hatte versucht, einen Makel in ihrem Erscheinungsbild zu finden, der es ihm einfacher machen würde, sein Wort zu halten. Soweit er wußte, hatte sie keinen. Sie hatte ihn mit großen, sherryfarbenen Augen angesehen, die einem Mann die Seele wärmen konnten. Ihre Lippen bewegten sich, und oft konnte er sich nicht darauf konzentrieren, was sie sagte. Sie hatte einen Mund, der fürs Küssen geschaffen war. Wenn er ihrer Unterhaltung lauschte, war ihre Stimme ebenso ablenkend. Trotz der Heiserkeit dachte er lange darüber nach, wie es wohl wäre, wenn ihn diese sanfte, sinnliche Stimme nachts rufen würde, wie sie klingen würde, wenn sie zusammen im Bett lägen. Er war komplett erregt gewesen, als er mit seiner Suppe fertig war.

Während der gesamten Mahlzeit hatte er genau das getan, was er jetzt tat. Er hatte sich vorgestellt, wie seine Hände über ihren Körper wanderten, wie sie unter ihrem züchtigen Kleid aussah, wie sie sich anfühlen würde. Es war eine Qual. Er konnte nicht aufhören, hinzusehen. Seine Hände juckten, sie zu berühren, sein Körper wollte sie besitzen. Das Schlimmste war das Bewußtsein, daß er sie verführen konnte. Manchmal sah sie ihn mit einem so offensichtlichen Verlangen an, daß jeder Muskel in seinem Körper sich anspannte und dagegen wappnete, sie in seine Arme zu reißen.

Nur eine Frage blieb. Wie würde sie auf ihn reagieren? Neugierig auf die Antwort dieser Frage tat er einen Schritt auf sie zu. Dann wurde ihm klar, was er zu tun gedachte, und blieb stehen. Er ballte die Fäuste und wiederholte diese Bewegung einige Male, bevor er spürte, daß er seine Impulse unter Kontrolle hatte. In dem Bewußtsein, daß sie sich jeden Moment umdrehen und ihn dabei erwischen könnte, wie er sie beäugte, räusperte er sich.

Sie richtete sich bei dem Geräusch auf, strich ihre Haare über eine Schulter und richtete sie dann abwesend. »Oh, hallo, Remmington.«

Sie schien nicht im geringsten überrascht, ihn zu sehen, oder auch nur ein bißchen schuldbewußt. Er überlegte, ob sie die Regeln bereits vergessen hatte.

»Unter diesem Laken steht ein wunderbares altes Cembalo.« Sie hob die Ecke des staubigen Tuches. »Würden Sie es gerne sehen?«

»Nein! Lassen Sie …«

Es war zu spät. Er durchquerte den Raum mit zwei langen Schritten, aber Lily riß das Laken fort, bevor er sie davon abhalten konnte. Ein Wolke dicken, erstickenden Staubes stieg zwischen ihnen auf.

»O je.« Sie wedelte mit ihren Händen in seine Richtung in dem vergeblichen Versuch, die Luft zu reinigen. Die gedämpften Lichtstrahlen wurden durch ihre Bewegungen überdeckt, aber nach und nach traten sie wieder zu Tage. Das erste, was er bemerkte, war ihr Lächeln.

»Finden Sie irgend etwas lustig?«

Sie zeigte mit einem Finger auf ihn und lachte vergnügt. »Sie sehen aus, als wären Sie in einer Bäckerei in einen Unfall geraten.«

Er sah an seiner staubbedeckten Kleidung hinab und dann auf ihr Kleid. »Ich würde an Ihrer Stelle nicht mit Fingern auf andere zeigen.«

Sie schüttelte ihren Rock, und eine kleine Staubwolke stieg auf. Als sie über ihr Gesicht und ihre Haare strich, produzierte sie weitere kleine Staubwolken. »Offensichtlich habe ich unsere Garderoben ruiniert, Mylord. Entschuldigung.«

Sie sah nicht sehr zerknirscht aus. Er spürte, wie sein strenger Gesichtsausdruck sich zu einem Grinsen verzog. »Sie sollten Ihr Gesicht sehen.«

»Lieber nicht, danke.« Sie lächelte ihn an, aber als sich ihre

Blicke trafen, wurde ihr Lächeln unsicher und schwand schließlich ganz. Plötzlich schien sie ganz damit beschäftigt, den Staub von ihrem Kleid zu klopfen, den Blick abgewendet.

Er drückte sich vom Türrahmen ab und streckte eine Hand aus. »Kommen Sie, Lily. Sie haben Ihre Neugier wegen des Musikzimmers befriedigt. Es ist Zeit, daß wir das Zimmer wieder abschließen.«

Schließlich sah sie ihn an, schüttelte jedoch den Kopf. »Aber Sie haben das Cembalo nicht einmal angesehen.«

Lily ignorierte seine ausgestreckte Hand und begann, um das Cembalo herumzugehen, um es von allen Seiten zu betrachten. Es war ein großer, klotziger Apparat, aber die Rosenholzschnitzereien waren offensichtlich die Arbeit eines Fachmannes. Remmington interessierte das Cembalo überhaupt nicht. Er war gefangen von dem weichen Fall ihres Rockes, von der weichen Linie ihrer Hüften. Eine Stimme in seinem Kopf wisperte, daß sie alleine waren, daß er einfach die Tür schließen konnte und daß keiner seiner Diener es wagen würde, sie zu stören. Er ballte seine Hände wieder zu Fäusten, als könnte das die Versuchung mindern, die Tür zu schließen. »Ich glaube, mich daran zu erinnern, daß ich Ihnen verboten habe, diesen Raum zu betreten. Die Räume auf dieser Etage sind baufällig. Sie könnten ...«

»Frühes achtzehntes Jahrhundert«, unterbrach sie. Ihre Finger strichen ehrfürchtig über die Saiten. Er konnte beinahe spüren, wie ihre Fingerspitzen ebenso langsam über seinen Körper strichen. Die eingebildete Liebkosung brachte sein Blut in Wallung. Sie kniete nieder, um unter das Instrument zu sehen, und er starrte jede Kurve an, die ihre neue Stellung mit sich brachte. »Vielleicht siebzehntes Jahrhundert«, überlegte sie. »Ich frage mich, ob der Künstler irgendwo sein Zeichen hinterlassen hat.«

Er würde sein Zeichen auf ihr hinterlassen, wenn er nicht schnell hier heraus kam. »Sie widersetzen sich meinen Befehlen sehr unverfroren, Lady Lillian.«

»Hier ist es.«

Er beugte sich vor, als sie unter dem Cembalo verschwand. Sie saß im Schneidersitz ungefähr unter der Mitte. Dann wischte sie den Staub fort, der sich dort gesammelt hatte. Er studierte die Umrisse ihrer Beine unter dem gedehnten Stoff ihres Rockes. Als er seine Hand auf das Cembalo legte, hörte er ein leises Krächzen. Sein Interesse an ihrer Figur verwandelte sich in Besorgnis um ihre Sicherheit. »Sie werden sofort da herauskommen, Lady Lillian. Haben Sie eine Vorstellung, wieviel dieses Instrument wiegt?«

Wie üblich ignorierte sie seinen Befehl vollkommen. »O mein Gott. Sie müssen das sehen, Remmington.«

Es gelang ihm, entrüstet über diesen Vorschlag zu klingen. »Ich habe nicht die Absicht, darunter zu kriechen.«

Tasächlich war der Gedanke jedoch außerordentlich reizend. Wenn sie das Angebot mit dem Versprechen eines Kusses versüßt hätte, wäre er ihr beinahe überallhin gefolgt. Als Gegenleistung hätte er ihr angeboten, den restlichen Staub von ihrem Gesicht und ihrem Kleid zu entfernen. Er würde diese Aufgabe sehr langsam und sehr sorgfältig ausführen und nicht einen Zentimeter auslassen. Sein Blick glitt wieder über ihren Körper, während er versuchte, herauszufinden, wie sie sich unter seinen Händen anfühlen würde. Weich. Warm. O ja, sie würde sehr warm sein.

Er schüttelte den Kopf. Wo kamen diese Gedanken her? Er straffte sich, richtete sich steil auf und sorgte dafür, daß er streng und väterlich klang. »Sie werden sich sofort entfernen, junge Dame.«

»Aber das ist ein wichtiger Fund.« Sie beugte sich vor, um ihn anzusehen. Auf einer ihrer Wangen befand sich ein Schmutzfleck, und ein Spinnweb hatte sich in ihren Haaren verfangen. Sie sah aus wie ein schmuddeliges Gassenkind. Ein Gassenkind mit den faszinierendsten Augen, die er je gesehen hatte. Sie baten ihn schweigend, und der Ausdruck war so hoffnungsvoll, daß er schließlich ergeben seine Hände in die Luft hob.

»Na gut.« Er kniete nieder und verlagerte sein Gewicht auf seine Hände, während er vorwärts robbte. Schließlich befand er sich halb unter dem Cembalo. Da er bedeutend größer war als Lily, war es für ihn längst nicht so bequem in diesem begrenzten Raum wie für sie. Sie zeigte auf eine Messingplakette unter dem Instrument, und er drehte den Kopf, um die Inschrift zu lesen.

»Sehen Sie?« Sie strich noch mehr Staub fort, der prompt in seinem Gesicht landete. »Da steht ›Bartolomeo Cristofori, 1693‹.«

»Ich kann lesen«, sagte er knapp. Sein Hals knirschte gefährlich durch den seltsamen Winkel, und er überlegte, ob er niesen mußte. Wenn sie wirklich seine Mitarbeit wollte, dann sollte sie ihm anbieten, auf dem Rücken zu liegen und seinen Kopf in ihren Schoß zu legen, um die Plakette zu betrachten. Dann konnte sie getrost den Staub fortwischen, den sie gerade auf ihn gefegt hatte. Er peilte ihre Hände an und stellte sich vor, wie ihre Fingerspitzen ihn streichelten und wie es wäre, seinen Kopf in ihren Schoß zu legen. Bei dieser Vorstellung biß er die Zähne zusammen. »Es ist ein altes Cembalo. Sechzehnhundertdreiundneunzig weist es kaum als Reliquie aus.«

»Aber es ist von Cristofori!«

»Es ist ein altes Cembalo«, wiederholte er mürrisch. »Vermutlich wird es uns jeden Moment auf den Kopf fallen.«

»Kaum«, spottete sie. »Wissen Sie nicht, wer Cristofori war?«

Er wußte es nicht, und es war ihm egal. Das einzige, was ihn im Moment interessierte, war der dünne Faden der Selbstbeherrschung, den sie langsam von ihm fortzog. Er hatte nie gewußt, welch mächtige Fantasie er besaß. Sein Blick fiel auf ihren Mund, und er überlegte, ob er eine Ohrfeige kassieren würde, wenn er sie küßte. Er war sich der Doppeldeutigkeit seiner Antwort wohl bewußt, aber trotzdem gelang es ihm, gelangweilt zu klingen: »Ich glaube, ich finde es langsam heraus.«

Lily hob ihr Kinn. »Bei dieser Einstellung werde ich es Ihnen wohl nicht erzählen.«

»Gut. Dann können wir gehen.« Er bewegte sich nicht einen Zentimeter. Sein Blick glitt über die sanfte Rundung ihrer Wange und ihren schlanken Hals hinunter und blieb auf ihrem Kragen haften. Er konnte über dem Kragen einen dunklen Fleck sehen, und eine Welle von Beschützerinstinkt überrollte ihn. Er wollte sie in seine Arme nehmen und den Schmerz ihrer Verletzungen lindern. Er wollte sie wieder trösten, wenn sie weinte, aber dieses Mal würde er ihre Tränen fortstreicheln, nein, er würde sie fortküssen, würde sie ihre Ängste vergessen lassen, den Mann vergessen lassen, der sie verletzt hatte. Er würde …

»Schon gut.« Lily sah kein bißchen nach Tränen aus. Er versuchte, sich auf das zu konzentrieren, was sie sagte. »Cristofori hat das Piano erfunden. Eigentlich basiert sein Piano auf dem Cembalo, das er gebaut hat, vermutlich ähnlich diesem Instrument hier. Vielleicht war es genau dieses Instrument. Verstehen Sie? Dieses Cembalo *ist* ein wertvolles Relikt, eines, das man in einem Museum ausstellen sollte.«

Sein Tonfall wurde mißtrauisch. »Sie scheinen viel über Musikinstrumente zu wissen, Mylady. Wie kommen Sie denn zu so großen Kenntnissen?«

Sie drehte sich weg, um die kleine Plakette mit neuem Interesse zu studieren. »Papa interessiert sich für Antiquitäten. Er ist begeistert von dem Thema und erzählt endlose Geschichten. Vermutlich nur ein Glücksfall, daß ich mich an diesen Cristofori erinnere.«

Sie log. Dessen war er sicher. Er sah in ihre großen, unschuldigen Augen und begann sofort, seine Überzeugung zu überdenken. Weshalb sollte sie über etwas so Triviales lügen? Er sah, wie ihr Blick tiefer wanderte, und wußte, daß sie seinen Mund ansah. Sie benetzte ihre Lippen in einer vermutlich nervösen Geste, aber die Wirkung auf ihn war absolut sinnlich. Ihr Mund war nur Zentimeter von seinem entfernt, der Ausdruck ihrer Augen zu einladend, um zu widerstehen. Wenn er sich nur ein bißchen vorbeugte …

»Euer Gnaden?«

Der Klang von Digsbys Stimme ließ Remmington herumfahren, was zu einem lauten Krachen führte, als sein Kopf gegen das Cembalo stieß.

»Brauchen Sie, hm, meine Hilfe, Euer Gnaden?«

Remmington fluchte leise. Lily unter dem Cembalo, und

er sah aus, als wäre er ihr nachgekrochen. Er konnte sich gut vorstellen, wie Digsby die Szene beurteilte. Nur eine Minute länger allein, und es wäre wahr geworden. Er hätte sie beinahe unter diesem verfluchten Ding verführt. Er hätte die Tür schließen sollen. Er hätte niemals diesen Raum betreten dürfen. Die Quelle dieser demütigenden Szene blieb das Bild der Unschuld, ihre sherryfarbenen Augen groß und unschuldsvoll.

»Nein, Digsby, ich komme gut zurecht.«

»Wie Sie wünschen, Mylord.«

Die Tür schloß sich, und sie waren allein. Digsby hatte vermutet, was sich da abspielen konnte, verdammt noch mal. Er hatte die Tür geschlossen, so daß niemand sie stören würde. Manchmal konnte er schwören, daß Digsby einfach seine Gedanken las. In den meisten Situationen fand er das nützlich. In dieser fand er es ärgerlich. Digsbys unwillkommene Unterbrechung erinnerte ihn daran, daß er mit Lily alleine in diesem Raum nichts verloren hatte, daß es keine Notwendigkeit geben durfte, die Tür zu schließen. Nachdem Digsby gegangen war, richtete er seinen Zorn gegen Lily.

Sie wischte sich die Hände ab und begann sich von ihm zurückzuziehen, auf die Kante des Cembalos zu. »Gott sei Dank klatschen Ihre Diener nicht. Wir müssen ziemlich unschicklich aussehen.«

»*Ziemlich* unschicklich?« wiederholte er, als er sich aufrappelte. »Meine liebe Dame, jeder Augenblick, den ich mit Ihnen in diesem Haus verbringe, ist *vollkommen* unschicklich. Ich habe zu Beginn dieses ... dieses Besuches einige ausdrückliche Regeln festgesetzt, und Ihnen gelingt es spielend, sie zu ignorieren. Ich frage mich, wieso Sie sich an den obskuren Ursprung von Pianos erinnern können, nicht aber an das Wesentliche unserer Unterhaltung von vorhin.«

»Die Erinnerung ist etwas Seltsames, nicht wahr?« Sie hob das Laken auf und begann, es wieder über das Cembalo zu legen. »Ich glaube, jetzt da Sie es sagen, erinnere ich mich an Ihren Befehl, das Musikzimmer zu meiden. Sie haben Ihre Anordnungen zwar alle aufgeschrieben, aber es fällt mir so schwer, Listen auswendig zu lernen. Vermutlich werde ich gegen noch mehr Ihrer Regeln verstoßen, bevor dieser Besuch beendet ist. Würden Sie wohl bitte Ihre Seite des Lakens über die Kante ziehen?«

Er riß die Abdeckung zurecht. Sie hatte seine Befehle nicht vergessen. Er würde sein Leben darauf verwetten. Sie sah ihn mit diesen unschuldigen Augen an und ignorierte dann prompt alles, was er gesagt hatte. Während er London nach dem Mann abgesucht hatte, der ihm helfen konnte, ihre Probleme zu lösen, hatte sie ihr Mädchen durch das ganze Haus geschickt. Und jetzt übernahm Lily selbst die Erforschung. Er hatte gute Gründe dafür, Befehle zu erlassen, die Lily und ihr Mädchen in seinem Haus so stark wie möglich einschränkten. Er fand, es war an der Zeit, diese Regeln zu verstärken. »Anscheinend muß ich besser auf Sie aufpassen, um sicherzustellen, daß Ihr Gedächtnis funktioniert.«

»Oh, ich glaube nicht, daß das nötig sein wird«, sagte sie schnell. »Vielleicht wäre es am besten für alle Beteiligten, wenn Sie mir einfach erlaubten, meine Reise fortzusetzen. Meine Großtante Amelia hat ein Sommerhaus in Brighton. Gretchen und ich könnten dort bleiben.«

»Sie sind ganz schön hartnäckig, oder?« Er fand ihren hoffnungsvollen Gesichtsausdruck seltsam beruhigend. Es war offensichtlich, daß sie ihm absichtlich nicht gehorcht hatte, um seine Geduld auf die Probe zu stellen und ihre Auseinandersetzung wiederaufnehmen zu können. Wenn sie mit ihrem Vater geplant hätte, in diese Situation zu kommen, würde sie nicht so angestrengt versuchen, den Plan zu vereiteln. Er war gleichermaßen erleichtert und wütend – erleichtert, daß sie nichts damit zu tun hatte, ihn auszutricksen, wütend, daß ihr Vater vielleicht doch involviert war. Er schüttelte den Kopf. »Sie werden dieses Haus erst verlassen, wenn ich eine Nachricht von Ihrem Vater erhalten habe. Bis dahin werden Sie versuchen, den Regeln meines Haushaltes etwas sorgfältiger zu folgen.«

»Wie Sie wünschen.« Sie nickte steif. »Wenn Sie mich jetzt bitte entschuldigen würden. Ich glaube, ich muß mich dringend umziehen.«

Remmington nickte ebenso kurz und beobachtete, wie sie an ihm vorbeiging. Selbst mit Staub bedeckt sah sie immer noch hoheitsvoll wie eine Königin aus. »Übrigens, Sie haben da ein riesiges Spinnweb in Ihren Haaren. Oh, wenn ich richtig hinsehe, glaube ich, auch die Spinne hängt dran.«

Lily kreischte. Sie wischte die hartnäckigen Fäden aus ihren Haaren und riß dabei den Zopf auf. Ihre Finger wühlten durch die offenen Locken, und dann schüttelte sie die schwere Mähne mit beiden Händen. Sie sah ihn von der Seite an. »Ist sie weg?«

Er rieb sich das Kinn und spürte den Staub, der ihn immer noch bedeckte. »Ich glaube, ich habe mich geirrt. Da war doch keine Spinne.«

Der zornige Blick, den sie ihm zuwarf, hätte ihn schier verschmurgeln können. Gott, war sie schön, wenn sie wütend war. Es war ihren Zorn wert, ihre Augen so funkeln zu sehen. Außerdem hob sich ihre Brust so nett. Sie warf ihre glänzende Mähne über die Schultern, drehte sich auf dem Absatz um und verließ den Raum. Was für ein reizendes Ding sie doch war. Im einen Moment eine hoheitsvolle Königin, im nächsten ein staubiges Kind. Er wußte nie, was er von ihr zu erwarten hatte.

Ohne daran zu denken, daß er gerade noch die Stabilität des Cembalos angezweifelt hatte, lehnte er sich gegen das Instrument und sah nachdenklich zur Tür. Sein Lächeln wurde zu einem verwirrten Stirnrunzeln. Was immer er von Lily Walters erwartet hatte: die Frau, die gerade dieses Zimmer verlassen hatte, entsprach dem nicht. All die Jahre hatte er gedacht, nur wenig Substanz hinter diesem hübschen Gesicht zu finden. Aber hinter der Fassade fröhlicher Unwissenheit arbeitete ein kluger Kopf, allerdings so sorgfältig verborgen, daß er nur ab und zu einen flüchtigen Blick auf die wahre Lily erhaschen konnte.

Was verbarg sie?

Sechs

Sir Malcolm Bainbridge lehnte sich in den abgenutzten Ledersitz der Kutsche zurück und legte seine Hände auf den Knauf eines kunstvoll geschnitzten Spazierstocks. Auch wenn sein Haar schon seit Jahren grau war und ein riesiger Schnurrbart sein wettergegerbtes Gesicht beinahe vollständig verbarg, zeigten seine durchdringenden blauen Augen kein Zeichen des Alters.

»Diese Mietkutschen werden von Jahr zu Jahr schlechter, nicht wahr?« fragte er seinen Gefährten. »Es riecht, als hätte jemand eine Gallone Rum in diesem Vehikel verschüttet.«

»Eine stinkende Kutsche ist das, was mich im Moment am wenigsten interessiert«, erwiderte der Graf von Crofford. »Ich konnte es nicht glauben, als ich hörte, daß Sie die Stadt in der Nacht von Ashlands Ball verlassen haben. Der Zeitpunkt hätte nicht schlechter gewählt sein können.«

Bainbridge nickte mitfühlend. »Die Nachricht, die Lily übersetzt hatte, erforderte eine sofortige Abreise. Ihr Brief hat mich gestern erreicht, und ich bin so schnell wie möglich zurückgekehrt.«

Crofford fuhr sich mit einer Hand durch die Haare und atmete tief aus. »Ich wollte Sie nicht anfahren, Malcolm. Ich habe in den letzten Tagen wenig geschlafen.«

»Kein Grund zu Entschuldigungen, mein Freund. Ich verstehe Ihre Sorge. Jetzt, da Lily sicher in Brighton ist, werde ich alle verfügbaren Kräfte auf diesen Fall ansetzen. Wir werden diesen Mann aufspüren und der Gerechtigkeit übergeben. Wenn er ein französischer Spion ist, werden wir weitere Schritte unternehmen, um Lilys Sicherheit zu garantieren. Und auch die Ihre.«

»Lily ist nicht in Brighton«, sagte Crofford. Er erklärte alles, was geschehen war, nachdem er Sir Malcolm am Morgen nach dem Angriff auf Lily geschrieben hatte; wie Remmington sich in den Plan, Lily mit der Postkutsche nach Brighton zu schicken, eingemischt hatte.

Bainbridge sah überrascht aus, aber seltsamerweise schien ihn diese Nachricht nicht sonderlich zu beunruhigen.

Er lächelte sogar. »Ich kann mir vorstellen, daß Remmington Sie für ein bißchen verrückt hielt bei dieser Geschichte über Tante Amelia.«

»Da ist noch mehr«, sagte Crofford. »Ich habe Remmington davon überzeugt, Lily in seinem Stadthaus zu verstekken. Er hat mir keine andere Wahl gelassen. Sie ist jetzt dort, in der Höhle des berüchtigtsten Weiberhelden von London. Wenn er auch nur …«

Bainbridge klopfte mit seinem Stock auf den Boden, um ihn zu unterbrechen. »Beruhigen Sie sich, Crofford. Die Situation ist nicht so schlimm, wie Sie glauben. Ich nehme an, Sie haben um die Zusicherung gebeten, daß er sich ehrenhaft benimmt?«

Crofford schlug mit seinen Ziegenlederhandschuhen auf seine offene Handfläche. »Natürlich habe ich ihn um seine Versicherung gebeten. Er hat mir sein Wort gegeben.«

»Da haben Sie's«, sagte Bainbridge. »Remmington ist ein Ehrenmann. Wenn er Ihnen sein Wort gegeben hat, ist Lily bei ihm ebenso sicher wie sie in Brighton sein würde. Tatsächlich kann ich Ihnen *mein* Wort geben, daß sie sicherer ist.«

»Sie legen sich aber ins Zeug«, entgegnete Crofford. »Ich glaube nicht, daß einer von uns Remmington gut genug kennt, um zu sagen, wie weit wir ihm trauen können.«

»Ich weiß genau, wie weit ich ihm trauen kann.« Bainbridge sah grüblerisch aus. »Wir sind seit langem befreundet, Crofford. Sie sind einer der wenigen Männer, denen ich vollkommen vertraue. Was ich Ihnen heute abend sage, darf nicht weitergetragen werden.« Er wartete, bis der Graf zustimmend nickte. »Remmington arbeitet gelegentlich für mich. Er hat ein Schiff zur Verfügung, daß jederzeit ablegen kann, mit einer Mannschaft, die talentierter ist, als ich es je gesehen habe. Abgesehen davon, daß sie meine Agenten oder deren Nachrichten in das feindliche Gebiet und wieder hinausbringen, spüren sie auch oft Schmuggelschiffe auf, um sicherzugehen, daß deren Ladung nichts Schlimmeres enthält als französischen Brandy oder Spitze.«

»Wie haben Sie bloß den Herzog von Remmington in Ihre Organisation bringen können?«

»Er hat sich angeboten«, sagte Bainbridge einfach.

Crofford ließ sich diese Information durch den Kopf gehen. »Ich bin sicher, daß der Herzog Ihrer Organisation Ehre macht, und ich zweifle nicht an seiner Fähigkeit, Lily zu beschützen, aber ich mache mir trotzdem Sorgen. Er ist berüchtigt, was Frauen angeht. Und jetzt habe ich ihm quasi eine vor die Tür gelegt. Glauben Sie wirklich, daß er dieser Versuchung widerstehen wird, wenn die Situation länger als zwei Tage dauert?«

»Remmington würde niemals eine unschuldige junge Frau verführen.«

»Vielleicht«, überlegte Crofford. »Aber man fragt sich, was er mit Margaret Granger tut. Sicher hat er nicht vor, das Kind zu heiraten.«

»Margaret Granger den Hof zu machen, war meine Idee«, gestand Bainbridge. »Im Laufe seiner Arbeit für mich stieß Remmington auf einen Schmuggel von Dover aus. Diese Schmuggler befördern französische Spione, keinen Brandy. Anstatt das Verräterschiff zu beschlagnahmen, haben wir die Operation verfolgt, um die Kontaktpersonen der Spione hier in England festzustellen. Wir wußten bereits, daß der Kopf dieser Organisation ein Peer ist, ein Mann, dessen Vermögensverhältnisse sich vor zwei Jahren drastisch änderten. Um diese Informationen zu bekommen, mußte ich jemand in der Nähe des Mannes haben. In der Nähe seiner Tochter, um genau zu sein.«

»Lord Granger.«

Es war keine Frage, aber Bainbridge nickte. »Seine Tochter weiß nichts über die wahre Natur der Unternehmen ihres Vaters, aber die Werbung gab Remmington einen Vorwand, als häufiger Gast auf Grangers Anwesen in der Nähe von Dover aufzutauchen. Er hat mehr als genug Informationen, um den Mann zu verurteilen, aber wir wollen Grangers Kontaktpersonen in London entlarven, bevor wir das Netz um die Operation zuziehen. Auf jeden Fall ist Margaret Granger nicht länger nützlich. Es gibt andere Spuren, die verfolgt werden müssen. Remmington wird sein Werben bald beenden, so daß niemand, auch nicht Margaret, Verdacht schöpfen wird, daß er daran beteiligt ist, ihren Vater vor Gericht zu bringen. Ich glaube, er hat vor, Margaret die Beziehung beenden zu lassen, so daß es weniger geplant wirkt. Das ist der einzige Teil seines Planes, den ich in Frage stelle. Margaret ist zu verrückt auf seinen Titel, um ihn so einfach gehen zu lassen.«

»Granger ist ein Verräter.« Crofford schüttelte den Kopf. Sie gehörten gemeinsam zu vielen Clubs, sie waren sogar gleichzeitig in Eton gewesen. Obwohl er Granger niemals sonderlich nahegestanden hatte, erstaunte ihn die Neuigkeit doch sehr. »Was wird mit ihm geschehen?«

»Das hängt von Granger ab.« Bainbridge tat die Angelegenheit mit einer Handbewegung ab. »Aber hier geht es nicht um seine Aktivitäten. Um Ihre Tochter machen wir uns Sorgen. Was mich betrifft, ich würde niemandem besser zutrauen, für ihre Sicherheit zu sorgen, als Remmington. Sie brauchen sich nicht länger zu ängstigen. Wenn Sie sich besser fühlen, werde ich Remmington von meinem Interesse an Lily erzählen.«

Crofford überlegte das Angebot. »Ein Wort oder zwei könnten vielleicht nicht schaden, aber ich möchte nicht, daß Remmington oder sonst jemand etwas über Lilys Aktivitäten erfährt. Je weniger Leute von ihrer Arbeit wissen, desto sicherer ist sie.«

»Sie wissen, daß ich die Identität meiner Agenten strengst vertraulich behandele. Nur die Umstände haben mich veranlaßt, Ihnen etwas über Remmington zu erzählen. Solange er nicht vermutet, daß mit Lily ›etwas nicht stimmt‹, braucht er nichts über ihre Arbeit zu wissen.«

Die Kutsche hielt an, und Bainbridge zog den Samtvorhang vor dem Fenster beiseite. Die Gaslaternen in der Saint James' Street verliehen dem Nebel einen seltsamen Gelbton, aber er konnte den Eingang zu White's ausmachen. Er richtete seinen Zylinder und legte seinen Umhang über einen Arm.

»Halten Sie mich über jede Veränderung der Situation auf dem laufenden. Tut mir leid, Sie so abrupt verlassen zu müssen, Crofford, aber ich habe heute abend noch eine andere Nachricht erhalten und versprochen, den Mann innerhalb einer Stunde zu treffen.« Er stieg aus der Kutsche und drehte sich lächelnd zu seinem Freund um. »Nach diesem Gespräch kann ich mir ungefähr denken, weshalb Remmingtons Nachricht so dringend klang.«

Sir Malcolm ging gemächlich durch White's Aufenthaltsraum. Hier und da blieb er stehen, um mit Bekannten zu sprechen. Er entdeckte Remmington in einer Ecke des großen Raumes und bewegte sich auf den Tisch des Herzogs zu. Als er an Lord Shefleys Tisch verweilte, hob Remmington eine Hand, um ihn herüberzubitten. Die beiden Männer begrüßten sich mit flüchtigem Nicken.

»Wollen Sie nicht einen Drink mit mir nehmen, Sir Malcolm?« Remmington zeigte auf den Stuhl ihm gegenüber. Bainbridge setzte sich, als einer der unauffälligen Diener des Clubs mit einem zweiten Glas erschien. Auf ein Nicken von Remmington goß der Diener einen Drink aus der Brandykaraffe ein, die auf dem Tisch stand.

»Sie sehen gut aus, Euer Gnaden«, bemerkte Bainbridge, als der Diener ging.

»Ich würde mich bedeutend besser fühlen, wenn ich meinen Drink in einer privateren Atmosphäre genießen könnte.« Remmington sah bedeutungsvoll zu verschiedenen Tischen, an denen andere Herren ihre Drinks und ihre Unterhaltung genossen. Niemand war so nah, daß er hören konnte, was gesprochen wurde, aber er besprach seine Angelegenheiten nicht gerne an so bevölkerten Orten.

Bainbridge zuckte die Schultern. »Ein zurückgezogener Mann zieht oft unwillkommene Aufmerksamkeit auf sich. Sich vor aller Augen zu verstecken, verwirrt die Neugierigen.«

Remmington ignorierte die rätselhafte Bemerkung. Er beugte sich vor, um sein Glas erneut zu füllen. Seine Stimme klang streng. »Ich versuche seit zwei Tagen, Sie zu erreichen. Ich habe ein Problem und brauche Ihre Hilfe, um es zu lösen.«

Bainbridge lächelte und hob sein Glas. »Ich kenne Ihr Problem. In dieser Stadt geschieht kaum etwas, ohne daß ich es erfahre. Wenn ich raten darf: Ich glaube, Sie suchen nach einer Möglichkeit, einen Hausgast loszuwerden.«

»Sie haben recht, wie immer.« Remmington ließ den Brandy in seinem Glas gleichmäßig kreisen. »Ich habe bestimmte Geschäfte zu erledigen, die Privatsphäre verlangen. Dieser Gast kompliziert die Angelegenheiten.«

»Diese Unternehmen werden nicht unter mangelnder Aufmerksamkeit leiden. Ihr Gast ist mit einem Freund von mir verwandt, und ich habe ihm mein Wort gegeben, daß Sie der vertrauenswürdigste Gastgeber überhaupt sind. Ein Mann darf nicht zulassen, daß profane Geschäfte drängendere Verpflichtungen behindern. Ich werde tun, was ich kann, um dafür zu sorgen, daß Ihr Gast keinen ausgedehnten Aufenthalt bei Ihnen braucht.«

»Für mich ist bereits ein Tag ein ausgedehnter Aufenthalt. Ich habe mit dieser Person nichts gemeinsam und finde die ganze Situation einfach lästig, um es einmal freundlich auszudrücken.« Remmington fiel auf, daß die Verbindung Lilys zu Sir Malcolm irgendwie zu praktisch schien. Der äußere Schein trog oft, besonders wenn Sir Malcolm in eine Angelegenheit verwickelt war. »Ist Ihr Interesse an dieser Sache persönlich oder geschäftlich, Sir Malcolm?«

»Wenn meine Freunde ein Problem haben, mache ich es zu meiner Aufgabe, zu helfen, so gut ich kann.«

Crofford und Bainbridge Freunde? Remmington konnte sich keine zwei Männer denken, die unterschiedlicher waren. Croffords Freunde bei White's waren ein ziemlich langweiliger Haufen, eine Gruppe älterer Herren, die sich in scheinbar endlosen Debatten mit Altphilologie beschäftigten. Auf der anderen Seite verkehrte Sir Malcolm mit einigen der mächtigsten Männer Englands. Bainbridge war das einzig sichtbare Mitglied einer Organisation, die so geheim war, daß nur der Premierminister die Namen und Positionen all der Männer kannte, die Bainbridge im Kriegsministerium beschäftigte. Konnte Crofford einer dieser Männer sein?

Remmington lächelte beinahe bei diesem Gedanken. Der zerstreute Graf ein Spion? Crofford konnte ja nicht einmal für die Sicherheit seiner Tochter sorgen. Wer würde einem solchen Mann Staatsgeheimnisse anvertrauen? Nein, Bainbridges Verbindung zu Lily und ihrem Vater konnte nicht mehr sein als eine Familienfreundschaft.

»Niemand ist glücklich über die Umstände«, fuhr Bainbridge fort, »aber wir müssen das Beste daraus machen. Ich wage zu behaupten, daß Sie und Ihr Gast in den nächsten Tagen gemeinsame Interessen entdecken werden.« Sein Lächeln wurde breiter. »Vielleicht wird das Ihre Unterhaltungen beleben.«

Noch etwas Attraktives an Lily? Remmington schüttelte den Kopf. Es gab schon zu viel. »Der Gedanke ist beinahe beängstigend.« Er trank seinen Brandy und verschränkte dann die Arme vor der Brust. »Sie kennen diese Person besser als ich. Haben Sie etwas Außergewöhnliches bei Ihrer Freundin bemerkt? Eine gewisse Widersprüchlichkeit in ihrem Charakter?«

»Jeder wird Ihnen sagen, daß Ihr Gast außergewöhnlich ist. Und Widersprüchlichkeit?« Bainbridge zuckte die Schultern. »Frauen sind die verwirrendsten Geschöpfe auf dieser Erde. Nach sechsundzwanzig Jahren Ehe kann ich Ihnen nicht einmal ansatzweise sagen, wie der Kopf meiner Frau funktioniert.«

Remmington sah sich in dem Raum um und beugte sich dann leicht vor. »Sie verbirgt etwas.«

Bainbridge stimmte ihm bereitwillig zu. »Aber natürlich tut sie das. Clara verbirgt ständig etwas vor mir. Verdammt ärgerlich meistens. Letzte Woche habe ich herausgefunden, daß sie jeden Morgen El Capitan reitet, obwohl ich ihr ausdrücklich verboten habe, dieses wilde Tier zu reiten. Sie sagte, ich hätte ihr gesagt, sie dürfe das dumme Pferd nicht im Park reiten, also ist sie ins Gelände gegangen. Ehrlich, ich weiß nicht, wie sie meine Worte als nächstes verdrehen wird. Hält einen ganz schön auf Trab.«

Remmington runzelte die Stirn. »Ich habe nicht Ihre Frau gemeint.«

»Nicht?« Bainbridge sah erstaunt aus. »Hätte aber gut sein können. Wenn Sie mich fragen: Frauen sind sich in dieser Hinsicht sehr ähnlich. Sie verwirren uns absichtlich.«

Remmington überlegte, was Lily an sich hatte, daß die Leute unvernünftig wurden, wenn sie von ihr sprachen. Er versuchte es direkter: »Mein Gast ist intelligenter, als sie die Leute glauben machen will.«

»Das ist nicht ungewöhnlich. Ich weiß zwar nicht warum, aber die Gesellschaft verlangt es so. Ich könnte mir vorstellen, daß sie nicht als Blaustrumpf gelten will. Ich kenne sie sehr gut und kann Ihnen versichern, daß sie nicht im geringsten falsch oder berechnend ist, falls Sie das beunruhigt.«

»Ich bin nicht sicher, was mich beunruhigt«, sagte er. »Sie scheint manchmal so seltsam.«

Bainbridge hob die Hände. »Sie ist eine Frau. Was muß ich da noch sagen?« Er trank seinen Brandy aus, stellte das Glas auf den Tisch und stand auf. »Ich würde mir nicht allzuviele Gedanken machen. Die Situation, in der Sie sich jetzt befinden, wird sich in ein paar Tagen erledigen und Ihr Gast wird verschwinden.« Er verbeugte sich leicht vor Remmington. »Danke für den Drink, Euer Gnaden. Ich hoffe, Sie werden mir bald Gelegenheit geben, den Gefallen zu erwidern. Vielleicht sind Sie besserer Laune, wenn wir uns das nächste Mal treffen.«

»Vielleicht«, räumte Remmington ein, obwohl er seine Zweifel hatte.

Sir Malcolm nickte höflich und drehte sich von Remmingtons Tisch weg. Er ging durch den Raum und blieb wieder an verschiedenen Tischen stehen, um sich kurz zu unterhalten.

Remmington runzelte verbittert die Stirn. Er hatte Lily Walters am Hals. Seine letzte Hoffnung hatte gerade den Raum verlassen.

Das Gelächter weckte Lily aus tiefem Schlaf. Sie öffnete die Augen und starrte im Mondlicht auf den Baldachin ihres Bettes. Sofort wußte sie, daß sie sich in Remmingtons Stadthaus befand. Irgendwo im Haus begann eine Standuhr zu schlagen. Erst die Viertelstunden, dann die volle Stunde, drei tiefe, klangvolle Töne. Ein Quietschen, gefolgt von einem weichen Schlag sagte ihr, daß in der Nähe eine Tür geschlossen worden war. Vielleicht Remmington, der von irgendwo zurückkehrte, dachte sie müde. Sie überlegte, worüber er wohl um diese späte Zeit lachte.

Sie schloß die Augen und hörte wieder das Lachen, lauter dieses Mal. Es kam vom Flur. Dem tiefen, störenden Geräusch fehlte jede Fröhlichkeit, und sie wußte instinktiv, daß es nicht Remmington war. Dieses Mal war es schwieriger, die Augen zu öffnen, sich in dem dunklen Zimmer umzusehen. Sie kämpfte gegen den Schlaf. Das einzige, was sie deutlich sehen konnte, war die Tür zum Flur.

Das Lachen kam näher. Die Töne wiederholten sich in einem beinahe monotonen Rhythmus. Ihr Herz schlug schneller, mit jedem Schlag lauter. Ihr Angreifer stand auf der anderen Seite der Tür. Lily war sich sicher. Das Gelächter war höhnisch, wortlos arrogant sagte es, daß er genau wußte, wo sie zu finden war. Nichts würde ihn dieses Mal aufhalten.

Als sie ihren Mund öffnete, um zu schreien, packten starke Hände ihre Schultern, und der Schock brachte ihre Kraft zehnfach zurück. Sie schlug mit den Fäusten gegen eine breite Brust, wand sich in seinem Griff und kämpfte um ihr Leben.

»Wach auf, Lily!«

Sie schlug weiter gegen seine Brust und war sicher, daß ihre Gedanken ihr einen Streich spielten. Die Stimme klang fast wie …

»Ich bin's, Lily, wach auf.«

… Remmington. Sie beendete ihren Kampf abrupt. Sie öffnete die Augen und starrte auf eine nackte Brust. Ihre Fäuste lagen auf einer schweren Linie von Haaren, die v-förmig bis zu seinem Hosenbund zuliefen. Sie hatte noch nie die nackte Brust eines Mannes berührt. Das war der einzige Gedanke, der sie anscheinend eine Ewigkeit beschäftigte, in Wirklichkeit nicht länger als ein oder zwei Sekunden. Sie öffnete ihre Fäuste und reckte ihre Handflächen flach zu seinen Schultern. Er fühlte sich so warm, so sicher und stark an.

»Sie haben schlecht geträumt. Es ist vorbei.«

Geträumt? Lily zitterte. Alle Muskeln in ihrem Körper wurden gleichzeitig schlaff. Sie wäre über ihn gekippt, wenn er nicht seine Arme um sie geschlossen hätte. Er zog sie auf seinen Schoß.

»Es ist vorbei.« Er zog ihren Kopf an seine Schulter und begann, ihre Haare zu streicheln. »Sie sind in Sicherheit, Lily. Niemand kann Sie hier verletzen.«

Als es leise an der Tür klopfte, sprang sie beinahe aus seinen Armen, aber er hielt sie fest. Sie schlang ihre Arme fester um seinen Hals und starrte ängstlich zur Tür.

»Alles in Ordnung«, rief er dem Diener zu, der die Tür bewachte. »Lady Lillian hatte einen schlimmen Traum.«

»Alptraum«, flüsterte Lily. Er zog sie fest an seine Brust, um das Zittern aufzufangen, das durch ihren Körper jagte. »Wie ...« Ein weiterer Schauer unterbrach ihre Frage, und sie lehnte ihre Stirn an seine Brust.

»Ich habe Sie schreien hören«, sagte er. »Haben Sie von der Nacht des Angriffs geträumt?«

Lily schüttelte den Kopf. »Nein. Schlimmer. Er ... er war hier.«

Er hielt sie fester. Das Gefühl seiner warmen nackten Brust hätte sie schockieren sollen. Sie waren allein und zusammen im Bett, Remmington war halb angezogen, und sie trug nichts außer einem dünnen Nachthemd. Sie drückte sich fester an seine Stärke, getröstet von dem Wissen, daß sie bei ihm sicher war.

»Es t-tut m-mir leid, daß ich Sie gestört habe.« Sie legte ihre Wange an seine Brust, um den regelmäßigen Schlag seines Herzens zu hören. »Es schien so wirklich.«

Als ihr Zittern nicht aufhörte, begann er, beruhigend über ihre Arme und ihren Rücken zu streicheln und ihr tröstende Worte ins Ohr zu flüstern. Wahrscheinlich hielt er sie für kindisch, weil sie von einem Alptraum so aufgewühlt war. Es war ihr egal. Im Moment brauchte sie seinen Trost. Abgesehen von der Nacht des Angriffs konnte sie sich nicht daran erinnern, wann jemand sie das letztemal gehalten oder auch nur umarmt hatte. Sie war viel zu alt für solche Zärtlichkeiten seitens ihrer Familie. Aber vielleicht war es die vage Erinnerung an die Kindheit, die Remmingtons Umarmung so beruhigend und tröstlich machte. Es war etwas beinahe Betäubendes an der Art, wie er sie hielt. So nah, daß sie jeden seiner Herzschläge hören konnte, jeden seiner regelmäßigen Atemzüge. Sein Geruch würde kein Kind verwirren, ebensowenig seine feste, doch geschmeidige Haut. Die Gefühle, die er in ihr auslöste, waren die einer Frau. Einer Frau, die er nicht wollte.

Sie versuchte, sich von ihm zu lösen. »Es g-geht mir gut. A-a-ausgezeichnet.«

»Sie klingen aber nicht gut. Sie zittern wie eine Feder.« Er zog sie näher und legte ihren Kopf an seine Schulter. »Haben Sie mit jemandem darüber gesprochen, was in jener Nacht geschah? Als Sie überfallen wurden?«

Lily schüttelte den Kopf. »Ich möchte nicht darüber nachdenken.«

»Manchmal träumt man von Dingen, über die man nicht sprechen möchte.« Er klang sehr überzeugend und hob mit einem Finger ihr Kinn. Aber sie wich seinem Blick aus. »Sie haben etwas Schreckliches durchgemacht in jener Nacht, Lily. Warum können Sie mir nicht erzählen, was geschehen ist?«

»Es ist vorbei.« Sie faltete die Hände fest zusammen. Warum konnte er sie nicht mit Verachtung statt Rücksichtnahme behandeln? Er bemitleidete sie. Sonst nichts. Lily versuchte, sich auf diese Tatsache zu konzentrieren und nicht auf seinen nackten männlichen Oberkörper. Vor einem Moment war er ihr nicht so nackt vorgekommen. Weshalb war sie sich plötzlich des Drucks seiner Arme so bewußt? Seiner Wärme, wo immer sie sich berührten? »I-ich glaube nicht, daß ich mich richtig erinnern kann.«

»Sag's mir.« Die harten Worte paßten nicht zu der sanften Art, mit der er ihre Wange streichelte. Sie sah zu ihm auf, und er hielt mühelos ihren Blick fest. »Sag's mir«, wiederholte er. »Ich verspreche dir, daß es dir dann besser geht.«

Lily merkte kaum, daß seine Anrede vertraulicher und drängender wurde. Was sollte sie ihm sagen? Daß sie sich wünschte, er würde sich etwas aus ihr machen? Daß sie seine Zuneigung wünschte, so wie er ihre hatte? Sie glaubte nicht, daß er etwas in dieser Art hören wollte. »Ich glaube nicht ...«

Er legte einen Finger auf ihre Lippen. »Sag mir, was geschehen ist. Was hast du in der Nacht gemacht, als er in dein Zimmer kam? Hast du geschlafen?«

Sein Finger verursachte ein seltsames Gefühl an ihren Lippen. Ihr Mund war wie taub, als er sie berührte, und doch gleichzeitig übersensibel. Er ließ seine Hand sinken, als sie zu sprechen begann. »Ich war wach. Ich möchte wirklich nicht ...«

Wieder bedeckten seine Finger ihren Mund. »Was hast du getan?«

»Meine Haare gebürstet.« Sie schob seine Hand weg, weil sie sich unmöglich konzentrieren konnte, wenn er sie so berührte. »Ich saß vor meinem Frisiertisch und bürstete meine Haare. Im Spiegel sah ich, wie meine Schlafzimmertür sich öffnete. Zuerst dachte ich, es wäre mein Vater, der früh von White's zurückkam, aber dann bemerkte ich die Livree und einen Moment später die Maske.«

Sie starrte seine Schulter an und hatte die Maske deutlich vor Augen. »Es war ein abscheuliches Ding, zu einem höhnischen unnatürlichen Lächeln verzerrt. Ich versuchte, wegzulaufen, aber er hielt mich fest und warf mich auf den Boden. Einen Moment später spürte ich sein Gewicht auf mir. Ich schrie und dachte, jemand würde zu meiner Rettung kommen, aber er wußte, daß niemand kommen würde.«

»Weiter«, drängte er. »Was geschah dann?«

»Ich habe mich gewehrt. Als er sich auf mich stürzte, hat er meinen Frisiertisch umgeworfen und einer der schweren Kerzenhalter lag neben mir. Es gelang mir, ihn zu packen. Er ließ mich einen Moment los und ich schlug ihm so fest ich konnte auf den Kopf. Er brach auf dem Boden zusammen, und ich dachte, er wäre tot. Als ich zur Tür laufen wollte, packte er meinen Knöchel, und da wußte ich, daß er nur benommen war. Ich lief die Treppe hinunter, dann hörte ich ihn etwas brüllen und sah über meine Schulter. Er lehnte im Flur an einer Wand und hielt sich die Hand über die Stirn. Ich lief auf die Straße und dachte, ich würde jemand finden, der helfen konnte, oder ich könnte meinen Vater bei White's treffen. Dort haben Sie mich aufgehalten.«

Remmington atmete kaum. »Als du dich auf der Treppe nach ihm umgedreht hast, hielt er sich die Hand an die Stirn, hast du gesagt. Trug er die Maske?«

Lilys Augen wurden groß. Einen Moment schöpfte sie Hoffnung, aber dann schüttelte sie den Kopf. »Seine Hand schützte sein Gesicht. Ich konnte nichts sehen.«

Er hielt ihre Hand an seine Stirn. »Zeig mir, was du gesehen hast. Wie hielt er seine Hand?«

Lily schwieg einen Moment und versuchte den Schock zu verarbeiten, daß sie sein Gesicht so intim berührte. Die unschuldige Berührung sollte sie wirklich nicht beunruhigen. Schließlich hatte sie sich gerade an seine nackte Brust gedrückt. Sie zog die Linie seiner Brauen nach und merkte, daß dies eine noch subtilere Qual war.

»Er lehnte sich gegen die Wand«, sagte sie, »und drehte sich so von mir weg.« Sie legte ihre Hand auf seine Stirn und drehte seinen Kopf von sich weg.

»Gut. Beschreib mir, was du von ihm sehen kannst.«

Sie versuchte, sich auf diese Aufgabe zu konzentrieren. Jeder Gedanke kreiste jedoch um Remmington. Wie konnte sie über einen anderen Mann nachdenken, wenn er sie so umarmte? Ihre Hand streifte eine Locke seiner Haare, und ohne nachzudenken, ließ sie die weiche Strähne durch ihre Finger gleiten. Sie schloß ihre Augen und zwang sich, an die schattenhafte Gestalt auf der Treppe zu denken. »Seine Haare waren dunkel. Braun oder schwarz, glaube ich. Papa läßt oben auf der Treppe immer eine Lampe brennen, bis er zu Bett geht, aber es ist trotzdem sehr dunkel.«

»Sag mir, was du noch siehst.«

Er gab sich geduldig ihrer Prüfung hin. Sie vermied seinen Blick, als sie sein Gesicht studierte, um jede Einzelheit zu behalten. Eine Leinwand könnte niemals die seltsame Kombination von höchstem Adel und animalischer Anziehungskraft einfangen. Darin war er einzigartig. Seine Anziehungskraft lag nicht nur in seinen Gesichtszügen, sondern in der Aura, die ihn umgab. Sie war beinahe greifbar. Lily war sicher, daß sie sie identifizieren könnte, wenn sie ihn länger studierte. Ihre Hand wanderte zu seinem Kiefer. »Sein Kinn war runder als Ihres, die Linie seines Kiefers nicht so stark. Seine Nase hätte eigentlich durch seine Hand verdeckt sein müssen, aber sie muß sehr groß gewesen sein. Ich konnte sie von hier bis hier sehen.«

Sie strich vom Sattel seiner Nase bis zu seiner Oberlippe, überrascht, dort eine feuchte Spur von Schweiß zu finden. Wenn sie jetzt darüber nachdachte, schien das Zimmer nicht übermäßig heiß. Ihre Finger blieben auf seinem Mund liegen und erforschten die Form. »Ich glaube, sein Mund war kleiner als Ihrer.«

Seine Stimme war heiser, als er fragte: »Ist das alles, woran du dich erinnerst?«

Er sah auf sie hinab, und Lilys Mund öffnete sich überrascht. Sie sah ihr eigenes Verlangen in seinen Augen, denselben brennenden Hunger, der ihren Atem beschleunigte und ihren Puls rasen ließ. Etwas in ihren benommenen Sinnen erkannte, daß die Zeit ihr Feind war. In ein paar Tagen schon würde sie in das Haus ihres Vaters zurückkehren, um ein Leben zu führen, das eine Lüge war. Remmington würde vermutlich Margaret Granger heiraten, bevor das Jahr vorbei war. Sie war an einem Zeitpunkt, an einem Ort, in einer Situation, die sich niemals wiederholen würde.

Sie nickte, wußte aber nicht, ob sie damit die laut ausgesprochene Frage beantwortete, oder die Erlaubnis gab, die er schweigend mit seinen Augen erbat.

Er zögerte einen Moment und senkte dann seinen Kopf, bis sich ihre Lippen kaum berührten. Sie konnte sich nicht bewegen, konnte nicht atmen. Mit sanften, federleichten Berührungen zog er den Umriß ihres Mundes mit seinen Lippen nach. Der darauffolgende Kuß schien beinahe züchtig. Seine Lippen drückten sich sehr sanft auf ihre, als wollte er die Form ihres Mundes erforschen oder entscheiden, wie ihre Lippen am besten aufeinanderpaßten. Schließlich zog er sich von ihr zurück.

Was als nächstes geschah, erschreckte Lily, aber sie öffnete ihre Augen nicht, als sie seine Fingerspitzen auf ihrer Stirn spürte. Er zog eine Linie über ihre Brauen, unter ihrem Auge entlang bis zur Wurzel ihrer Nase, dann zu der anderen Schläfe. Nach kurzem Zögern begann er die Linie ihrer Wange zu erforschen, ihr Kinn, und dann wiederholte er alles auf ihrer anderen Gesichtsseite. Die zärtliche, intime Erforschung raubte ihr den Atem ebenso wie sein Kuß. Sie überlegte, ob er dieselben schwindelerregenden Gefühle gehabt hatte, als sie sein Gesicht erforschte. Er berührte die Mitte ihrer Stirn und zog mit der Fingerspitze das Profil ihrer Nase nach, dann zog er ihren Mund nach und die Linie zwischen ihren Lippen, bevor er seine Fingerspitze über die gleichmäßige Kante ihrer Zähne gleiten ließ. Ohne nachzudenken, berührte sie seinen Finger mit ihrer Zungenspitze.

Sie hörte, wie er scharf einatmete. Ihr selbst stockte der Atem, als er sie an seine Brust drückte. Er senkte den Kopf, aber er küßte sie immer noch nicht. Einen Arm um ihre Schultern gelegt, vergrub er seine andere Hand in ihren Haaren, so daß sie in den feurigen Locken verschwand. Sie keuchte gegen seinen Mund, und er nahm ihre Unterlippe zwischen seine Zähne und zog sie näher an sich heran, bevor er ihre Lippen vollständig bedeckte.

Nichts hätte sie auf die Wirkung seiner Umarmung vorbereiten können. Ein paar ihrer Verehrer hatten versucht, einen Kuß zu erhaschen, aber sie fand es meist peinlich und unangenehm, etwas, wovor man zurückschreckte. Ihre Arme waren so fest um Remmingtons Hals geschlungen, daß sie schmerzten. Alles schmerzte. Und die Hitze. Das Zimmer konnte nicht so heiß sein.

Nicht länger lockend oder sanft, bewegte sich sein Mund fordernd und zwang ihre Lippen auseinander. Als sie dem schweigenden Befehl nachgab, vertiefte er seinen Kuß, und seine Zungenspitze berührte ihre. Sie japste und zog sich instinktiv zurück, aber er ließ sie nicht los. Seine Zunge zog den Umriß ihres Mundes nach, dann tauchte sie wieder ein Stückchen tiefer. Sie hatte nicht gewußt, daß man so küssen konnte. Irgendwie ahnte sie, daß er sie behutsam in die Kunst einführte. Er war geduldig, während sie entscheiden konnte, ob sie es mochte oder nicht. Ihre Wahl war gefallen, als sie begann, seine Handlungen nachzuahmen, ihn ebenso gründlich zu erforschen. Er zog seinen Mund fort, sobald sie ihn schmeckte.

»Wir dürfen das nicht tun.« Sein Atem klang rauh. Ihr Kopf schien sich von selbst zu bewegen, vor und zurück, so daß seine Lippen über ihr Ohr streiften. Er nahm das Ohrläppchen zwischen seine Zähne und biß sanft zu. Sie erschauderte. »Sag mir, wenn ich aufhören soll, Lily. Jetzt, solange ich es noch kann.«

Lily seufzte. Sie liebte seine Stimme, die dunklen, verbotenen Gefühle, die sie in ihr aufwühlte. Heute nacht fühlte sie sich als anderer Mensch, als die Frau, die sie vielleicht wäre, wenn der Krieg vor Jahren geendet hätte, bevor sie mit dem Kriegsministerium zu tun hatte. Diese Lily wäre frei, ihre Träume zu verfolgen, die Aufmerksamkeiten eines Mannes zu ermutigen, der ihr Herz von dem Augenblick an besaß, als sie ihn das erstemal gesehen hatte. Sie würde nicht gezwungen sein, seine Zuneigung zu stehlen in dem Wissen, daß er nur Lust für sie empfand.

Seine Lippen zogen die Form ihres Ohres nach, während er ihre Schulter streichelte. Als seine Hand über ihre Brust glitt, ergriff sie Panik. Wollte sie seine Umarmung so verzweifelt, daß sie sich von ihm benutzen lassen würde? Sie wäre nur eine seiner vielen Eroberungen, eine Frau, an die er sich in ein paar Monaten kaum erinnern konnte. Der Schmerz in ihrem Herzen breitete sich aus, bis er unerträglich war. Er hatte recht. Sie durften das nicht tun. Das Feuer in ihr erlosch ganz plötzlich.

Als er ihren Nacken ergriff und sie in die Kissen drückte, schrie sie mehr vor Überraschung als vor Schmerz. Remmingtons Blick fiel auf ihren Hals, und er ließ schnell los und legte seinen Arm um ihre Schultern.

»Gott, Lily, es tut mir leid. Habe ich dir weh getan?«

Er versuchte, ihren verletzten Hals zu berühren, aber es gelang ihr, von seinem Schoß zurück aufs Bett zu gleiten. Er sah aus, als wollte er sie trösten. Aber genau sein Trost hatte sie in diese Lage gebracht. Die Worte sprudelten ihr schneller aus dem Mund, als sie denken konnte.

»Sie sollten nicht hier sein. Es gehört sich nicht. Sie haben selbst gesagt, daß wir nicht mehr als Freunde sein können, und jetzt haben Sie Ihr Wort gebrochen. Ich sehe nicht ein, wie Sie erwarten können, daß ich Ihren Regeln folge, wenn Sie es nicht einmal selbst können. Ich glaube, Sie sollten jetzt gehen.«

Remmington starrte sie an, als hätte sie sich in eine Kuriosität verwandelt. Sein besorgter Gesichtsausdruck verschwand. Er senkte seinen Kopf und seufzte lang und tief, dann noch einmal, als versuchte er, nach einer großen Anstrengung wieder zu Atem zu kommen. Er sah sie nicht einmal an, als er sagte: »Sieh mich nicht an, als hätte ich dich geschlagen.«

Sie war damit beschäftigt, die Laken zu entwirren und sie bis zum Kinn hochzuziehen.

Er verlagerte sein Gewicht, um sich auf die Bettkante zu setzen und stützte die Hände auf seine Knie. »Verdammt, Lily, es ist nicht mein Fehler.« Er fuhr sich mit einer Hand durch die Haare. »Ich hatte nicht die Absicht, dich zu küssen, als ich hereinkam. Du bist diejenige, die meine Regeln ständig auf den Prüfstand stellt.«

Lily spürte, wie ihr Mund offenstand. »Wollen Sie sagen, daß ich irgendwie dafür verantwortlich bin?«

Sein Gesichtsausdruck verriet die wahre Antwort. »Es ist die Art, wie du mich ansiehst. Das muß aufhören.«

Sie funkelte ihn zornig an. Die Scham und Verlegenheit, die sie gespürt hatte, waren vergessen. »Wie können Sie es wagen, mir die Schuld zuzuschieben! Ich habe Sie nicht darum gebeten, mich zu küssen.«

Er sagte nichts. Er mußte es nicht. Sie las die Wahrheit in seinen Augen.

»Sie arroganter ...«

»Du mußt zugeben, daß deine Reaktion nicht gerade empörte Unschuld war«, unterbrach er sie. »Wir sind in einer seltsamen Situation, die nach angemessenem Verhalten und Diskretion verlangt. Eine Frau, die nicht kompromittiert werden will, würde von beidem ein Übermaß zeigen. Wenn es deine Absicht ist, mich weiter in Versuchung zu führen, um dich absichtlich zu kompromittieren, dann solltest du wissen, daß ich mich nicht verpflichtet fühlen werde, den Schaden durch einen Heiratsantrag wiedergutzumachen.«

»Sie glauben, ich habe geplant, was heute nacht passiert ist?«

Er zuckte gleichgültig die Schultern. »Sagen wir mal so: Junge Frauen mit romantischen Fantasien neigen zu leichtsinnigem Verhalten.«

»Verstehe.« Sie setzte sich auf und verschränkte die Arme. »Sie haben vielleicht recht. Sie auf Ashlands' Ball um einen Tanz zu bitten, war extrem leichtsinnig von mir. Mich vor einem ganzen Saal voller Menschen zu demütigen, war das mindeste, was Sie tun konnten, um mir mein falsches Verhalten vorzuführen, aber starrköpfig habe ich mich geweigert, meine Lektion zu lernen. Als nächstes habe ich geplant, daß Sie auf den Balkon schleichen sollten, wo Sie meine Unterhaltung mit Sophie belauschen und mich weiter demütigen konnten. Kluger Plan, nicht?«

»Sie haben absichtlich …«

»Natürlich. Ich bin einfach voller Pläne, wenn es um Sie geht. Einen Überfall in meinem Haus zu arrangieren, war das Kronjuwel in meinem ausgefeilten Programm. Wie hätte ich Ihre Sympathie geschickter ausnutzen können? Da ich wußte, wie sehr Sie mich bemitleiden, habe ich Ihren Butler genötigt, mich hierher zu bringen, damit ich mich in Ihren Haushalt einschmeicheln kann. Jetzt habe ich jede Gelegenheit, mich zu kompromittieren.« Sie schüttelte ihren Kopf. »Wie dumm, daß Sie meinen Plan durchschaut haben. Ich dachte, die Idee mit dem Alptraum wäre einmal etwas Neues, um Sie uneingeladen mitten in der Nacht in mein Zimmer zu locken. Und ich wußte natürlich, daß Sie sich verpflichtet fühlen würden, mich besinnungslos zu küssen.«

Sie keuchte und täuschte einen besorgten Blick vor, als sie mit einer Hand auf den Kleiderschrank deutete. »Bitte öffnen Sie den Schrank nicht, Euer Gnaden. Mein Vater versteckt sich dort, damit der herausspringen und die Ehe verlangen kann, sobald ich kompromittiert bin.«

Remmington sah sie schweigend an. In seinen Augen lag keine Leidenschaft mehr, und auf einer Wange zuckte ein

Muskel beinahe rhythmisch. »Ich sehe keinen Anlaß für Sarkasmus.«

»Bin ich sarkastisch?« Lily zuckte die Schultern und drehte dann ihre Hand, um die Nägel zu betrachten. »Wie taktlos von mir.«

»Na gut, ich gebe zu, daß ich genauso viel Schuld habe wie Sie an dem, was heute nacht geschehen ist.«

Lily schnalzte mit der Zunge. »Welch schwieriges Zugeständnis. Hat es weh getan?«

»Müssen Sie absichtlich so schwerfällig sein?«

»Die Beleidigung nehme ich Ihnen übel. Meine Figur ist nicht schwerfällig.«

Remmington warf die Hände in die Luft. »Das meine ich. Ich weigere mich, diese Unterhaltung fortzuführen. Wir können morgen weiter reden oder wann immer Sie wieder zu Verstand gekommen sind.« Er drehte sich um und ging zur Verbindungstür.

»Ich erwarte zunächst Ihre Entschuldigung, Remmington.«

Er ignorierte das Ultimatum. »Gute Nacht, Lily.«

»Gute Nacht!«

Sieben

»Euer Gnaden?«

Remmington rollte ächzend auf die andere Seite des Bettes, ohne die Augen zu öffnen. Er hoffte, Digsby würde fortgehen. Der schale Geschmack nach Schnaps erinnerte ihn unangenehm an den vergangenen Abend. Seine Wut mit einer Karaffe Brandy hinunterzuspülen, war keine besonders schlaue Idee gewesen. Letzte Nacht war er aus Lilys Zimmer ebenso erregt wie wütend zurückgekehrt. Erst warf sie sich in seine Arme, dann raubte sie ihm jegliche Beherrschung, *dann* schickte sie ihn weg. Sie konnte nicht ahnen, wie lange er gebraucht hatte, den Willen zu diesem Vorschlag aufzubringen. Er hatte sie gewarnt, daß er nicht aufhören könnte.

Sie war wirklich irrational. Nachdem sie alles getan hatte, außer ihn in ihr Bett einzuladen, wie konnte sie sich da über seine Wut wundern?

Bei seinem dritten oder vierten Glas Brandy war sein Ärger so weit verraucht, daß er erkannte, zu welchem Esel er sich gemacht hatte. Lily hatte nicht vorgehabt, ihn zu verführen, und doch hatte er sie noch schlimmerer Dinge beschuldigt. Sie hatte recht. Er schuldete ihr eine Entschuldigung. Wenn es ihm irgendwie gelang, wieder ein gutes Verhältnis zu ihr aufzubauen, konnte dasselbe allerdings sehr leicht wieder geschehen. Nein, beschloß er, das nächstemal würde er sich nicht mit ein paar Küssen zufriedengeben. Beim nächstenmal würde er sie berühren. Überall. Mit seinen Händen, seinem Mund, seinem Körper. Gott, er sehnte sich immer noch nach ihr. Im kalten Licht ...

Er öffnete vorsichtig ein Auge, wurde geblendet von dem strahlenden Licht und schloß es sofort wieder.

Mittag. Es mußte mindestens Mittag sein. Er schob die Gedanken an Lily für den Augenblick beiseite und hoffte, er könnte die hämmernden Kopfschmerzen lange genug ignorieren, um wieder in schmerzlosen Schlaf zu fliehen. Er spürte eine Hand auf seiner Schulter.

»Vergeben Sie mir, daß ich Sie wecke, Euer Gnaden, aber ich glaube, Sie werden die Situation wichtig finden.«

Er schlug Digsbys lästige Hand weg. »Welche Situation?«

»Lady Lillian, Euer Gnaden. Sie ist in der Bibliothek.«

»Du irrst dich«, sagte er müde. »Hab' es ihr verboten.«

»Das habe ich mir gedacht und es auch Ihrer Ladyschaft gegenüber erwähnt, aber ich versichere Ihnen, daß sie dort ist.«

»Ich bezweifle, daß sie irgend etwas findet. Mein Schreibtisch ist verschlossen. Ich werde beim Abendessen mit ihr sprechen.« Er drehte sich auf den Bauch und vergrub seinen Kopf unter seinem Kissen. »Jetzt geh.«

»Bis zum Essen sind es noch fast zehn Stunden, Euer Gnaden. Ich, ähem, ich denke, Sie sollten wissen, daß sie die Bücherregale durchsucht.«

Remmington lag einen Moment ganz still, dann schoß er hoch. Der Raum schwankte einen Moment gefährlich, aber er schlug die Decke zurück und sprang aus dem Bett. »Hat sie es gefunden?«

Digsby gab ihm ein Paar Hosen. »Noch nicht, aber ich bin sicher, es ist nur eine Frage der Zeit. Sie ist bereits fast eine Stunde da drin und scheint sehr eifrig jedes Buch untersuchen zu wollen.«

Remmington hörte mitten im Anziehen auf, einen Fuß halb in seinem Hosenbein. »Lieber Himmel, Digsby. Was ist mit deinem Gesicht passiert?«

Digsby berührte vorsichtig sein blaues Auge und grinste dann mit geschwollenen Lippen. »Lady Lillian, Euer Gnaden.«

Remmington starrte ihn an. »Hat sie dich geschlagen?«

»Nein, Mylord. Sie sollten sich wirklich beeilen. Ich weiß nicht, was die Dame vorhat.«

Remmington nickte und zog sich weiter an. »Nachdem ich mich um Lady Lillian gekümmert habe, erwarte ich eine ausführlichere Antwort auf meine Frage.«

In diesem Moment dachte Lily, welch gutes Gefühl es war, die Regale auszuräumen und Remmingtons Bibliothek in einen Bruchteil des Chaos' zu verwandeln, das er aus ihrem Leben gemacht hatte. An diesem Morgen war sie verletzt und wütend aufgewacht und wollte ihn für jede haßerfüllte Bemerkung bezahlen lassen, die er ihr gegenüber gemacht hatte. Ohne einen klaren Gedanken, wie sie das bewerkstelligen sollte, schien die Idee, seine Bibliothek zu verwüsten, sehr verlockend. Wenn sie Glück hatte, dann würde er vielleicht – vielleicht – zustimmen, sie gehen zu lassen. Sie legte es darauf an, hinausgeworfen zu werden.

Digsby war ständig auf und ab gegangen, als sie die Bücher durchblätterte, und hatte mit höflichen Banalitäten gegen das argumentiert, was sie tat. Schließlich hatte er sich zurückgezogen, als er erkannte, daß er sie nicht von ihrem Vorhaben abbringen konnte. Es stand für sie außer Frage, daß er seinen Arbeitgeber davon informieren wollte. Sie freute sich beinahe auf die Konfrontation, die Gelegenheit, wenigstens einen Teil ihrer Wut abzureagieren.

Ein zierlicher Stuhl diente ihr als Leiter, als sie sich den oberen Regalen zuwandte. Vorsichtig warf sie zwei kleine Bücher hinunter, dann hielten ihre Finger ein großes Buch, das zwar aus dem Regal schwang, aber nicht herausfiel. Der Rücken des Buches war an fünf weiteren dicken Büchern befestigt. Alle Rücken waren ungefähr zweieinhalb Zentimeter angeschnitten, damit sie ganz normal aussahen. Die falschen Rücken verbargen ein kleines viereckiges Fach, das mit Pergamenten vollgestopft war. Neugierig zog sie das nächstliegende heraus. Sie verlor beinahe ihr äußerst gefährdetes Gleichgewicht, als sie das Papier entfaltete. Die unsinnigen Worte waren eine Variation des Vigenère Tableau, eines Codierungssystems, das die Franzosen bevorzugten.

Ein Geräusch im Flur erinnerte sie daran, daß Remmington jeden Moment auftauchen konnte. Sie schlug das Fach zu und kletterte hinunter. Dann schob sie den Stuhl von dem Regal weg. Kaum war sie in die Mitte des Zimmers geeilt und stand zwischen unschuldiger aussehenden Büchern, als ihr klar wurde, daß sie noch die Nachricht in der Hand hielt. Sie hob ihre Röcke und steckte die Nachricht in ihr Strumpfband. Dann nahm sie schnell einen Stapel Bücher hoch. Im selben Moment krachte die Tür zur Bibliothek auf und Remmington stand im Türrahmen.

Barfuß und immer noch dabei, sein Hemd in die Hose zu stopfen, erstarrte Remmington bei dem Anblick, der sich ihm bot. Jedes Schuldgefühl, das von der vorhergehenden Nacht noch übrig war, verschwand. Seine saubere und ordentliche Bibliothek sah verdächtig wie die Bibliothek in Crofford House aus. Überall stapelten sich Bücher, Dutzende über Dutzende. Viele Möbel und der größte Teil des Teppichs vor den Regalen waren unter den gestapelten und verstreuten Büchern verschwunden. Sein Blick ging blitzschnell zu der Ecke der Regale, und er seufzte erleichtert. Die falschen Buchrücken, die das Versteck verbargen, schienen nicht angetastet.

Lily drehte sich zu ihm um, die Arme voller Bücher. »Guten Morgen, Euer Gnaden.«

Er sah, wie ihre Augen größer wurden, als sie seinen Aufzug sah. Sein Hemd war bis zur Taille offen, aber er widerstand dem Drang, den Verschluß seiner Hose zu überprüfen. Er fühlte sich verschlafen, total verkatert und wütend, ein solches Chaos zu sehen. Ganz im Gegenteil dazu schien Lily das Bild züchtiger Unschuld in einem cremefarbenen Kleid. Sie sah erfrischt und ausgesprochen gesund aus. Selbst ihre Stimme klang besser. Gott sei Dank lächelte sie nicht. Ein fröhliches Lächeln in diesem Moment hätte ihn zum Platzen gebracht.

»Würden Sie mir das bitte erklären?«

»Was erklären?« fragte sie.

Seine Handbewegung umfaßte den ganzen Raum. »Erzählen Sie mir bitte, wie Sie es geschafft haben, meine Bibliothek innerhalb einer guten Stunde in einen solchen Zustand zu versetzen. Erzählen Sie mir, weshalb Sie so unverfroren sind, überhaupt hier zu sein, nachdem ich Ihnen erklärt habe, daß dieser Raum Ihnen nicht zur Verfügung steht.«

Lily senkte ihr Kinn. Sie schien beinahe reumütig, vielleicht sogar schuldbewußt. »Sie müssen nicht schreien, Euer Gnaden. Ich höre sehr gut.«

»Ich schreie nicht ...« Remmington atmete tief ein und konnte sich nicht daran erinnern, wann er zum letztenmal einer Frau gegenüber die Stimme erhoben hatte oder wann ihm jemand so offen getrotzt hatte. Er reduzierte seine Stimme auf eine vernünftige Lautstärke. »Sie werden all diese Bücher an ihren Platz zurückstellen, und zwar sofort.«

»Hm. Zurückstellen.« Sie sah sich unsicher um. »Ich fürchte, dann würde die Übung ihren Sinn verlieren. Ich habe ein bestimmtes Buch gesucht, und ich bin sicher, ich würde den Überblick verlieren, wenn ich die Bücher zurückstellen würde, bevor ich das eine gefunden habe. Gestern war ich sicher, einen von Mrs. Radcliffes Romanen in Ihrer Sammlung gesehen zu haben, aber jetzt kann ich ihn nicht finden.«

»Wollen Sie mir damit sagen, daß Sie eine ganze Bibliothek verwüsten, um ein Buch zu finden?«

»Sie schreien schon wieder, Euer Gnaden.«

»Ich schreie in meinem Haus soviel ich will!« Trotzdem dämpfte er seine Stimme. »Zunächst einmal können Sie sicher sein, daß ich nicht ein einziges Buch dieser Frau in meinem Haus habe. Zweitens: Wenn Sie ein bestimmtes Buch suchen, sollten Sie Digsby bitten, es Ihnen zu holen. Drittens: Sie haben in diesem Raum nichts verloren, es sei denn, auf meine Einladung. Nach diesem heutigen Fiasko bezweifle ich, daß ich Sie während Ihres Aufenthaltes noch einmal hier sehen möchte.«

Er trat ganz ins Zimmer und knallte die Tür zu. Dann ging er zu seinem Schreibtisch, setzte sich in seinen Sessel und verschränkte mit einer harschen, abrupten Bewegung die Arme vor der Brust. »Wenn Sie jetzt bitte jedes einzelne Buch auf seinen Platz stellen würden. Es ist mir egal, wenn Sie dafür den Rest des Tages brauchen.«

»Ich glaube, Sie sind sehr unvernünftig.«

»Unvernünftig wäre es, Sie für den Rest Ihres Aufenthaltes in Ihrem Zimmer einzuschließen, was ich mir allerdings sehr überlege. Wenn Sie diese Bücher auf Ihrem Arm zurück auf die Regale stellen, werde ich meine Meinung vielleicht in eine für Sie angenehmere Richtung ändern.«

Sie reckte ihr Kinn und funkelte ihn zornig an. »Nun. Wenn dies ein Beispiel für Ihre Gastfreundschaft ist, werde ich am besten sofort abreisen. Wenn Sie sich bitte um ein Mietpferd kümmern würden, können meine Zofe und ich uns um ein Zimmer im ›Two Swans‹ kümmern und morgen früh nach Brighton abreisen.« Sie legte die Bücher, die sie in den Armen hielt, auf einen Tisch und verschränkte die Arme. »Wenn ich mir Ihre häßlichen Drohungen und Ihre vulgäre Sprache überlege, fürchte ich, auf dieser Angelegenheit bestehen zu müssen. Sie können Digsby mitteilen, daß Gretchen meinen Koffer innerhalb einer Stunde gepackt hat.«

Remmington richtete seinen Blick auf seinen Schreibtisch. Er konnte sie nicht ansehen. Das Verlangen, den Raum zu durchqueren und sie bei den Schultern zu packen und zu schütteln, war zu stark. Nein, er mußte Verstand in sie hineinschütteln. Ihre unverschämten Befehle und Forderungen zusätzlich zu seiner Wut sagten ihm, daß sie überhaupt keinen Verstand hatte. Nicht ein bißchen.

Er sah sich in dem chaotischen Raum um, und plötzlich fiel ihm auf, daß niemand bei Verstand auf diese Weise nach einem Buch suchen würde. Und wenn er jetzt darüber nachdachte, hatte sie ihre Auseinandersetzung sehr schnell auf ihre Abreise gelenkt. Sein Blick wanderte zurück zu ihrem Gesicht, und er sah sie zusammenzucken.

»Nun?« fragte sie hochmütig.

Er ließ seine Ellbogen auf die Lehnen seines Sessels sinken und legte die Hände in den Schoß. »Ich dachte, Sie lesen nicht gerne.«

»Das habe ich nie gesagt. Wenn ich mich recht erinnere, sagte ich, daß ich nicht besonders schnell lese, aber ich genieße es. Es scheint so eine unterhaltsame Ablenkung, und ich kam nur her auf der Suche nach einem Buch. Ich wußte nicht, daß ich auf so schockierende Weise angeschrien und verflucht würde.« Ihr Blick huschte zur Tür. »Wenn Sie Ihren Dienern nicht gestatten, uns zu helfen, regeln wir unsere Abreise allein.«

»Sie werden noch nicht abreisen.«

Sie trat einen Schritt auf die Tür zu. »Ich kann Drohungen nicht ausstehen, Mylord. Wenn Sie mich bitte entschuldigen wollen …«

Er griff in seine Tasche und zog einen Schlüssel heraus, den er an zwei Fingern baumeln ließ. »Ich habe mir die Freiheit genommen, die Tür abzuschließen. Ich dachte mir, Sie würden nur ungerne hier bleiben, bis sie alles aufgeräumt haben. Anscheinend war meine Vermutung richtig.«

Sie öffnete den Mund, schloß ihn abrupt, öffnete ihn wieder, sagte jedoch nichts. Remmington lächelte und steckte den Schlüssel wieder ein. Er nickte zu einem Stapel Bücher. »Ich hoffe, Sie haben diese Unordnung nicht absichtlich gemacht, um Ihren sinnlosen Streit über Ihre Abreise wieder anzuzetteln. Wenn doch, werden Sie ausreichend Gelegenheit haben, über die Klugheit solcher Pläne nachzudenken, während Sie alles wieder aufräumen.«

»Wieder einer meiner Pläne, Mylord? Ich hätte wissen

müssen, daß Sie mir vorwerfen, das absichtlich getan zu haben.«

»Wollen Sie mir erzählen, daß Sie diese Unordnung nicht angerichtet haben?«

»Ich habe ein Buch gesucht!«

»Verstehe.«

Sie legte die Hände auf die Hüften und hob eine Braue in einem verlockend hübschen, zornigen Gesicht. »Nennen Sie mich eine Lügnerin?« Anstatt ihm die Möglichkeit zu einer Antwort zu geben, ging sie zur Tür und begann, auf das starke Holz zu prügeln, während sie vor sich hinmurmelte: »Verflucht und angeschrien und dann als Lügnerin bezeichnet. Ich werde nicht einen Moment länger hier bleiben.«

»Digsby?« fragte sie die Tür und dann lauter: »Digsby, ich weiß, Sie sind da draußen. Öffnen Sie sofort die Tür!«

»Er wird sie nicht hinauslassen, das wissen Sie.« Remmington lehnte sich in seinem Ledersessel zurück und verschränkte die Hände hinter dem Kopf. »Ich würde vorschlagen, Sie fangen mit den roten Büchern an. Sie gehören auf die unteren Regale.«

»Digsby! Es gab einen Zwischenfall! Remmington ist gestolpert und gefallen und schwer verletzt. Bitte, öffnen Sie!«

»Es geht mir gut, Digsby«, rief er. Er machte eine drohende Bewegung mit dem Finger, als sie ihn wütend ansah. Seine Brauen zogen sich zu einem spöttischen Stirnrunzeln zusammen. »Muß schon sagen, das war ziemlich klug.«

Ihr Rücken sank gegen die Tür und sie sprach gelassen, aber die Angst in ihren Augen berührte ihn. Er sah sie genauer an und merkte, wie stark ihre Hände zitterten.

»Ich muß gehen, Remmington. Jetzt. In diesem Augenblick.«

»Ich wollte Sie nicht ängstigen«, sagte er ruhig. »Und es ist nicht irgendeine monströse Marotte von mir, daß ich darauf bestehe, daß Sie hier bleiben. Sie kennen die Gründe ebensogut, und sie haben sich in der letzten Stunde nicht verändert. Vielleicht setzen Sie sich einen Moment hin und beruhigen sich.«

»Ich muß mich nicht beruhigen!« Lily stieß sich von der

Tür ab und setzte sich trotzdem auf die niedrige Couch. Die Hände auf dem Schoß gefaltet, starrte sie vor sich hin. »Wenn Sie unbedingt wollen, daß ich die Bücher zurückstelle, werde ich es tun.« Sie stand wieder auf und lud sich einen Stapel Bücher auf die Arme. Ihre Bewegungen wirkten nervös. Mit dem Rücken zu ihm ging sie auf die Bücherregale zu. »Und ich denke, es ist tatsächlich eine monströse Marotte von Ihnen, daß Sie mich dieser kindischen Strafe aussetzen.«

Sie war nervös. Eines der Bücher fiel ihr auf den Boden, und sie griff hastig danach, während sie einen Blick über die Schulter warf. Ihre Blicke trafen sich nur einen Moment, aber was er sah, erstaunte ihn. Sie hatte Angst vor ihm. Er überlegte, warum. Was hatte er letzte Nacht getan, das sie so ängstigte? Er hatte sie gebeten, ihre Küsse zu beenden, und statt dessen hatte sie ihn ermutigt. Dann hatte sie ihn gebeten zu gehen, und er war gegangen. Erwartete sie, daß er sich wie ein lüsterner Halunke auf sie stürzen würde?

Er wollte sie fragen, aber es klopfte an der Tür, bevor er sich eine höfliche Frage zurechtlegen konnte. Lily fuhr bei dem Geräusch zusammen und ließ die Bücher fallen. Er runzelte die Stirn wegen ihres bizarren Verhaltens und ging dann, um die Tür aufzuschließen.

Digsby stand auf der anderen Seite und hielt ihm ein kleines Silbertablett mit einem Umschlag hin. »Diese Nachricht traf gerade ein, Euer Gnaden. Der Mann, der sie ablieferte, sagte, es sei dringend.«

Remmington nahm den Umschlag, brach das Siegel und überflog hastig den Inhalt. Er steckte die Nachricht in die Tasche. »Du bleibst hier in diesem Raum, bis Lady Lillian die Bibliothek wieder in den Zustand versetzt hat, in dem sie sie heute morgen vorfand. Sie wird den Raum vorher nicht verlassen.« Zu Lily sagte er: »Ich muß für ein paar Stunden fort. Wir werden unsere Unterhaltung fortsetzen, wenn ich zurückkehre.«

Digsby schloß die Tür hinter Remmington. Ohne ein Wort zu Lily drehte er sich um, verschränkte die Hände hinter dem Rücken und starrte vor sich hin. Lily nahm mit einem erleichterten Seufzen ihre Arbeit wieder auf. Sie hatte ihren ganzen

Mut zusammennehmen müssen, um Remmington gegenüberzutreten und so zu tun, als wisse sie nichts über das Geheimfach.

Vertraue niemandem. Vor ein paar Tagen schien die Warnung in der Nachricht ihres Vaters unnötig. Jetzt erhielt sie neue Bedeutung. Wußte er etwas über Remmington, das sie nicht wußte? Weshalb bestand er darauf, daß sie hier blieb, wenn er irgendwelche Zweifel über Remmingtons Loyalität hegte? Es machte keinen Sinn. Daß Remmington sich als Verräter erwies, machte noch weniger Sinn. Trotzdem konnte sie den Beweis nicht ignorieren. In den vergangenen Monaten hatte ihr Vater mehrere Nachrichten in diesen Code übersetzt. Selbst die Handschrift sah genauso aus.

Remmington arbeitet vielleicht für Sir Malcolm, überlegte sie hoffnungsvoll. Die Hoffnung schwand in den nächsten Augenblicken. Wenn das der Fall wäre, würde ihr Vater ihr keine verschlüsselte Nachricht senden, um ihr zu sagen, daß Remmington nichts wußte, daß sie ihm aber vertrauen sollte. Er mußte für den Feind arbeiten. Ihr Instinkt sagte ihr, daß das nicht stimmen konnte, aber derselbe Instinkt warnte sie, sich so weit wie möglich von ihm zu entfernen.

Ihr Blick fiel auf eines der Fenster. Wenn sie Digsby überzeugen konnte, sie in der Bibliothek allein zu lassen, könnte sie durch ein Fenster fliehen. Die Bibliothek befand sich im Erdgeschoß. Der Sprung vom Fenstersims auf den Boden konnte nicht so schrecklich tief sein.

Als sie sicher war, daß Remmington das Haus verlassen hatte, wandte sie Digsby ihre Aufmerksamkeit zu. »Sie müssen nicht hierbleiben. Seien Sie versichert, daß ich diese Aufgabe ohne Überwachung durchführen kann.«

Ihre Bemerkung traf auf Schweigen. Sie wollte noch nützlichere Möglichkeiten für Digsbys wertvolle Zeit vorschlagen, als sie die tiefe Stimme eines Fremden in dem Gang vor der Bibliothek hörte.

»Hallo? Remmington!« Der Klang kam näher, und offensichtlich kamen verschiedene andere Männer zu dem ersten. Alle sprachen laut. Dann rief die erste Stimme wieder: »Mann, wo stecken Sie?«

Lily und Digsby sahen sich an. Sie war sicher, daß sie beide den gleichen Ausdruck gefangener Panik widerspiegelten. Er stellte sich mit dem Rücken zur Tür und legte einen Finger auf seine Lippen. Dann schickte er sie mit einer Handbewegung zu der Wand hinter der Tür. Als sie dem unausgesprochenen Befehl folgte, öffnete er die Tür einen Spalt und wollte hinaustreten. Gleichzeitig bahnten sich jedoch drei Männer den Weg in den Raum.

Ein dunkelhaariger Mann trat zu dem Schreibtisch, während er Digsby über die Schulter ansprach. »Digsby. Du siehst zum Fürchten aus. Übst du dich wieder im Faustkampf?« Sein erstaunter Blick erfaßte die unordentliche Bibliothek. »Lieber Himmel! Was ist hier geschehen?«

Er wartete nicht auf eine Antwort, sondern goß drei Gläser Brandy ein, als seine Freunde sich auf eine Couch setzten. Alle drei trugen Reitkleidung. Sie schienen Mitte zwanzig zu sein. Zwei der Männer hatten einen hellen Teint und rotblonde Haare. Der dritte war größer als seine Gefährten, mit rabenschwarzem Haar und durchdringenden blauen Augen, die zu seiner Jacke paßten. Seine dunklen Gesichtszüge ähnelten denen Remmingtons beachtlich.

»Wir sind auf unserem Weg zu Hyde«, fuhr der dunkelhaarige Mann fort und widmete seine Aufmerksamkeit den Brandygläsern. »Dachte, wir kommen vorbei, um Remmington zu überreden, mit uns zu reiten. Es ist ungesund, jeden Morgen über Rechnungen und Geschäftspapieren zu brüten, wenn es bessere Beschäftigungen gibt. Ich hatte gehofft, wir würden ihn hier finden. Ist er fort?«

Digsby schwieg, und der junge Mann sah schließlich auf. »Schau an! Lady Lillian! Was tun Sie hier?«

Die beiden anderen Männer drehten sich um, und alle drei starrten sie an. Lily lächelte gelassen. »Ich glaube, ich kenne Sie nicht, Sir. Vielleicht wäre es gut, sich vorzustellen, bevor wir uns unterhalten?«

»Entschuldigung, Lady Lillian.« Er verbeugte sich tief, dann deutete er mit seinem Arm auf die beiden Männer auf der Couch, die aufstanden, um sie zu begrüßen. »Dies sind meine Freunde, der ehrenwerte Mister James Howard und sein Bruder, Lord Jasper. Ich bin Trevor Montague, Bruder unseres geschätzten, abwesenden Gastgebers.« Ein mutwilliges Grinsen spielte um seine Lippen. »Ich muß sagen, Ihre Gesellschaft ist sehr unerwartet und sehr angenehm. Ich hätte nicht gedacht, daß wir um diese Zeit Besuch von einer Dame finden. Wir kamen vorbei, um Remmington zu einem Ausflug mitzunehmen.«

Er ließ die Feststellung in der Luft hängen. Lily konnte beinahe hören, wie er schweigend hinzufügte: *Und was tun Sie hier?*

»Es ist ein wunderbarer Tag für einen Ausflug«, bemerkte Lily. Sie neigte den Kopf zu einem Fenster. »Ich glaube, Rotten Row ist unpassierbar. Ich habe gehört, Lady Haviland hat ihren Phaeton umgestürzt, als sie versuchte, Mr. Smith-Hamptons Kutsche zu umfahren. Ich kann mir nicht vorstellen, was der Mann sich dabei gedacht hat, mitten am hellichten Tag eine geschlossene Kutsche in den Park zu bringen.«

Stephen zog die Augenbrauen hoch. »Ich bezweifle, daß er an Lady Haviland gedacht hat. Jeder, der mit einer geschlossenen Kutsche in den Hyde fährt, denkt nur an sich selbst. Es ist noch nicht beendet. Ich denke, Lord Haviland wird eine Entschuldigung verlangen.«

»Das kann man wohl verlangen«, stimmte Lily zu.

»Lady Lillian«, mischte sich Trevor ein, »das ist alles sehr faszinierend, aber wenn Sie mir meine Neugier verzeihen wollen: Ich frage mich, was Sie in das Haus meines Bruders bringt.«

»Nun, dieses Buch mit griechischen Fabeln.« Sie hielt ein dünnes Buch hoch. »Remmington erwähnte das Buch meinem Vater gegenüber, und Papa wollte es unbedingt haben. Seine Gnaden bot an, ihm das Buch zu leihen, konnte es dann aber nicht finden. Er schlug vor, daß Papa das Buch selbst suchen sollte, da er mit dem Werk vertraut ist, und Remmington hat seine Bibliothek freundlicherweise zur Verfügung gestellt. Unglücklicherweise erlitt Papa einen schrecklichen Gichtanfall, und unser Lakai mußte ihn vor nicht ganz einer halben Stunde nach Hause bringen.« Sie deutete mit der Hand auf die Bücherstapel, die im Zimmer verteilt waren. »Wie Sie sehen können, war es trotz der Hilfe meines Vaters, meiner Zofe und des guten Digsby hier eine beträchtliche Anstrengung, das Buch zu finden. Es sah schon so aus, als würden wir den ganzen Tag brauchen.«

»Ihr Vater war hier?« Trevor sah zweifelnd aus.

»Natürlich«, antwortete sie. »Sie glauben doch nicht, daß ich ohne Begleitung im Haus eines Junggesellen bin, oder?« Sie setzte ein erstauntes Stirnrunzeln auf. »O nein. Das müssen Sie denken. Bei all der Aufregung um die Suche und Papas schreckliches Leiden schien es unwichtig. Mein Mädchen ist hier, im Moment irgendwo unterwegs, um Tee zu holen, und wir wußten, wir würden die Suche innerhalb einer Stunde abschließen. Oh, mein Gott. Ich weiß nicht, was Sie denken müssen. Ich kann die Reaktion Seiner Gnaden nur ahnen, sollte ich die Quelle irgendwelcher unzüchtiger Gerüchte sein, die mit seinem Namen zu tun haben. Sie glauben doch nicht, er würde soweit gehen, meinen Vater herauszufordern, oder?« Sie begann ihre Hände zu ringen in der Hoffnung, daß sie den Tränen nah wirkte. »Ich möchte mir nicht vorstellen, daß mein armer Papa gezwungen wäre, Remmington mit Pistolen gegenüberzustehen. Der Gedanke allein macht mich schon schwach.«

Trevor beobachtete sie schweigend. Er zog eine dunkle Augenbraue hoch, was sie stark an Remmington erinnerte, wenn er sarkastisch war. »Beruhigen Sie sich, gute Dame. Seine Gnaden wird wissen, daß *Sie* niemals die Quelle irgendwelcher unangenehmer Gerüchte sein könnten.« Er wandte seine Aufmerksamkeit James und Stephen zu und sah sie scharf an.

»Ich fürchte jedoch, daß das Temperament meines Bruders manchmal sehr wild sein kann. Außerdem gilt er als ausgezeichneter Schütze. Es scheint wohl am besten, die Möglichkeit eines Duells zu vermeiden. Wenn das unwahrscheinliche Thema auftauchen sollte, werden meine Freunde und ich natürlich bestätigen, daß Ihr Vater die gesamte Zeit über anwesend war.«

»Aber das würde bedeuten, daß Sie lügen müssen.«

Trevor zuckte die Schultern. »Es ist ein großes Haus. Vielleicht hat Ihr Vater seine Meinung geändert und ruht sich in einem anderen Raum aus, während wir uns unterhalten.« Er sah wieder die beiden Brüder an. »Stimmt das nicht?«

»Richtig, ganz richtig«, schalteten sich Stephen und James ein.

»Sehen Sie?« fragte er. »Überhaupt kein Grund zur Sorge.«

»Sie sind zu freundlich«, murmelte Lily. »Wenigstens habe ich meine Zofe als Begleitung hierbehalten, sonst hätten Sie mich womöglich für unzüchtig gehalten.« Sie sah Digsby mit ihren großen Augen an. »Das erinnert mich an etwas. Würden Sie Gretchen bitte sagen, daß wir den Tee nicht brauchen? Jetzt, da wir unseren Schatz gefunden haben, müssen wir uns auf den Weg machen. Papa wird sich schon Sorgen machen.«

Digsby bewegte nicht einmal eine Augenbraue. »Ich glaube wirklich, Sie sollten zum Tee bleiben, Mylady. Nach einer so anstrengenden Aufgabe werden Sie eine Tasse Tee sicher erfrischend finden.«

»Ich fühle mich bereits erfrischt«, entgegnete sie. »Und Papa freut sich so darauf, dieses Buch zu lesen.«

»Seine Gnaden wird jeden Moment zurückkehren«, sagte Digsby. »Ich bin ganz sicher, er möchte Ihren Besuch nicht verpassen. Sie *müssen* wirklich zum Tee bleiben.«

Lily tat seinen Befehl mit einer eleganten Handbewegung ab. »Vollkommen unmöglich, mein guter Mann. Meine Anwesenheit hier ist bereits eine Belastung für diese freundlichen Herren. Bitte sagen Sie Gretchen, daß ich bereit bin zu fahren.«

»Schickt Ihr Vater seine Kutsche für Sie zurück?« fragte Trevor.

Lilys Lächeln wurde zu einem verdutzten Stirnrunzeln. Es war erstaunlich, daß sie bei diesen Fremden so mühelos ihre Rolle ausfüllen konnte. In Remmingtons Gegenwart hatte sie schon befürchtet, daß sie dieses Talent verloren hatte. »Ich frage mich, ob Papa sich daran erinnert? Er vergißt so leicht, wenn er einen Gichtanfall hat. Vielleicht sollten wir eine Mietkutsche finden.«

Trevor schüttelte den Kopf. »Sie sind vemutlich um diese Tageszeit schwierig zu finden. Sie werden auf der Bond Street oder Pall Mall sein. Ich würde Ihnen anbieten, Sie selbst zu begleiten, aber wir sind zu Pferd.«

»Ich suche eine Kutsche«, bot Stephen an. »Sie werden gleich auf dem Heimweg sein, Lady Lillian.«

»Ich danke Ihnen so sehr.« Lily überlegte, ob ihr Augenaufschlag ein Tick zuviel war. Stephen grüßte sie höflich, bevor er hinausging. Dann wandte sie sich wieder an Digsby.

»Gretchen?« erinnerte sie ihn. Von seinem Kragen aus stieg ihm langsam die Röte ins Gesicht, aber sein Gesicht blieb ausdruckslos. Er nickte ihr unverschämt zu, bevor sie die Bibliothek verließ.

»Digsby scheint heute nicht ganz auf dem Damm«, bemerkte Trevor. »Diese Verletzung in seinem Gesicht scheint seine Manieren zu beeinflussen. Ich habe ihn noch nie so ungehobelt erlebt.«

Lily lächelte. »Vielleicht hat er etwas gegessen, das ihm nicht bekommen ist.«

»Hm, glaube ich nicht.« Er tat die Sache mit einem Schulterzucken ab. »Remmington besteht darauf, die seltsamsten Leute zu beschäftigen. Ich hoffe, Sie nehmen das nicht übel.«

»Überhaupt nicht.«

»Wollen Sie sich nicht setzen, Lady Lillian?« James stand auf, um ihr den Platz anzubieten, den er gerade freigemacht hatte.

Besorgt, daß James sich auf dem schmalen Sofa neben sie setzen wollte, lehnte sie das Angebot ab. Sein Blick glitt mit einer unwillkommenen Vertrautheit über ihren Körper, die sie beinahe in Remmingtons Gegenwart vergessen hatte. Sie verachtete diesen lüsternen Blick. Sie wünschte, Remmington würde sie nur einmal so ansehen. Was dachte sie da? Sie wollte so etwas doch gar nicht.

Trevor zeigte ebensowenig Interesse an ihr wie Remmington, und sie überlegte, ob es irgend etwas an ihrem Aussehen gab, das Montague-Männer abstoßend fanden. Remmington schien sie nur anziehend zu finden, wenn sie sich küßten. Sie schüttelte den Kopf und versuchte, klare Gedanken zu fassen. »Waren Sie bei Ashlands Ball?« fragte sie Trevor, um das Schweigen zu überbrücken.

»Ich bin erst gestern von den Westindischen Inseln zurückgekommen, Mylady.«

»Wie aufregend. Ich würde gerne eines Tages reisen. Sind die Westindischen Inseln so schön, wie man sagt?«

Trevors Antwort wurde unterbrochen, als sich die Tür zur Bibliothek öffnete. Stephen trat mit einem breiten Lächeln ein. »Ich habe quasi auf den Türstufen eine Kutsche gefunden.« Mit einer übertriebenen Verbeugung streckte er einen Arm zum Flur aus. »Ihre Kutsche wartet, Mylady. Ihr Mädchen ist ebenfalls aufgetaucht. Sie ist in der Eingangshalle.«

Jetzt, da Lily wirlich die Möglichkeit hatte zu gehen, zögerte sie einen Moment. Remmington würde toben, wenn er ihre Abwesenheit entdeckte. Sie nahm ihren Mut zusammen, indem sie an seine Reaktion dachte, wenn er entdeckte, daß eine seiner Nachrichten fehlte. Sie lächelte Stephen gezwungen an. »Danke für Ihre Mühe, Mylord. Ich weiß nicht, was ich ohne Ihre Hilfe getan hätte.«

Gretchen und Digsby standen in der Eingangshalle. Das normalerweise fröhliche Mädchen hielt ihren Blick ernst auf den Boden gerichtet, während ihre Finger an einem Knopf ihres Kleides zerrten.

»Ich wünschte wirklich, Sie würden zum Tee bleiben, Mylady«, sagte Digsby unheilschwanger.

Im selben Moment sprach Trevor sie an. »Lady Lillian, Sie können noch nicht fort.«

Lily spürte ihr Herz im Hals. Sie sah, wie Trevor ein Buch hochhielt.

»Sie haben das in der Bibliothek vergessen.« Er hielt ihr das Buch hin. Sein Daumen verdeckte den Titel. »Sie wollen das sicher nicht vergessen. Ihr Vater wäre bestimmt enttäuscht, wenn Sie ohne sein Buch mit – äh – griechischen Fabeln zurückkehren.«

Er hielt das Buch so, daß nur Lily sehen konnte, was er tat, und dann zog er seinen Daumen zur Seite, um den Titel zu enthüllen. *Canterbury Tales*. Ihr Blick ging hoch, und sie entdeckte, daß sein Grinsen ebenso aufreizend selbstgefällig war wie das seines Bruders. Er wußte, daß etwas nicht stimmte. Ihre Hand zitterte, als sie nach dem Buch griff, und sie zuckte zusammen, als er seine Hand auf ihre legte.

»Ich hoffe, Sie werden nicht von unserer mangelnden Gastfreundschaft vertrieben. Wollen Sie mir die Möglichkeit geben, es wiedergutzumachen und mir das Vergnügen Ihrer Gesellschaft machen bei einer Kutschfahrt durch den Park heute nachmittag?«

»Ich fürchte, das wird nicht möglich sein.« Lily versuchte, ihre Hand wegzuziehen. »Ich habe Papa versprochen, ihm heute nachmittag vorzulesen.«

»Morgen dann?«

Sie nickte hastig. »Das klingt gut, Sir. Sie müssen natürlich erst mit meinem Vater sprechen.«

»Natürlich.«

Er beugte sich vor, um ihre Hand zu küssen, bevor er sie losließ. Es war nicht so aufregend wie die Berührung durch Remmington. Sie spürte nur das dringende Verlangen, von diesen Leuten fortzukommen. Trevor bestand darauf, sie zur Kutsche zu begleiten, und half galant beiden Frauen in die Mietkutsche. Nachdem Lily saß, drehte sie sich noch einmal um, um der Gruppe fröhlich zuzuwinken. Digsby hatte noch nie so verknautscht ausgesehen. Trevor sah sie mit offener Neugier an. Die Brüder Howard winkten ebenfalls fröhlich. Sie sah auf die Straße und hatte Angst, Remmington dort zu begegnen. Als die Kutsche anfuhr, zog sie sich mit einem hörbar erleichterten Stöhnen vom Fenster zurück.

»Oh, Mylady«, seufzte Getchen. »Das war knapp. Digsby informierte mich, als diese Männer ohne Vorwarnung in das Haus stürmten. Was sollen wir jetzt tun?«

Lily rieb sich die Stirn. »Wir werden nach Crofford House zurückkehren. Ich habe von Abenteuern erst einmal genug.«

Ihre Hand glitt zu ihren Röcken, um sich zu vergewissern, daß die Nachricht noch sicher in ihrem Strumpfband steckte. Sie hatte das ungute Gefühl, daß ihr Abenteuer gerade erst begann.

Acht

Lilys Vater war in seinem Club, als sie in Crofford House ankam. Sie schickte einen Diener, um ihn von ihrer Rückkehr zu informieren, und schloß sich dann in der Bibliothek ein. Eine Stunde später hatte sie Remmingtons Nachricht komplett entschlüsselt. Die Nachricht erschütterte sie. Als sie die Tabellen zusammenfaltete, die sie aufgestellt hatte, um den Code zu entziffern, platzte ihr Vater in die Bibliothek, dicht gefolgt von Sir Malcolm.

»*Was* tust du hier?« fragte der Graf.

Bainbridges Stimme klang ebenso mißbilligend. »Lily, Sie hätten es besser wissen müssen! Sie hätten bei Remmington bleiben müssen.«

Sie sah von der Arbeit auf ihrem Schreibtisch auf. Ihr Gesicht war blaß. »Es ist etwas Furchtbares passiert.«

Ihr Vater ballte die Fäuste. »Hat er ...?«

Ein Klopfen an der Haustür unterbrach die Frage, gefolgt von lautem Aufruhr in der Eingangshalle. Dann stürmte Remmington in die Bibliothek. Die Tür knallte hinter ihm zu. »Haben Sie den Verstand verloren?«

Lily schrak in ihrem Sessel zurück, als er auf sie zukam. Sir Malcolm legte eine Hand auf Remmingtons Arm, um ihn zurückzuhalten. Remmington drehte sich um und funkelte den älteren Mann zornig an. Die Spannung in seinem Körper ließ jedoch plötzlich nach, als hätte er gerade die Anwesenheit von Bainbridge und dem Grafen bemerkt.

Da ertönte ein scharfes Klicken, und alle drei Männer drehten sich zu Lily um.

Sie hatte aus einer der Schreibtischschubladen eine Pistole genommen und richtete die Waffe auf Remmington. »Treten Sie von ihm fort, bitte, Sir Malcolm. Dieser Mann ist ein Verräter.«

»Lily, jetzt übereil bitte nichts«, warnte ihr Vater.

Bainbridge schüttelte genervt den Kopf. »Legen Sie sofort die Pistole zur Seite, junge Dame. Sie haben keine Ahnung, was los ist.«

Lily nickte zu der verschlüsselten Nachricht, die auf dem

Schreibtisch lag. »Es steht alles in diesem Brief. Er schmuggelt Spione ins Land mit Hilfe des Vaters seiner Verlobten, Lord Granger.«

»Kleine Diebin!« Remmington machte einen Schritt vor, blieb aber stehen, als Lily die Waffe hob und auf sein Herz zielte.

»Noch ein Schritt, und ich werde den Gerichten die Verhandlung ersparen, Remmington.«

Crofford trat vor, um die Nachricht zu nehmen und überflog hastig den Inhalt. »Lily, das ist eine Kopie einer abgefangenen Nachricht. Das bedeutet nicht …«

»Was macht *er* mit französischen Nachrichten?« fragte Lily. »Er hat Dutzende davon.«

»Er arbeitet für mich«, sagte Bainbridge.

Lily sah von Remmington zu Bainbridge.

»Sie werden feststellen, daß Remmingtons Name in diesen Nachrichten nicht erwähnt wird«, fuhr er mit derselben ruhigen Stimme fort. »Sie haben nur angenommen, daß er beteiligt ist, weil er die Nachrichten besitzt. Stimmt das?«

Lily nickte und ließ die Waffe langsam sinken. Ihr verwirrter Blick kehrte zu Remmington zurück, und ihre Stimme war ganz schwach vor Verlegenheit. »Sie arbeiten für Sir Malcolm? Aber warum …«

Remmington unterbrach sie, um den Graf anzusprechen. »Sie sind derjenige, der diese Nachrichten entschlüsselt?«

Crofford nickte. »Ich bin sicher, Sie werden verstehen, weshalb nicht bekannt ist, daß ich mich für Sir Malcolms Angelegenheiten engagiere.«

»Es scheint, daß die Karten jetzt offen auf dem Tisch liegen«, sagte Bainbridge resigniert. Er trat vor, um Lily die Pistole aus der schlaffen Hand zu nehmen, und legte die Waffe wieder in die Schublade. »Jetzt können wir unsere Aufmerksamkeit wieder dem aktuellen Problem zuwenden, und das ist Lilys Sicherheit. Obwohl ich Männer um das Haus postiert habe, ist die Straße schwieriger zu überwachen. Jeder könnte ihre Rückkehr bemerkt haben. Wir müssen das Schlimmste annehmen und die Möglichkeit in Betracht ziehen, daß der Täter weiß, daß sie hier ist. Es scheint das beste zu sein …«

»Einen Moment, bitte«, unterbrach Remmington. Er zeigte auf den Schreibtisch. »Wenn Crofford die Kopie dieser Nachricht bisher nicht gesehen hatte, woher kennt *sie* den Inhalt?«

Bainbridge seufzte und zuckte dann entschuldigend die Schultern zu Lily. »Ich behandle die Namen meiner Agenten streng vertraulich, wenn nicht Umstände wie diese anderes erfordern. Ihr Vater und ich sind übereingekommen, Ihre Beteiligung zu verschweigen, aber jetzt scheinen Ihre Familiengeheimnisse ans Licht gekommen zu sein.«

Remmington sah von Bainbridge zu Lily und dann wieder zur Bainbridge. »Sagen Sie mir nicht, daß sie auch entschlüsseln kann.«

Lily hob ihr Kinn. Die Erleichterung, die sie empfunden hatte, als sie erkannte, daß er kein feindlicher Spion war, erstarb schnell. »Sie haben bereitwillig die Beteiligung meines Vaters geglaubt. Weshalb ist meine so schwer zu glauben?«

»Sie sind eine Frau. Sie können doch nicht …«

»Kann was nicht?« Ihre Augen wurden schmal.

»Kommen Sie, Lily«, mischte sich Bainbridge ein. »Remmingtons Schwierigkeiten, Ihre Fähigkeiten zu verstehen, sind ein Kompliment. Schließlich haben Sie alles getan, um sicherzustellen, daß niemand Ihre Talente vermuten würde. Ich würde sagen, es ist Ihnen bewundernswert gelungen.«

»Ja, bewundernswert«, echote Remmington. Sein Gesichtsausdruck veränderte sich von Ungläubigkeit zu etwas, das nach Ekel aussah. »Sie sind eine ausgezeichnete Schauspielerin, Mylady. Sie haben mich vollkommen genarrt. Oder sollte ich sagen: Sie haben einen vollkommenen Narren aus mir gemacht. Welch reizendes kleines Spiel Sie gespielt haben.«

»Es ist kein Spiel! Meine Arbeit ist etwas Ernstes.«

Remmingtons Blick wanderte zu Bainbridge. »Wer hat sie angegriffen?«

Der ältere Mann zuckte die Schultern. »Wir wissen es nicht.«

»Aber es ist beinahe sicher, daß es mit der Arbeit für Sie zusammenhängt?« Remmington ließ Bainbridge keine Möglichkeit zu antworten. Er wandte sich an Lilys Vater. »Ich kann es nicht fassen, daß Sie beide das zugelassen haben. Es gab keinen Grund, ihr Leben zu riskieren, wenn Crofford die Arbeit, die sie für Sie erledigt, ebensogut tun kann.«

Bainbridges Mund wurde schmal, als er beide Hände auf den silbernen Knauf seines Spazierstocks legte. »Das ist genau der Punkt, Remmington. Niemand außer Lily ist zu der Arbeit fähig, die sie für mich erledigt, nicht einmal ihr Vater. Mir gefällt ihr Engagement ebensowenig wie ihrem Vater, aber es ist nun einmal so. Sie ist die Qualifizierteste. Lily übersetzt Nachrichten, die ihr Vater nicht entschlüsseln kann. Wir wären ohne ihre Hilfe aufgeschmissen.«

»Lassen Sie uns nicht streiten.« Crofford hob eine Hand, um die Situation in den Griff zu bekommen. »Wie Sir Malcolm bereits sagte, arbeiten wir alle für dieselbe Sache, und es ist Zeit, daß wir unsere Aufmerksamkeit dringenderen Dingen zuwenden.« Bainbridge fragte er: »Wie wollen wir Lilys Sicherheit gewährleisten?«

»Auch wenn wir den Täter noch nicht fassen konnten«, begann Bainbridge, »können wir, glaube ich, ausschließen, daß es sich um einen Spion handelt.«

Lily seufzte erleichtert. »Meine Identität ist noch geheim«, sagte sie mit dem Anflug eines Lächelns. »Ich kann meine Arbeit fortsetzen.«

»Wie können Sie so sicher sein, daß die Franzosen nicht dahintergekommen sind?« fragte Remmington. »Weshalb sollte jemand anders Sie töten wollen?«

»Wir haben die vier feindlichen Spione, die mit dem Schmugglerring verbunden waren, vor mehr als einer Woche identifiziert, und meine Männer haben ihre Bewegungen seitdem überwacht. Ich kann ihren Verbleib und den ihrer Kumpanen für die Zeit des Angriffs auf Lily beweisen, ebenso wie letzte Nacht, als wir jemanden beim Haus entdeckten. Niemand von ihnen war zu dieser Zeit bei Crofford House.«

»Jemand war hier letzte Nacht?« fragte Lily.

»Deshalb waren wir so alarmiert, Sie hier zu sehen«, sagte Bainbridge. »Der Schurke konnte verschwinden, bevor meine Männer ihn fassen konnten. Es ist noch nicht vorbei, Lily.«

»Sie wissen, wer die Spione sind, und haben sie nicht verhaftet?« fragte Crofford.

Bainbridges Mund verzog sich zu einem grimmigen Lächeln. »Wir wissen, wer sie sind, und wissen, wo sie sind. Wenn wir sie verhaften, werden sie einfach nur durch Männer ersetzt, die wir erst noch finden müssen. Unbewußt teilen sie uns in ihrer imaginären Freiheit mehr mit als sie in Newgate Prison tun würden. Ihre Zeit wird kommen, aber im Moment sind sie nützlich.«

Crofford sah nicht zufrieden aus. »Sie sind sicher, daß sie nicht hinter dem Angriff auf Lily stehen?«

»Wie ich sagte, sie und die Leute, die mit ihnen in Verbindung stehen, haben nichts damit zu tun.«

»Und wo stehe ich jetzt?«

»Auf unsicherem Boden, fürchte ich.« Bainbridge schüttelte den Kopf. »Es gibt zwei Möglichkeiten. Entweder wurde der Angriff von einem irgendwie geistig gestörten Kriminellen verübt, der willkürlich ein Haus und eine Frau ausgesucht hat, oder Sie haben einen sehr gefährlichen Feind, den wir bisher nicht identifizieren konnten. Die erste Möglichkeit scheint die wahrscheinlichere zu sein. Ich weiß, es ist schwer für Sie zu glauben, aber es gibt Männer, die aus keinem anderen Grund töten als aus ihrem kranken Bedürfnis, ein anderes Leben zu zerstören. Nach Ihrer Beschreibung des Überfalls scheint es möglich, daß wir es mit einem solchen brutalen Verbrecher zu tun haben.«

»Sie erschrecken sie!« protestierte Crofford. »Es besteht kein Anlaß, daß Sie in Lilys Gegenwart spekulieren.«

»Da bin ich anderer Meinung«, sagte Bainbridge. »Lily muß sich bewußt sein, wer sich um sie herum bewegt. Sie muß auf alles achten, was ungewöhnlich sein könnte.«

»Glauben Sie, es könnte jemand sein, den ich kenne?« fragte Lily.

»Die Möglichkeit besteht«, gab Bainbridge zu. »Ich habe Ihren Vater, Sophie und meine Frau gebeten, eine Liste der

Männer zu erstellen, die in letzter Zeit Interesse an Ihnen gezeigt haben.«

»Diese Listen müssen ganz schön lang sein«, bemerkte Remmington trocken.

Lily sah ihn wütend an, aber Bainbridge ignorierte die Unterbrechung. »Ich habe die meisten Verdächtigen sofort gestrichen. Der Ball bei Ashlands dauerte bis zum Morgengrauen, und die meisten Männer auf der Liste waren bis zu dieser Zeit auf dem Ball anwesend oder es gab andere Beweise für ihren Aufenthalt zur Zeit des Überfalls auf Sie. Die wenigen Namen, die übrigblieben, konnten letzte Nacht gestrichen werden. Niemand von denen war in der Nähe von Crofford House.«

»Also haben wir keinen Verdächtigen.« Remmington sah, wie Bainbridge nickte. »Ich glaube, Lily und ich sollten diese Listen noch einmal durchgehen. Vielleicht fällt uns noch der eine oder andere Name auf.«

»Das ist eine gute Idee«, stimmte Bainbridge zu. »In der Zwischenzeit müssen wir uns entscheiden, wie wir Lilys Sicherheit garantieren. Meiner Meinung nach gibt es nur zwei Möglichkeiten. Die erste ist, sie im Haus unter Bewachung zu stellen, aber ich glaube nicht, daß das der klügste Plan ist. Wie ich schon sagte, wir müssen das Schlimmste annehmen, nämlich, daß er weiß, daß sie wieder hier ist. Bisher wissen wir von ihm nur, daß er geduldig und klug ist. Außerdem kennt er die Gewohnheiten und Gegebenheiten dieses Hauses. Er hat seinen Überfall sorgfältig geplant und auf den seiner Meinung nach richtigen Moment gewartet, seine Chance zu nutzen. Es steht ein halbes Dutzend Wachen um dieses Haus, aber trotzdem konnte er ihnen letzte Nacht entschlüpfen. Wenn wir sie an einem Ort verstecken, der ihm vertraut ist, machen wir es ihm leichter, auf seine nächste Gelegenheit zu warten. Wenn er so clever ist, wie ich glaube, wird er wissen, daß irgendwann die Wachsamkeit nachläßt und jemand einen Fehler macht.«

Bainbridge hielt eine Handfläche hoch, als ob er seine Worte im wahrsten Sinne abwägte. »Das alles beinhaltet, daß wir ihn letzte Nacht nicht für immer vertrieben haben. Wenn wir es taten, dann würden wir Lily ohne guten Grund einsperren. Dies könnte eine Überreaktion von uns sein, und doch glaube ich, es ist besser, auf Nummer sicher zu gehen. Wenn man jedoch Lilys Position im Ministerium bedenkt, wollen wir auf keinen Fall unnötig Aufmerksamkeit auf sie lenken oder gar Anlaß zu Spekulationen geben. Wenn sie zurückgezogen und unter Bewachung bleibt, wird sie beides erregen. Auf der anderen Seite: Wenn sie sich in Gesellschaft begibt, haben wir vielleicht die Chance, den Jäger in den Gejagten zu verwandeln. Nehmen wir einen Moment lang an, daß es sich um jemanden handelt, den sie kennt. Er kann sich bei einer Dinnerparty kaum maskieren oder verkleiden und auch nicht jeden Gast bei einem Ball fesseln. Aber er begeht vielleicht einen Fehler, tut oder sagt etwas, was seine Identität preisgibt. Es besteht die Möglichkeit, daß sein linkes Handgelenk verletzt ist, und der Schlag, den Lily ihm auf den Kopf versetzen konnte, scheint schwerwiegend genug, daß er eine beachtliche Narbe hinterließ.«

»Das gefällt mir alles gar nicht.« Croffords besorgter Blick ruhte auf seiner Tochter. »Lily wird angreifbar sein.«

»Solange wir dafür sorgen, daß sie nur da ist, wo er keine Gelegenheit hat, sie alleine zu packen, wird sie in Sicherheit sein. Ich kann Männer einteilen, die sich als Lakaien und Vorreiter verkleiden, um ihre Kutsche zu bewachen, wohin sie auch fährt. Dann müssen wir noch dafür sorgen, daß sie immer in Begleitung eines Menschen ist, dem wir alle vertrauen.«

»Das wird kein Problem sein«, sagte Crofford zuversichtlich. »Ich werde sie nicht aus den Augen lassen.«

»Wie oft waren Sie auf Ashlands Ball an Lilys Seite?« fragte Bainbridge. »Die jungen Leute bleiben heutzutage unter sich, wenn sie auf Bälle und Partys gehen. Man wird reden, wenn Lily ständig bei ihrem Vater und nicht bei ihren Freundinnen ist. Er merkt vielleicht, daß wir darauf warten, daß er einen Fehler macht. Wenn Sie und Lily sich nicht anders als vor dem Überfall benehmen, geben Sie ihm den Eindruck, daß Sie daran glauben, daß es ein Zufall war und Lily nicht länger in akuter Gefahr schwebt. Wenn wir diesen Mann in falscher Sicherheit wiegen können, ist es meiner Meinung nach am besten, wenn Lily ihre Freunde sieht, also die Menschen, mit denen er sie auch vorher gesehen hat.«

»Ihre Nichte ist kaum in der Lage, Lily zu beschützen«, entgegnete Crofford.

»Stimmt«, meinte Bainbridge. »Ich hatte etwas anderes im Kopf.«

Alle schwiegen. Remmington sah von Lily zu Bainbridge. Der Blick des älteren Mannes ruhte bereits auf ihm. Augenblicklich wußte er, was Bainbridge wollte. Er wußte auch, was es bedeuten würde, wenn er diese Pflicht übernahm. Irgendwie schien es unausweichlich. Das zerstreute allerdings nicht seine Zweifel. Bei Lily war nichts vorhersagbar, nichts konnte man erwarten oder erraten. Die Aufgabe, die Bainbridge von ihm verlangte, war in mehr als einer Hinsicht gefährlich. »Ich weiß nicht, ob das eine so gute Idee ist.«

»Wovon reden Sie?«

Die Männer ignorierten Lilys Frage. Bainbridge schüttelte seinen Kopf. »Wenn Sie die Idee auch nur in Erwägung ziehen, bin ich sicher, daß Sie erkennen, daß es der beste Plan ist. Es scheint außerdem die ideale Lösung für Ihr anderes Problem. Oder hatten Sie das vergessen?«

Wenn Remmington Lily in der Öffentlichkeit begleitete, würde er Margaret Granger klarmachen, daß ihre Beziehung beendet war. Er zog ein finsteres Gesicht bei der Erkenntnis, daß er einen Anreiz brauchte, um die Pflicht zu übernehmen, einen selbstsüchtigen Grund, Lily seinen Schutz anzubieten. Bainbridge konnte nicht wissen, daß Lily eher Schutz vor ihrem Beschützer brauchte, wenn er die Vereinbarung akzeptierte. Die paar Tage mit ihr waren eine Qual gewesen. Nachts ging er zu Bett und sehnte sich nach ihr – und morgens wachte er in demselben Zustand auf. Selbst wenn er versuchte, sie nicht zu sehen, konnte er sie nicht aus seinen Gedanken verdrängen. Er hatte Stunden in seiner Bibliothek damit verbracht, Geschäftspapiere und Berichte anzustarren, ohne ein einziges Wort zu verstehen. Statt dessen hatte er in die Luft gestarrt und sich vorgestellt, was sie wohl tun würde, wenn er das täte, was er bei ihr gerne tun würde.

Wann immer er sie sah, wurden seine Fantasien stärker, sein Körper wurde sich ihrer Nähe immer bewußter. Selbst jetzt, da ihr Vater und Sir Malcolm im selben Zimmer waren, hätte er nichts lieber getan, als ihren Platz hinter dem Schreibtisch einzunehmen und sie für einen langen, intensiven Kuß auf seinen Schoß zu ziehen. Er schüttelte den Kopf, um seine Gedanken zu klären, eine Geste, die Bainbridge falsch interpretierte.

»Ich nehme an, wir finden jemand anderen«, begann er achselzuckend.

Remmington riß den Kopf hoch bei dem Gedanken, daß ein anderer Mann Lily begleitete, wenn auch nur aus Heuchelei. Die Werbung würde einem Mann zu viele Gelegenheiten bieten, mit ihr allein zu sein. Er bezweifelte bereits seine eigene Fähigkeit, ihren Reizen zu widerstehen. Und er würde zum Teufel keinem anderen Mann trauen, seine Hände von ihr zu lassen. »Ich werde es tun.«

Bainbridge lächelte. »Ich wußte, Sie würden es einsehen.«

Wenn er Zeit hätte und alles durchdenken könnte, würde er sich für hoffnungslos unvernünftig halten. Die beiden hatten keine Ahnung, zu was er wirklich seine Zustimmung gegeben hatte. Selbst Bainbridge konnte es nicht wissen. Oder vielleicht doch?

»Crofford, ich nehme an, Sie stimmen dem zu?« fragte Bainbridge.

Der Graf zögerte einen Moment und nickte dann. Lilys Blick wanderte langsam über die Männer. Nur Bainbridge sah erfreut aus über die getroffene Entscheidung. Ihr Vater war offensichtlich verärgert. Wenn sie es nicht besser gewußt hätte, hätte sie gesagt, Remmington sei besorgt. Ihre Augen flammten auf, als sie endlich die Situation begriff.

»Will keiner mich um meine Erlaubnis fragen?«

Alle drei Männer antworteten gleichzeitig. »Nein.«

Neun

Lady Keatons weiträumiger Wintergarten quoll geradezu über von den wichtigsten Namen der Londoner Gesellschaft. Funkelnde Sterne bedeckten das Dach, ein perfektes Kompliment an die glitzernden Juwelen, die aus den Falten schneeweißer Halstücher blitzten und viel sichtbarer in allen Größen um Handgelenke und auf Dekolletés erstrahlten. In gleichmäßigem Summen erklangen gedämpfte Unterhaltungen, momentan zum Schweigen gebracht durch die kraftvollen Töne eines italienischen Tenors. Signor Olivettis berühmte Stimme ließ die Vielzahl von Glasscheiben in dem Wintergarten leicht vibrieren.

Lily saß unter den anderen fünfzig Gästen und beobachtete Remmingtons Ankunft aus dem Augenwinkel, gequält von Hoffnungen und Zweifeln. An diesem Nachmittag hatte sie mit ihrem Vater über den letzten Plan diskutiert, sie in Sicherheit zu bringen. Sie war bereit, mit Remmington übereinzustimmen, daß ihr Vater keinerlei Verstand besaß, wenn es um dieses bewußte Thema ging. Aber Remmington hatte sich ebenfalls gegen sie gewandt. Er hatte diesem schauderhaften Plan zugestimmt. Niemand schien es zu stören, daß sie nicht die ganze Zeit jemanden um sich haben wollte, niemanden, der sie die ganze Zeit beobachtete. Und vor allem nicht, wenn dieser ›Jemand‹ Remmington war. Das war nur eine weitere Aufgabe für ihn, eine Werbung, die ebenso bedeutungslos war wie die um Margaret Granger. Remmington hatte diese Aufgabe akzeptiert. Lily fürchtete sie.

Der Tenor beendete seinen Vortrag, und die Gäste klatschten begeistert, während sie von ihren Stühlen aufstanden. Ihr Vater bot ihr den Arm und begleitete sie in die große Halle, wo die übrigen Gäste umherschlenderten. Alle warteten darauf, daß Lady Keaton die Prozession zum Tisch anführte.

»Remmington sagte, er würde heute abend später kommen«, sagte ihr Vater leise. »Ich hatte keine Ahnung, daß er Stunden und nicht Minuten meinte.«

Wie eine Reaktion auf die Bemerkung des Grafen erklang

Remmingtons Stimme hinter ihnen. »Guten Abend, Lord Crofford, Lady Lillian.«

Der Klang seiner tiefen Stimme ließ Lily in bekannter Weise erschauern. Sie mußte sich nicht umdrehen, um zu wissen, daß er sie anblickte. Sie verspürte den närrischen Drang zu lächeln. Den Moment, den sie brauchte, um ihre Gesichtszüge zu kontrollieren, vergegenwärtigte sie sich, daß sie in den Augen der anderen nicht mehr als flüchtige Bekannte waren, daß sie nichts sagen oder tun durfte, was ungewöhnlich erschien.

Wieder war er schwarz gekleidet und trug nur ein weißes Hemd und ein weißes Halstuch, um die düstere Farbe aufzuhellen. Ihr geheimes Wissen darum, wie er unter seiner Jacke und seinem Hemd aussah, ließ sie mit der Erinnerung an heimliche Leidenschaft erröten. Sein herzlicher Ausdruck gab ihr beinahe das Gefühl, daß auch er etwas für sie empfand. Aber das war nur Wunschdenken. Zu diesem Zeitpunkt hielt er sie vermutlich für das lästigste Wesen auf Erden.

Er hob ihre Hand zu einem flüchtigen Kuß, der sie leider an andere erinnerte, die weniger unschuldig gewesen waren. Er lächelte sie an, und dieses Lächeln verursachte seltsame Dinge mit ihrem Herzen.

»Sie sind spät«, sagte Crofford leise.

»Vergeben Sie mir, Sir. Ich versichere Ihnen, es war eine äußerst wichtige Angelegenheit.«

Die Antwort schien den Groll ihres Vaters in gewisser Weise zu besänftigen, aber seine Stimme blieb schroff. »Ich möchte, daß sie zu anständiger Zeit zu Hause ist. Ich habe Lady Keaton vorgewarnt, daß ich nicht zum Dinner bleiben könnte.« Seine Stimme wurde lauter, als er sich der Menschen um ihn herum bewußt wurde. »Ich ahnte, daß meine Gicht mich heute nacht wieder quälen würde. Da Sie jetzt hier sind, Remmington, kann ich mich wohl auf den Weg machen.« Er küßte Lily auf die Wange und murmelte: »Paß auf dich auf.«

»Das tu ich, Papa.« Sie versuchte, ihn zu beruhigen. »Ich sehe dich noch heute nacht.«

Remmington hakte sie unter und drückte warnend ihre Hand. »Lächeln, Lily. Er ist auf dem Weg nach Hause, nicht nach Kalkutta.«

Lily zwang sich zu einem künstlichen Lächeln. Ihr Vater ging fort, und sie wurde alleingelassen mit Remmington.

»Euer Gnaden!« Lady Keaton winkte über die Köpfe von mehreren Gästen, um Remmingtons Aufmerksamkeit zu erregen. Sie zupfte an dem Arm ihrer Begleitung, damit sie sich ihrem vornehmen Gast nähern konnten. »Es ist so nett von Ihnen zu kommen. Sie werden natürlich beim Essen zu meiner Rechten sitzen.«

»Ich fürchte, ich habe versprochen, heute abend an Croffords Stelle zu Lady Lillians Rechten zu sitzen. Mit Ihrer Erlaubnis werde ich heute abend auf dem Stuhl des Grafen sitzen.«

Lady Keaton sah enttäuscht aus, dann lächelte sie strahlend. »Dazu besteht kein Grund, Euer Gnaden. Wir werden einfach die Person umsetzen, die zwischen Ihnen und Lord Gordon sitzen sollte, um Platz für Lady Lillian zu machen.«

»Wenn es keine Umstände macht.« Remmingtons Ton zeigte, daß er wußte, es würde nicht der Fall sein.

Er wartete höflich, bis Lady Keaton und ihre Begleitung weitergingen. Dann führte er Lily durch die Tür in den Speiseraum, vorbei an einem Meer aus Silber und Porzellan zum Ende der Tafel, an dem die Gastgeberin schon saß.

»Ich frage mich, wessen Platz ich heute abend einnehme«, flüsterte Lily, als die anderen Gäste sich hinsetzten. Sie sah zur gegenüberliegenden Seite des Tisches. Ein Lakai führte Margaret Granger zu ihrem neuen Platz am Fußende des Tisches, und Margaret sah bleich vor Wut aus über die Kränkung. Lily bemerkte auch, daß viele Gäste sie anstarrten, während andere hinter vorgehaltener Hand oder strategisch geschickt plazierten Fächern tuschelten. Der Klatsch begann zu blühen. Sie neigte ihren Kopf zu Remmington. »Das sieht ganz nach einem extrem unangenehmen Abend aus.«

Er schob ihren Stuhl zurecht und murmelte seine Antwort in ihr Ohr, als sie sich setzte. »Lächeln, Lily.«

Sie gehorchte, bevor sie erkannte, was ihr Ausdruck verraten würde. Die anderen am Tisch würden vermuten, daß sie gerade ein intimes Gespräch geführt hatten. Er hatte sein ›Interesse‹ an ihr für die anderen deutlich gemacht. Das Lächeln auf ihrem Gesicht erfor, als er sich zu ihrer Linken setzte. »Sie haben nicht vor, diese Werbung subtil zu gestalten, oder?«

Er bot ihr einen kleinen Teller mit Ananasringen an. »Nein.«

Lily malmte mit den Kiefern und nahm die Vorlegegabel, mit der sie die Ringe ein wenig zu heftig aufspießte. »Sie benutzen mich nur, um Margaret Granger zu entmutigen.«

Remmington nahm sich ebenfalls Ananas. »Das ist nicht der einzige Grund, aus dem ich zugestimmt habe.«

Sie wartete auf eine Erklärung, aber er schwieg. »Würden Sie mir Ihre anderen Gründe erklären?«

Er sah ihr einen Moment in die Augen, senkte dann seine Lider und betrachtete ihren Mund. Seine Stimme klang abwesend. »Ich werde es Ihnen später sagen. Im Garten.«

Als sein Blick noch tiefer glitt, flüsterte Lily wütend und leise: »Hören Sie auf damit!«

Ihre Blicke trafen sich, und er grinste. Seine Augenbrauen zuckten. »Tut mir leid.«

»Lady Lillian?« rief eine weibliche Stimme über den Tisch. Lily sah auf und erkannte Lady Caroline Samms und Lord Bryant, die ihr gegenüber saßen. Lady Caroline lächelte süß, aber der Sarkasmus in ihrem knabenhaften Gesicht war nicht zu übersehen, und sie hob ihre Stimme, um über dem Lärm der Gespräche zu hören zu sein. »Meine Liebe, es ist so schön, Sie hier zu sehen. Ich hörte, Sie wären in Irland. Es ist ein so friedlicher Ort, um sich von Tragödien wie dem vorzeitigen Tod von Lord Osgoode zu erholen.«

Der gesamte Teil des Tisches schwieg. Caroline Samms war berüchtigt dafür, sämtliche Skandale außer ihren eigenen auszugraben. Außerdem war sie Margaret Grangers beste Freundin. Lily setzte ein heiteres Lächeln auf und wandte ihre Aufmerksamkeit Lord Bryant zu. Ihre Mundwinkel hoben sich, als sie ihn sinnlich ansah. »Irland ist nicht nach meinem Geschmack. Ich finde den vertrauten Anblick von England viel angenehmer.«

Es gab am Tisch einige Japser, aber Bryant reagierte auf ihre Provokation. Er erwiderte ihren unverschämten Blick mit diesem berühmten Blick, der Frauenherzen höherschlagen ließ. Es wirkte bei Lily allerdings überhaupt nicht. Sie war sich Remmington neben ihr viel zu bewußt.

Caroline verstärkte ihren Griff auf Bryants Arm, bis er ihr sein amüsiertes Lächeln zuwandte. »Wie schade für die Iren.«

Lady Caroline begann sofort eine Unterhaltung mit Lord Gower zu ihrer Linken, während Bryant Lady Keatons Stirnrunzeln mit seinem Charme glättete und sich die Situation entspannte. Lily nahm einen großen Schluck Wein, um ihre Wut hinunterzuspülen. Sie sah Remmington aus den Augenwinkeln an und beobachtete ihn, wie er eine Lammkeule traktierte.

»Ihre Stimmung scheint verdrießlich geworden zu sein, Euer Gnaden.«

Remmingtons Augen wurden schmal. »Ich verbiete Ihnen, in meiner Gegenwart einen anderen Mann so anzusehen.«

»Was meinen Sie damit?«

»Sie wissen genau, was ich meine.«

»Vorsichtig«, warnte Lily. Sie schlug mit ihrem Fächer auf seinen Arm. »Lady Margaret wird glauben, daß wir unseren ersten Streit haben. Sie hat ihre Augen heute abend noch nicht von uns abgewandt. Ich muß sagen, Remmington, Ihr Plan, mich zu benutzen, geht wunderbar auf. Wenn ich an ihrer Stelle wäre, würde ich nie wieder mit Ihnen sprechen.«

»Mich interessiert nichts weniger als das, was Margaret Granger in diesem Moment denkt oder tut. Wir sprechen von Ihnen.«

Lily strich über ihr Haar und lächelte liebenswürdig. »Ah ja, lassen Sie uns von mir sprechen. Jede Dame liebt es, wenn sich die Unterhaltung um sie dreht.«

»Sie sind absichtlich schwerfällig.«

»Sie wissen, ich mag dieses Wort nicht, Remmington. Ich habe Ihnen bereits gesagt, daß ich nicht fett bin.« Sie schlug wieder mit ihrem Fächer auf seinen Arm. »Hören Sie auf, mich zu beleidigen.«

»Wagen Sie es nicht, dieses Spiel mit mir zu spielen, Lily.«

Er packte das Ende ihres Fächers und schob es unter seinen Arm. »Und wenn Sie mich noch einmal mit diesem Ding traktieren, werde ich es in Stücke reißen.«

»Tut mir leid, daß ich zu spät bin«, unterbrach Harry sie von hinten. Er nickte Lady Keaton zu und ließ sich auf den Stuhl neben Lily nieder. »Lady Lillian, Remmington. Ich wußte nicht, daß Sie beide heute abend kommen würden, aber es ist schön, Sie beide unter angenehmeren Umständen zu sehen. Ich nehme an, Ihr – äh – das Problem Ihres Vaters mit dem unwillkommenen Gast ist gelöst, Lady Lillian?«

Remmington und Lily antworteten gleichzeitig.

»Ja.«

»Nein.«

»Verstehe.« Harry sah verwirrt aus.

Lily runzelte Remmington gegenüber die Stirn und wandte dann ihre Aufmerksamkeit Harry zu. Sie wollte das Thema des Überfalls vermeiden. »Abgesehen von der Nacht, als Ashlands Ball stattfand, kann ich mich nicht daran erinnern, Sie seit dem Treffen der Antiquities Society im Januar gesehen zu haben, Lord Gordon. Ihre Rede an jenem Tag war so interessant. Wie sind die Fortschritte Ihrer Arbeit mit den Papyrosrollen?«

»Verdammt langsam, muß ich sagen.« Harry füllte seinen Teller von einer Platte mit Roastbeef. »Von ungefähr dreitausend Wörtern konnte ich nicht mehr als eine Handvoll übersetzen. Eines taucht verdächtig oft auf. Ich bin beinahe sicher, daß es sich um den Namen Ramses handelt, aber keiner der Buchstaben scheint einem der anderen Wörter zu entsprechen, obwohl die Buchstaben in Ramses in jeder Sprache durchaus gebräuchlich sind. Aber da ist ein Wort, das zweifellos ›und‹ heißen muß.«

»Das klingt nach einem großartigen Anfang.« Sie gratulierte sich selbst zu dem erfolgreichen Themenwechsel. »Sie müssen Mut fassen nach so erfolgreichem Fortschritt.«

»Ich war bereits vor einem Monat so weit, Lady Lillian. Jetzt habe ich mich richtig festgefahren. Ohne einen weiteren Durchbruch wird meine Arbeit wohl unnütz sein.«

Lily drehte den Stiel ihres Weinglases zwischen ihren Fingern und starrte auf die dunkle Flüssigkeit. »War es nicht Lord Alfred, der sagte, daß die Ägypter ihre Pharaonen in all ihren Dokumenten lobten?«

»Hm. Kann ich nicht sagen«, gab Harry zu.

»Vielleicht war es Lord Poundstone.« Sie nahm einen weiteren Schluck Wein und gab vor, zerstreut zu sein. »Diesen Unterhaltungen ist bei den Treffen der Gesellschaft immer so schwer zu folgen. Aber ich bin sicher, ich habe gehört, wie einer dieser Gentleman bemerkte, daß die Ägypter oft hinter den Namen eines Pharaos Lobpreisungen von verschiedenen Göttern setzten wie ›Lebe ewig, Mächtiger‹ oder ›Lebe ewig, Geliebter‹.«

»Das stimmt wohl. In der griechischen Version der Rosetta folgt ›Lebe ewig‹ immer auf den Namen des Pharaos. Es könnte auch im Falle meiner Rollen stimmen.«

Lily vermutete, daß sie den Schlüssel zu Harrys Papyrusrollen kannte, aber sie kämpfte darum, die Idee so klingen zu lassen, als käme sie von jemand anderem. »Das ›R‹ klingt sehr stark, nicht wahr? Papa sagt, der Klang läßt sich sehr gut übertragen in seinen Übersetzungen von griechischen und lateinischen Manuskripten. Wenn Sie glauben, daß der Name des Pharaos Ramses ist, dann taucht das ›R‹ vielleicht immer auf.«

»Natürlich!« rief Harry. »Sie haben mir einen neuen Blickpunkt gezeigt, Lady Lillian. Ich werde beim nächsten Treffen der Antiquities Society meine Papyrusrollen mitbringen und Ihnen meine Fortschritte zeigen.«

»Ich würde mich sehr freuen, aber ich fürchte, ich verstehe nicht viel von Papyrusrollen und solchen Dingen.« Sie lächelte entschuldigend. »Normalerweise besuche ich die Treffen nur wegen meiner Freundin Sophie Stanhope. Sophie scheint sich wirklich für all diese seltsamen Sprachen zu interessieren, aber ich weiß immer noch nicht, warum. Für mich scheinen sie so unsinnig.«

»Sie sind faszinierend«, sagte Harry ernst. »Wenn Sie möchten, könnte ich Ihnen bei unserem nächsten Treffen einige Grundregeln erklären. Sie sind wirklich sehr einfach. Ich bin sicher, Sie würden das Wesentliche begreifen.«

»Das klingt wunderbar, Mylord.« Lily seufzte und wedelte mit ihrem Fächer. »Ich freue mich schon auf Ihre Erklärung, obwohl ich fürchte, Sie werden frustriert über mich sein. Sophie sagt, mir fehlt einfach das Interesse, das man braucht, um diese fremden Sprachen vollständig zu verstehen.«

»Oh, ich wäre niemals *Ihretwegen* frustriert, Lady Lillian. Wenn überhaupt, werden Sie sich höchstens wegen meiner Erklärungen langweilen.«

»Ihr Essen wird kalt, Gordon.«

Harry sah Remmington nachdenklich an. Dann zuckte er die Schultern und wandte seine Aufmerksamkeit seinem Teller zu.

Lily griff nach ihrer Gabel, aber Remmington nahm ihre Hand und drückte sie sanft. »Sie müssen sich nicht mit so schwerwiegenden Themen belasten, meine Liebe. Man überläßt sie besser Gelehrten wie Lord Gordon. Warum erzählen Sie mir nicht von Signor Olivettis Vortrag? Welche Stücke hat er aufgeführt?«

Sie konnte sich nicht erinnern. Nicht, wenn er sie mit einem so zärtlichen Ausdruck in den Augen ansah. Es war ein Spiel, erinnerte sie sich. Er hatte sie nur gewarnt, Harry gegenüber nicht zu viel von sich preiszugeben. Jetzt spielte er für das Publikum den Besitzergreifenden. »Signor Olivetti gab Kostproben aus *Fidelio*.«

»Ah, Beethoven«, sagte er. »Ein Favorit von mir. Tut mir leid, daß ich ihn verpaßt habe.«

Als er seine Hand von ihrer nahm, vermißte sie den flüchtigen Kontakt. Sie konnte es nicht zulassen, daß seine Berührung sie so tief traf, aber wie um alles in der Welt sollte sie sich dagegen wappnen?

Der Rest der Mahlzeit verging schweigend. Zwischen Remmingtons ständiger Aufmerksamkeit und Lady Carolines unverschämten Bemerkungen wußte Lily, daß sie das Thema beinahe jeder gemurmelten Unterhaltung am Tisch war. Sie überlegte, was geschehen würde, wenn sie einfach ihren Kopf zurückwerfen und frustriert schreien würde. Vermutlich würde sie nach Bedlam gebracht.

»Ich glaube, sie ist tot.«

Remmingtons ruhige Bemerkung schreckte Lily aus ihren Gedanken. Sie sah zu ihm auf und dann wieder auf ihren Teller und die Torte, die sie gerade mit ihrer Gabel zerfetzt hatte. Sie legte ihr Besteck auf den Tisch und faltete die Hände im Schoß. »Ich wollte nur sichergehen.«

Seine Mundwinkel zogen sich nach oben. Die anderen Gäste begannen, die Tafel zu verlassen, und er stand auf, um ihr seinen Arm zu bieten. »Lady Keaton hat Musiker und Erfrischungen im Pavillon in der Mitte der Gärten, aber ich bin sicher, wir können einen Platz finden, der ein wenig privater ist. Ich glaube, wir müssen uns unterhalten.«

Lady Keatons Gärten waren eine märchenhafte Silhouette von Bäumen und Blumen. Sanft illuminierte chinesische Laternen waren überall verteilt. Lily hätte sich keine romantischere Umgebung vorstellen können und auch niemanden, mit dem sie lieber an diesem Ort gewesen wäre als Remmington. Sie hatte jedoch das Gefühl, daß diese Nacht sich schnell zu einem grausamen Scherz wandelte.

Außerhalb des Hauses führte ein labyrinthartiger Weg zu dem Pavillon in der Mitte des Gartens. Lily vermutete, daß sie von dort tiefer in den Garten gehen würden, weg von der Menge. Seine langen Schritte zeugten von seiner Ungeduld, sie alleine für sich zu haben, aber sie wußte, daß er nichts Romantisches im Kopf hatte. Vielmehr wollte er mit ihr allein sein, um eine weitere Rede über Regeln und angemessenes Verhalten loszulassen.

»Müssen Sie zu einer Verabredung?« Ihre Stimme klang atemlos. Sein Schritt ließ sie beinahe laufen, um mitzuhalten. Knurrend wurde er langsamer. »Ich glaube, wir könnten unsere Unterhaltung in Sichtweite der anderen Gäste führen.«

»Seien Sie keine Närrin. Nichts, was wir einander zu sagen haben, kann vor Publikum stattfinden.«

Lily blieb abrupt stehen. Sie stemmte ihre Füße stur in den Boden, obwohl er an ihrem Arm zog. »Ich bin keine Närrin.«

»Sie sind nicht dumm«, sagte er zustimmend. »Aber selbst

eine intelligente Frau kann sich manchmal wie ein Narr benehmen.«

Ihre Hände ballten sich zu Fäusten. »Darf ich fragen, wann ich mich so dumm benommen habe?«

»Ich möchte keine Auseinandersetzung beginnen, wenn jederzeit jemand uns unterbrechen kann.« Er sah über seine Schulter. »Aber da Sie gefragt haben: Ihre Unterhaltung heute nacht mit Harry ist ein Beispiel. Ohne einen Moment zu zögern, haben Sie ihm mehr oder weniger die Antworten auf ein Problem gegeben, an dem er seit einem Monat arbeitet. Glauben Sie nicht, daß er sich fragen wird, wie Sie zu einer so wichtigen Schlußfolgerung kamen, wenn fremde Sprachen Ihnen eigentlich ein Rätsel sind? Ich würde diesen Bluff augenblicklich durchschauen, so wie ich Sie durchschaut habe, als Sie den Narren abgaben bei unserer Unterhaltung über Philosophie. Sie mögen gut dechiffrieren können, aber die Damen von der Drury Lane können sich entspannt zurücklehnen. Sie sind keine Konkurrenz für diese Schauspielerinnen.«

Lily hob ihr Kinn. »Ich habe die Lösung so klingen lassen, als käme sie aus anderen Quellen. Lord Gordon wird sich vermutlich über nichts wundern.«

»Vielleicht«, sagte er, »aber was ist mit Lady Caroline? Um Ihre Farce weiterzuführen, sollten Sie sich unauffällig benehmen, aber Sie bedrohen Margaret Granger mit dieser Osgoode-Geschichte und jetzt auch Caroline Samms, indem Sie Bryant ermutigen. Wenn sich diese beiden Säulen der Gesellschaft gegen Sie wenden, ist es nur eine Frage der Zeit, bis die anderen Frauen beginnen, Sie sorgfältiger zu beobachten. Die Damen der Gesellschaft haben es sich zur Aufgabe gemacht, die Fehler und Geheimnisse ihrer Rivalinnen zu erfahren.«

»Lady Caroline hat mich aus der Fassung gebracht.« Sie senkte den Kopf. Er hatte recht. Beim Essen hatte sie über seinem Lächeln geträumt und war unter seinem dunklen Blick errötet. Die ganze Zeit über beobachtete er jede ihrer Handlungen, während sein Kopf frei von all den Gefühlen war, die ihre Sinne in seiner Gegenwart benebelten. Sie spürte, wie schwer eine Träne zu Boden tropfte. »Ist mir nicht ein Fehler gestattet?«

»Nicht, wenn Ihr Leben auf dem Spiel steht. Um in diesem Geschäft zu überleben, dürfen Sie sich niemals zum Objekt solcher Aufmerksamkeit machen. Unschmeichelhafte Aufmerksamkeit noch dazu.« Er schwieg einen Moment. »Lily? Weinen Sie?«

Sie wischte sich ihre Tränen fort, weigerte sich aber, ihm in die Augen zu sehen. »Sind mir Gefühle auch nicht gestattet?«

»Ich wollte nicht ...«

»Remmington!«

Lilys erschreckter Blick ging an Remmington vorbei. Margaret Granger und Caroline Samms spazierten gemächlich heran, und sie konnte das wütende Funkeln in Margarets Augen sehen. Remmington schob sie hinter seinen Rücken, vermutlich, um ihr einen Moment Zeit zu geben, sich zu fassen, bevor sie Margarets offener Abneigung entgegentreten konnte.

»Guten Abend, Lady Margaret, Lady Caroline«, murmelte er.

Caroline sah ostentativ über Remmingtons Schulter. Ein behagliches Grinsen verzog ihre Lippen. »Oh, Margaret, ich sollte Bryant wirklich wissen lassen, wo ich bin. Wollen Sie mich entschuldigen?«

»Natürlich.« Margarets Blick ließ Remmington nicht los.

Caroline wandte sich dem Haus zu und Lily hielt das für den idealen Augenblick, selbst zu gehen. Remmington hatte ihr den Rücken zugewandt, und Margaret zollte ihr nur wenig Aufmerksamkeit. Sie ging ein paar zögerliche Schritte zurück und dann noch ein paar. Eine kleine Stimme in ihrem Kopf sagte ihr, daß sie bei Remmington bleiben sollte, daß es ein Fehler wäre, von ihm fortzugehen.

Der Ausdruck auf Margarets Gesicht bestärkte sie in der Entscheidung, daß es nicht schaden würde, auf ihn beim Pavillon zu warten. Remmington würde vielleicht sogar ihre Rücksichtnahme zu schätzen wissen, indem sie ihm einen Moment allein mit Margaret gab. Sie täuschte sich mit dieser

Lüge nicht sehr lange. Mehr als wahrscheinlich war, daß er der Liste ihrer Fehler jetzt auch noch ›feige‹ hinzufügen würde. Der Klang von Remmingtons tiefer Stimme übertönte das Knirschen ihrer Schritte auf dem Kiesweg, als sie sich umdrehte und fortging.

»Ich dachte, Sie würden heute abend bei Almack sein, Margaret.«

»Wie sind Sie auf diese Idee gekommen?« fragte Margaret.

»Ich war letzte Woche bei Almack und werde sicher noch öfter dort sein, bevor die Saison zu Ende ist, aber die liebe Lady Keaton gibt nur einmal jede Saison ihr berühmtes Dinner. Ich konnte sie einfach nicht enttäuschen.«

Der Weg machte eine abrupte Wendung, und Remmingtons Stimme verblaßte. Die Melodie eines Walzers wurde lauter, als sie sich dem Pavillon näherte, zusammen mit dem gedämpften Klang von Gelächter und Unterhaltungen. Der Weg wurde breiter, und sie konnte die Lichter des Pavillons sehen, eine erhöhte Plattform, die aussehen sollte wie ein griechischer Tempel mit einer Reihe von falschen Marmorsäulen, die nichts außer der sternenklaren Nachtluft stützten. Lily wollte im Schatten des Weges bleiben, änderte dann aber ihre Meinung, als sie sah, wie ein Paar auf sie zukam. Sie setzte ein Lächeln auf und ging weiter.

Sie nickte dem Paar zu, als es an ihr vorbeischlenderte. Dann sah sie sich nach einem ruhigeren Platz um, um auf Remmingtons Ankunft zu warten. Hohe Hecken bildeten eine große runde Wand um den Pavillon mit ebenmäßigen Öffnungen, die zu weiteren Wegen führten. Die meisten Gäste standen beim Pavillon, aber einige spazierten um die Blumenbeete, die so kunstvoll angelegt waren, damit sie eine Miniaturkarte der riesigen Gärten bildeten. Viele hielten Lady Keatons Formschnitt-Irrgärten für die schönsten in England, und man munkelte, daß Lady Keaton die Karte aufgestellt hatte, nachdem Lord Northfield sich einen Tag lang im Labyrinth verirrt hatte. Lily hatte nicht die Absicht, das Labyrinth zu erforschen, aber im Augenwinkel entdeckte sie einen Farbfleck und begann, darauf zuzulaufen. Sie erhaschte nur einen kurzen Blick auf den Mann, bevor sie sich im Grün der Büsche versteckte, aber sie wußte, daß es nur eine Person geben konnte, die einen kanariengelben Anzug zu einer Dinnerparty tragen würde.

Der Weg endete in einem T, und sie wandte sich nach rechts. Einen Moment später stand sie vor einer grünen Wand und dem Ende des Irrweges.

»Da sind Sie ja. Was tun Sie hier, Lady Lillian?«

Lily wirbelte bei dem Klang der vertrauten Stimme herum. Sie konnte Lord Allens Gesicht im Schatten nicht sehr deutlich sehen, aber seine strahlend gelbe Kleidung schien vor den dunklen Hecken zu glühen. Als sie erkannte, daß er ihren einzigen Ausweg blockierte, schlug ihr Herz schneller. Sie war gefangen. Ihre Nerven beruhigten sich auch nicht, als sie sich klarmachte, daß Lord Allen kein Verdächtiger war, daß Sir Malcolm ihn von der Liste gestrichen hatte, weil er bis zum Morgengrauen auf dem Ball geblieben war.

»Lady Caroline sagte, dieser Weg würde zum Haus führen. Die Nacht ist ein wenig kühl, und ich habe meinen Schal an der Tür gelassen.« Sie blickte hinter sich auf die grüne Wand. »Offensichtlich bin ich falsch abgebogen.«

»Es wäre mir eine Freude, Sie zum Haus zurückzubegleiten«, sagte Lord Allen und streckte seinen Arm aus. »Wir dürfen das Risiko nicht eingehen, daß Sie sich eine Erkältung zuziehen.«

Lily zögerte und ging dann einen Schritt vorwärts, um ihre Hand auf Lord Allens Ärmel zu legen. Sie konnte sein Gesicht jetzt deutlicher sehen, den erfreuten Ausdruck in seinen vorstehenden Augen. Sie mußte ihren ganzen Mut zusammennehmen, um den Mann anzulächeln. »Zeigen Sie mir den Weg, Lord Allen. Wir müssen uns auf Ihren ausgezeichneten Orientierungssinn verlassen.«

Lord Allen legte seine Hand auf ihre und drückte sie auf seinen Arm. »Meine liebe Lady Lillian. Es gibt da noch etwas, das ich Ihnen sagen muß, bevor wir zum Haus zurückkehren.«

Lord Allens Blick ruhte auf ihrer Brust, und der lüsterne Ausdruck verursachte ihr eine Gänsehaut. Sein Griff auf ihrer Hand wurde stärker, bis es weh tat. Jedes letzte Fünkchen ihrer Selbstsicherheit schwand. Sie riß ihre Hand aus Lord Allens Umklammerung und trat einen Schritt zurück. In diesem Moment hätte sie so ziemlich alles gegeben, um Remmington hinter Lord Allen auftauchen zu sehen.

»Ich wollte Sie nicht erschrecken«, sagte er. »Ich wollte Ihnen nur sagen, daß ich heute abend mit Ihrem Vater gesprochen habe, bevor er ging, und ich mit ihm morgen um drei Uhr eine Verabredung habe.« Er kam einen Schritt näher, ohne darauf zu achten, wie sie zurückschreckte. »Wir kennen einander seit vielen Jahren, meine Liebe, aber ich fürchte, Sie haben meine Absichten nie richtig verstanden. Morgen werde ich Ihren Vater um die Erlaubnis bitten, Ihnen förmlich den Hof machen zu dürfen.«

Lily reagierte nicht auf diese Ankündigung, obwohl es sie beachtliche Mühe kostete, zu schweigen. Sie wollte ihm sagen, daß es zu spät war, wollte Remmingtons falsches Werben dazu benutzen, ihn abzuweisen. Irgend etwas in seinen Augen sorgte dafür, daß ihr die Worte im Hals steckenblieben.

»Ich sehe, das ist überraschend für Sie«, sagte er schließlich. Er streckte den Arm aus und nahm ihre Hand.

Lily versuchte, sich seinem Griff zu entziehen, aber er erwies sich als erstaunlich stark. Sein Daumen strich über ihren Handrücken, und sie spürte einen Schauer der Angst. Ihr Herz schlug immer schneller, bis sie dachte, daß es in ihrer Brust zerspringen würde. Sie kannte Lord Allen seit Jahren, und doch kannte sie ihn überhaupt nicht.

»Schon gut, meine Liebe.« Er tätschelte ihre Hand und beugte sich weiter vor. Lily lehnte sich zurück. Sein Atem roch nach Knoblauch und Wein. »Sie müssen jetzt von Ihren Gefühlen überwältigt sein. Ich kann bis morgen warten, um die Einzelheiten zu besprechen.«

Er drehte sich um und ging auf den Pavillon zu. Lily war gezwungen, ihm zu folgen, bis sie in Sichtweite des Gartens kamen. Sie blieb ruckartig stehen und strengte sich an, um so zu klingen, als wäre alles in Ordnung. »Ich fürchte, wir müssen uns hier trennen, Mylord, sonst wird man reden. Ich hatte vorher nicht daran gedacht, aber manche werden es für seltsam halten, wenn wir gemeinsam aus diesem versteckten Teil des Gartens kommen.«

Lord Allen sah zum Pavillon, und Lily nutzte die Ablenkung, um sich von ihm loszumachen. Sie ging rückwärts zu dem Pfad, der nach links bog. »Ich muß Ihnen bis morgen adieu sagen, Lord Allen.«

Lord Allen griff nach ihr, aber sie drehte sich um und stürmte auf die Hecken zu. Der Weg machte einige schnelle Biegungen, und sie blieb stehen, als er wieder ein T formte. Sie hörte zwar nur das leise Knirschen ihrer Schritte auf dem Kies, aber sie drehte sich sicherheitshalber um, um zu sehen, ob Lord Allen ihr folgte. Auf jeder Seite erhoben sich silbrige Hecken an die drei Meter hoch, und der Kiesweg war im Mondlicht, das nur wenig von ihr entfernt im Schatten der Hecken verschwand, kaum zu sehen. Die Musik klang weiter entfernt, aber Lily wußte nicht, ob sie auf das Haus zuging oder tiefer in den Garten. Noch wichtiger war, daß sie keine Schritte hörte. Niemand folgte ihr.

Lily wußte nicht, wie lange sie sich unter der mit einem Spalier versehenen Rosenlaube versteckte. Es schienen Stunden zu sein. Sie war einen Weg nach dem anderen entlanggegangen, bevor sie diese kleine Lichtung erreicht hatte. Die gebogene Laube stand vor der äußeren Steinmauer des Gartens, und die dornigen Kletterrosen bedeckten beinahe die Wand. Der Vollmond lieferte das einzige Licht, und die schwache Musik, die von dem Pavillon kam, schien weit entfernt zu sein. Niemand würde sie hier finden. Nicht einmal Remmington. Sie wischte sich mit einem Handrücken über das Gesicht und versuchte, weitere Tränen zu unterdrücken.

Sie wollte nach Hause. Seit dem Überfall hatte sie keine Nacht mehr in ihrem eigenen Zimmer verbracht. Sie würde vermutlich die ganze Nacht wachliegen, mit angespannten Nerven und flatterndem Herz, so wie sie sich in diesem Augenblick fühlte. Wenn sie ihrem Instinkt vertraut hätte, wäre sie immer noch sicher in seinem Stadthaus. Suchte er überhaupt nach ihr? Vermutlich hatte sie es dieses Mal zu weit getrieben. Sie würde ihn nicht verurteilen, wenn er entschied, daß diese Aufgabe die Mühe nicht wert war. Ihr stockte der Atem, als eine dunkle Gestalt auf dem vom Mondlicht beschienenen Weg auftauchte, und sie drückte sich tiefer in die dunklen Nischen der Laube.

»Lily?«

Remmingtons Stimme klang seltsam ruhig, als er auf ihr Versteck zuging. Er blieb direkt vor der Laube stehen, und sie konnte ihn im Mondlicht ganz deutlich sehen. Sie ging einen Schritt vorwärts, dann noch einen, dann breitete er gerade noch rechtzeitig seine Arme aus, um sie aufzufangen. Sie landete an seiner Brust und warf ihre Arme um seinen Hals.

»Haben Sie eine Ahnung, wie besorgt ich war?« murmelte er, während sich seine Arme fest um sie schlossen. Einen Moment lang schien er zufrieden, sie zu halten. Dann legte er seine Hände auf ihre Schultern und schob sie weg. »Mein Gott, Lily, Sie zittern wie Espenlaub. Was ist geschehen?«

»N-nichts«, murmelte sie. »E-etwas.« Ihre Arme schlangen sich um seine Taille, und sie vergrub ihr Gesicht an seiner Brust. »Bitte halten Sie mich noch eine kleine Weile.«

Er zögerte einen Augenblick, zog sie dann fest an sich und streichelte ihr beruhigend den Rücken. »Es ist alles in Ordnung, Lily. Ich bin ja jetzt hier.« Als ihr Atem wieder normaler ging, hob er mit dem Daumen ihr Kinn und wartete, bis sie ihn ansah. »Sagen Sie mir, was geschehen ist, Lily.«

Sie schüttelte den Kopf. »Sehr wenig. Sicher nichts, um diese kindischen Tränen zu rechtfertigen.«

»Was ist geschehen?«

»Mit mir ist einfach die Fantasie durchgegangen. Nachdem ich Sie und Margaret Granger verlassen hatte, bin ich falsch abgebogen und bei dem Pavillon gelandet, wo mich Lord Allen gefunden hat.«

Remmington hörte schweigend zu, während sie ihr Treffen mit Lord Allen schilderte. Sie versuchte, die Sache auf die leichte Schulter zu nehmen, aber er sah nicht sehr zufrieden mit ihrer Erklärung aus. Beide wurden durch gedämpftes Lachen abgelenkt, vermutlich ein Paar, das sich auf einem der nahegelegenen Wege zu einem Stelldichein gefunden hatte.

»Da kommt jemand«, sagte er. Seine Augen waren sehr ernst, als er sie ansah. »Noch eines, bevor wir gehen: Lassen Sie mich nie mehr so stehen.«

Bevor sie vermuten konnte, was er vorhatte, küßte er sie auf eine Art und Weise, die seine Wut und Sorge effektiver mitteilte als Worte. Sie ballte ihre Hände zu Fäusten und begann, sie gegen seine Brust zu drücken in demselben Augenblick, als sein Kuß sanfter wurde. Er paßte seine Lippen ihrem Mund an, erfahren, hartnäckig, bis sich ihre Hände öffneten und über seine Brust zu seinen Schultern tasteten. Sie hörte wieder das Gelächter, näher als zuvor.

Er riß sich von ihr los. Erstaunlicherweise schien er von dem Kuß überhaupt nicht berührt. Er nahm ihren Ellbogen und führte sie auf den Weg. »Kommen Sie, Lily, es wird Zeit, daß wir gehen.«

Zehn

»Wir werden hier nie rauskommen«, murmelte Remmington. Dutzende von Kutschen standen in der Auffahrt vor Keaton House. Die Straße hinter der Auffahrt schien ebenso mit Kutschen verstopft.

»Sie haben den Weg aus dem Labyrinth sehr schnell gefunden«, sagte Lily mit Bewunderung in der Stimme. »Es scheint, daß ich stundenlang dort umhergeirrt bin, bis ich aufgab und mich in der Laube versteckte.«

»Zwei Stunden«, sagte er und runzelte die Stirn bei der Erinnerung an seine verzweifelte Suche. Er war noch nicht in Panik geraten, bis er den Pavillon erreichte und kein Zeichen von ihr entdeckte. Zwei Stunden lang hatte er das Labyrinth abgesucht, voller Angst, geplagt von sämtlichen grausamen Möglichkeiten. Sie klammerte sich immer noch mit beiden Händen an seinen Arm, als hätte sie Angst, er würde verschwinden. Es bestand keine Chance, daß das geschah. Er würde ihr nie wieder den Rücken zukehren.

Er führte Lily zu seiner Kutsche und setzte sich neben sie.

Sie rutschte näher zu ihm, und er wollte nichts lieber, als sie auf seinen Schoß zu ziehen. Die Kutsche fuhr los, und er stieß ihre Hüfte an, um ein wenig mehr Raum zwischen ihnen zu schaffen. »Weshalb haben Sie Allen nicht gesagt, daß es unmöglich ist, Ihnen den Hof zu machen, weil Sie bereits einen Verehrer haben?«

Sie zuckte die Schultern. »Er schien aus dem Nichts aufzutauchen, und mir wurde klar, daß ich allein war, obwohl ich es nicht sein sollte. Ich hatte keinen Grund, vor Lord Allen Angst zu haben, aber er beunruhigte mich. Ich weiß, es klingt albern, aber ich wollte nur weg von ihm.«

Remmington nahm sich vor, von Digsby ein Dossier über Lord Allen zusammenstellen zu lassen. Der junge Dandy schien ziemlich harmlos, und Sir Malcolm hatte die Tatsache überprüft, daß er den Ball bei Ashlands erst kurz vor Morgengrauen verlassen hatte. Trotzdem schien er ständig an Lilys Seite zu sein, wann immer er sie sah. Es würde nicht schaden, auf Nummer sicher zu gehen. »Allen ist nicht Ihr Angreifer, Lily. Mehrere Menschen haben ihn in der Nacht des Balls bis kurz vor Morgengrauen in Lord Ashlands Kartenzimmer gesehen.«

»Ich weiß das. Ich weiß auch, daß ich einen sehr dummen Fehler begangen habe, als ich Sie verließ.« Sie biß sich auf die Unterlippe und entschuldigte sich dann zögernd. »Sie haben jedes Recht, wütend auf mich zu sein, Euer Gnaden. Es tut mir leid, daß Sie mich suchen mußten.«

Vor einer halben Stunde hatte er sich nichts so sehr gewünscht wie die Gelegenheit, sie anzuschreien, um wenigstens einen Teil seiner Wut über ihr Verschwinden loszuwerden. Jetzt wollte er sie nur noch festhalten, ihre sanft geschwungene Wange streicheln, um festzustellen, ob ihre Haut wirklich so zart war, wie er es in Erinnerung hatte. »Vielleicht sollten Sie sich besser auf die andere Seite der Kutsche setzen, Lily.«

»Ich mag diese Seite lieber.«

»Dann setze ich mich um.« Er wollte aufstehen, aber sie legte ihre Hand auf seinen Arm.

»Ich weiß, daß Sie nicht gerne so dicht neben mir sitzen, so wie Sie mich auch nicht gerne küssen«, sagte sie. »Aber ich würde mich sicherer fühlen, wenn Sie noch eine Weile neben mir sitzen würden.«

Scherzte sie? Er sah ihr forschend ins Gesicht auf der Suche nach einem Anzeichen, daß sie ihn neckte.

Sie senkte den Kopf. »Sie halten mich für einen Feigling.«

»Sie sind die tapferste Frau, die ich je getroffen habe«, sagte er ehrlich. »Und die erstaunlichste. Wie kommen Sie auf die Idee, daß ich Sie nicht gerne küsse?«

»Sie waren wütend in jener Nacht in Ihrem Stadthaus. Heute nacht schienen Sie nicht besonders wütend, aber ...« Sie hob ihr Kinn. »Sie brauchen nicht so besorgt auszusehen. Es ist nicht nötig, daß Sie Interesse an mir heucheln, so wie Sie es bei Margaret Granger getan haben. Es ist absolut unnötig, daß wir uns küssen. Es muß inzwischen auch klar sein, daß ich durch Übung nicht besser werde.«

Remmington starrte sie vollkommen ungläubig an. Er hielt ihr Kinn in einer Hand und strich mit seinem Daumen über ihren Mund. »Sie sind so naiv, daß es mir angst macht. Haben Sie keinen Spiegel? Haben Sie sich noch nie angesehen?«

Lily zog sich zurück. »Ich besitze einen Spiegel. Bis vor ein paar Jahren zeigte er ein Mädchen mit roten Haaren und einem großen, unansehnlichen Körper.«

»Das ist nicht länger der Fall, das kann ich Ihnen versichern.«

»Nein«, gab sie zu, »aber ich bin meilenweit von den Frauen entfernt, die ich normalerweise in Ihrer Gesellschaft sehe.« Sie hielt ihre Hände hoch und spreizte die Finger. »Meine Hände sind zu groß für eine Frau. Ich bin größer als die meisten Frauen, die ich kenne, und auch als viele Männer. Es war noch schlimmer, als ich jünger war. Ich überragte die anderen Kinder in unserer Gemeinde, ein schlaksiges, häßliches Mädchen, das nie dazugehörte. Ich war diejenige, über die sich alle lustig machten, diejenige, die nichts richtig machen konnte. Sophie war die einzige, die mich mochte.«

Er versuchte, sie sich als Jugendliche vorzustellen. Wie ungelenk das Kind auch gewesen sein mochte, er hätte ihre vielversprechende Schönheit gesehen. »Ich wünschte, ich hätte Sie damals gekannt.« Er streichelte ihre Wange. Es war nicht die Liebkosung eines Liebhabers, sondern das Trösten eines Freundes. »Ich hätte Sie vor diesen kindischen Streitereien beschützt.«

Sie starrte ihre Hände an, als könnte sie dort die Vergangenheit klarer sehen. »Es hörte nicht auf, bis ich sechzehn wurde. Mein Vater nannte mich einen Spätentwickler. In den folgenden Jahren begannen die Leute, mich anders anzustarren. Die Komplimente kamen zunächst widerwillig, und ich glaubte sie nicht. Dann erkannte ich, daß Papa recht hatte und ich mich veränderte. Die Mädchen, die einst über mich gelacht hatten, reckten die Nase in die Luft und drehten mir den Rücken zu, sobald ich einen Raum betrat. Die Jungen, die mich sorglos tief beleidigt hatten, begannen mich auf eine Weise anzustarren, daß ich dachte, baden zu müssen. Ich verstand nicht, was besser daran war, hübsch genannt zu werden. Die Dinge wurden noch schlimmer, als ich debütierte. Frauen, die ich nicht kannte, weigerten sich, mit mir zu sprechen. Männer, die ich nicht kennen wollte, wurden äußerst lästig.«

Sie sah ihn an, und ihre Lippen verzogen sich zu einem schiefen Lächeln. »Verstehen Sie? Jedesmal, wenn mir jemand ein Kompliment macht, fällt mir eine Kränkung ein. Ich frage mich, was man zu mir sagen wird, wenn mein Haar grau ist und mein Gesicht faltig. Ich versuche, immer daran zu denken, wenn ich versucht bin, einer Schmeichelei zu glauben. Gesichter und Gestalten kann man hübsch oder gefällig nennen, aber ich glaube, man muß den Charakter eines Menschen kennen, bevor man ihn als schön oder anständig bezeichnen kann. Das Innere eines Menschen ist das, worauf es ankommt.«

Jetzt ergaben die einzelnen Teile ihres Charakters langsam ein Bild. Ihr Mangel an Einbildung und List, das zynische Aufflackern in ihren Augen, wenn er von ihrem Aussehen sprach. Er strich mit seiner Hand über ihren Arm und verschränkte seine Hand mit ihrer.

»Ihre Hand scheint mir gar nicht so groß zu sein. Kräftig

vielleicht.« Er drehte ihre Hand um und hob sie, um eine Reihe von Küssen von ihrem Handgelenk bis zur Mitte ihrer Handfläche auf die Spitzenhandschuhe zu drücken. Ihre Finger schlossen sich, als wollte sie den Kuß festhalten.

Sie zog ihre Hand weg. »Ich glaube, Sie versuchen absichtlich, mich von unserer Unterhaltung abzulenken.«

»Ach ja«, murmelte er und beugte sich weiter vor. »Ich glaube, wir sprachen übers Küssen.«

Sie stemmte ihre Hand gegen seine Brust. »Wir sprachen über Ihre Werbung.«

»Küsse sind ein viel interessanteres Thema.« Seine Hand legte sich auf ihre und drückte sie an seine Brust. »Ich glaube, es gefällt Ihnen.«

Sie sah ihn mit dieser hinreißenden Mischung aus unschuldiger Neugier und Verlangen an, und das Licht der Kutschenlaterne spiegelte sich in ihren Augen. »Ich glaube, es sollte mir nicht so sehr gefallen.«

Das Geständnis überraschte ihn. »Lily, sagen Sie einem Mann niemals, daß Ihnen seine Küsse gefallen.«

Woher kam diese Warnung? Er wollte nicht, daß sie mit ihm spielte. Er lächelte über seinen Schnitzer. »Aber Ihr Geständnis gefällt mir. Sie können manchmal so wunderbar ehrlich sein.«

Ihre Augen wurden schmal. »Und sonst?«

»Manchmal können Sie auch ziemlich irritierend sein.« Er dachte an die Geheimnisse, die sie vor ihm verborgen hatte, wie sehr sie alles verkompliziert hatten. Sein Humor verschwand. »Geben Sie es zu, Lily, Sie haben mich vom ersten Moment an getäuscht.«

»Oh, und Sie waren lauter in Ihrer Aufrichtigkeit«, erwiderte sie. »Sie klingen sehr nach dem einen Esel, der den anderen Langohr nennt.«

Einen Moment herrschte geladenes Schweigen, dann lächelte er wieder. »Ist Ihnen klar, daß Sie die einzige Frau sind, die mit mir streitet?« Er streichelte ihre Wange. »Die meisten Frauen tun alles, um in meiner Gegenwart nett zu sein.«

Ihre Augen funkelten wütend. »Die meisten Frauen machen sich in Ihrer Gegenwart zu Narren. Sie sind zu beschäftigt, Sie mit ihren Reizen zu beeindrucken, daß sie keine Zeit finden, zu streiten.«

Sein Lächeln wurde breiter. »Höre ich da vielleicht Eifersucht?«

»Nichts dergleichen. Weshalb sollte ich denn wohl eifersüchtig sein? Wir sind nichts als Partner bei dieser Aufgabe. Wenn es vorbei ist, werden Sie eine andere Frau finden, mit der Sie sich amüsieren können. Unsere recht seltsame Beziehung wird beendet sein.«

»Mir gefällt die Idee, Ihr Freund zu sein.« Er zog sie näher an sich und war ein wenig überrascht, als sie sich nicht wehrte.

»Ich habe das Gefühl, Ihre Definition des Wortes ›Freundschaft‹ weicht stark von meiner ab, Remmington. Soweit ich weiß, wollen Sie niemand in Ihrer Nähe haben.«

»Sie sind jetzt in meiner Nähe.« Er legte die Arme um sie, und ihre Augen wurden groß, als sei ihr gerade die Gefährlichkeit ihrer Position klargeworden. Ihre Lippen waren verführerisch nah, aber er zwang sich, ihr in die Augen zu sehen und andere Gedanken zu verdrängen. »Ich glaube, ein Freund ist ein Mensch, der Ihre Gesellschaft mag, jemand, der immer zu Ihnen steht. Ein Freund kennt Ihre tiefsten Geheimnisse und hütet sie.« Er nahm ihr Kinn in die Hand und strich mit seinem Daumen über ihre Lippen. Ihre Haut war so weich, ihr Duft bezaubernd. Der Schauer des Verlangens, den er spürte, war sein eigener. Es war ihr Haar, das nach Sandelholz roch. Er wollte es lösen und seine Hände in den seidigen Locken vergraben. Er wußte, daß er mit dem Feuer spielte, aber es war ihm egal, er konnte nicht anders. Seine Umarmung wurde fester. »Gibt es irgend etwas in meiner Definition von Freundschaft, das nicht unsere Beziehung charakterisiert?«

»Freunde küssen sich nicht so intim.«

»Glauben Sie nicht?« Er schüttelte den Kopf. »Einige der größten Liebesaffären der Geschichte begannen als Freundschaften.«

»Ich glaube …«

Er spürte ihren warmen, süßen Atem an seinem Gesicht und bemerkte den schnellen Puls, der in ihrem Hals pochte.

Wenn er nicht so neugierig auf ihre Antwort wäre, würde er der Versuchung nachgeben und diesen sensiblen Pulspunkt küssen, um ihr Herz unter seinen Lippen zu spüren, um zu wissen, daß er es war, der es schneller schlagen ließ. Küßte sie nicht gerne! Hah! Er wollte jeden Zentimeter von ihr küssen.

Irgendwie kamen ihre Hände an seine Brust, und sie drückte mit überraschender Kraft dagegen. »Ich glaube, Sie versuchen, mich zu verwirren. Dies ist nichts anderes als ein vorübergehendes Arrangement. Die Zeit wird kommen, wenn wir beide getrennte Wege gehen. In der Zwischenzeit ist es wohl in unser beider Interesse, nicht mehr als herzlich zu erscheinen. Es muß ein unterhaltsames Spiel für einen Mann Ihrer Erfahrung sein, aber Sie sagten selbst, daß ich keine gute Schauspielerin bin, und ich ...« Sie japste, als er sie auf seinen Schoß hob. »Was tun Sie, Remmington?«

»Herzlich erscheinen.« Nur noch einmal, beschloß er. Nur ein kleiner Kuß, um ihr zu zeigen, wie begehrenswert er sie fand.

Sie öffnete den Mund, um erschreckt aufzuschreien, aber er war schneller. Er erstickte das Geräusch, als sein Mund ihren bedeckte, ein wilder Kuß, der beiden den Atem raubte. Als er begann, sich zurückzuziehen, schlossen sich ihre Hände um seine Revers und zogen ihn näher heran. Er spürte eine Welle der Befriedigung. Seine Lippen strichen über ihren Mund, und seine Hände streichelten ihren Rücken, als er sie sanft an sich zog. Mit jedem Streicheln schmolz sie ein wenig mehr, wurde weicher. Sie reagierte so unglaublich wundervoll. Sein Kuß wurde intensiver. Ihre Hände glitten über seine Brust und tasteten sich über seinen Hals, bis sie sich in seinem Haar vergruben. Dann ließ sie ihre Finger über seinen Nacken gleiten in einer scheuen, zögerlichen Liebkosung. Es wirkte augenblicklich. Blitzschnelles Verlangen spannte all seine Muskeln an und machte ihm bewußt, wie sehr er sie wollte.

»Wir sollten das nicht tun, Lily.« Er nahm ihre Hände und hielt sie vor seiner Brust fest. »Wir müssen aufhören.«

»Warum?«

Sein Lachen war fast ein Stöhnen. »Du schmeckst zu gut.«

Er beugte sich vor und streifte mit seinen Lippen ihre Stirn. Als sie die Augen schloß, plazierte er federleichte Küsse auf ihre Augenlider. Einen Moment später öffneten sie sich wieder. Was er sah, ließ ihm den Atem stocken. Er zog ihren Kopf an seine Schulter und legte seine Hand um ihr Gesicht, um ihn dort festzuhalten.

»Laß mir einen Moment, um mich zu beruhigen, bevor du mich so ansiehst.« Seine Stimme war tiefer als sonst, beinahe gezwungen. »Du weißt, wie das auf mich wirkt.«

Sie wußte es nicht und sagte es ihm auch. Er hielt sie noch fester umschlungen.

»Ich will dich dann wieder küssen.« Es verging ein Moment, bevor er sich korrigierte. »Nein, das stimmt nicht. Wenn du mich so ansiehst, dann will ich mehr als dich nur küssen. Wenn jemand sähe, wie du mich anschaust ...« Er bewegte sich und versuchte, eine bequemere Position zu finden, versuchte an etwas zu denken, was sein Verlangen abklingen ließ. »Wir müssen über etwas anderes sprechen, Lily. Erzähl mir von Lord Osgoode. Du hast noch gar nichts über deinen früheren Verlobten berichtet. War er nett zu dir? Vermißt du ihn?«

»Lord Osgoode?« Seine Frage schien sie zu verwirren.

»Verzeih«, sagte er schließlich. »Ich möchte dich nicht mit traurigen Gedanken belasten. Du mußt viel für ihn empfunden haben.«

Lily schüttelte den Kopf. »Lord Osgoode hat mich zu zwei Bällen und einem Brunch begleitet. Wir waren nicht besonders gut bekannt. Wir tauschten die üblichen gesellschaftlichen Höflichkeiten aus, und ich hatte nichts gegen seine Gesellschaft, aber ich hatte bestimmt nicht vor, ihn zu heiraten.«

»Ich dachte, du wärst verlobt.«

»Ich dachte, Sie wären mit Margaret Granger verlobt«, erwiderte sie.

»Mit jedem Augenblick haben wir mehr Gemeinsamkeiten.« Er nickte, um ihr recht zu geben. »Wer hat vor Osgoode um dich geworben?«

»Ich glaube wirklich nicht, daß Sie das etwas angeht.«

»Alles, was mit dir zu tun hat, geht mich etwas an«, knurrte er. »Ich glaube immer noch, daß der Mann, der dich angegriffen hat, jemand ist, den du kennst. Ich möchte wissen, ob es noch mehr Osgoodes da draußen gibt, vielleicht einen anderen Mann, dessen Zuneigung du verschmäht hast.«

»Ich habe niemanden verschmäht«, sagte sie entrüstet.

»Osgoode hat sich deinetwegen duelliert. Weshalb?«

Lily schien verletzt. »In Zukunft wären Sie gut beraten, Ihren Klatsch aus anderer Quelle, und nicht von Margaret Granger, zu beziehen. Ich habe keine Ahnung, mit wem sich Osgoode duelliert hat, aber ich bin sicher, daß es nicht um meine Hand ging oder irgendeine Beleidigung meiner Ehre oder auch nur irgend etwas, das im entferntesten mit mir zu tun hat. Ich habe Osgoode nicht mehr bedeutet als ich Ihnen bedeute.«

»Du bedeutest mir sehr viel, Lily.« Die Worte waren ausgesprochen, bevor er es sich überlegen konnte. Bei dem hoffnungsvollen Ausdruck ihrer Augen biß er die Zähne zusammen.

»Wollen Sie mir damit sagen, daß es nicht nur Heuchelei ist, daß Sie mir den Hof machen?«

Er hatte das Gefühl, der Boden hätte sich unter ihm aufgetan. Er wußte, was sie wirklich wissen wollte. Für eine Frau wie Lily gab es nur eine logische Folge, wenn man ihr den Hof machte: eine Heirat. Er spürte, wie ihm der Schweiß auf die Stirn trat, und die Kutsche schien plötzlich zu warm. An diesem Nachmittag hatte er sich davon überzeugt, daß er Lilys Gesellschaft für die Dauer dieses ›Hofmachens‹ genießen und dann das Ganze abschließen könnte wie jede andere Aufgabe oder Verpflichtung. In der Zwischenzeit würde niemand es für seltsam halten, wenn sie ein paar Intimitäten austauschten, und nur er und Lily würden genau wissen, um welche Intimitäten es sich handelte. Zum Teufel, er hatte vorgehabt, sie zu verführen.

Vor seinem geistigen Auge sah er, wie sein Plan sich in Rauch auflöste. Er wußte jetzt, was dieser Plan bei ihr anrichten würde. Lily war nicht erfahren oder abgestumpft genug, um mit der Liebe zu spielen. Wenn sie einem Mann ihre Unschuld schenkte, gab sie ihm auch ihr Herz. Er verdiente beides nicht und konnte ihre kostbaren Geschenke auch nicht erwidern.

»Ich möchte, daß zwischen uns Aufrichtigkeit herrscht«, begann er. Er sah, wie die Hoffnung in ihren Augen erlosch, während sie versuchte, von seinem Schoß auf den Sitz neben ihm zu rutschen. Er hielt sie fest und nahm ihr Gesicht in eine Hand. »Wir haben genug Geheimnisse in unserem Leben. Die Tatsache, daß wir unsere Geheimnisse teilen können, ist eins der Dinge, die unsere Freundschaft zu etwas Besonderem machen. Ich mag Sie, Lily, aber ich werde Sie nicht anlügen oder Ihnen Anlaß zu der Vermutung geben, daß diese offizielle Werbung zu einer Heirat führen könnte. Ich habe vor langer Zeit erfahren, daß ich nicht für die Ehe tauge, und ich sehe lieber die Kinder meines Bruders als Erben als selbst noch einmal zu heiraten.« Ihr verwundeter Blick ließ ihn frustriert seufzen. »Meine Ansichten haben nichts mit Ihnen zu tun, Lily. Sie können nicht wissen, wie eine Ehe einen Menschen verändert. Ich bezweifle, daß Sie überhaupt wissen, wovon ich rede. Sie sind auf eine Art unschuldig, an die ich mich kaum noch erinnern kann.«

»Ich wußte nicht, daß es solch eine Sünde ist, unschuldig zu sein«, sagte sie mit Tränen in den Augen.

»Es ist keine Sünde. Es ist ein Geschenk, Lily. Eines, das Sie nicht an einen Schurken verschwenden sollten.« Eine kristallene Träne rollte über ihre Wange, und er widerstand dem Drang, sie fortzuwischen, halb aus Angst, sie könnte ihn verbrennen. »Es gab eine Zeit, da wäre ich ein passender Ehemann für Sie gewesen, eine Zeit, als ich noch an Ehe und Loyalität, Liebe und Hingabe glaubte. Heute weiß ich es besser. So funktioniert es nicht in unserer Welt. Sie müssen diese Lektion noch lernen, und ich werde nicht derjenige sein, der sie Ihnen beibringt. Verdammt, Lily, Sie wollen etwas von mir, das ich Ihnen nicht geben kann.«

Oder konnte er es? Rebellierte ein Teil von ihm gegen die Vorstellung einer ernsthaften Werbung, weil er wußte, wie leicht er sich in sie verlieben könnte? Ihre Anziehungskraft ging über ihre Schönheit hinaus. Was ihm am besten an Lily gefiel, lag unter der Oberfläche. Ihr Aussehen war einfach ein

Bonus, ein Lockmittel, das ihn seinem Verderben näherbrachte. Aber wie lange konnte er sie halten? Catherines Betrug hatte seinen Stolz mehr als alles andere verletzt. Wenn er Lily an einen anderen Mann verlöre, würde ihr Verrat ihn zerstören. Der Grund dafür traf ihn wie ein Schlag. Er war schon halb in sie verliebt.

Dieses Eingeständnis gefiel ihm nicht. Er konnte Lilys Zukunft ebenso deutlich sehen, wie sie ihm seine Vergangenheit gezeigt hatte. Ihre Unschuld schützte sie jetzt, aber wenn sie erst einmal verheiratet war, würde jedes moderne männliche Wesen sie als Freiwild betrachten. Wenn er so närrisch wäre, sie zu heiraten, würde er sie gelegentlich verlassen müssen, um seinen Pflichten im Kriegsministerium nachzukommen. Er wußte gut genug, daß Männer Schlange stehen würden, um sie in seiner Abwesenheit zu trösten. Sie würden bei jeder Gelegenheit versuchen, sie zu verführen. Je länger sie widerstand, desto größer würde die Herausforderung werden. Es würde nur eine Frage der Zeit sein, bevor jemand ihr Interesse weckte, und das wäre das Ende ihrer ›Liebe‹ zu ihm. Er würde lieber den Rest seines Lebens allein leben, als durch diese Hölle zu gehen. Es war besser, sie jetzt zu verlieren, bevor er begann, sich selbst mit unmöglichen Träumen zu betrügen, bevor er sich vorlog, daß seine Ehe anders sein könnte als andere. Lily zu heiraten, wäre der schlimmste Fehler seines Lebens.

Lily sagte nichts, während ihm diese Gedanken durch den Kopf rasten. Sie sah ihn nur mit diesen großen schönen Augen an. Weshalb er sich so schuldig fühlte, wußte er nicht. Er war derjenige, der das größte Opfer brachte. Nach heute nacht würde sie sich nicht mehr von ihm küssen oder ihren verführerischen Körper berühren lassen. Er hatte ihr gerade gesagt, daß seine Absichten alles andere als ehrenhaft waren. Er hatte das Richtige getan.

Weshalb kam es ihm so falsch vor?

Dieses Mal hielt er sie nicht fest, als sie neben ihn rutschte. Er legte seine Hände fest auf seine Knie. Er blickte nicht einmal zu ihr hinüber, um zu sehen, ob sie noch weinte. Tränen würden seine Entschlußkraft nur schwächen. Statt dessen konzentrierte er sich auf das Geräusch der Kutschenräder auf dem Kopfsteinpflaster.

»Sie werden jemand anderen finden«, sagte er schließlich. »Ich kenne mindestens ein Dutzend Männer, die Sie heiraten würden, wenn Sie sie nur anlächelten.«

»Ich muß daran denken, einen geeigneten anzulächeln.«

»Das habe ich nicht gemeint, Lily.« Er streckte die Hand nach ihrer aus, hielt dann jedoch inne, als sie vor ihm zurückzuckte. Seine Hand blieb einen Moment in der Luft stehen, dann zog er sie zurück.

Ihre Worte klangen ebenso schwach wie sie aussah. Sie schien jeden Augenblick zu zerbrechen. »Ich weiß, was Sie meinten. Sie brauchen nichts mehr zu dem Thema zu sagen. Ich habe das alles sehr gut verstanden.«

Du verstehst überhaupt nichts, dachte er bedauernd. Er wollte nichts mehr, als sie in seine Arme zu nehmen und sie zu küssen, bis sie jedes verdammte Wort, das er gesagt hatte, vergaß. Er wollte derjenige sein, den sie anlächelte. Er überlegte, ob er sie jemals wieder lächeln sehen würde.

»Arbeiten Sie ...« Lilys Stimme brach, und sie atmete tief durch. »Arbeiten Sie schon lange für Sir Malcolm?«

Er wußte, weshalb sie so abrupt das Thema wechselte. Sie kämpfte um ihre Selbstbeherrschung, wollte vorgeben, daß sie verstand, weshalb er sie so ablehnte. Er wagte es nicht, ihre Vorstellung zu zerstören. »Ich habe vor beinahe zehn Jahren begonnen, für das Kriegsministerium zu arbeiten. Ich habe die Pflichten meines Vaters übernommen, nachdem er und meine Mutter auf See verschollen waren.«

Lilys steife Haltung veränderte sich ein wenig, und sie sah überrascht aus. »Ihre Eltern haben für das Kriegsministerium gearbeitet?«

»Nur mein Vater, aber meine Mutter hat ihn oft auf weniger gefährlichen Missionen begleitet. Sie waren damals auf dem Weg zu den Westindischen Inseln, aber das Schiff sank nach drei Tagen in einem Hurrikan. Es gab keine Überlebenden.«

»Das tut mir leid«, murmelte Lily. »Es muß sehr schwer für Sie gewesen sein, in einer solchen Tragödie Ihre Titel und so viele Pflichten zu übernehmen. Die Anforderungen an Sie müssen überwältigend gewesen sein.«

Er blickte finster auf seine Hände. Er hatte vergessen, wie mitfühlend sie sein konnte. Als seine Eltern gestorben waren, hatte man ihm viel Mitgefühl entgegengebracht, aber es hatte auch Fragen gegeben. Viele kamen von den Anwälten seines Vaters, ein schwindelerregendes Durcheinander von finanziellen Angelegenheiten. Andere kamen von Dienern und Angestellten, Aufsehern und Verwaltern, Händlern und Dorfbewohnern, die alle besorgt waren, inwiefern der Tod seines Vaters ihr Leben beeinflussen würde. Er hatte die Verpflichtungen dem Kriegsministerium gegenüber als Ruhepause betrachtet, als Möglichkeit, diesen Forderungen eine Zeitlang zu entfliehen. Lily hatte er damals nicht einmal gekannt, aber sie sah sein Leben so klar, als hätte sie in all diesen Jahren an seiner Seite gestanden. Sie schenkte ihm Mitgefühl und Sympathie, obwohl sie ihn eigentlich verabscheuen müßte, weil er nur wenige Augenblicke zuvor ihre Zuneigung verschmäht hatte.

Er biß die Zähne zusammen. »Haben Sie vor, am Freitag den Ball bei Leathcote zu besuchen?«

Sie schüttelte den Kopf, ihr Gesichtsausdruck war reserviert. »Bevor das alles geschah, habe ich eine Einladung zu einem langen Wochenende angenommen. Eigentlich ist es ein Treffen der Egyptian Antiquities Society. Lord Holybrook ist Gastgeber dieser vierteljährlichen Treffen in seinem Landhaus bei Basildon. Ich habe mit meinem Vater und Sir Malcolm gesprochen, nachdem Sie heute nachmittag gegangen waren, und sie meinten beide, ich wäre sicher bei Lord Holybrook. Das Haus ist recht groß, aber das ganze Wochenende über werden eine Menge Leute dasein. Sir Malcolm hielt es für eine gute Idee, wenn ich eine Weile von Crofford House fort bin.«

In diesem Punkt stimmte Remmington mit Bainbridge überein. Es schien unwahrscheinlich, daß jemand versuchen würde, Lily in einem Haus voller Menschen anzugreifen, und es würde ihr guttun, ein paar Tage von London fortzukommen. »Wann beginnt diese Gesellschaft?«

»Übermorgen. Sophie und ich haben vor, gemeinsam hinzugehen, und ich bin sicher, daß mein Vater uns begleiten kann. Nach heute nacht nehme ich an, daß Sie – daß Sie Sir Malcolm bitten werden, jemand anderen zu finden, der Ihre Aufgabe übernimmt.«

Genau das hatte er überlegt. Er konnte nicht in Lilys Nähe sein, ohne sie berühren zu wollen. Wann immer sie allein waren, dachte er an viel mehr, als sie nur zu berühren. Die Ereignisse des Abends hatten bewiesen, daß er solche Impulse nur schlecht beherrschen konnte. Und doch hatten sich seine Gründe, Lilys ›Verehrer‹ zu bleiben, seit diesem Nachmittag nicht verändert. Er wollte keinen anderen Mann in ihrer Nähe wissen. Er wußte, daß es selbstsüchtig war, aber er wollte sie noch eine Weile für sich haben. »Ich werde weiterhin als Ihr Begleiter fungieren und mit Ihnen zu Lord Holybrook fahren. Wieviele Gäste werden dort sein?«

»Zwanzig oder so, würde ich sagen.«

Er nickte, obwohl ihn die Antwort nicht im geringsten interessierte. Da die kleine Stanhope als inoffizielle Anstandsdame fungierte, würde es nur wenig Gelegenheiten geben, mit Lily allein zu sein. Es sollte nicht allzu schwierig werden, Treffen bei Mondschein im Garten zu vermeiden oder intime Gespräche in der Abgeschiedenheit seiner Kutsche. Sein Stirnrunzeln wurde stärker. »Wir werden ein paar von Bainbridges Vorreitern mitnehmen und auch ein paar von meinen Männern. Tagsüber werden Sie mit mir zusammensein und nachts ein Zimmer mit Ihrer Freundin Sophie teilen. Es klingt sicherer, als Sie jetzt in London zu behalten.« Die Kutsche hielt an, und er schob den Vorhang beiseite, so daß er die Lichter von Crofford House sah. Es war Zeit, sie zu verlassen. Er wollte nicht. Heute nacht würden sie zum erstenmal seit dem Überfall auf sie getrennt sein. Er überlegte, ob der Gedanke, die Nacht allein in ihrem Zimmer zu verbringen, sie ängstigte. Wer würde sie trösten, wenn sie wieder einen Alptraum hätte? Irgendwie gelang es ihm, unbeteiligt zu klingen. »Sie sind zu Hause, Lily.«

Sie bewegte sich.

»Da ist noch eine Sache«, sagte er. Sie sah erwartungsvoll

auf, die Lippen leicht geöffnet. Gott, wie gerne wollte er sie küssen. »Wenn Sie morgen lieber nicht zu Hause sein möchten, wenn Lord Allen kommt, würde ich gerne mit Ihnen durch den Park reiten.«

Sie nahm das Angebot mißtrauisch auf. »Ich möchte Ihnen nicht noch mehr Unannehmlichkeiten bereiten.«

»Es wäre keine Unannehmlichkeit.« Er legte seine Hand auf ihre und gab damit dem Bedürfnis nach, sie zu berühren. »Es tut mir leid, daß ich Ihre Gefühle verletzt habe, Lily. Ich wünsche mir eine Chance, Ihr Freund zu sein.« Er legte einen Finger auf ihre Lippen, als sie antworten wollte. »Sie müssen jetzt nichts sagen. Denken Sie einfach darüber nach. Ich werde Sie morgen um zwei Uhr abholen.«

Er öffnete die Tür und half ihr, auszusteigen. Dann begleitete er sie die Stufen zu ihrem Haus hinauf. Ein Butler erschien an der Tür, bevor sie den Treppenabsatz erreicht hatten.

»Ist Graf Crofford zu Hause?« fragte Remmington.

Der Butler nickte.

Remmington wandte sich zu Lily und hob ihre Hand, um förmlich ihren Spitzenhandschuh zu küssen. »Achten Sie darauf, daß er die Tür hinter Ihnen verriegelt. Bis morgen.« Sie sah ihn weiter an, und er konnte seinen Blick nicht abwenden. Er mußte sich doch nur umdrehen und zurück zu seiner Kutsche gehen ... Er hob mit einem Finger ihr Kinn hoch und küßte sie innig auf die Lippen.

»Auf Wiedersehen, Lily.«

Elf

Remmington rückte vom Tisch ab und lehnte sich in seinem Stuhl zurück, die Füße gekreuzt. Das Licht von der leicht schwingenden Laterne badete die Hütte in warmem Glanz. In einer Hand drehte er ein Glas Brandy, und sein Blick fing die Bewegung ein. Die Farbe des Brandy erinnerte ihn an Lilys Haar, wirbelndes, funkelndes Feuer.

»Sie sind heute abend in einer seltsamen Stimmung, Captain.«

Remmington sah seinen Dinnergefährten an und wandte sich dann wieder der Betrachtung seines Brandy zu. »Ich hatte nicht damit gerechnet, heute nacht vor der normannischen Küste zu liegen. Meine abrupte Abreise ließ mich heute nachmittag eine wichtige Verabredung verpassen.«

»Sie wird Ihnen sicher verzeihen.«

Er blickte auf und sah das Funkeln in Sebastian Lacroixs dunklen Augen, wenn auch ein Krug Ale sein Grinsen verbarg. Lacroix kannte seine Stimmungen zu gut, dachte Remmington. Er bezweifelte, daß er Lacroixs richtigen Namen kannte. Aber auf der anderen Seite konnte sein Gast nicht wissen, daß er mit dem Herzog von Remmington gegessen hatte. Lacroix kannte ihn nur als Captain Smith. In den sechs Jahren ihrer Bekanntschaft hatten sie eine äußerst seltsame Freundschaft entwickelt. Jeder wußte, daß es für sie beide gefährlich werden konnte, wenn sie zuviel übereinander wußten. Remmington war sich nicht einmal über Lacroixs Nationalität im klaren. Er sprach ebenso makellos französisch wie englisch. Seine dunkelbraunen Haare und seine hohe, schlanke Figur boten ebenfalls keinen Anhaltspunkt. Er konnte aus beiden Ländern stammen. Seine Loyalität galt jedoch zweifellos England. Lacroix versorgte ihn mit Informationen, die nur von höchster Stelle der französischen Regierung stammen konnten, und er riskierte dabei sein Leben. Das war alles, was Remmington wissen mußte.

»Wie kommen Sie darauf, daß es bei meiner Verabredung um eine Frau ging?«

Sebastian zuckte die Schultern, eine gallische Geste, die nichts sagte und alles meinte.

Remmington runzelte die Stirn. »Ich bezweifle, daß sie mir verzeiht, aber das ist auch egal. Ich kann mir keine Verwicklungen leisten.«

»Aha«, sinnierte Sebastian. »Und das gesagt mit einem tiefen Seufzer. Das ist ein sicheres Zeichen für Liebe.« Er betrachtete Remmington einen Moment und sagte: »Ich nehme Ihre *affaire de coeur* nicht auf die leichte Schulter, mein

Freund. Vielmehr kann ich Ihnen das gut nachfühlen. Erinnern Sie sich, wann ich das letztemal in England war?«

»Vor fast einem Jahr?«

Sebastian nickte. »Während ich dort war, traf ich zufällig eine junge Frau, die ich seit unserer Kindheit nicht mehr gesehen hatte.«

Remmington überlegte, ob Sebastian klar war, daß ihm eine wichtige Information rausgerutscht war. Jetzt schien es höchst wahrscheinlich, daß Sebastian Engländer war. Er versuchte, diese Theorie zu untermauern. »Die Frau ist Engländerin?«

Sebastian nickte. »Wir sprachen über mein gebrochenes Herz, Captain. Sie könnten die Höflichkeit besitzen, aufzupassen.«

»Tut mir leid.«

»Nun ja, diese Frau ist zu dem atemberaubendsten Geschöpf herangewachsen, das man sich nur vorstellen kann. Ich konnte meine Augen nicht von ihr abwenden. Damals sagte ich mir, daß es nichts anderes war als der Schock, eine solche Veränderung an ihr festzustellen, aber ihr Geist und ihre Intelligenz beeindruckten mich ebenfalls. Bevor ich England verließ, wußte ich, daß ich sie heiraten wollte. Mein Verstand kam mir zu Hilfe, bevor ich ihr von meinen Gefühlen erzählte. Ihre Familie arbeitet ebenfalls für uns, und sie kennt die Gefahren. Was hätte ich ihr zu bieten außer der hohen Wahrscheinlichkeit, Witwe zu werden?«

Remmington fror innerlich. Sebastians Frau klang erschreckend bekannt. Jetzt, da er wußte, wer Sebastians Nachrichten dekodierte, schien ein Treffen zwischen den beiden durchaus im Rahmen der Möglichkeiten. »Wie heißt diese Frau?«

Sebastian drohte mit dem Zeigefinger. »Sie vergessen die Regeln, Captain. Keine richtigen Namen. Wir werden diese Dame …« Er kratzte sein Kinn und zog dann seine Mundwinkel nach oben. »Wir werden sie Venus nennen.«

Remmington ballte die Fäuste. »Und wo ist der Punkt, Lacroix?«

»Der Punkt ist der, daß ich die Gelegenheit verpaßt habe,

die Frau zu heiraten, die ich liebe. Es wird vermutlich zu spät sein, wenn ich sie das nächste Mal sehe. Bei ihrer Anmut und Schönheit muß sie ein Dutzend Anträge bekommen. Sie wird vermutlich einen anderen heiraten, bevor ich sie davon überzeugen kann, mich zu heiraten.«

»Warum schicken Sie ihr keine Nachricht?«

Sebastian runzelte die Stirn über den sarkastischen Ton, sagte aber nichts dazu. »Was ich ihr sagen muß, kann ich nicht schriftlich tun, und wenn alles gutgeht, werde ich sie in einem Monat sehen. Aber das ist mein Problem, nicht Ihres. Was ich zwischen Ihren zahlreichen Unterbrechungen mitzuteilen versuche, ist ein Rat. Ich habe Sie noch nie verdrießlich wegen einer Frau gesehen. Ich kann mir nicht helfen, aber offensichtlich bedeutet sie Ihnen mehr als Sie zugeben wollen. Es ist leicht für Männer wie uns, zu glauben, daß wir die normalen Freuden von Frau und Familie nicht genießen können, aber gerade die Unsicherheit unserer Zukunft sollte uns dazu anspornen, diese Freuden zu umarmen. Ich würde es nicht gerne sehen, wenn Sie denselben Fehler machten wie ich, mein Freund.«

Remmington wollte über die Ironie der Situation lachen. Er müßte nur ihren Namen aussprechen, und Sebastian würde erkennen, daß Lily sie beide am Wickel hatte. Er lächelte, um plötzlich aufwallende besitzergreifende Wut zu verbergen. »Machen Sie sich keine Sorgen, Lacroix. Ich mache denselben Fehler niemals zweimal.«

Die Uhr schlug eins am nächsten Tag in der Bibliothek des Grafen von Crofford. Remmington war nicht zu sehen. Lily faltete die Nachricht auseinander, die gestern morgen von ihm gekommen war, und las sie zum hundertstenmal.

Lily,
Ich bedaure zutiefst, aber eine dringende Angelegenheit hindert mich daran, Sie in den Park zu begleiten. Ich werde am Freitag um ein Uhr dasein. Bitte seien Sie dann fertig, nach Basildon abzureisen.

R.

Vermutlich trug seine dringende Angelegenheit einen Rock. Soviel zu seinem Angebot von Freundschaft. Sie seufzte frustriert und steckte die Nachricht in den Ärmel ihres Kleides. Die Stimme des Zweifels hatte in den vergangenen beiden Tagen in ihrem Kopf geflüstert und Mutmaßungen über all das angestellt, was Remmington in jener Nacht in der Kutsche zu ihr gesagt hatte. Lily war sich jetzt sicher. Sie bedeutete ihm überhaupt nichts. Er hatte mit ihr gespielt, so wie er mit jeder Frau spielte, die dumm genug war, ihm zu nahe zu kommen. Er verspätete sich. Er hatte nicht die Absicht, sie nach Basildon zu bringen. Sie würde ihn in diesem Haus nie wiedersehen.

»Wenn du diese Uhr zornig anfunkelst, ist er auch nicht schneller da.« Crofford machte die Bemerkung, ohne von den Papieren aufzusehen, die auf seinem Schreibtisch lagen.

Lily strich die Ecken der Papierrolle glatt, die sie seit einer Stunde zu übersetzen versuchte. Sie saß auf dem Sofa neben dem Schreibtisch ihres Vaters, und die Rolle lag auf einem Stapel Bücher. Ihr Hand griff unter das Pergament, und sie schob die Bücher weiter weg, um mehr Platz für ihre Arbeit zu haben. Unglücklicherweise war der Stapel zu hoch, und die Bücher fielen von der Couch. Sie beugte sich nach unten und stapelte die Bücher willkürlich auf dem Boden.

Weitere fünf Minuten vergingen, und sie starrte auf ihre Arbeit, ohne etwas zu sehen. Die schraffierten Zeichen flossen nicht mit der üblichen Leichtigkeit zu Wörtern zusammen. Sie konnte sich auf nichts anderes konzentrieren als auf das Ticken der Uhr. Das leise monotone Geräusch machte sie verrückt. Wo war er?

»Oh, hier ist etwas Neues«, sagte ihr Vater. Seine Finger klopften auf ein antikes Pergament, dann durchsuchte er einen Stapel Bücher. »Wo ist dieses Buch über Alexander den Großen?«

Lily suchte das Buch aus dem Stapel auf dem Boden. »Wieder eine Anspielung auf Alexander?« Sie nickte zu seiner Schriftrolle.

»Was?« Er schien von ihrer Frage abgelenkt. Es war ein Gesichtsausdruck, der Lily vertraut war. Wenn der Graf sich in seine Arbeit vertiefte, existierte die Außenwelt nicht mehr. »Alexander? Er ist in Ägypten, um eine Frau zu finden. Candice, Canyphe oder so.«

Lily streckte ihren Arm auf der Rückenlehne des Sofas aus und legte dann ihren Kopf auf den Arm. Sie sah ihren Vater von der Seite an. »Ist er in sie verliebt?«

»Ich weiß nicht. Es ist ziemlich rätselhaft.«

Lily seufzte. »Ja, das ist es wohl.«

Crofford sah auf, legte seinen Kopf schräg, um sie anzusehen, und wandte sich dann wieder seiner Arbeit zu. »Oscar sagt, daß Remmington sich Freiheiten dir gegenüber herausgenommen hat vorletzte Nacht an der Haustür. Und zwar für jeden zu sehen, der zufällig vorbeikäme.«

»Er hat mich geküßt, Papa. Es war nur ein kleiner Kuß.«

Die Feder ihres Vaters machte ein kratzendes Geräusch, als sie sich über ein Stück Pergament bewegte. »Ich frage mich, woher du weißt, ob ein Kuß groß oder klein ist.«

»Er hat mich auch in seiner Kutsche geküßt«, gab sie zu. »Damit hatte ich eine Vergleichsbasis.«

»Verstehe.« Das Kratzen hörte nicht auf. »Ermutigst du sein Verhalten?«

Lily legte den Kopf zurück und starrte an die Decke. »Ich glaube nicht. Er überrascht mich. Ich denke nicht, daß ich ihn *ent*mutige.« Sie legte ihren Kopf wieder auf den Arm, bis sie auf das Sofa sah. »Oh, ich weiß nicht, *was* ich mit ihm tue.«

Das Kratzen hörte auf. Schweigen, und dann zögernd: »Dich verlieben vielleicht?«

Von der Seite sah das Lächeln ihres Vaters ein wenig seltsam aus. »Ist das so furchtbar offensichtlich?«

»Wenn du mit einer solchen Jammermiene herumläufst? Ja, ich würde sagen, es ist ziemlich offensichtlich.«

Lily setzte sich auf und ordnete ihre Röcke. Remmington wollte ihre Liebe nicht, nicht einmal ihre Zuneigung. Und doch wollte er sie küssen. Er sagte ihr, sie sollte jemand anderen finden, und dann küßte er sie. Es war ein Abschiedskuß, mehr nicht. »Du sagst ihm doch nichts und machst auch keine Andeutung, oder?«

»Natürlich nicht.« Seine Feder kratzte wieder über das Pergament. »Ich wüßte jedoch gerne, was er sich bei dieser ganzen Sache denkt.«

»Wer nicht«, murmelte sie. Ein Geräusch in der Halle ließ sie die Schultern straffen, und sie drehte den Kopf zur Tür. Einen Moment später stand sie.

»Setz dich, Lily. Es ist nicht gut, so ängstlich auszusehen.«

Lily setzte sich wieder und strich über ihre Röcke, während ihr Vater auf das Klopfen antwortete. Der Butler erschien an der Tür, aber Oscar hatte keine Chance, den Besucher anzukündigen. Remmington stürmte herein und schloß die Tür vor der Nase des Butlers.

»Ich habe etwas für Sie«, sagte er zu Lily und ging auf sie zu. Einen Augenblick lang dachte sie, er hätte ihr irgendein Geschenk mitgebracht, ein Friedensangebot, um wiedergutzumachen, daß sie zwei Nächte wachgelegen und überlegt hatte, was sie ihm bedeutete. Er zog ein Pergament aus seiner Jacke und legte es in ihre Hände. »Das muß sofort übersetzt werden. Wir werden es zu Bainbridge mitnehmen, wenn wir seine Nichte abholen.«

»Nun los.« Er nickte auf das Pergament. »Was immer darin steht, ist wichtig. Bainbridge will es sobald wie möglich.«

Crofford stand von seinem Stuhl hinter dem Schreibtisch auf. »Weshalb arbeitest du nicht an meinem Schreibtisch, Lily? Ich sorge dafür, daß dein Koffer ordentlich aufgeladen wird.«

Sie sah an Remmington vorbei zu ihrem Vater. Sie hatte vergessen, daß er auch noch im Zimmer war. Hinter Remmingtons Rücken runzelte er die Stirn und schüttelte den Kopf. Dann zeigte er auf seinen Stuhl.

»O ja, natürlich. Ich übersetze es sofort.« Sie trug das Pergament zum Schreibtisch und suchte dann die Bücher zusammen, die sie brauchte. Der Graf verließ die Bibliothek, und Remmington stellte sich neben ihren Stuhl. Eine Decke aus Papieren bedeckte bald den Schreibtisch, voll mit ihrer Handschrift. Die meisten Wörter ergaben keinen Sinn. Die unsinnigen Wörter bildeten auf jeder Seite ein großes Kreuz, jedes Wort war mit dem daneben oder darunter durch einen gemeinsamen Buchstaben verbunden. Sie hatte das jeweilige Wort in der Mitte eines Kreuzes eingekreist. Es waren einige der wenigen Worte auf den Seiten, die Sinn machten.

»Lieber Himmel. Wie kommen Sie da durch?«

»Es ist ziemlich komplex«, gab sie zu, ohne aufzusehen. »Ich konnte mir noch nicht den gesamten Code merken. Das System erfordert ein gründliches Verständnis von Mr. Websters *Compendious.*« Sie klopfte auf das umfassende Wörterbuch, das aufgeschlagen neben ihrer linken Hand lag. Ihr Finger zeigte auf das Wort *dunkel*, aber das Wort, das ihre Feder kratzte, begann mit einem *W*.

»Für mich sieht das nur nach Unsinn aus.«

»Hmm«, murmelte sie, ohne sich bewußt zu sein, daß ihr versunkener Gesichtsausdruck identisch mit dem ihres Vaters war, wenn er arbeitete. »Ach ja, natürlich. Wellington. Das hätte ich wissen müssen.«

»*Dunkel* bedeutet *Wellington*?« fragte er.

Lily sah auf, überrascht, daß er immer noch da stand. »Was? Nein, natürlich nicht. *Dunkle Werte Über Unserem Königlichen Gut Erfordern Viel Weniger Manieren* bedeutet *Wellington*. Aber das ist nur eine Zwischenübersetzung. Hier ist das kodierte Wort.«

Sie deutete auf die Nachricht, und zwar auf ein Wort, das **3KIRK4SAM3RUM** lautete.

»Hätte ich mir denken können.« Ihr Gesichtsausdruck verriet Remmington, daß der komplexe Code für sie absolut verständlich war. Er dachte, daß sie vermutlich eine Art Genie war. Dieser kurze Einblick in ihr außergewöhnliches Talent erinnerte ihn aber auch daran, daß es keine andere Person in England gab, die diese Nachricht entziffern konnte. Auch wenn er seine eigene Arbeit immer als unerläßlich betrachtet hatte, wurde ihm plötzlich Lilys Wichtigkeit für die Kriegsbemühungen klar. Dieses zierliche Mädchen konnte jederzeit das Schicksal zweier Nationen in Händen halten.

»Ich glaube, wir sollten aufhören, Zahlen zu verwenden«, sagte sie, während sie eine weitere Zeile schrieb. »Im Endeffekt werden sie es verraten.«

Er zeigte über ihre Schulter auf dasselbe Wort in einem anderen Teil der Nachricht. »Sie haben recht. Tot verraten.«

»Wirklich?« Lily sah ihn besorgt an. Als er die Augen verdrehte, zog sie die Augenbrauen zusammen und wandte sich ihrer Arbeit zu. Einige Minuten später kehrte ihr Vater zurück, und sie legte ihre Feder zur Seite. »So. Alles fertig.« Sie löschte die endgültige Niederschrift ab und faltete die Übersetzung zu einem sauberen Viereck. »Wirfst du die Arbeitsblätter ins Feuer, Papa?«

Crofford nickte, ein argwöhnisches Lächeln im Gesicht, während er von ihr zu Remmington sah. »Lilys Schrankkoffer ist hinten auf Ihre Kutsche geladen. Sie sollten sich mit Lily auf den Weg machen. Sir Malcolm wird schon warten.«

In dem Moment, als sich die Tür der Kutsche hinter ihnen schloß, kannte Lily den neuen Status ihrer ›Freundschaft‹. Remmington setzte sich ostentativ ihr gegenüber und sagte ihr damit ohne Worte, daß ihre intimere Beziehung beendet war. Außerdem schien er sich über sie zu ärgern. Sie überlegte warum.

»Wie stehen Sie mit der Person in Kontakt, die diese Nachrichten kodiert?«

Seine Frage machte sie nervös. Ihr Bruder war in einer noch gefährlicheren Situation als sie selbst, und sie hatte Robert versprochen, daß sie seine wahre Identität niemandem verraten würde. »Durch die Nachrichten. Normalerweise sind am Schluß ein oder zwei Zeilen hinzugefügt.«

»Hat er Ihnen in dieser letzten Nachricht geschrieben?«

»Nein.«

Diese Antwort schien ihn zu befriedigen. Er nickte und lehnte sich zurück. »Wie gut kennen Sie ihn?«

»Wen?«

»Ihre Kontaktperson«, sagte er ungeduldig. »Denjenigen, der Ihnen die Nachrichten schickt.«

»Wie gut kennen *Sie* ihn?«

Remmingtons Lächeln erreichte seine Augen nicht. »Gut genug. Ich habe gestern abend mit ihm gegessen.«

Lily stand der Mund offen, wenn sie auch einsah, daß seine Enthüllung Sinn machte. »Sie sind derjenige, der die Nachrichten schmuggelt?«

»Meistens.« Er machte eine ungeduldige, abwehrende Handbewegung. »Sie haben meine Frage immer noch nicht beantwortet. Wie gut kennen Sie Lacroix?«

Daß er Roberts Decknamen benutzte, beantwortete eine ihrer Fragen. Robert wollte nicht, daß Remmington seine Identität kannte. Remmington hatte gesagt, daß sie keine Geheimnisse haben sollten, aber dies durfte sie nicht preisgeben.

»Ich kenne ihn seit Jahren.« Sie versuchte, gleichgültig zu klingen. »Woher kommt dieses plötzliche Interesse an meiner Kontaktperson?«

»Nennen wir es einfach intellektuelle Neugier.«

Lily beobachtete ihn schweigend. War dies wieder eines seiner Spiele? Wußte er, daß Sebastian Lacroix in Wahrheit ihr Bruder Robert war? Wenn ja, dann wußte er auch, daß sie ihn – wieder einmal – belogen hatte. Sie beschloß, das Thema direkt anzusprechen. »Gibt es einen Grund dafür, daß Sie wütend auf mich sind, Euer Gnaden?«

Er preßte seine Lippen zu einer schmalen Linie zusammen. »Nein, Lily. Ich bin nicht wütend auf Sie. Es tut mir leid, wenn ich diesen Eindruck vermittelt habe. Um Ihnen die Wahrheit zu sagen, es ist unser Verhältnis, daß an meinen Nerven zerrt. Ich habe viel über unsere Unterhaltung in der Nacht von Lady Keatons Dinner nachgedacht, und ich sehe jetzt ein, daß Sie recht hatten. Die Zeit wird kommen, wenn wir getrennte Wege gehen, und es wird keinem von uns guttun, wenn wir in der Zwischenzeit zu ... freundlich sind.«

Lily senkte ihren Kopf und starrte ihre Hände an. »Verstehe.«

»Nein, das tun Sie nicht.« Er gab ihr keine Chance, sich über die seltsame Antwort zu wundern. »Ihre Idee, daß unsere Beziehung nur herzlich und nicht mehr sein sollte, ist vernünftig. In meinem Eifer, mein Interesse an Ihnen anderen gegenüber deutlich zu machen, habe ich bei Lady Keaton Dinge gesagt und getan, die man nicht als angemessen bezeichnen kann. Mein Ruf bei Frauen ist so, daß manche die Art unserer Beziehung vielleicht mißverstehen. Ich möchte nicht, daß dadurch Ihr Ruf Schaden nimmt. Deshalb glaube ich, es ist am besten, das zu tun, was Sie vorgeschlagen haben. Von jetzt an müssen wir vermeiden, allein zu sein, und in der Öffentlichkeit kennen Sie die Regeln ebenso gut wie ich. Sie haben mein Wort, daß ich mich bemühen werde, sie in Zukunft besser zu befolgen.«

Er hatte gerade dem zugestimmt, was sie zwei Nächte zuvor vorgeschlagen hatte. Sicher sollte sie einen kleinen Triumph verspüren. Statt dessen fühlte sie sich taub, innerlich vollkommen leer. »Ja, das scheint der klügste Weg zu sein. Wir dürfen nur herzlich wirken.«

Er nickte, und das Thema schien abgeschlossen. »Ich hoffe, Lord Allen war nicht zu lästig.«

Lily runzelte die Stirn. »Papa sagt, er war enttäuscht.«

»Und?«

»Und was?«

»Da ist doch noch etwas. Er war enttäuscht und was noch?«

»Nichts sonst, Euer Gnaden.« Ihre Stimme klang erstaunlich ruhig. Gestern hatte sie mit ihm über Lord Allen sprechen wollen. Sie hatte zugeben wollen, daß sie durch die Spitzenvorhänge eines Fensters gesehen hatte, als Lord Allen ging, daß er sich kurz vor der Straße noch einmal zum Haus umgedreht hatte mit dem haßerfülltesten Ausdruck, den sie je gesehen hatte. Jetzt schien der Vorfall unbedeutend. Sie würde Remmington nicht mit ihren unbegründeten Ängsten und Fantasien belasten. Sie würde ihm gegenüber keine Schwäche oder Unsicherheit zeigen. »Ach, nichts.«

Augenblicke später erreichten sie das Stadthaus von Bainbridge. Ein Butler führte sie in die Eingangshalle, wo sie Sophie und Sir Malcolm begrüßten. Remmington und Bainbridge sahen einander schweigend an, dann wandte sich

Bainbridge an seine Nichte: »Warum gehst du mit Lily nicht einen Moment nach oben? Wir rufen euch, wenn es Zeit ist, abzufahren.«

Die Männer zogen sich in die Bibliothek zurück, während Sophie Lily nach oben führte. Sophie schloß ihre Schlafzimmertür und lehnte sich gegen die solide Eiche, die Hände auf dem Rücken, während sie Lilys Gesicht betrachtete. »Ich habe von dem Überfall gehört. Ist alles in Ordnung?«

»Es war niemals besser«, log Lily. »Es ist vorbei und ich versuche, nicht öfter daran zu denken, als ich muß.«

Sophie drückte sich von der Tür ab und begann, aufgeregt und richtungslos im Zimmer umherzugehen. »Onkel Malcolm hat mir alles erzählt, was dir nach dem Ball bei Ashlands geschehen ist. Es ist zu fantastisch! Und Remmington! Weshalb fahren wir mit ihm aufs Land?«

»Was hat dein Onkel dir erzählt?« fragte Lily vorsichtig.

»Daß Remmington dich in der Nacht, als du überfallen wurdest, gerettet hat und du danach ungewollt mehrere Nächte in seinem Stadthaus verbracht hast.« Sophie machte eine Pause und sah sie zweifelnd an. »Und daß er jetzt dein Verehrer ist, um dich zu beschützen, während du dich in der Gesellschaft bewegst. Onkel Malcolm sagt, daß Remmington gelegentlich für ihn arbeitet und daß wir ihm vertrauen müssen.« Sie schnaubte geziert. »Ich behalte mir mein Urteil vor, bis ich deine Seite der Geschichte gehört habe.«

»Wir können ihm vertrauen«, murmelte Lily.

Sophie blieb stehen, und ihr Gesichtsausdruck war gespannt. »Hat er die Situation ausgenutzt?«

»Ganz im Gegenteil.« Lily versuchte, sich zu einem Lächeln zu zwingen, gab dann jedoch auf. »Er will nichts mit mir zu tun haben, Sophie. Wir sind beide übereingekommen, uns angemessen zu verhalten, solange er vorgibt, mir den Hof zu machen. Wir werden nichts tun, was irgend jemanden vermuten lassen könnte, daß wir mehr als flüchtige Bekannte sind.« Sie seufzte leise. »Nicht einmal wir.«

Sophie öffnete den Mund, um eine Frage zu stellen, aber

ein Klopfen an der Tür unterbrach sie. Ein Mädchen steckte den Kopf herein, um ihnen zu sagen, daß die Herren unten warteten.

Zwölf

Lord Holybrook war offensichtlich völlig außer sich, eine so wichtige Persönlichkeit wie Remmington bei seiner Einladung zu haben. Bei ihrer Ankunft in Holybrook Hall wurden den dreien Räume zugewiesen, die normalerweise dem Besuch der Königsfamilie vorbehalten waren. Lily verdrehte die Augen beim Anblick des großzügigen weißgoldenen Schlafzimmers, das sie mit Sophie teilte. Das Queen's Chamber hatte beinahe die Größe eines Ballsaals.

»Ich bin noch nie in meinem Leben so lange Kutsche gefahren!« klagte Sophie, als sie und Lily sich für den Abend umzogen. Sie wandte Lily ihren Rücken zu: »Machst du mir bitte die Knöpfe auf?« Sie sprach weiter, während Lily an den kleinen Knöpfen des Reisekleides nestelte. »Vier Stunden – und nichts als meine eigene Stimme, um mir Gesellschaft zu leisten. Ich finde, ihr beide treibt euer angemessenes Verhalten ein bißchen zu weit. Und woher du die Idee hast, daß er dich nicht mag, werde ich vermutlich nie begreifen.«

»Was meinst du damit?« fragte Lily.

»Er starrt dich dauernd an, als hätte er Angst, du würdest verschwinden, wenn er fortsieht. Hast du das nicht gemerkt? Ich bin noch niemals so gründlich ignoriert worden. Keiner von euch hat auch nur die geringste Aufmerksamkeit auf ein einziges Wort gerichtet, das ich gesprochen habe. Ich war beinahe dankbar, als ihr beide vorgabt, einzuschlafen.«

»Ich glaube, Remmington hat deine Erklärungen von Hieroglyphen genossen.«

Sophie sah über eine Schulter, die Augenbrauen hochgezogen. »Worauf gründest du diese Annahme? Er hat nur gelegentlich mit dem Kopf genickt.«

»Ich weiß, wenn er sich für etwas interessiert.« Lily war mit dem letzten Knopf fertig und trat zurück.

»Hm. Das glaube ich nicht. Dreh dich um, damit ich dein Kleid aufknöpfen kann.« Sophie legte ihre Hände auf Lilys Schultern und drehte sie um. »Sein Interesse an dir ist offensichtlich, Lily. Wie kannst du etwas anderes denken?«

»Er hat seine Gefühle sehr deutlich ausgedrückt. Es ist aber auch egal, Sophie. Laß uns von etwas anderem sprechen.«

»Na schön. Schmollen ist nicht gut für deinen Teint.« Sophie beugte sich vor, um Lilys Gesicht zu untersuchen. »Du siehst ganz blaß und matt aus. Wirklich, Lily. Nachdem du jahrelang für diesen Mann geschwärmt hast, kann ich nicht glauben, daß du bereit bist, ihn so schnell aufzugeben. Es ist doch wohl offensichtlich, daß ihr füreinander bestimmt seid.«

»Glaubst du das wirklich?« Lily schüttelte den Kopf. »Ich glaube nicht, daß Remmington deine Meinung teilt.«

»Natürlich tut er das. Was ich nicht verstehe, ist, daß er es nicht zugibt oder wenigstens euch beiden eine Chance gibt, eure Gefühle füreinander zu erforschen. Sicher hat ein Mann wie Remmington keine Angst, daß man seine Gefühle verletzt.«

»Ich glaube, er will *meine* Gefühle schonen. Er sagte, ich sollte mich nicht an ihn verschwenden und daß er nicht vorhat, wieder zu heiraten.«

Sophie schwieg einen Moment. »Nun. Das ist dann wohl das Ende. Zumindest war er nobel genug, aufrichtig zu dir zu sein.« Sie tätschelte flüchtig Lilys Schulter. »Das war der letzte Knopf. Denkst du, ich sollte heute abend meine Perlen tragen?«

Lily wirbelte zu ihr herum. »Ich dachte, du findest ... Ich meine, glaubst du wirklich, ich sollte ihn aufgeben?«

»Es scheint, daß du keine andere Wahl hast.« Sophie drehte sich um, um ein wissendes Lächeln zu verbergen. Sie nahm ihr Abendkleid vom Bett und verschwand hinter einem Wandschirm. Ihre Stimme klang deutlich durch das Zimmer. »Er will keine Frau, und du kannst keine andere Beziehung mit ihm eingehen.«

»Ich habe ihn ja nicht gebeten, mich zu heiraten«, murmelte Lily, obwohl sie wußte, daß Sophie recht hatte. Es machte wenig Sinn, wenn einem jemand den Hof machte und eine Heirat gar nicht in Frage kam.

»An deiner Stelle«, fuhr Sophie fort, »würde ich aufhören, mich wie eine stumme kleine Maus zu benehmen und ihm zeigen, daß du auch gut ohne seine Zuneigung auskommen kannst. Du willst doch nicht sein Mitleid, oder?«

»Nein.«

»Und du willst doch auch nicht, daß er dich für ein liebeskrankes Schulmädchen hält, oder?«

»Natürlich nicht.«

»Dann mußt du wagen, etwas anderes zu tun, als in seiner Gegenwart zu brüten. Beginn eine Unterhaltung. Deine Arbeit an den Hieroglyphen ist ein sicheres Thema. Ich weiß, daß du stundenlang über dieses Thema sprechen kannst. Und Lächeln könnte auch nicht schaden.«

»Vielleicht hast du recht, Sophie.« Lily seufzte. Es war Zeit, daß sie aufhörte, sich selbst zu betrügen; Zeit, ihr Leben weiterzuführen.

»Natürlich habe ich recht«, rief Sophie. »Da gibt es nur ein Problem.«

Nur eins? dachte Lily. Ihr Leben bestand in letzter Zeit aus einem Problem nach dem anderen. In Gedanken zuckte sie die Schultern, um ihr Selbstmitleid abzuschütteln, und drehte sich um, um ihr eisblaues Abendkleid vom Bett zu nehmen. Von diesem Augenblick an würde sie nicht mehr in so niederschmetternden Gedanken versinken. Sie würde stark sein und ihre Gefühle kontrollieren. »Welches Problem ist das, Sophie?«

»Nun, es ist offensichtlich, daß er alles mitangehört hat, was wir in Ashlands Garten gesprochen haben. Er wird dich zweifellos weiterhin für diese arme, zerrüttete Kreatur halten, bis du ihn vom Gegenteil überzeugt hast.«

Lily drückte das Kleid an ihre Brust. »Was willst du damit sagen?«

»Du mußt ihm sagen, daß du zur Vernunft gekommen bist, daß du nicht länger auf seine Zuneigung spekulierst.«

Und sie hielt Selbstmitleid für einen niederschmetternden

Gedanken? Sophies Idee wäre die ultimative Demütigung. »Warum um alles in der Welt sollte ich so etwas tun?«

Sophie kam hinter dem Wandschirm hervor und ordnete die Bänder, die die hohe Taille ihres roséfarbenen Kleides hielten. »Du mußt natürlich nicht genau diese Worte benutzen. Sag ihm einfach, daß du seine Freundschaft schätzt, daß du erkannt hast, daß niemals mehr zwischen euch sein kann. Und würdest du mir bitte sagen, weshalb du das alles so lustig findest?«

»Tut mir leid.« Lily versuchte, ihr Lächeln zu beherrschen. »Es ist nur so, daß Remmington beinahe dieselben Worte benutzt hat, nachdem ich in seinem Stadthaus angekommen bin.«

Sophie sah einen Moment lang nervös aus. »Nun denn. Es sollte ihm gefallen, zu erfahren, daß er recht hatte. Ich denke, du brauchst klare Fronten, Lily. Ich weiß, es wird schwierig sein, denn er wird weiterhin ein Teil deines Lebens sein. Du brauchst Schutz, bis man den Mann findet, der dich angegriffen hat, aber du brauchst nicht sein Mitleid. Wenn auch sonst nichts, so kannst du deinen Stolz retten.«

Lily zog die Augenbrauen zusammen.

»Du mußt mir vertrauen«, sagte sie. »Deine Gedanken sind im Moment von deinen Gefühlen getrübt, und ich kann deine Situation viel besser beurteilen. Tatsache ist, daß sie kristallklar ist. Wenn du ihn heute abend siehst, tu alles, um dich zu entspannen und du selbst zu sein. Bitte ihn, morgen mit dir auszureiten. Das bietet dir genügend Privatsphäre, um ihm zu sagen, was du ihm sagen mußt.«

Lily biß sich auf die Lippe. »Ich weiß nicht, Sophie. Ich werde darüber nachdenken, aber ich kann nichts versprechen.«

Sie und Sophie gehörten zu den letzten Gästen, die an diesem Abend im Billardzimmer ankamen. Fast dreißig Menschen waren bereits da, eine große Gesellschaft für ein Treffen der Egyptian Antiquities Society. Zwei Herren spielten Billard auf dem grünen Tuch, aber die meisten anderen Gäste saßen auf den niedrigen Sofas, die überall im Raum standen.

Remmingtons Größe machte es einfach für ihn, Lily in der Menge zu entdecken. Er stand mit Lord Holybrook und Lord Poundstone am Kamin, einen Arm lässig auf den Sims gestützt. Als könnte er ihre Anwesenheit spüren, wandte er seinen Kopf zur Tür, und sein Blick traf sofort ihren. Er murmelte den anderen Herren etwas zu, dann stieß er sich von dem Sims ab und ging auf sie zu. Die Unterhaltungen im Raum verstummten, und Lily spürte, daß jedermann sie beobachtete. Sie hatte nur Augen für Remmington. Sie waren weniger als eine Stunde getrennt gewesen seit ihrer Ankunft. Plötzlich schien es viel länger zu sein. Sophies Rat klang ihr in den Ohren, und sie zwang sich, zu lächeln.

Als er vor ihnen stehenblieb, knicksten sie so, wie das Protokoll es verlangte. Er nahm Sophies Hand zu einem förmlichen Kuß, aber der für Lily schien länger zu dauern. Er ließ ihre Hand in dem Moment los, in dem der Kuß endete. »Hätten die Damen gerne etwas vom Büfett?«

»Ich bin wirklich nicht hungrig«, sagte Lily.

Sophie zögerte nicht. »Ich bin ausgehungert.« Sie sah zum Büfett am anderen Ende des Raumes. »Ah, da ist Mr. Rumford. Ich möchte ihn nach diesen Scarabäen fragen, die er zum letzten Treffen mitgebracht hat. Wenn Sie mich entschuldigen würden?«

Lily überlegte, ob Sophie sie absichtlich allein ließ, während sie daran dachte zu lächeln. Eine Unterhaltung mit Remmington war der nächste Punkt. Sie fühlte sich nicht bereit, diese Aufgabe alleine zu erfüllen. Sophies Rat hatte in ihrem Zimmer logisch geklungen. Hier, so nahe bei Remmington, verlor sie den Mut. »Ich sollte unseren Gastgeber begrüßen. Ich habe Lord Holybrook seit unserem Treffen im Januar nicht mehr gesehen. Wenn Sie mich entschuldigen wollen?«

»Ich komme mit.« Remmington nahm ihren Arm, bevor sie auch nur an Protest denken konnte, und führte sie zum Kamin.

Lord Alfred Holybrook war weit in den Sechzigern und hatte dichte schneeweiße Haare. Die Falten in seinem Gesicht zeugten von seinem Alter, und seine wäßrigen Augen waren blaßblau. Er nickte Remmington herzlich zu, dann hob er Lilys Hand zu einem oberflächlichen Gruß. »Guten Abend, Lady Lillian. Ich hatte gehofft, daß Sie uns dieses Wochenende die Ehre geben würden. Unsere Treffen gewinnen, wenn Sie dabei sind. Und jetzt haben Sie noch dazu eines anderen Interesse entfacht.« Er wandte sich an Remmington. »Ich schwöre, es ist eine Krankheit, Euer Gnaden. Wenn die Leidenschaft Sie einmal gepackt hat, gibt es kein Entrinnen mehr.«

Lilys Augen wurden immer größer. Remmington beugte sich vor und flüsterte ihr ins Ohr: »Versuchen Sie, nicht so schockiert auszusehen. Er spricht über Altertümer.«

»Hä? Was sagen Sie?« fragte Holybrook.

»Ich sagte Lady Lillian, daß ich mich darauf freue, mehr über ägyptische Altertümer zu erfahren.«

»Hervorragend, ganz hervorragend. Ich selbst interessiere mich vor allem für Sarkophage.« Er hob seinen Elfenbeinstock und zeigte mit der Spitze auf ein massives, viereckiges Steinobjekt, das auf der anderen Seite des Raumes an der Wand lehnte. »Der Junge kam erst letzte Woche. Ich habe ihn für das Treffen aufgespart. Dr. Alexander, der bekannte Ägyptologe, wird morgen eintreffen. Er wird die Ehre haben, die Siegel zu brechen und den ersten Blick hineinzuwerfen. Ich werde heute nacht vermutlich keinen Schlaf finden, weil ich mich immer frage, was sich darin befindet.« Er beugte sich vor, um Lily zuzuzwinkern. »Dr. Alexander hat ihn selbst gefunden. Deshalb hege ich die große Hoffnung, daß er sich als echt erweist. Manchmal schleusen diese Ägypter falsche Altertümer ein und geben sie arglosen Käufern gegenüber als echt aus. Ich glaube nicht, daß unser Dr. Alexander sich so leicht täuschen läßt.«

»Hätten Sie etwas dagegen, wenn wir uns das näher ansähen?« fragte sie. Der Sarkophag würde die perfekte Ablenkung von Remmingtons beunruhigender Anwesenheit bieten und vielleicht die Gelegenheit, Sophies Rat zu folgen und ein bißchen mehr sie selbst zu sein.

»Nein, überhaupt nicht. Es gibt Papier und Kohlestifte auf dem Beistelltisch, falls Sie sich eine Zeichnung von dem Muster auf den Seiten machen wollen.« Er tätschelte seinen runden Bauch. »Wenn Sie mich bitte entschuldigen wollen, ich möchte mir etwas zu essen holen.«

Lord Holybrook ging zum Büfett, während Lily und Remmington sich ihren Weg zum Sarkophag bahnten. Das Steinbehältnis war ungefähr zweieinhalb Meter hoch, einen Meter zwanzig breit und tief, also groß genug, um eine Mumie zu enthalten, die sich hoffentlich darin befand.

Lily strich mit den Fingerspitzen über ein Siegel auf einer Seite. »Er hat recht. Das stammt entweder aus der Fünften Dynastie oder es ist eine überzeugende Fälschung.«

»Diese kleinen Zeichnungen sind Hieroglyphen?«

Sie sah auf und beobachtete Remmington, der eines der Siegel direkt über ihrem Kopf untersuchte. »Sehr gute Beispiele für Hieroglyphen. Oh, ich hoffe, daß sich eine Mumie darin befindet. Stellen Sie sich vor, jemanden anzusehen, der vor Tausenden von Jahren lebte. Welch ein Fund das wäre!«

»Wollen Sie mir damit sagen, daß sich in diesem Ding eine Leiche befindet?«

»Dies ist das äußere Gehäuse für die ägyptische Version eines Sarges. Natürlich befindet sich darin ein Leichnam. Das heißt, wenn wir Glück haben.«

Er warf ihr einen Blick gespielten Entsetzens zu. »Ich hatte keine Ahnung, daß Sie so makaber sind, Lady Lillian. Himmel, Sie haben mich hier in ein Nest von Grabräubern gelockt.«

Sein Humor überraschte sie, und sie lächelte ihn aufrichtig an. »Es ist nicht dasselbe, und Sie wissen das.«

»Hm. Ich bin nicht so sicher. Irgendwie kann ich mir nicht vorstellen, daß sich dieser arme Kerl eine Eröffnungsparty in Lord Holybrooks Landhaus vorgestellt hat, als er zur letzten Ruhe gebettet wurde.« Er beugte sich vor, um die Hieroglyphen auf dem Siegel über ihr genauer anzusehen. »Bedeuten diese Zeichnungen etwas?«

Lily sah sich vorsichtig im Raum um, bevor sie sich zu ihm beugte und mit gedämpfter Stimme antwortete: »Das sind die Hieroglyphen, von denen Sophie Ihnen erzählt hat.« Er sah sie verständnislos an. »Die meisten Leute denken, sie sind nur dekorativ, aber sie bilden ein Alphabet. Es ist vollkommen unterschiedlich von unserem Alphabet, und ich habe noch nicht alle Symbole entschlüsselt, aber ich bin nahe dran.« Sie richtete sich auf und wandte ihre Aufmerksamkeit dem Siegel zu. »Es ist sehr frustrierend, die Antwort auf etwas zu kennen, und nicht in der Lage zu sein, jedem zu sagen, daß es überhaupt eine Frage gibt. Dies ist zu nah an meiner Arbeit für Sir Malcolm, um irgend jemanden von meiner Entdeckung wissen zu lassen. Außer Sophie«, relativierte sie. »Aber sie weigert sich, meine Theorien der Gesellschaft als die ihren zu präsentieren. Sie sind ziemlich komplex, und sie hat Angst, daß sie etwas durcheinanderbringt. Wir haben das Thema lang und breit diskutiert, und ich denke darüber nach, einen anonymen Brief an Dr. Alexander zu schicken und meine Anmerkungen hinzuzufügen.«

»Tun Sie es nicht«, warnte er. »Sie bringen sich nur in Schwierigkeiten. Ich bin sicher, es ist schwer, dieses Geheimnis für sich zu behalten, aber ich möchte nicht, daß Sie sich in Gefahr bringen. Mit Briefen und Nachrichten in Ihrer Handschrift könnte jedermann Sie in Verbindung zu Ihrer Arbeit bringen.«

Sie machte ein unverbindliches Geräusch und beugte sich dann vor, um das nächste Siegel zu begutachten. Remmington nahm ihren Ellbogen und zog sie herum, bis sie ihn ansah. »Ich möchte Ihr Versprechen, daß Sie diesen Brief an niemand senden.«

»Es ist eine großartige Entdeckung«, meinte sie, obwohl sie wußte, daß seine Bedenken berechtigt waren. »Die Welt sollte die Wahrheit über diese Inschriften erfahren.«

»Die Welt hat Hieroglyphen seit Tausenden von Jahren ignoriert. Ein paar weitere werden ihr egal sein, können Sie aber vor Schaden bewahren.«

»Na gut.« Es irritierte sie, zu wissen, daß er recht hatte. »Ich verspreche es, auch wenn ich Ihre Arroganz ärgerlich finde. Sie könnten daran denken, Ihre Befehle beim nächstenmal als Bitte zu formulieren.«

Nachdem er die Auseinandersetzung gewonnen hatte, schenkte er ihr ein breites Lächeln. »Ich werde das in Betracht ziehen, Mylady.«

Bis er sie anlächelte, hatte Sophies Plan wunderbar funktioniert. Sie wandte sich ab, bevor sie die Wirkung dieses Lächelns spüren konnte. »Ihretwegen bin ich vielleicht die einzige, die jemals den Namen der Frau kennen wird, die sich sehr wahrscheinlich in diesem Sarkophag befindet, oder die Bedeutung all dieser blutrünstigen Flüche, die auf dem ganzen Ding stehen. Wenn auch nur ein wenig davon stimmt, wird der arme Dr. Alexander kein langes oder produktives Leben haben.«

»Was sagen sie?«

Sie sah ihn selbstgefällig an und drohte ihm mit dem Zeigefinger. »Möchten Sie es wirklich wissen? Ich fürchte, ich habe versprochen, mein Wissen geheimzuhalten.«

Remmington wollte seinen Kopf schütteln, aber etwas auf der anderen Seite des Raumes weckte seine Aufmerksamkeit. Der Humor schwand aus seinem Blick, und er wurde ganz still. Lily folgte seinem Blick und sah, wie Lord und Lady Farnsworth den Billardraum betraten, gefolgt von Harry Gordon. Sie brauchte einen Augenblick, bevor sie erkannte, weshalb Remmington sich bei ihrem Anblick so seltsam benahm. Schweren Herzens erinnerte sie sich daran, daß er und Patricia Farnsworth einst Liebende gewesen waren. Sie sah zu ihm auf und bemerkte, daß sein Mund eine grimmige Linie war. Ein Muskel seiner Wange zuckte reflexartig. Ihr Blick kehrte zu Lady Farnsworth zurück.

Patricia Farnsworth war keine große Schönheit. Kosmetik verbesserte ihre Gesichtszüge, und ihr Haar war verdächtig blond. Das schien Männer nicht davon abzuhalten, sie attraktiv zu finden. Sie war berüchtigt fürs Flirten und wurde meist in Gesellschaft von Herren gesehen, mit denen sie nicht verheiratet war.

Lady Farnsworths gelangweilter Blick suchte den Raum ab, als suche sie nach der nächsten Eroberung. Sie hob die Schultern in einem unhörbaren Seufzen, das aufhörte, sobald ihr Blick auf Remmington fiel. Ihre Mundwinkel verzogen sich zu einem verschlagenen Lächeln. Lily sah schnell zur Seite und wischte nicht existierenden Staub von einem der Siegel.

»Hm. Ich glaube, dieses sagte etwas über Ehebruch«, murmelte sie. Remmington reagierte nicht, und sie sah ihn nicht an. Sie wollte nicht sehen, wie er eine andere Frau anstarrte. »Ah, und da ist etwas über das Verbrennen im Fegefeuer wegen sündiger Gedanken.«

»Irgendwie klingt das ziemlich vertraut«, sagte Remmington. »Ich hätte nicht gedacht, daß unsere ägyptischen Freunde die Heilige Schrift studiert haben.«

»Vielleicht hätten sie es tun sollen«, antwortete sie über die Schulter. »Vielleicht gäbe es dann noch den einen oder anderen Pharaoh.«

»Sie wissen von Lady Farnsworth«, sagte er rundweg. Sie wandte ihm weiter den Rücken zu und antwortete nicht. »Es gibt keinen Grund für Sie, eifersüchtig zu sein.«

»Ich bin nicht im entferntesten eifersüchtig.«

»Warum beweisen Sie das nicht, indem Sie mich ansehen?«

Lily zögerte. Sie wußte, weshalb er sie darum bat. Wenn sie in diese dunklen, hypnotischen Augen sah, würde sie unvernünftig, und er wußte es. Sie drehte sich um und starrte seine Brust an in dem Versuch, ihren Mut zusammenzunehmen. Als ihr Blick höherwanderte, blieb ihr nur noch ein Gedanke. Er wollte sie nicht. Ihre Blicke trafen sich, aber sie hielt ihre Gedanken nach innen gerichtet. »Bitte. Zufrieden?«

Er hob ihr Kinn mit einem Finger. Sein Stirnrunzeln veranlaßte sie, ihren Blick von ihm abzuwenden, und sie erhaschte im Augenwinkel einen Blick auf lavendelfarbene Seide.

»Hallo, Lady Lillian. Remmington. Was für ein reizendes Paar.«

Remmington ließ sie los und wandte sich Lady Farnsworth zu. Lily gab vor, die hitzigen Blicke unschuldig zu ignorieren, die die Frau Remmington zuwarf, als sie sich begrüßten. Sie sah über Lady Farnsworths Schulter, daß Harry und Lord Farnsworth am Büfett beschäftigt waren. Nicht, daß sie gedacht hätte, daß Lord Farnsworths Anwesenheit seine Frau abschrecken würde, so offensichtlich zu flirten. Lord Farnsworth mochte ein angesehener Mann in der Antiquities Society sein, aber seine Moral war ebenso zweifelhaft wie die seiner Frau.

»Farnsworth hat mir nicht gesagt, daß bei der heutigen Versammlung so interessante Gäste anwesend sein würden.« Lady Farnsworth sah Remmington wieder verschlagen an. »Er mußte mich lange überreden, bevor ich zustimmte, ihn an diesen gottverlassenen Ort zu begleiten. Jetzt muß ich daran denken, ihm dafür zu danken.«

»O ja, das müssen Sie«, schwärmte Lily. »Lord Holybrook verspricht die aufregendste Unterhaltung.« Sie legte eine Hand auf den Sarkophag. »Wir werden morgen diesen ägyptischen Sarg öffnen, um zu sehen, ob die Leiche sich noch darin befindet.«

Die Bemerkung erzielte den gewünschten Effekt. Lady Farnsworth wurde bleich.

»Ein Sarg?« stieß sie hervor. Sie schreckte vor dem Sarkophag zurück. »Das klingt ... Ich meine, glauben Sie, daß das legal ist?«

»Vollkommen«, antwortete Lily ihr ins Gesicht. »Wir haben nur eine kleine Sorge. In diese Siegel sind alle möglichen bösen Flüche eingraviert, die sich gegen denjenigen richten, der den Sarg öffnet, oder gegen jeden in der Nähe, wenn das geschieht. Zumindest hat man mir das gesagt«, fügte sie wegen Remmington hinzu. »Aber wir werden uns von einer solchen Kleinigkeit natürlich nicht stören lassen. Nicht, wenn eine Mumie darin sein könnte. So nannten die alten Ägypter die Leiche, wissen Sie. Ich habe gehört, sie sind in ganz viele Lagen Leinen eingewickelt, und innen sind sie vollkommen konserviert. Bei dem letzten Treffen, das ich besuchte, sagte Dr. Alexander, er habe einmal eine Mumie so lebensecht gesehen, daß er dachte, sie würde die Augen aufschlagen und sprechen. Können Sie sich das vorstellen?« Sie sah bittend zu Remmington. »Wir bleiben doch, bis sie ausgewickelt wird, oder?«

Er sah sie an, als hätte sie den Verstand verloren. Sie sah zu Lady Farnsworth und stellte fest, daß sie einen ähnlichen Gesichtsausdruck hatte. »Ich habe mein Hirschhorn und eine ausreichende Menge Riechsalz eingepackt, für alle Fälle. Dr. Alexander meinte, das Auswickeln könnte für eine zarte

Dame zu viel sein.« Sie klopfte mit ihrem Fächer gegen ihre Unterlippe. »Ich frage mich, ob man die Leiche vor oder nach dem Mittagessen auswickeln wird.«

Das schien Lady Farnsworth aus ihrer entsetzten Faszination von Lilys Rede aufzuschrecken. Sie schloß ihren Mund und raffte ihre Röcke zusammen. Augenscheinlich hatte sie Angst, daß Lily sie vergiften würde. »Nun, ich wollte nur mal rüberkommen und guten Tag sagen.« Ihr Blick wanderte langsam, beinahe widerwillig, von Lily zu Remmington. Als sie Remmington ansah, schenkte sie ihm ein provozierendes Lächeln. »Ich bin sicher, ich werde *Sie* später noch sehen.«

Lady Farnsworth drehte sich um und ging fort. Remmington drehte sich zu dem Sarkophag und ließ seine Hand über mehrere Siegel gleiten. Er lachte.

»Ich weiß nicht, was so komisch ist«, murmelte Lily. »Die Frau hat Ihnen mehr oder weniger in meiner Gegenwart einen Antrag gemacht. Sie hätten Sie abfertigen müssen.«

»Das wollte ich ja«, sagte er und wischte sich die Augen. Wieder begann er zu lachen, und Lily war fasziniert von dem tiefen Klang. »Sie haben sie verjagt, bevor ich die Chance hatte.«

Lily begann zu lächeln. »Ich kann es kaum abwarten, ob Lady Farnsworth morgen zu der Enthüllungszeremonie kommt.«

»Ach, Lily, wenn wir woanders wären ...« Der Humor verschwand aus seinem Gesicht, und er trat einen Schritt von ihr zurück. »Wir sind zu lange zusammen gewesen. Die Leute werden reden, wenn wir uns nicht unter die anderen mischen.« Er legte ihre Hand auf seinen Arm. »Ich glaube, es ist Zeit, Sie zu Miß Stanhope zurückzubringen, während ich mich ein wenig mit Harry unterhalten werde.«

»Da gibt es noch eines, worum ich Sie gerne bitten würde, bevor wir uns trennen«, sagte sie. »Würden Sie morgen früh mit mir ausreiten?«

Er überlegte nicht einmal eine Sekunde. »Nein. Sie wären ein zu leichtes Ziel zu Pferde. Sie können ein solches Risiko nicht eingehen, und ich möchte, daß Sie mir versprechen, ohne mich keinen Fuß aus diesem Haus zu setzen.«

Sie nickte ungeduldig. »Es gibt etwas, was ich Ihnen sagen muß, aber nicht hier, wo uns jedermann beobachtet. Können wir uns nicht woanders treffen? Vielleicht in der Bibliothek? Wahrscheinlich wird dort morgen früh niemand sein.«

»Dieses Haus ist voller Menschen, Lily. Wochenendgäste halten es für ihre Pflicht, ein Haus von oben bis unten zu erforschen. Was ist so wichtig, daß Sie es mir hier nicht sagen können?«

Lily nickte einem älteren Paar zu, das zu dem Sarkophag spazierte. Remmington nahm ihren Arm, und sie durchquerten den Raum und gingen auf Sophie zu. Er zog die Frage zurück, als sie gerade sagen wollte, daß die Sache gar nicht so wichtig war.

»Na gut«, murmelte er. »Kommen Sie in mein Zimmer, um Mitternacht.«

»Was?« Lily sah sich um, ob jemand ihre schockierte Frage bemerkt hatte.

»Wir werden nur reden«, versicherte er. »Mein Zimmer liegt direkt gegenüber von Ihrem. Es ist unwahrscheinlich, daß irgend jemand bemerken wird, wenn wir uns dort treffen.«

Er hatte gewonnen. Und es war ja nicht so, als hätten sie nicht schon mehrere Tage und Nächte alleine miteinander verbracht. Wenn sie beide fest entschlossen waren, konnte doch wohl nichts passieren? »Gut, um Mitternacht.«

Dreizehn

Die Uhr im King's Chamber schlug Mitternacht. Remmington betete leise, daß Lily fest schlief. Patricia Farnsworth lag in seinem Bett, den Schlafrock offen, so daß ein beinahe transparentes Negligé zu sehen war. Sie hatte nur einen Augenblick zuvor an seine Tür geklopft. Er hatte geöffnet, in der Erwartung, Lily dort stehen zu sehen. Statt dessen hatte er diese dastehende Katastrophe vorgefunden. Sie war in sein

Zimmer geschossen, bevor er sie aufhalten konnte. Zu seinem Entsetzen war sie erfreut auf sein Bett gesprungen.

»Ach, Remmington! Woher wußtest du, daß ich dieses Wochenende hier sein würde?« Sie stützte sich auf ihre Ellbogen, eine provokante Pose, die ihre Brüste am vorteilhaftesten zeigte. »Ich wußte, du würdest mich nicht vergessen.«

»Ich habe dich vor zwei Jahren vergessen, Patricia. Wenn du dieses Zimmer nicht sofort verläßt, aus eigener Kraft, werde ich dich eigenhändig rauswerfen.«

Sie neigte ihren Kopf zur Seite und zog eine hübsche Schnute. »Spielen wir schon wieder dasselbe Spiel?«

»Nein. Das tun wir nicht.« Er ging auf das Bett zu in der Absicht, sie hochzuheben und genau das zu tun, was er angedroht hatte: sie hinauszuwerfen. Patricia hatte etwas anderes vor. Sobald seine Hände sich um ihre Taille schlossen, schlang sie ihre Arme um seinen Hals und drückte ihre Lippen auf seinen Mund. Gerade als er in seinen Nacken nach ihren Händen griff, hörte er ein leises Aufkeuchen.

»Verdammt!« Bevor er sich umsah, wußte er, daß Lily in der Tür stand. Sie würde sicher denken, daß diese Szene der absichtliche Versuch war, sie zu demütigen. Es gab keine Frau auf dieser Welt, die an seine Unschuld glauben würde, nachdem sie ihn bei einer so intim aussehenden Umarmung überrascht hatte. Er schubste Patricia weg und drehte sich schnell um. Lily hatte eine Hand auf dem Türriegel, die andere an ihrem Hals. Ihr Gesicht hatte keine Farbe mehr. Er spürte, wie ein dünner Hoffnungsfaden zerriß und davonschwebte.

»Oh, hallo, Lady Lillian.« Patricia rollte sich gemütlich auf dem Bett zusammen. »Sind Sie auch gekommen, um Remmington gute Nacht zu sagen? Ich fürchte, Sie müssen ein bißchen später wiederkommen. Im Moment ist er beschäftigt.«

Er warf Patricia einen kurzen verächtlichen Blick zu. Dann sah er Lily in die Augen, und er hypnotisierte sie förmlich, ihn zu verstehen. »Denken Sie einen Moment nach, Lily. Sie wissen, es ist nicht so, wie es scheint.«

Sie sahen einander lange an, dann senkte sie langsam ihre

Wimpern. Nachdem Lily eine quälende Ewigkeit auf den Boden gestarrt hatte, ging sie einen Schritt weiter in das Zimmer. Die Tür machte ein dumpfes Geräusch, als sie sich hinter ihr schloß. Ein unheilverkündendes Geräusch in dem stillen Raum, das nach Endgültigkeit klang.

»Ich habe Sie niemals für dumm gehalten, Mylord.« Sie nickte zu dem Bett. »Das wäre ein extrem dummer Plan von Ihnen gewesen. Ich nehme an, Ihr Gast ist ungebeten?«

Bei mehr als genug Indizien, um jeden Mann zu verurteilen, glaubte sie fest an seine Unschuld. Sie vertraute ihm. Er lächelte, damit sie wußte, wie sehr ihm das gefiel. »Genau.«

»Ihnen ist klar, daß das ein Problem darstellt.«

Die Sicherheit ihrer Worte ließ ihm einen argwöhnischen Schauer über den Rücken laufen. »Wirklich?«

Lily nickte. »Sie könnte jemandem erzählen, daß ich heute nacht hier war. Weiß sie von unserem Plan?«

»Ich glaube nicht.« Er hatte nicht die geringste Idee, wovon sie sprach.

Lily sah zu einem der Fenster. »Wie hoch sind wir über dem Boden?«

»Dies ist nur das erste Stockwerk.« Er sprach langsam und versuchte, ihren Gedankengang zu verstehen. »Nicht sehr hoch, finde ich.«

»Schade.« Sie drehte sich um und verriegelte die Tür. »Nicht hoch genug.«

»Moment«, ereiferte sich Patricia und setzte sich auf, um ihren Schlafrock zuzuziehen. »Wovon redet ihr?«

Lily ging auf das Bett zu. Ihre Stimme war ruhig. »Haben Sie das noch nicht erraten?« Sie blieb ein paar Schritte davor stehen und sah Remmington an. »Sie wird es ja doch erraten. Oder Farnsworth sagt es ihr, wenn sie ihm das hier erzählt, und dann wird er direkt zu Holybrook gehen. Wir werden es nie schaffen.«

»Sie haben vielleicht recht.« Er hoffte, daß das die richtige Antwort war, während er zu erraten versuchte, wo das hinführte und welche haarsträubenden Dinge sie als nächstes sagen würde. Er schüttelte den Kopf und gab auf.

Lily begann, zwischen der Tür und dem Bett auf und ab

zu gehen. »Was ist mit den Piraten, die Sie angeheuert haben, um sich mit der Mumie davonzumachen?«

»Mumie?« kreischte Patricia. »Ihr wollt die Mumie stehlen?«

Remmington drehte sich von dem Bett weg, damit Patricia sein Grinsen nicht sehen konnte. Auf Lily hatte es keine Wirkung. Sie sah ihn ernst an. »Sehen Sie? Ich habe ja gleich gesagt, sie würde es erraten. Jeder kennt den Wert einer Mumie. Wenn wir sie erst zu Pulver zermahlen haben, wird sie noch mehr wert sein. Denken Sie daran, Remmington. Dieses Pulver wird tausend Guineen pro Unze in Kalkutta bringen. Vielleicht noch mehr. Diese indischen Derwische werden jeden Preis für dieses seltene Aphrodisiakum bezahlen.« Sie nickte zum Bett. »Ich denke, die Piraten sollten sich um sie kümmern. Sie haben selbst gesagt, daß der, der immer schwarz mit der roten Schärpe trägt, sehr geschickt mit dem Messer ist.«

Remmington rieb sein Kinn. »Ich hatte keine Ahnung, daß Sie mich in so gemeine, teuflische Taten verwickeln würden, Sie böses Geschöpf. Sie haben versprochen, daß es keinen Mord geben würde, Lady Lillian.«

»Nun«, sagte sie grienend. »Dann habe ich wohl gelogen.«

»*Nein*!« Patricia sprang vom Bett und raste wie verrückt zur Tür, wobei sie einen großen Bogen um Lily und Remmington machte.

Lily ging mit verhaltener Würde auf sie zu, während Patricia sich an dem Türriegel zu schaffen machte. Ihre Stimme war leise und beruhigend, so als ob sie versuchen wollte, ein wildes Tier in Gefangenschaft zu locken. »Sie gehen nirgendwo hin, Lady Farnsworth. Wenn Sie bitte von der Tür weggehen würden ...«

Patricia gelang es schließlich, die Tür aufzureißen, als Lily nach ihrem Arm griff. Mit einem letzten Kreischen verschwand sie auf dem Flur. Lily schloß die Tür und verriegelte sie wieder.

»Was für eine lästige Frau. Ich weiß nicht, was Sie an der gefunden haben.«

Er starrte sie lange an, während sein Kopf versuchte, die

Ereignisse der vergangenen Minuten zu begreifen. »Lily. Was haben Sie getan?«

Sie hob ihre Augenbrauen zu diesem arglosen, unschuldigen Gesichtsausdruck, den er aus der Zeit in seinem Stadthaus kannte. »Unseren Ruf gerettet, denke ich.«

»Gerettet?« Er schüttelte den Kopf. »Wie können Sie glauben, daß unser Ruf gerettet ist? Wir werden entweder als heimliche Geliebte oder mörderische Diebe bezeichnet werden. Oder beides.«

»Das glaube ich nicht.« Sie strich ein widerspenstiges Haar glatt und sah völlig unbesorgt aus. »Glauben Sie, daß irgend jemand die Geschichte von Lady Farnsworth glauben wird? Wirklich, Remmington. Sie ein Dieb? Das ist zu fantastisch. Wenn sie jemandem von dieser Mumiengeschichte erzählt, wird man sie vermutlich ruhigstellen.«

Er ging zu Lily und legte seine Hände auf ihre Schultern. Zum erstenmal sah sie besorgt aus.

»Sind Sie sehr wütend?« flüsterte sie.

»Wütend? Bin ich wütend?« wiederholte er. Er warf den Kopf zurück und lachte, wie er seit Jahren nicht mehr gelacht hatte. Er ließ seine Stirn auf ihre Schulter fallen und brach vor Vergnügen halb zusammen. Dann lachte er noch mehr. Schließlich erholte er sich wieder soweit, daß er es ihr erklären konnte. »Ach, meine wilde kleine Tiger-Lily. Ich bin erstaunt über Ihre unglaubliche Fantasie.«

»Einen Moment lang dachte ich, Sie wären böse«, murmelte sie. Er hob seinen Kopf, um ihr in die Augen zu sehen, und schließlich feixte sie. »Das war ganz schön clever für die spontane Situation, finden Sie nicht?«

»Es war brillant!« Er spürte, wie das Lachen wieder in ihm aufstieg. »Himmel, ich werde *niemals* den Ausdruck auf Patricias Gesicht vergessen. Sie haben Ihre Rolle makellos gespielt.«

»Sie haben einmal gesagt, ich sei keine Schauspielerin«, erinnerte sie ihn mit einem gezierten Schnauben. Ihr hochmütiger Gesichtsausdruck wurde durch ein Lächeln verdorben.

»Die Damen aus der Drury Lane werden zittern, wenn sie

je davon hören«, prophezeite er. »Wie konnten Sie sich nur eine so haarsträubende Geschichte ausdenken?«

Sie zuckte die Schultern. »Keine Ahnung. Es fiel mir einfach ein. Aber seien Sie nicht bescheiden, Mylord. Ihnen gebührt die halbe Ehre. Ich finde, Sie haben Ihre Rolle auch ganz gut gespielt.« Sie legte ihren Handrücken an die Stirn und klimperte theatralisch mit den Wimpern. Ihre Stimme war eine lächerlich hohe Imititation seiner eigenen. »›Wirklich, Lady Lillian. Ich hatte keine Ahnung, daß Sie mich in Ihre gemeinen, teuflischen Taten verwickeln würden, Sie böses Geschöpf.‹ Gut gemacht, Remmington. Ich habe große Hoffnungen, was Ihre schauspielerischen Fähigkeiten angeht. Sie werden sie brauchen, um morgen ernst zu bleiben, wenn wir dieser niederträchtigen Verbrechen beschuldigt werden.«

Er schlang seine Arme um ihre Taille. »Ich bin in dieser Farce nur ein Nebendarsteller und lasse mir gerne von Ihnen meine Stichworte geben.«

Er sah in ihre Augen und spürte, wie sein Humor verschwand und durch ein ebenso elementares Gefühl ersetzt wurde. Der Zauber ihres Lächelns ließ ihn seinen Entschluß vergessen, ließ ihn alles vergessen außer der Freude, sie in seinen Armen zu halten. Was tat er da? Er wußte, was er tun wollte. Er trat zurück, als hätte sie ihn verbrannt. »Wir sollten unser Gespräch führen, bevor wieder jemand kommt. Mein Zimmer scheint heute nacht zu beliebt.«

Lily zuckte zusammen, als hätte er sie geschlagen. Sie steckte die Hände in die Taschen ihres Schlafrockes und trat mehrere Schritte zurück auf den Kamin zu. »Ich … nun, ich habe viel über eine Frage nachgedacht, die Sie mir in der Nacht von Lady Keatons Party gestellt haben, und ich bin zu einem Entschluß gekommen.«

»Welche Frage war das?« Er war sicher, daß er nichts hören wollte über irgend etwas, was er sie in dieser Nacht gefragt hatte. Ebenso sicher war er, daß ihm ihre Entscheidung nicht gefallen würde. Er hatte recht.

»Bevor Sie mich zur Haustür begleitet haben, fragten Sie, ob wir Freunde sein könnten.« Ihre Erklärung klang gehetzt, als könnte sie die Worte nicht schnell genug aussprechen. »Sie müssen wissen, daß ich Ihre Gesellschaft genieße, und ich weiß jetzt, daß ich für Sie wirklich Freundschaft empfinde. Nicht mehr. Ich möchte mich dafür entschuldigen, daß ich Sie etwas anderes glauben ließ.«

Einen Moment lang glaubte er ihr nicht. Sein Blick forschte in ihrem Gesicht, suchte nach einem Ausdruck in ihren Augen, der nicht mehr existierte. Er hatte es also endlich geschafft. Er hatte sie vertrieben.

Er ließ sich aufs Bett plumpsen, unfähig, irgend etwas zu sagen. In einem Monat würde Sebastian Lacroix nach England kommen, um ihr einen Antrag zu machen. Er schien anständig zu sein, und es gab keinen Zweifel daran, daß er und Lily viel gemeinsam hatten. Lacroix würde sie glücklich machen. Er versuchte, sie sich in Lacroixs Armen vorzustellen und konnte es nicht. Wollte nicht. Er konnte den Gedanken nicht ertragen, daß ein anderer Mann sie berührte. Und doch würde er weiterhin Nachrichten zwischen ihnen hin und her schmuggeln in dem Wissen, daß sie vermutlich die Zärtlichkeiten enthielten, die er ihr sagen wollte. Was gab Lacroix überhaupt das Recht, ihm Lily wegzunehmen?

»Wenn ich Ihre Geduld nicht zu sehr auf die Probe gestellt habe«, fuhr sie fort, »hoffe ich, daß wir Freunde bleiben können.«

Er schüttelte den Kopf. »Ich glaube nicht, daß das möglich sein wird, Lily.«

Sie sah bestürzt über seine Zurückweisung aus. »Für mich scheint es nicht so unmöglich. Sie haben selbst gesagt, daß wir Freunde sein könnten.«

»Und Sie haben gesagt, daß Ihre Definition des Wortes stark von meiner abweicht.« Er stand auf und überwand die Entfernung zwischen ihnen mit drei langen Schritten. Er stützte sich mit einer Hand an dem Sims hinter ihr ab und beugte sich vor, bis ihre Gesichter nur noch Zentimeter voneinander entfernt waren. Ihre Augen waren große, sherryfarbene Teiche voll Neugier und Unsicherheit. Er wußte instinktiv, daß sie keine Angst vor ihm hatte. Und er wußte ebenso, daß sie sie haben sollte. »Es scheint, Sie hatten recht.«

Lily erkannte seine Absicht in dem Moment, als sein Arm sich um ihre Taille legte, und sie versuchte, sich ihm zu entziehen. Der Versuch mißlang und sie wappnete sich gegen die Wildheit in seinen Augen, den strafenden Kuß, den er ihr bestimmt geben würde. Dazu kam es nicht. Er hielt sie mit einem Arm fest an seine Brust gedrückt, und seine Hand umfaßte ihr Gesicht.

»Lily.« Er seufzte ihren Namen mit schmerzlicher Ehrfurcht, die sie erstaunte. »Was soll ich mit dir machen?«

Das Funkeln, das sie in seinen Augen sah, kam nicht von Wut, sondern von brennendem Verlangen. Ihr Körper reagierte sofort auf diese Erkenntnis. Sie lockerte ihre Fäuste und legte ihre Handflächen auf den glatten Satin seines Schlafrockes. Sie spürte die Stärke seiner Brust, den harten, regelmäßigen Schlag seines Herzens unter ihren Händen. Sie spürte, wie ihr eigener Puls schneller ging, als sich seine Lippen öffneten und er seinen Kopf senkte, um ihren Mund mit seinem zu berühren. Er zögerte, dann strich sein Mund ganz langsam über ihre Lippen, einmal, zweimal, und wieder, eine stille Frage, eine unausgesprochene Einladung. Ihre Abwehr begann zu bröckeln. Sie konnte seine Frage hören, als hätte er sie laut ausgesprochen, aber Zweifel ließen sie zögern. Konnte sie seine Art von Freundschaft akzeptieren? Die Konsequenzen? Wenn sie jetzt ablehnte, würde er das Angebot je wieder machen? Würde sie den Rest ihres Lebens überlegen, was sie verpaßt hatte, eine wunderbare Erfahrung bedauern, die sie sich nur vorstellen konnte? Sie wußte, daß er sie auf seine Art mochte. Für sie konnte es niemals einen anderen geben.

Sie strich als Antwort über seine Lippen, zögernd und unsicher. Sie nahm seine Einladung an, ohne ein Wort zu sagen. Seine Hand umfaßte ihren Hinterkopf, und er preßte seinen Mund auf ihren, ein perfektes Siegel für ihr schweigendes Abkommen. Er kostete sie langsam aus, ließ sie in eine vereinnahmende Welle des Verlangens nach der anderen sinken. Seine Zunge berührte ihre Lippen in unerwarteten Stößen, die erwartungsvolle Aufmerksamkeit hervorriefen, wann und wo er das nächste Mal zustoßen würde. Ihre Lippen öffneten sich, und er tauchte tiefer ein, eine behutsame, sinnliche Erforschung. Schließlich glitten seine Lippen von ihrem Mund zu ihrem Ohr, und seine Stimme war tief vor Verlangen. »Atme, Lily.«

Sie keuchte, als seine Zähne sich schmerzlos um das Ohrläppchen schlossen, und da erst wurde ihr klar, daß sie zu lange den Atem angehalten hatte. Das Geräusch seines Atmens schien aus ihrem Kopf zu kommen und machte sie schwindelig und orientierungslos. Ihre Beine wurden in demselben Moment schwach, als er sie auf seine Arme nahm. Sie schlang ihre Arme um seinen Hals und legte ihren Kopf für einen weiteren innigen Kuß zurück.

Seine Lippen lösten sich von ihren, als er sie auf das Bett legte, und sie spürte einen Moment Panik, dann unbeschreibliche Erregung, als er sich auf sie legte. Der glühende Kuß, der folgte, ließ sie alles vergessen, außer der köstlichen Wärme, die ihren Körper durchströmte. Er drängte sie, ihn zu berühren, führte ihre Hand unter die Revers seines Schlafrockes, um ihre Handfläche auf seine Brust zu drücken. Seine Hand strich über ihre Schulter, ihren Arm und dann über ihre Taille und tiefer auf ihre Hüfte, dann langsam wieder hoch über ihre Rippen, bis seine Hand über ihre Brust glitt, sie umfaßte und sanft drückte.

Lily hatte das Gefühl, vom Blitz getroffen zu sein. Ihre Arme schlangen sich um seinen Hals, und sie drängte ihm entgegen, drückte sich fester an seinen harten Körper und konnte ihm doch nicht nah genug kommen. Er erforschte ihren Mund mit seiner Zunge, und sie stieß mit ihrer vor und entdeckte ein erstaunliches Gefühl von Macht, ein instinktives Wissen, daß sie sich auf ein unbekanntes Ziel zubewegte. Er schob sein Knie zwischen ihre Beine, und sie entdeckte eine neue Qual.

Remmington nahm die letzten Reste seiner schwindenden Selbstbeherrschung zusammen und zwang sich, den Kuß zu unterbrechen, seine Lippen von ihren zu lösen. »Sag, daß du mich willst, Lily, daß ich dich nicht dazu zwinge.«

Sie zögerte sieben Herzschläge lang. Es waren die längsten sieben Herzschläge seines Lebens. »Ich will dich.«

»Sag meinen Namen«, schmeichelte er. Er plazierte kleine bedächtige Küsse um ihren Mund. »Ich möchte meinen Vornamen von dir hören.«

»Miles«, flüsterte sie. »Ich will dich, Miles.«

Ihre Blicke trafen sich, und sie ließ ihn ihre Seele sehen, die Unschuld und das Verlangen, die sie irgendwie verborgen hatte. Dieses Mal konnte er sie nicht sanft küssen oder sein wildes, besitzergreifendes Verlangen aus seiner Umarmung verbannen. Sie reagierte mit derselben Selbstvergessenheit und gab sich ganz hin, schmolz unter ihm, ganz warm und bereit gegen seinen harten Körper. Plötzlich wurde sie ganz still unter ihm. Er wußte nicht, ob es der Schock über die Erkenntnis seiner Absicht war, die sie die Augen weit aufreißen ließ, oder das beharrliche Klopfen an der Tür.

Das Klopfen wurde wiederholt, bevor er wieder so klar bei Sinnen war, daß er das Geräusch interpretieren konnte. Mit einem leisen Fluch rollte er auf den Rücken und starrte zur Decke. Verlangen drang aus jeder Pore seines Körpers. Es schmerzte. Was er brauchte, um diesen Schmerz zu lindern, lag in seiner Reichweite, er konnte sie besitzen. Seine Hände ballten sich zu Fäusten. War er wirklich so verzweifelt? Himmel. Wollte er sie lieben, während jemand an seine Tür klopfte?

Ihm wurde vage klar, daß Lily sich neben ihm aufsetzte, aber er konzentrierte sich auf einen Riß in der Stuckdecke. »Wenn das wieder Patricia Farnsworth ist, werfen wir sie aus dem Fenster.«

»Das ist keine Zeit für einen Scherz«, flüsterte sie und stieß gegen sein Knie. »Steh auf! Hilf mir, mich irgendwo zu verstecken.«

Er sah sie mit einer hochgezogenen Augenbraue an. »Warum um alles in der Welt solltest du dich verstecken?«

»Hör auf damit, Miles. Und sprich leiser. Mein Ruf ist ruiniert, wenn ich hier gefunden werde.«

Sie war sich wahrscheinlich nicht einmal bewußt, daß sie seinen Vornamen genannt hatte, aber der Klang gefiel ihm. Er drehte sich auf die Seite und stützte sich auf einen Ellbogen. Lilys Haar war noch geflochten, aber wunderbar zerzaust. Ihre Lippen waren geschwollen. Jeder, der sie jetzt ansah, würde genau wissen, was sie getan hatten oder hatten tun wollen. Er konnte nicht glauben, daß sie vorgeschlagen hatte, daß sie nur Freunde sein sollten. Sie waren dazu bestimmt, Liebende zu sein. Er würde das Unausweichliche nicht länger verneinen.

Es war ihm gelungen, ihr den Schlafrock auszuziehen, als sie sich geküßt hatten, und er beboachtete sie, als sie zum Kamin ging. Das Feuer zeigte die Umrisse ihres Körpers perfekt durch das dünne Nachthemd, und er betrachtete die Form ihrer Beine. »Wer sagt, daß dich jemand findet?« fragte er ruhiger. »Ich habe nicht die Absicht, die Tür zu öffnen.« Wieder klopfte es, lauter als die ersten beiden Male, aber er ignorierte es und seufzte gereizt. »Ich schlafe tief. Jeder, der so dumm ist, um diese Nachtzeit an meine Tür zu klopfen, sollte das wissen.«

Lily hörte auf, ihre Hände zu ringen, und ließ sie sinken. Besorgt sah sie zur Tür. »Was ist, wenn sie nicht weggehen?«

Er drehte seine Hand um und betrachtete seine Fingernägel. »Ich denke, ihre Knöchel werden wund werden.« Er klopfte auf das Bett. »Komm, setz dich zu mir, während wir darauf warten, daß sie weggehen.«

Sie sah empört aus über die Einladung. »Wie kannst du jetzt ans Küssen denken?«

»Ich habe an nichts dergleichen gedacht«, sagte er verletzt. »Schäm dich, Lady Lillian. Du hast die Fantasie einer schamlosen Frau.«

»Ich war nicht im geringsten schamlos, bevor ich Sie traf, Mylord.« Ihr Blick ging zur Tür und dem gedämpften Klang einer männlichen Stimme.

»Remmington? Sind Sie wach?«

Lilys Augen wurden groß vor Entsetzen. »Das ist Lord Holybrook!«

»Verdammt.« Remmington stand vom Bett auf. Er hatte angenommen, Patricia hätte Farnsworth irgendeine Version dessen erzählt, was passiert war, und daß jetzt ein zorniger Ehemann vor seiner Tür stand. Ein zorniger Gastgeber war etwas ganz anderes. Er ging zur Tür, mit Lily im Schlepptau.

Einen Finger auf die Lippen gelegt, drückte er sie an die Wand, wo niemand sie sehen konnte. Er öffnete die Tür so weit, daß sein Körper die Öffnung ausfüllte.

Gekleidet in einen rotbraunen Samtmorgenmantel und Slipper, schien Lord Holybrook nicht allzu erfreut, Remmington zu sehen. Seine buschigen weißen Augenbrauen zogen sich zusammen. »Verzeihen Sie, daß ich Sie um diese Zeit störe, Euer Gnaden.« Er sah den leeren Gang hinunter und dann wieder Remmington an. »Lady Farnsworth hat den halben Südflügel geweckt und gekreischt, Sie und Lady Lillian hätten ihr Leben bedroht. Ich glaube diesen Unsinn nicht einen Moment, aber ich dachte, es wäre am besten, nachzusehen und sicherzugehen, daß alles in Ordnung ist.« Als offensichtlich wurde, daß Remmington nicht vorhatte, darauf zu reagieren, räusperte sich Lord Holybrook. »Nun ja. Meine Frau hielt es für sinnvoll, nach Lady Lillian zu sehen, bevor wir Sie mit dieser Angelegenheit belästigten, Euer Gnaden. Sie wollte niemanden unnötig im Schlaf stören, deshalb hielt sie es für das Beste, die Tür mit dem Schlüssel zu öffnen. Wie sich herausstellte, war die Tür nicht verschlossen.«

Remmington wurde ganz still. »Und?«

»Lady Lillian ist nicht in ihrem Bett, Euer Gnaden.« Holybrook zögerte, seine Stimme war unsicher. »Bevor meine Frau die Diener weckt, um das Haus zu durchsuchen, hielt ich es für eine gute Idee, Sie zu fragen, ob Sie wissen, wo wir Lady Lillian finden können.«

Die Stille schien ohrenbetäubend. Remmington wußte, worauf Holybrook anspielte und was es bedeutete. »Sie haben mein Wort, daß Lady Lillian in vollkommener Sicherheit ist, Holybrook.«

Die Linien um Lord Holybrooks Mund verzogen sich mißbilligend. »Sie wissen, daß Crofford ein Freund von mir ist, daß ich verpflichtet bin, ihn über diesen ... Zwischenfall zu informieren?«

»Ich verstehe vollkommen.«

»Nun gut. Ich werde meiner Frau sagen, daß sie noch einmal in Lady Lillians Zimmer nachsehen sollte. Es ist ein großes Zimmer, und vielleicht war Lady Lillian ruhelos und ist in einem Teil des Zimmers umhergegangen, den man von der Tür aus nicht sehen kann. Wenn Sie in einer Viertelstunde an der Tür gegenüber ein Klopfen hören, lassen Sie sich bitte nicht stören.« Holybrook senkte seinen Blick, als könnte er es nicht ertragen, ihn auch nur einen Moment länger anzusehen. »Gute Nacht, Euer Gnaden.«

»Gute Nacht, Holybrook.« Remmington trat einen Schritt zurück und schloß die Tür. Er wurde seltsam ruhig, als er weiterhin auf das polierte Holz starrte.

»Er weiß es«, flüsterte Lily. Sie wiederholte die Worte immer und immer wieder in einer gequälten Litanei.

Mehr als alles andere wollte er ihre Hand nehmen und sie wieder zurück zum Bett führen, um sie auf die einzige Weise zu trösten, die er kannte. Er wollte ihr sagen, daß alles gut werden würde. Er wußte nicht, ob das stimmte. Sie schien seine Sorge nicht zu bemerken. Wie in Trance ging sie an ihm vorbei, um ihren Schlafrock von seinem Bett zu nehmen. Dann kam sie zur Tür zurück.

»Ich muß in meinem Zimmer sein, bevor Lady Holybrook wiederkommt.«

Sie hatte recht. Sie hatte weniger als eine Viertelstunde Zeit, bevor Lady Holybrook an ihrer Tür sein würde. Jetzt war nicht die Zeit, die Situation zu diskutieren, und sie sah nicht so aus, als wäre sie bereit, ihm zuzuhören. Außerdem wollte er sorgfältig darüber nachdenken, was er ihr sagen würde und wie er es ihr sagen würde. Jetzt war ganz sicher nicht der richtige Zeitpunkt. Er öffnete die Tür und begleitete Lily über den Flur.

»Ja, danke, Lady Holybrook. Es ist alles in Ordnung.« Lily wußte, daß es eine Lüge war, aber es gelang ihr ein Lächeln. »Gute Nacht.«

»Gute Nacht, meine Liebe.« Die Tür des Queen's Chamber schloß sich hinter Lady Holybrook.

Kurz vor Lady Holybrooks Ankunft war es Lily gelungen, Sophie zu wecken und ihr zu erzählen, was geschehen war, daß Lord Holybrook die Absicht hatte, ihrem Vater zu erzählen, daß er sie in Remmingtons Schlafzimmer gefunden hatte. Sie betrachtete Sophies schmerzerfülltes Gesicht. Ihre Stimme war kaum ein Flüstern. »Was soll ich tun?«

Sophie drehte die Bettdecke zu Knoten. »Was ...« Sie räusperte sich und versuchte es noch einmal. »Was hat Remmington gesagt? Was will er tun?«

»Er sagte, wir würden morgen darüber sprechen, aber ich glaube nicht, daß er irgend etwas tun wird.« Lily biß sich auf die Lippe. »Du weißt ja bereits, daß er mich nicht heiraten will.«

»Aber das ändert alles. Deine Ehre steht auf dem Spiel.«

»Das ändert überhaupt nichts«, sagte Lily überzeugt. »Als er mich zum erstenmal küßte, dachte er, ich hätte ihn absichtlich zu dieser Intimität verführt. Er hat mir sehr deutlich gesagt, daß er sich nicht verpflichtet fühlt, mir einen Heiratsantrag zu machen, wenn ich mich freiwillig kompromittiere.« Sie ging zum Bett und setzte sich auf die Kante, ihre Stimme klang hoffnungslos: »Ich bin ruiniert, Sophie.«

»Das ist alles meine Schuld«, flüsterte Sophie. »Es tut mir so leid. Ich hätte nicht gedacht, daß so etwas passieren würde.«

Lily schüttelte den Kopf. »Das ist nicht dein Fehler. Es ist meiner. Ich habe ihn um ein privates Treffen gebeten. Ich habe ihn glauben gemacht, daß es sich um etwas Wichtiges handelt, obwohl es überhaupt nicht wichtig war.«

»Du irrst dich, Lily.« Sophie glitt aus dem Bett und nahm die Kerze, die neben ihrem Bett brannte, dann zündete sie weitere im Zimmer an, bis der warme Kerzenschein sie umgab. »Nach allem, was du mir über Remmington erzählt hast, dachte ich, daß er dich wirklich mag. Ich dachte, wenn du deine Zuneigung leugnest, würde er bald erkennen, was mir so offensichtlich erschien, nämlich, daß er dich liebt.«

»Er begehrt mich, Sophie, sonst nichts. Ich hätte es dir sagen sollen.« Es gelang ihr ein grimmiges Lächeln. »Ich dachte, du läßt mich zu schnell aufgeben.«

»Du bist nicht wütend?«

»Weil meine Freundin versucht hat, mir zu helfen?« Lily schüttelte den Kopf. »Wenn überhaupt, dann bin ich wütend auf mich selbst, weil ich einen so offensichtlichen Versuch von Kuppelei nicht erkannt habe. Ich hätte wissen müssen, daß du mich absichtlich köderst und meinen Stolz gegen mich verwendest. Du wußtest, ich würde es nicht zulassen, daß Remmington mich bemitleidet.«

Sophie nickte, ihr Gesichtsausdruck war unsicher. »Mein Plan schien zu funktionieren. Ich habe gesehen, wie er dich heute abend mehr als einmal anstarrte, und er hatte einen Ausdruck, der anders war als der während der Kutschfahrt. Ich fand, er sah besorgt aus.«

»Wie sich herausstellt, waren seine Sorgen wohl begründet.« Lily bedauerte die knappen Worte, als Sophie Tränen in die grünen Augen stiegen. Sie tätschelte ihrer Freundin die Hand. »Gib dir nicht die Schuld, Sophie. So etwas mußte geschehen. Ich habe Remmingtons Warnungen immer ignoriert und mich bei jeder Gelegenheit in seinen Weg geworfen. Ich kannte die möglichen Konsequenzen und habe sie ignoriert. Jetzt muß ich dafür bezahlen.«

»Die Situation ist vielleicht nicht so schlimm, wie sie scheint«, meinte Sophie. »Lord Holybrook wird sicher mit deinem Vater sprechen, aber ich kann mir nicht vorstellen, daß er die Geschichte jemand anderem erzählt, nicht wenn er weiß, daß dein Ruf auf dem Spiel steht.«

»Er muß es niemand sonst erzählen.« Sie runzelte die Stirn bei Sophies verdutztem Gesichtsausdruck. »Wenn Lord Holybrook erkennt, daß Remmington sich nicht verpflichtet fühlt, meinen Ruf wiederzerzustellen, wird er natürlich annehmen, daß ich ungebeten zu Remmington gegangen bin.«

»Aber das bist du nicht! Remmington hat gesagt, du sollst ihn dort treffen.«

»Nur weil er dachte, es wäre sicherer als an den Orten, die ich vorgeschlagen habe, und ein Treffen dort würde nicht bemerkt. Seine Sorge um meine Sicherheit und meinen Ruf ändert nichts an der Tatsache, daß ich um das Treffen gebeten habe.« Lily tat diesen Teil des Problems mit einer ungeduldigen Handbewegung ab. »Bis zum Ende des Wochenendes wird Lord Holybrook wissen, daß ich verantwortlich bin, daß mein Verhalten als unverheiratete Frau und Gast seines Hauses unverzeihlich ist. Ich bin sicher, er wird darum bitten, daß ich meine Mitgliedschaft in der Antiquities Society aufgebe.«

»Ich glaube nicht, daß Lord Holybrook so weit gehen würde.« Sophies Schultern sackten zusammen. Sie wußte genauso gut wie Lily, daß er es tun würde. Lily würde nicht mehr als ›akzeptable‹ junge Dame gelten, und Lord Holybrooks Zuneigung zu ihr würde nicht zählen. Es gab gewisse ungeschriebene Gesetze in der Gesellschaft, die jeder befolgte – ob er wollte oder nicht.

»Und da ist auch noch Patricia Farnsworth«, fuhr Lily fort. »Lord Holybrook sagte, sie hätte den halben Südflügel aufgeweckt. Dieser Klatsch alleine würde vielleicht nicht reichen, aber die Leute werden bald darüber spekulieren, weshalb ich nicht länger Mitglied der Antiquities Society bin. Und sie werden ebenfalls zu einer offensichtlichen Schlußfolgerung kommen. Ich werde ein Außenseiter sein.« Sie kräuselte die Lippen und machte ein nachdenkliches Gesicht. »Weißt du, Sophie, du könntest recht haben. Vielleicht ist es gar nicht so schlimm, wie es aussieht.«

Sophie sah sie an, als hätte sie den Verstand verloren. »Es ist eine Katastrophe.«

»Es könnte aber auch ein Segen sein. Ich werde nicht länger verpflichtet sein, zu Bällen oder Partys zu gehen oder zu diesen lästigen Tees. Niemand wird mich mehr einladen.«

»Du wirst verrückt werden vor Langeweile«, prophezeite Sophie.

»Kaum«, sagte Lily unmutig. »Ich kann mich meiner Arbeit und meinen Studien widmen.«

»Du wirst eine alte Jungfer werden.«

»Du sagst das, als wäre es ein schlimmeres Schicksal als der Tod.« Lily lächelte. »Ich glaube, ich werde es eher genießen, eine alte Jungfer zu sein, niemandem verantwortlich, frei, alles zu tun, was ich will. Komisch, daß ich diese Möglichkeit vorher noch nicht in Betracht gezogen habe.«

»Ist dir klar, daß dein Vater vielleicht noch ein Wörtchen mitzureden hat bei deinem Jungferplan? Oder Robert? Wenn Robert das hört, mußt du zusätzlich mit einem Duell rechnen.«

Lilys Lächeln schwand. »Ich werde ihnen erklären, daß Remmington nicht im geringsten irgendeine Schuld trifft.«

»Wirklich?« Sophie bemühte sich nicht einmal, ihre Skepsis zu verbergen. »Glaubst du wirklich, daß jemand, der bei Verstand ist, glaubt, daß Remmington vollkommen unschuldig ist, ein hilfloses Opfer deiner Lust?«

»Wahrscheinlich nicht«, gab Lily zu. Sie stand auf und begann, auf und ab zu gehen, zu aufgeregt, um länger still zu sitzen. »Vielleicht wären sie verständnisvoller, wenn ich ihnen sagte, daß wir uns getroffen haben, um einen Vorfall im Zusammenhang mit dem Überfall zu besprechen.«

»Das bezweifle ich«, sagte Sophie. »Nicht wenn ich meinem Onkel erzähle, daß Remmington dich in sein Zimmer eingeladen hat.«

Lily riß die Augen auf. »Das wirst du nicht. Sophie, sag mir, daß du nichts so Dummes tun wirst!«

»Dumm ist dein Plan, dich für diesen Mann zu opfern. Wie auch immer du es vor dir selbst rechtfertigst, er hat dich ruiniert. Ich kann es nicht ertragen, daran zu denken, wie dein Leben aussehen wird. Er hat ebenfalls Schuld und verdient es, den gleichen Preis zu bezahlen. Denn Remmingtons Ehre wird auf dem Spiel stehen, wenn dein Vater ihn mit der Wahrheit konfrontiert. Remmington wird gezwungen sein, zu tun, was richtig ist, oder er erweist sich als vollkommener Schurke.«

»Bitte«, flehte Lily, die Hände totenähnlich fest verschränkt. »Bitte tu nichts, was Remmington zwingt, mich zu heiraten. Er würde mich hassen, Sophie. Er wäre den Rest unseres Lebens mit mir geschlagen, und er würde mich hassen. Ich könnte es nicht ertragen!« Sie spürte, wie ihr Tränen die Wangen hinunterrollten, und wischte sie wütend weg. »Bitte sag, daß du mir das nicht antun wirst.«

Sophie nahm ihre Unterlippe zwischen die Zähne, und ihr entschlossener Gesichtsausdruck bröckelte. »Ich könnte nichts tun, was dich unglücklich macht, aber ich glaube nicht, daß du auf diese Weise glücklicher wirst.« Sie vergrub ihr Gesicht in ihren Händen. »Ich fühle mich so hilflos!«

Lily zögerte nicht. Sie setzte sich und legte ihren Arm um

Sophies zitternde Schultern. »Schhh, ganz ruhig, Sophie. Alles wird gut. Du wirst schon sehen.«

Sophie gelang es, trotz der Tränen zu kichern. »Ich kann es nicht fassen, daß du mich tröstest. Ist dir klar, daß *ich dich* trösten sollte?«

»Ich glaube, wir sollten uns gegenseitig trösten.« Sie drückte Sophies Schultern. »Wirklich, Sophie. Die Dinge liegen nicht so schlecht, wie du glaubst. Ich werde das schaffen, solange ich mich bei dir anlehnen kann.« Sie versuchte, Sophie mit einem Lächeln aufzuheitern. »Wenigstens hatten wir die Gelegenheit, Lady Holybrooks beachtlichen Geschmack in Schlafröcken kennenzulernen. Ich habe noch nie einen gesehen, der vollkommen aus rosa Boafedern besteht. Als ich die Tür öffnete, dachte ich, irgend etwas hätte sich aus der Menagerie losgerissen und die arme Lady Holybrook angegriffen.«

Sophie erwiderte Lilys Lächeln, und dann begannen beide zu lachen.

Am nächsten Morgen fand Lily nichts zum Lachen. Es war Sophie, die die Nachricht entdeckte, die Remmington unter ihrer Tür durchgeschoben hatte. Während Lily die letzten Auswirkungen des Schlafes wegbürstete, las Sophie die Nachricht laut vor.

»Sie lautet: *Lily, ich muß Holybrook House heute morgen für ein paar Stunden verlassen. Während ich fort bin, bleiben Sie bei Miß Stanhope, am besten in Ihrem Zimmer. Ich werde Sie sehen, wenn das Treffen um zwei Uhr beginnt.* Es ist unterschrieben: *R.*« Sie sah Lily erwartungsvoll an. »Was hältst du davon?«

»Ich habe keine Ahnung.« Sie versuchte, nicht darüber nachzudenken, wie es klang, aber Sophie würde nicht zulassen, daß sie die Möglichkeit ignorierte.

»Glaubst du, er hat vor, zurückzukommen?«

»Natürlich. Ich bin seine letzte Aufgabe. Remmington würde niemals seine Pflicht vernachlässigen.«

Sophie sah sie ironisch an. »Hoffentlich ist er sich dieser Pflicht bewußter als den anderen.« Sie hob eine Hand, als Lily widersprechen wollte. »Verzeih mir, ich konnte nicht anders.«

Vierzehn

Um zwei Uhr nachmittags versammelten sich die Mitglieder der Gesellschaft vor dem Billardzimmer. Lily beugte sich so nahe wie möglich zu Sophie. »Glaubst du, die Leute verhalten sich mir gegenüber irgendwie anders?«

»Du bist die einzige, die sich anders benimmt«, flüsterte Sophie zurück. »Hör auf, dir den Hals zu verrenken. Remmington ist so groß, daß wir ihn sofort sehen, sobald er kommt. *Falls* er kommt.«

Lily straffte ihre Schultern. »Ich dachte gerade nur, daß Lady Orwells Begrüßung ein bißchen steifer war als sonst.«

»Lady Orwell ist so steif vor Gicht, daß sie kaum gehen kann. Reiß deinen Kopf *nicht* herum, wenn du hörst, was ich dir sage, aber ich sehe Remmington zu deiner Linken. Er kommt auf uns zu.«

Lilys Herz begann wild zu schlagen, aber es gelang ihr, ihren Blick lange genug auf Sophie zu konzentrieren, um sich zusammenzureißen, bevor sie sich zu ihm umdrehte. Sie vergaß zu knicksen.

Sein Blick glitt über sie und kehrte dann zu ihrem Gesicht zurück. Sein Blick war intensiv. Er nickte beinahe unmerklich, als hätte er in Gedanken gerade etwas bestätigt.

»Lily«, murmelte er, als er ihre Hand zu einem Kuß hob. Er nickte Sophie zu. »Miß Stanhope. Sind die Damen bereit, zu dem Treffen zu gehen?«

»Wo waren Sie?« platzte Lily heraus. Sie spürte, wie ihre Wangen rot wurden.

Remmington schüttelte den Kopf. »Ich werde es Ihnen später sagen. Miß Stanhope, würden Sie vorangehen?«

Er nahm Lilys Arm, und sie folgten Sophie in das Billardzimmer. Der Steinsarkophag ruhte jetzt auf seinem Rücken, dort, wo einst die Billardtische gestanden hatten. Die restlichen Möbel waren fast alle zur Seite geschoben worden. Stuhlreihen bildeten einen Halbkreis um den Sarkophag, damit die Gäste die Öffnung besser beobachten konnten.

Harry winkte ihnen von der anderen Seite des Raumes zu.

Er deutete auf mehrere Stühle in der zweiten Reihe, und Sophie ging auf ihn zu.

»Die älteren Mitglieder haben die besten Plätze besetzt«, sagte Harry, »aber ich glaube, hier haben wir vier es auch nicht schlecht.«

»Das war sehr freundlich von Ihnen, Lord Gordon, an uns zu denken.« Sophie zeigte auf die Stühle. »Ich glaube, den besten Blick hat man von dem Stuhl, der der Mitte am nächsten ist, Lily.«

Es gelang Sophie, sich zwischen Lily und Remmington zu drängen, als sie ihre Plätze einnahmen.

Als Lily sich setzte, sah sie Remmington an, um seine Reaktion auf Sophies Brüskierung zu beurteilen, aber er schien nicht im geringsten besorgt. Vielleicht war er froh, daß Sophie zwischen ihnen saß. Nichts Gutes schien zu geschehen, wenn sie sich näher waren. Sie seufzte leise.

Das Treffen der Egyptian Antiquities Society begann beinahe sofort. Lord Holybrook ging zur Mitte des Raumes, um die Mitglieder anzusprechen. Nach einer kurzen Begrüßung begann er einen Artikel über die Gesellschaft vorzulesen, der vor kurzem in der Londoner *Times* erschienen war.

Lily konnte sich nicht auf ein Wort konzentrieren. Sie sehnte sich danach, wenigstens einen Moment allein mit Remmington zu sprechen, ihm zu sagen, daß sie die Schuld für den Zwischenfall auf sich nehmen würde. Sie würden sich über ein paar Details einigen müssen, wenn sie hoffen wollte, jeden außer Remmington von ihrer Schuld zu überzeugen. Sein Ruf würde wenig dazu beitragen, ihre Familie davon zu überzeugen, daß ihn keine Schuld traf. Natürlich würde Remmington ihr vermutlich ins Gesicht lachen, wenn sie wieder ein privates Treffen vorschlug.

Schließlich stellte Lord Holybrook Dr. Alexander vor, und sie versuchte, ihre Aufmerksamkeit auf die Versammlung zu konzentrieren. Die führende Autorität in puncto ägyptische Antiquitäten sah aus wie ein zerrissener Abenteurer. Seine dunkelgetönte Haut spiegelte die vielen Stunden wider, die er unter der Wüstensonne verbracht hatte, aber auf der anderen Seite schien der gute Doktor an Härten anderer Art nicht gewöhnt zu sein. Seine magere Gestalt wirkte so zerbrechlich, daß man eine Krankheit vermuten mußte.

Dr. Alexander präsentierte eine kurze Abhandlung über die historische Bedeutung des Fundortes des Sarkophages, dann wurden Hammer und Meißel gebracht, um die Siegel aufzubrechen. Im ganzen Raum begannen gemurmelte Unterhaltungen.

Sophie umklammerte Lilys Hand, als Dr. Alexander sich an seine Arbeit machte. »Wir werden jetzt beginnen.«

»Du siehst aus, als würdest du erwarten, daß Dämonen aus den Siegeln aufsteigen«, sagte Lily. »Beruhige dich, Sophie. Der Fluch galt den Grabräubern. Dr. Alexander ist ein Gelehrter.«

»Ich glaube nicht, daß Ameana Re da einen Unterschied macht«, flüsterte Sophie zurück.

Remmington beugte sich zu ihnen vor. »Wer ist Ameana Re?«

»Die Prinzessin, die sich in diesem Sarkophag befindet«, antwortete Sophie.

Sein Blick glitt zu Lily. »Sie haben es ihr gesagt?«

»Ich sah keinen Grund, es nicht zu tun.« Lily runzelte die Stirn. »Sophie sorgt sich wegen des Fluches. Wir haben die Übersetzung heute nachmittag beendet, und es war genauso grausig, wie ich vermutet hatte.«

Er zog eine Augenbraue hoch. »Erzählen Sie mir nicht, daß Sie beide an diesen Unsinn glauben?« Die Frauen schwiegen. Er verdrehte die Augen. »Für zwei moderne, gebildete Frauen scheint der Glaube an alte Flüche ziemlich rückständig.«

Aufgeregte Töne kamen aus dem Publikum, und sie wandten ihre Aufmerksamkeit dem vorderen Teil des Raumes zu. Sechs kräftige Lakaien stießen lange Pfähle durch Öffnungen an den Seiten des Sarkophagdeckels. Mit großer Mühe und Anstrengung hoben die Lakaien den Steindeckel an und schoben ihn dann zur Seite, um den Inhalt des Sarkophages freizulegen. Einige Gäste begannen, sich den Hals zu verrenken, und andere standen auf. Sophies Umklammerung von Lilys Hand wurde schmerzhaft. Lily befreite ihre

Hand, als sie aufstanden und darauf warteten, daß die Lakaien zur Seite traten. Ihr stockte der Atem, als sie es taten. Die Mumie lag noch in dem Sarkophag. Es war das großartigste Kunstwerk, das sie je in ihrem Leben gesehen hatte.

Das lebensgroße Bild einer Frau bedeckte den Sarg, so lebensecht, daß man dachte, sie würde gleich sprechen. Als sie die Mumie genauer betrachtete, erkannte Lily, daß es schien, als wäre sie aus massivem Gold. Dr. Alexander trat vor und berührte ehrerbietig das Gesicht des Bildes.

»Glückwunsch, Lord Holybrook.« Dr. Alexander wandte seinen Blick von der Gestalt ab. »Möchten Sie die Mumie öffnen?« Als Lord Holybrook weiter schweigend die ägyptische Prinzessin anstarrte, wiederholte Dr. Alexander seine Frage.

»Äh, was?« sagte Lord Holybrook mit einem zerstreuten Blick zu Dr. Alexander. »Sie öffnen? Ich glaube nicht, guter Mann. Das ist genug Aufregung für einen Tag. Was halten Sie davon, wenn die Lakaien sie aus dem Sarkophag heben, so daß Sie eine gründlichere Untersuchung durchführen können, und wir öffnen sie morgen? Wir müssen noch ein Geheimnis für die Abschlußsitzung aufheben. Biggs«, rief er und zeigte auf seinen Verwalter. »Servieren Sie die Erfrischungen, und kümmern Sie sich dann um unsere ägyptische Freundin hier. Wir brauchen ein paar kräftige Gurte, glaube ich. Fragen Sie den Stallmeister.«

Die abrupten Anordnungen von Lord Holybrook schienen alle aus ihrer Faszination über die Prinzessin aufzuschrecken. Während Lord Holybrook die Umbettung der Mumie organisierte, begannen Diener, den Gästen Gläser mit Ratafia und Cidre anzubieten. Remmington und Harry führten die Frauen von der Aktivität um den Sarkophag fort und fanden einen Sitzplatz für sie in einem der Erkerfenster des Billardzimmers.

»Vielleicht haben Sie ja doch recht, Remmington.« Sophies Blick ging an Remmington vorbei zu dem Sarkophag. »Die Flüche scheinen nicht zu wirken.«

»Welche Flüche?« fragte Harry.

»Auf jedem Sarkophag steht ein Fluch«, sagte Sophie. »Unser zweiter Butler ist Ägypter, und er sagt, die Flüche sind in die Siegel an der Seite eingraviert. Sie drohen jedem, der den Sarkophag öffnet, sämtliche Gemeinheiten des Schicksals an.«

»Himmel!« In Harrys Augen funkelte ein belustigtes Zwinkern. »Wenn das stimmt, wird Holybrook bald neue Lakaien brauchen. Und was Sie dann noch alle durchmachen mußten, als Lady Farnsworth letzte Nacht ihren Schwächeanfall hatte. Welche Szene sie machte! Ich konnte kaum ernst bleiben, als Holybrook erklärte, was geschehen war.«

»Da bin ich auch neugierig«, sagte Lily. »Was hatte Lord Holybrook über Lady Farnsworth zu erzählen?«

Harry sah Remmingtons finsteren Gesichtsausdruck, und sein Lächeln verschwand. »Ach, dies und das. Nichts Erbauliches über Lady Farnsworths Charakter, da können Sie sicher sein. Sie und Farnsworth sind heute morgen ganz früh abgereist. Holybrook dachte, Farnsworth sollte seine Frau nach London bringen, wo ein Fachmann für nervöse Krankheiten sich um sie kümmern kann.«

»Oh, da ist Dr. Alexander«, unterbrach Sophie. »Er sieht im Moment nicht sehr beschäftigt aus. Ich muß seine Meinung über den Fund hören.«

Lily nahm ihren Arm. »Ich glaube nicht, daß du ihm von den Flüchen erzählen solltest, Sophie. Weshalb sollte man den Mann unnötigerweise beunruhigen?«

»Ich tu's nicht«, versprach sie. »Ich möchte nur wissen, ob er schon einen anderen *versiegelten* Sarkophag geöffnet hat. Es wäre eine höchst *interessante* Geschichte.«

Harry entschuldigte sich ebenfalls. »Wollte Rumford wegen dieser Schriftrollen fragen, die er gekauft hat. Sie scheinen meinen erstaunlich ähnlich zu sein.« Er sah Remmington unbehaglich an, aber sein Lächeln kehrte verstärkt zurück, als er sich vor Lily verbeugte. »Wenn Sie mich entschuldigen würden, Mylady?«

»Was sollte das mit dem *versiegelten* Sarkophag und der *interessanten* Geschichte?« fragte Remmington, nachdem Sophie und Harry gegangen waren. »Es klingt, als wollte sie Alexander unbedingt von den Flüchen erzählen.«

»Überhaupt nicht«, versicherte Lily. »Sophie will Dr.

Alexander nur fragen, ob er bereits einen anderen versiegelten Sarkophag geöffnet hat. Wenn, wird sie eine Möglichkeit finden, zu fragen, ob ihm zu derselben Zeit etwas Ungewöhnliches zugestoßen ist. Sophie hat wirklich einen zweiten Butler namens Samir, und er hat ihr den Kopf vollgeredet mit Geschichten über Grabflüche. Sie glaubt vielleicht nicht jedes Wort, aber sie glaubt auf jeden Fall, daß es Unglück bringt, einen Sarkophag zu öffnen.«

»Und weshalb hat sie dann zugestimmt, der Öffnung beizuwohnen?«

»Ich habe sie das auch gefragt.« Lily zuckte mit den Schultern. »Sie sagte, daß es reine Neugier sei.«

»Ich finde Ihre Freundin manchmal ausgesprochen seltsam, Lily.« Das leichte Amüsement verschwand aus Remmingtons Augen, und er verschränkte seine Hände hinter seinem Rücken. »So interessant ich Grabflüche finde, wir haben etwas Wichtigeres zu besprechen. Ich habe Holybrook um die Erlaubnis gebeten, sein Arbeitszimmer für eine Stunde nach der Veranstaltung zu benutzen, und er hat zugestimmt, unsere Privatsphäre dort zu garantieren.«

Lilys Lächeln verschwand, und sie spürte, wie ihr Mund trocken wurde. Er sah heute so unnahbar aus, so unerreichbar für sie. »Ich hatte gehofft, eine solche Gelegenheit zu haben, Sie heute zu treffen. Es gibt einige Dinge, über die wir uns einigen sollten.«

»Ach wirklich?«

Ein gefährliches Licht flackerte in seinen Augen auf, und sie beeilte sich zu erklären: »Das Offensichtlichste ist natürlich unsere Beziehung. Mir ist klar, daß Sie nach diesem Wochenende aufhören müssen, mir den Hof zu machen. Aber es gibt noch ein paar Einzelheiten zu besprechen. Zum Beispiel sollten Sie meinem Vater oder Sir Malcolm nicht erzählen, daß Sie den Ort für unser Treffen vorgeschlagen haben. Ich werde einfach sagen, daß das Treffen ganz allein meine Idee war, was ja auch der Wahrheit entspricht, und sie werden annehmen, daß ich auch den Ort vorgeschlagen habe.«

Remmington zog seine Mundwinkel hoch. »Ich finde diese Annahme höchst unwahrscheinlich.«

»Dann werde ich sagen, daß Ihr Zimmer am logischsten klang. Sie hatten einige ausgezeichnete Gründe, mich dort zu treffen, wenn ich mich recht erinnere. Sie werden ebenso logisch klingen, wenn ich sie als die meinen wiederhole.«

»Und was werden Sie sagen, wenn man fragt, weshalb Sie mich überhaupt treffen wollten?«

»Nun ... also, diesen Teil habe ich mir noch nicht richtig überlegt.« Sie senkte ihren Blick. »Ich denke, ich werde ein Feigling sein und lügen.«

Er hob ihr Kinn mit einem Finger hoch und hielt ihren Blick fest. Sein Daumen strich über ihre Wange. »Lily, du hörst niemals auf, mich zu überraschen.«

Sie war sicher, daß ihre Feigheit ihn anekelte, aber in seinen Augen lag ein seltsam zärtlicher Blick. In diesem Moment tauchte Sophie mit Dr. Alexander im Schlepptau auf.

Sophie funkelte Remmington zornig an, bis er Lilys Kinn losließ. Dann setzte sie ein strahlendes Lächeln auf und wandte sich an Dr. Alexander. »Dies ist meine Freundin, Lady Lillian Walters, und ihr ... und der Herzog von Remmington. Ich weiß, Lady Lillian wird sich sehr für Ihre Erfahrung in der großen Pyramide interessieren, Dr. Alexander. Wir sprachen gerade über diese seltsame Pechsträhne, die bestimmte Besucher dieses wunderbaren Landes heimzusuchen scheint.«

»Ja, das stimmt, Miß Stanhope, es gab viele seltsame Zwischenfälle, die sich auf meiner Reise dorthin ereigneten.« Dr. Alexander hob Lilys Hand zu einem Kuß und wandte sich dann mit einer förmlichen Verbeugung zu Remmington. »Euer Gnaden. Miß Stanhope sagte mir, daß Sie sich erst kürzlich dem Studium der Ägyptologie zugewandt haben. Was halten Sie bisher davon?«

Remmington zuckte die Schultern. »Wer könnte nach der Entdeckung des heutigen Morgens nicht beeindruckt sein?« Er trat zur Seite, um für Sophie und Dr. Alexander Platz in dem Erkerfenster zu machen.

Plötzlich explodierten die Scheiben über Lilys Kopf und sandten einen Regen aus Glas in den Raum. Remmington griff nach Lily in dem Moment, als sie den Schuß hörten, einen entfernten Knall, der die Stille zerriß.

Im Raum brach Chaos aus. Mehrere Männer riefen gleichzeitig, und zwei Frauen schrien. Remmington riß Lily auf die Füße und brachte sie von dem Fenster weg hinter den Schutz der dicken äußeren Wand des Raumes. Er hielt sie bei den Schultern, während sein Blick über sie glitt, eine schnelle, wilde Suche nach Verletzungen. Einige Glassplitter hingen an ihrem cremefarbenen Kleid, aber sie sah unverletzt aus. Sein Herz begann wieder zu schlagen. Er gestattete sich einen Augenblick, ihr Gesicht in seine Hand zu nehmen, ein schwacher Trost für die Angst, die ihn immer noch festhielt. Die Kugel hatte sie fast gestreift! Zentimeter. Ein paar Zentimeter, und sie wäre tot gewesen. Er drehte sich um auf der Suche nach einer neuen Gefahr und verbarg sie dabei sorgfältig hinter seinem Rücken.

Dr. Alexander und Sophie standen immer noch vor den Fenstern, und er brüllte sie an, sich zu bewegen. Beide ignorierten den Befehl. Ihre Augen waren riesig und glasig vor Schock. Sie konnten sich nicht bewegen, so als seien sie in diesem Moment erstarrt. Sophie stand am nächsten bei Remmington, und er streckte die Hand aus, um sie in Sicherheit zu ziehen. Dr. Alexander starrte noch einen Moment aus dem Fenster, dann sah er nach unten, auf den roten Fleck, der sich an seiner Seite ausbreitete. Der Doktor stolperte einen Schritt. Remmington stürzte nach vorne, um Alexander auf dem Boden in Sicherheit zu bringen.

Ein weiterer Schuß drang durch die Fensterscheiben.

Instinktiv beugte sich Remmington über das Gesicht des Verwundeten und drückte seinen Kopf nach unten, um sie beide vor den umherfliegenden Glasstücken zu schützen. Sein Kopf drehte sich sofort wieder, und er sah Lily an. Sie nickte, als wisse sie, daß er die Versicherung brauchte, daß sie in Ordnung war.

Im Haus gab es Geschrei, und noch mehr Rufe ertönten von draußen. Diejenigen, die nicht geflohen waren, als die ersten Schüsse fielen, blieben seltsam still, bis auf eine Frau, die gellend schrie. Alle anderen warteten ab, was als nächstes geschehen würde. Die Leute begannen sich umzusehen, nach den anderen zu schauen, und ein paar hoben den Kopf, um nach dem zerbrochenen Fenster zu sehen.

Lord Holybrook stand auf, um die Situation in die Hand zu nehmen. Von seinem Platz neben der Tür brüllte er die Diener an, das Grundstück abzusuchen. Aus Sorge, daß Holybrook angeschossen werden könnte, griff Remmington hinter sich und zog die schweren Vorhänge zu. Zumindest konnte der Schütze jetzt seine Opfer nicht mehr sehen, falls er noch nicht geflohen war. Es erforderte ein gewisses Maß an Kaltblütigkeit für einen Mörder, nach dem ersten Schuß noch in Position zu bleiben. Nur ein Narr würde nach dem zweiten noch bleiben. Remmington hoffte auf einen Narren. Einen Narren, der bald für sein Verbrechen hängen würde.

Holybrook verließ den Raum, um die Suche zu leiten. Einige Männer boten an, ihn zu begleiten, und versuchten, ihre Aufregung und Begeisterung zu unterdrücken.

Typisch, dachte Remmington. Ein gelangweilter Engländer lehnte eine gute Fuchsjagd niemals ab. Offensichtlich kamen sie nicht auf die Idee, daß sie vielleicht am Ort des Verbrechens gebraucht würden. Bevor jemand anders sich überlegen konnte, unangebrachtes Pflichtbewußtsein zu demonstrieren, schnauzte er seine Befehle.

»Lathrop, Sanders und Bothwell.« Er deutete auf eine Gruppe junger Männer, die ihn vom Boden aus anstarrten. »Tragen Sie Dr. Alexander zu einem Bett. Lady Holybrook«, sagte er und drehte sich zu seiner Gastgeberin um. Sie war bereits zu Dr. Alexander gegangen. »Führen Sie sie bitte in das Zimmer des Doktors und schicken Sie nach einem Arzt.« Über die Schulter sah er zu Lily und Sophie. Was er sah, verfinsterte sein Gesicht. Er richtete seinen Blick auf zwei Frauen mittleren Alters, die neben dem Kamin kauerten. »Lady Penrose und Mrs. Rumford, gehen Sie in die Küche und sorgen Sie dafür, daß ein Diener heißes Wasser, außerdem ein sauberes Tischtuch und eine gute Schere in das Queen's Chamber bringt.« Niemand bewegte sich. Seine tiefe Stimme bellte durch den Raum. »Sie haben Ihre Befehle!«

Lady Penrose und Mrs. Rumford eilten aus dem Raum.

Die Männer trugen Dr. Alexander fort. Remmington ging zu Lily und kniete sich neben sie. Beide Frauen waren übersät mit Glassplittern. Einige hingen harmlos an ihren Kleidern, andere glitzerten in ihren Haaren. Ihre rauschenden fließenden Kleider mochten der letzten Mode entsprechen, aber sie boten wenig Schutz vor tödlichen Glasscherben. Nur eine kleine Schramme zeigte sich auf Lilys Arm, eine so geringfügige Verletzung, daß er sie vorher übersehen hatte. Sophies Verletzungen sahen bedeutend schlimmer aus. Sie hatte einen großen Schnitt an ihrem Arm erlitten und eine Vielzahl von kleinen Kratzern. Am meisten aber beunruhigte ihn das fast acht Zentimeter große Glasdreieck, das aus ihrer Schulter ragte. Es konnte sehr tief stecken.

Sophie lag unbeweglich auf dem Boden, während Lily versuchte, den Blutfluß um die Wunde mit ihrem Kleidersaum zu stillen. »Der Arzt muß sich Sophies Wunde ansehen«, sagte Lily gefaßt. Ihr ruhiges Verhalten beeindruckte ihn. Beim Anblick von Sophies Verletzung wären die meisten Frauen ohnmächtig geworden, aber Lily schien zu erkennen, daß dies nicht der richtige Zeitpunkt für Hysterie war. »Das Glas wird einfacher zu entfernen sein, wenn er ihr vorher Laudanum gibt.«

»Im Moment braucht Alexander den Arzt dringender als Sophie.« Seine Stimme klang schroffer, als er wollte, aber Lily schien es ihm nicht übelzunehmen. Er schob Lily zur Seite und nahm Sophie vorsichtig auf die Arme. »Ich bringe sie ins Queen's Chamber. Lily, ich möchte, daß Sie dicht neben mir bleiben, so daß ich Sie sehen kann.«

Das Billardzimmer war inzwischen so gut wie leer. Nur eine Handvoll Menschen kauerte noch auf dem Boden. Andere waren geflohen, als Remmington die Vorhänge zugezogen hatte. Harry erschien an der Tür, als sie den Raum verließen. Sein Gesicht wurde blaß, als er Sophies Wunde sah.

»Mein Gott.« Er sah Remmington an. »Ich hatte mich gerade in die Bibliothek verdrückt, um mir einen Brandy zu holen, als ich die Schüsse hörte. Wie kann ich helfen?«

»Suchen Sie einen meiner Männer und schicken Sie ihn in mein Zimmer oben.« Er stürmte an Harry vorbei und blieb erst wieder stehen, als sie das Queen's Chamber erreichten. Dort legte er Sophie vorsichtig aufs Bett. »Lily, such ein Unterkleid oder ein Nachthemd, um es auf ihre Wunde zu halten, und noch eins für ihren Arm. Wenn du mehr findest, um so besser.«

»Ziehen Sie es raus«, flüsterte Sophie. Sie sah auf ihre Schulter. »Es tut furchtbar weh.«

»Der Doktor wird gleich hier sein«, sagte Lily und tätschelte Sophies unverletzten Arm.

»Lily, tu, was ich gesagt habe.« Remmington packte Sophies Hand, als sie nach ihrer Schulter griff. »Nicht berühren.«

Lily brachte zwei Nachthemden, und er wickelte eins um Sophies Arm und befestigte es mit einem Band.

»Ich werde das Glas jetzt rausziehen«, sagte er zu Sophie. »Es könnte mehr Schaden anrichten, wenn wir es drinlassen.«

Er stemmte eine Hand auf ihre gesunde Schulter, um ihren Körper auf das Bett zu pressen. Nach einer raschen Untersuchung der Wunde faßte er die Glasscherbe und zog sie vorsichtig heraus. Sophie stöhnte dabei, aber sie blieb steif und wehrte sich nicht.

»Gutes Mädchen«, murmelte er. Nach einem schnellen Blick auf die lange blutige Scherbe warf er das Glas fort und legte das zweite Nachthemd auf ihre Schulter. Seine Handfläche drückte es fest auf die Wunde wie einen Druckverband. »Es ist alles draußen. Es ist eine saubere Wunde, aber tief. Ich werde meine Hand auf Ihre Schulter drücken, bis die Blutung nachläßt.«

»Wir haben alles, worum Sie gebeten haben«, verkündete Lady Penrose von der Tür. Mrs. Rumford folgte ihr in das Zimmer, dann ein Mädchen, das einen Eimer dampfendes Wasser trug.

»Ich möchte, daß Sie und Mrs. Rumford Lady Lillian helfen«, sagte er zu Lady Penrose. »Sie werden Miß Stanhopes Kleid aufschneiden müssen, damit der Arzt die Wunde nähen kann. Und du«, sagte er zu dem Mädchen, »finde heraus, wo Lady Holybrook das Laudanum hat und bring es her mit einem Getränk, damit man es schlucken kann.«

Das Mädchen machte einen kleinen Knicks und verschwand durch die Tür. Lady Penrose und Mrs. Rumford standen am Ende des Bettes.

»Kommen Sie, Ladys. Wer hat die Schere?«

»Ich.« Mrs. Rumford hielt eine Schere hoch. »Euer Gnaden, Sie können nicht hier bleiben. Wir müssen Miß Stanhope ausziehen.«

»Sie wird verbluten, wenn ich gehe.« Er seufzte ungeduldig und nickte dann Lady Penrose zu. »Holen Sie die Decke von meinem Bett auf der anderen Seite des Ganges. Sie können sie benutzen, um Miß Stanhopes Schamgefühl gerechtzuwerden.«

Lily nahm Mrs. Rumford die Schere ab und begann einen von Sophies Ärmeln aufzuschneiden, während Lady Penrose die Decke holte. Durch die offene Tür sah Remmington Harry und einen seiner Männer in der Halle. Mit einer Kopfbewegung bedeutete er ihnen, ins Zimmer zu kommen.

»Komm näher«, sagte er seinem Mann. Er murmelte einen Befehl, den nur der Vorreiter verstehen konnte und mit dem er wieder aus dem Zimmer geschickt wurde. Zu Harry sagte er: »Haben sie ihn gefangen?«

Harry schüttelte den Kopf. »Jack und zwei Ihrer Männer haben die Spur aufgenommen, außerdem Lord Holybrooks Diener und ein paar der abenteuerlustigeren Gäste. Einer der Gärtner sah einen Mann wegreiten ein paar Minuten nach der Schießerei, aber es scheint, als hätte er einen guten Vorsprung.«

Remmington senkte seine Stimme, damit Sophie die Unterhaltung nicht hören konnte. »Sorgen Sie dafür, daß Lord Holybrook erfährt, daß Miß Stanhope die Dienste des Arztes braucht, sobald er mit Dr. Alexander fertig ist. Sagen Sie ihm, daß die Wunde ernst ist.«

»Der Arzt kümmert sich im Moment um Dr. Alexander«, sagte Harry ebenso leise. »Holybrook hatte ihn eingeladen, das Wochenende hier zu verbringen, falls Lady Orwells Gicht schlimmer werden sollte. Ein glücklicher Zufall für Lady Orwell, wie sich jetzt herausstellt. Ich werde dafür sorgen, daß jemand dem Arzt mitteilt, daß er einen weiteren Patienten hat.«

Harry ging zur selben Zeit, als das Mädchen mit dem Laudanum kam. Der Vorreiter folgte ihr in das Zimmer und verbarg etwas Unförmiges unter seinem Mantel. Lady Penrose kümmerte sich um das Laudanum, während Lily und Mrs. Rumford weiterhin Sophies Kleidung unter der Decke zerschnitten. Da sie mit ihrer Aufgabe so beschäftigt waren, bemerkten die Frauen nicht, daß der Vorreiter Remmington ein Paar Pistolen gab. Er verstaute sie in Reichweite unter dem Bett und befahl dem Mann dann, im Flur Wache zu stehen. Lady Penrose hielt die Flasche Laudanum hoch und blinzelte durch das grüne Glas auf den Inhalt. Sie goß eine Dosis in das Glas mit Wasser, sah noch einmal die Flasche an und goß einen weiteren Spritzer Laudanum nach. Remmington hoffte aufrichtig, daß sie den Unterschied kannte zwischen der Dosis, die beruhigte, und der, die tödlich wirkte.

»Das reicht, Lady Penrose.« Lily teilte offensichtlich seine Sorge, aber sie arbeitete weiter mit flinker Effizienz, ihre Bewegungen waren ruhig und sicher, während Mrs. Rumford zögernd und unsicher war. Remmington wußte, wenn er einmal ernsthaft verwundet wäre, hätte er gerne Lily an seiner Seite. Sie wußte, wie man sich in einer Krisensituation verhielt.

»Könnten Sie sie ein bißchen hochstützen?« fragte Lady Penrose.

Sophies Gesicht war starr vor Schmerz, ihr Mund zu einer schmalen Linie verkrampft, aber es gelang ihr, die Medizin zu trinken. »Grausiges Zeug«, sagte sie mit einem Stöhnen, als Remmington sie wieder hinlegte. Sie wandte ihm ihren Kopf zu. »Es ist noch nicht vorbei, oder?«

Er betrachtete sie einen Moment lang schweigend, dann schüttelte er langsam den Kopf.

»Das habe ich mir gedacht.« Ihre Stimme war schwach, ihre Haut bereits blaß wegen des Blutverlustes. »Muß versiegelt werden?«

»Ich glaube nicht«, sagte er zu ihr. Die Nachricht entspannte Sophie sichtlich. »Das Laudanum wird in ein paar Minuten wirken. Das wird Ihre Schmerzen lindern.«

»Ich glaube, ich kann das nicht sehen«, flüsterte Lady Penrose.

Remmington verzog seine Mundwinkel. »Sie und Mrs. Rumford können gehen. Danke für Ihre Hilfe, meine Damen.«

Die beiden Frauen protestierten nicht. Sie gingen schnell hinaus.

»Der Fluch«, flüsterte Sophie. Ihre gesunde Hand flatterte auf Lilys Ärmel und fiel dann aufs Bett. In ihren Augen zeigte sich bereits ein abwesender Ausdruck, das erste Anzeichen dafür, daß das Laudanum zu wirken begann. »Das Kristallmesser.« Sie warf ruhelos den Kopf auf dem Kissen hin und her. »Ich kann mich an diese Stelle nicht erinnern. Lies sie mir noch einmal vor.«

»Schhh«, murmelte Lily. »Das ist jetzt nicht wichtig.«

»Du mußt es mir sagen! Ich habe ein Recht zu erfahren, was geschehen wird.«

»Nichts wird geschehen.« Lily wandte ihren Blick ab. »Zumindest nicht dir.«

»Dr. Alexander?« flüsterte Sophie.

Lily nickte.

»Schluß jetzt, alle beide«, befahl Remmington. »Das hat nichts mit einem Fluch zu tun.«

Die beiden Frauen sahen ihn an. Er wußte, daß sie ihm nicht glaubten.

Lily schüttelte den Kopf. »Sie haben die Botschaft auf diesen Siegeln nicht gelesen.«

Er runzelte die Stirn. »Ich verbiete jedes weitere Wort zu diesem Thema. Im Moment kann Sophie keinen hysterischen Anfall wegen dieses abergläubischen Unsinns brauchen.«

»Ich versichere Ihnen, daß ...«

»Schon gut, Lily.« Sophie schloß die Augen. »Wie du schon sagtest, es ist im Moment nicht so wichtig.«

Lily funkelte Remmington über das Bett hinweg zornig an. Sie formte die Worte »Sie haben sie aufgeregt« mit ihren Lippen. Remmington sah sie übertrieben ungläubig an und verdrehte dann die Augen.

»Lily?« Sophies Stimme klang langsamer, und sie öffnete ihre Lider nur einen Spalt.

»Ja, Sophie?«

»Ich fürchte, du wirst dich eine Weile nicht an meiner Schulter anlehnen können.«

Tränen schimmerten in Lilys Augen, aber sie lächelte und tätschelte die gesunde Hand der Freundin. »Dann wirst du dich bei mir anlehnen.«

Eine Viertelstunde später kam der Arzt. Sophie erwachte nicht aus ihrem durch das Medikament verursachten Schlaf, als der Arzt die Wunde an ihrem Arm nähte. Vorsichtig arbeitete er um die schwerere Verletzung an der Schulter herum.

»Das muß versiegelt werden«, sagte der Arzt, als die Wunde wieder zu bluten begann.

Remmington wischte das Blut weg und schüttelte seinen Kopf. »Sie sind beinahe fertig. Ich bin sicher, diese junge Dame würde auf das Verfahren gerne verzichten. Ich werde weiter Druck auf die Schulter ausüben, wenn Sie die Blutung gestillt haben.«

Der Arzt sah einen Moment zweifelnd aus, dann nickte er. »Die Blutung ist nicht mehr so schlimm wie zu Anfang. Vielleicht ist es so besser.«

Das Trio schwieg, als der Arzt seine Arbeit wieder aufnahm. Remmington bemerkte, daß Lily nicht zu den tiefen Stichen sah, die der Arzt machte, aber sie wich auch nicht von Sophies Seite. Als er mit Nähen fertig war, half sie ihm, Sophies Schulter zu bandagieren.

»Die Blutung hat aufgehört«, sagte der Arzt. »Geben Sie ihr wieder Laudanum, wenn sie erwacht. Ich werde in ein paar Stunden wiederkommen, um nach ihr zu sehen.«

»Wenigstens konnte sie während des Nähens schlafen«, flüsterte Lily, nachdem der Arzt gegangen war. »Ein heißes Eisen wäre noch schmerzhafter als die Verletzung selbst gewesen.«

»Das habe ich mir auch gedacht.«

»Ich möchte Ihnen in unser beider Namen danken.« Sie nickte zu Sophie. »Wenn Sie uns nicht von diesem Fenster fortgerissen hätten ...« Sie sah zu ihm auf, ihr Herz in den Augen. »Ich verdanke Ihnen mein Leben.«

Die einfache Feststellung ließ ihn die Zähne zusammenbeißen. Er verdiente ihren Dank nicht. Es war ihm nicht gelungen, ihren Ruf zu schützen, und jetzt hatte er beinahe beim Schutz ihres Lebens versagt. Ihrer beider Leben würde einfacher verlaufen, wenn sie endlich seine Fehler erkennen und sich von ihm abwenden würde. Ihre Dankbarkeit vertiefte seinen Entschluß, das zu tun, was sie beide ihr Leben lang bereuen würden.

Fünfzehn

Die Bainbridges und Lilys Vater kamen früh am nächsten Tag. Lady Bainbridge eilte zu Lily und Sophie in das Queen's Chamber, während die Männer sich unten trafen. Eine Stunde später hörte Lily ein leises Klopfen an der Tür. Lady Bainbridge hatte sich einen Stuhl neben das Bett gezogen und las Sophie leise vor, während Sophie nur gelegentlich aus ihrem Laudanum-Dösen erwachte. Lily verließ ihren Platz neben dem Bett, um zur Tür zu gehen.

Ein Dienstmädchen mit gestärkter weißer Haube knickste kurz. »Ihr Vater möchte Sie im Blauen Zimmer sehen, Mylady.«

Lily war nicht sicher, ob sie ihren Vater sehen wollte. Sie hatte seit der Schießerei keine Gelegenheit gehabt, mit Remmington alleine zu sprechen. Jetzt war es zu spät. Sie sah über die Schulter zu Lady Bainbridge. Ohne ihr gleichmäßiges Vorlesen zu unterbrechen, sah Lady Bainbridge auf und bedeutete Lily, mit dem Dienstmädchen zu gehen.

Als Lily dem Mädchen die lange Treppe hinunterfolgte, übte sie die Rede, die sie vor ihrem Vater halten würde. Es klang lächerlich. Er würde ihr niemals glauben.

Das Mädchen drückte die Tür zum Blauen Zimmer auf, und Lily trat ein. Remmington saß neben dem Kamin auf einem Stuhl, der zu zart für seinen großen Körper wirkte. Die Beine hatte er vor sich ausgestreckt, die Ellbogen auf die zierlichen Stuhllehnen gestützt. Er schien seine zusammengelegten Finger zu betrachten. Ihr Vater ging in der Nähe auf und ab.

Sie schluckte ihre aufwallende Angst. »Es ist gut, dich zu sehen, Papa.«

Beide Männer drehten sich beim Klang ihrer Stimme um. Remmington stand auf, um ihr entgegenzugehen. Seine Augen waren unergründlich. Er führte sie zu dem Stuhl, den er gerade verlassen hatte, und stellte sich dann hinter sie. Das Gewicht seiner Hände auf ihren Schultern beschwichtigte einen Teil ihrer Ängste. Sie überlegte, ob es seine Absicht war, ihr seine Unterstützung zu zeigen, oder ob diese Geste gar nichts bedeutete.

Der Graf verschränkte seine Hände hinter dem Rücken und sah auf sie hinunter. »Remmington sagte mir, daß du den gestrigen Vorfall mit nur ein paar Schrammen überlebt hast. Es tut mir leid, zu hören, daß Sophie nicht so viel Glück hatte.«

Sie nickte und wartete darauf, daß er fortfuhr. Die Diskussion würde nur wenig mit der Sorge ihres Vaters um Sophies Verletzungen zu tun haben, und auch nicht mit ihren eigenen Kratzern. Sie neigte den Kopf, um Remmington anzusehen, aber sein Gesicht blieb ausdruckslos. Er sah so gelangweilt aus, daß sie beinahe erwartete, ihn gähnen zu sehen.

»Remmington hat mir auch erzählt, daß Lord Holybrook vorhat, mir von einem Vorfall zu erzählen, der sich vorletzte Nacht ereignet hat.«

Lily konnte ihrem Vater nicht länger in die Augen sehen. Sie wußte, daß er sich ihr Leugnen wünschte, darauf wartete, daß sie sagte, daß es sich um ein schreckliches Mißverständnis handelte. Sie senkte den Kopf und schwieg.

»Remmington wollte mir nicht mehr sagen, bevor du nicht anwesend warst«, fügte er hinzu. »Ich hätte gerne eine Erklärung, Lily.«

Er wußte nichts. War das ein furchtbarer Test? Wollte Remmington sehen, ob sie wirklich feige war? Sie räusperte sich und hoffte, ihre Stimme würde nicht versagen. »Ja, nun, es begann so …«

Remmington drückte ihre Schultern. »Ich kann es erklären, Sir. Ich wollte Lily dabei haben, weil es sie betrifft. Eigentlich wollte ich die Angelegenheit vor Ihrer Ankunft mit ihr besprechen, aber Miß Stanhopes Verletzungen hatten Vorrang. Was Lord Holybrook Ihnen mitteilen will, ist, daß er Lily in der Nacht vor der Schießerei in meinem Schlafzimmer entdeckt hat.«

»*Was*?«

Die erstaunte Ungläubigkeit in der Stimme ihres Vaters traf Lily wie ein Messer. In seinen Augen sah sie Schock und Ablehnung. »Es ist nicht so schlimm, wie es klingt, Papa. Wirklich, ich kann …«

Remmingtons Hände drückten wieder ihre Schultern. »Ich habe Lily gebeten, mich dort zu treffen. Ich wollte mit ihr allein sein.«

»Aber das stimmt nicht! Zumindest nicht ganz«, schränkte sie ein. »Ich hatte um ein Treffen mit ihm gebeten, Papa.«

»Und ich schlug mein Schlafzimmer als Treffpunkt vor«, unterbrach Remmington. »Lily hatte mehrere vernünftige Orte vorgeschlagen, an denen niemand etwas Schlimmes vermutet hätte, wenn wir dort zusammen gesehen worden wären. Ich bestand auf der privateren Atmosphäre.«

Crofford zog die Augen zusammen. »Wissen Sie, was Sie da sagen, Remmington?«

»Ja, Sir, das weiß ich. Lilys Ruf ist ernsthaft gefährdet. Ich habe Ihnen einmal mein Wort gegeben, daß ich mich Eurer Tochter gegenüber immer anständig verhalten werde, und ich habe mein Wort gebrochen. Mein Handeln ist unverzeihlich. Ich hoffe, Sie können meine Entschuldigung akzeptieren.«

Der Graf verschränkte seine Arme. »Ich hoffe, Sie haben mehr anzubieten als nur eine Entschuldigung.«

Remmington nickte. »Wenn Sie meine Entschuldigung annehmen, werden Sie mich hoffentlich auch als Ihren Schwiegersohn akzeptieren können.«

»*Was*?« Lily schrie das Wort beinahe. Remmington fuhr fort, als hätte er sie nicht gehört.

»Gestern habe ich eine Sondererlaubnis erwirkt. Mit Ihrer Erlaubnis möchte ich Lily so schnell wie möglich heiraten.«

Der Graf schien das Angebot zu überdenken. »Ich kann

zwar die Umstände nicht gutheißen, die hierzu geführt haben, aber ich nehme an, Sie werden einen passenden Ehemann für meine Tochter abgeben. Die Situation läßt mir auch kaum eine Wahl.«

»Ich werde Lord Holybrook fragen, ob die Zeremonie hier stattfinden kann«, sagte Remmington. »Je eher wir heiraten, desto geringer ist die Chance, daß geschmacklose Gerüchte auftauchen.«

Lily stand von ihrem Stuhl auf und wirbelte herum, um Remmington anzusehen. »Ich kann es nicht glauben, daß Sie das tun. Sie haben gesagt …« Sie klappte den Mund zu, um ihn nicht daran zu erinnern, daß er sie gar nicht heiraten wollte. Nicht, wenn ihr Vater neben ihr stand. Sie konnte in Remmingtons Augen grimmige Entschlossenheit sehen. Er wollte diese Ehe nicht. Ihr gefiel der Gedanke gar nicht, als Opfer betrachtet zu werden, das man der Pflicht wegen bringen mußte. Sein entschlossener Kiefer ließ keine Diskussion zu. Deshalb versuchte sie, mit ihrem Vater vernünftig zu reden. »Remmington hat ein nobles Wesen und neigt von Natur aus dazu, die Menschen in seiner Umgebung zu beschützen, Papa. Er nimmt freiwillig die Schuld auf sich, obwohl er nicht derjenige ist, der einen Fehler gemacht hat. Er sollte nicht für meinen Fehler bezahlen müssen.«

Remmington legte seinen Arm um ihre Schultern und zog sie an seine Seite. Er nahm ihre Hand fest, aber zärtlich. »Ich fürchte, Ihre Tochter hat noch nicht verstanden, daß ich nicht zulassen werde, daß sie dieses Haus als ruinierte Frau verläßt. Lord Holybrook könnte zum Schweigen überredet werden, aber ich fürchte, Lady Farnsworth hat ebenfalls gesehen, wie Lily mein Zimmer betrat. Wenn wir sofort heiraten, wird das sämtliche Gerüchte unterbinden, die Lady Farnsworth vielleicht in Umlauf bringt. Tun wir es nicht, wird Lilys Ruf ruiniert sein, wenn wir nach London zurückkehren.«

»Stimmt das, Lily? Hat Lady Farnsworth dich in sein Zimmer gehen sehen?«

Lily spürte, wie ihr jeder Vorteil entglitt. »Nun ja, aber da ist noch etwas. Niemand wird irgend etwas glauben, was Lady Farnsworth über uns erzählt. Weißt du …« Remmingtons Daumen strich über die Mitte ihrer Handfläche, die empfindliche Stelle, auf der sie einst seine Lippen gespürt hatte. Er setzte die verführerische Bewegung fort, auch als sie schon aufgehört hatte zu sprechen. Die Bewegung blieb zwischen ihren Händen verborgen. Ihr Blick fiel abrupt auf den Boden. Sie konnte ihren Vater nicht ansehen, während Remmington sie so intim berührte. Und sie konnte auch nicht die Kraft aufbringen, ihre Hand wegzuziehen. »Weißt du ...« Worüber hatte sie gesprochen? Remmington streichelte weiter ihre Handfläche, und sie wollte sich näher an ihn schmiegen. Sie wollte, daß er sie in die Arme nahm und sagte, daß alles gut werden würde.

»Lily?«

»Was?« Erschreckt riß sie ihren Kopf hoch.

»Lady Farnsworth?« gab der Graf das Stichwort.

»Was ist mit ihr?« In dem Moment, da sie das sagte, wußte sie, daß es die falsche Antwort war. »Oh. Ja. Sie hat gesehen, wie ich Remmingtons Zimmer betrat.« Das war auch nicht richtig. Sie tat das einzige, was sie unter diesen Umständen tun konnte. Sie hielt den Mund und senkte ihren Kopf, um finster Remmingtons Stiefel anzustarren.

»Es scheint offensichtlich, daß es ein Fehler war, Lily in die Öffentlichkeit zu bringen«, sagte Remmington. »Die Schießerei macht eine sofortige Heirat nur noch ratsamer. Die Gäste, die gestern nicht abgereist sind, werden heute nachmittag verschwunden sein, und ich bin sicher, Holybrook könnte überredet werden, seine Kapelle für die Zeremonie zur Verfügung zu stellen. Wir könnten morgen getraut werden. Und niemand wird es für ungewöhnlich halten, wenn wir als Frischvermählte eine Zeitlang für uns bleiben wollen.«

»Nun, Lily?« Ihr Vater wartete, bis sie ihm in die Augen sah. »Du mußt dich entscheiden.«

Lily biß sich auf die Lippe. Was sie jetzt sagte, würde den Rest ihres Lebens betreffen. Eine Entscheidung schien so katastrophal wie die andere. Sie konnte Remmingtons Angebot ablehnen und eine alte Jungfer werden. Sie konnte ihn heiraten und hoffen, daß seine Zuneigung zu ihr sich entwickeln und vertiefen würde. Seine Vergangenheit mit Frauen war alles andere als beruhigend. Vielleicht fand er es eine Zeitlang amüsant, den Ritter für die Maid in Not zu spielen, aber ebensoschnell konnte er der Rolle und ihrer Person überdrüssig werden. Er konnte ihr das Herz brechen. »Ich würde gerne heute nacht darüber nachdenken und morgen meine Entscheidung treffen.«

Crofford schüttelte den Kopf. »Ich sehe keine Veranlassung, das bis morgen hinauszuzögern. Du bist meine Tochter, und ich werde dich unterstützen, welche Entscheidung du auch triffst, aber ich glaube, in deinem Herzen weißt du, daß es nur eine richtige Antwort gibt.«

Remmingtons Griff um ihre Schulter wurde unmerklich fester. Lily wußte, daß es nicht richtig war, aber diese kleine besorgte Geste beeinflußte ihre Entscheidung.

Am nächsten Tag wurden sie getraut.

Lord und Lady Holybrook waren entzückt, Gastgeber dieser Veranstaltung zu sein,und sie bestanden auf einem üppigen Hochzeitsessen als Teil ihres Hochzeitsgeschenkes. Sophie war immer noch schwach, aber der Arzt erlaubte ihr, an der Zeremonie teilzunehmen, solange sie versprach, sich auf dem kleinen Sofa nicht zu bewegen. Lord Holybrook ließ Sophie sogar von Lakaien samt Sofa zum Essen tragen.

»Ich finde, was Sophie noch fehlt, ist ein Turban«, sagte Lady Bainbridge zu Lady Holybrook. Sophies Tante saß neben ihr auf dem Sofa, um Sophie beim Essen zu helfen. »Mit all dem Tamtam und ihrer farbenprächtigen Garderobe sieht sie aus wie eine Prinzessin, die aus einem exotischen orientalischen Königreich zu Besuch ist.«

Gestützt von Seidenkissen und in einen von Lady Holybrooks Samtumhängen gehüllt, sah Sophie wirklich aus wie eine verwöhnte Prinzessin. »Lily sieht mit ihrem Brautkranz viel eher wie eine Prinzessin aus als ich«, erwiderte Sophie. »Ich komme mir vor wie die schrullige Verwandte, die darauf besteht, bei Tisch ihre Nachtgewänder zu tragen.«

Lily fand nicht, daß sie wie eine Prinzessin aussah. Ihr Hochzeitskleid war dasselbe eisblaue Kleid, das sie am

Abend ihrer Ankunft in Holybrook House getragen hatte. Sie griff nach oben, um den Blumenkranz zu befühlen, der ihre Haare hielt. Er bestand aus rosa Rosen und Schleierkraut und war von Lady Holybrooks Gärtner angefertigt worden. Der Brautkranz gab ihr ein exotisches Gefühl, irgendwie fremd. Vielleicht lag es auch an der Zeremonie, die gerade stattgefunden hatte. Dieses Gefühl der Unwirklichkeit, das sie empfunden hatte, als sie neben Remmington stand und hörte, wie er die Worte wiederholte, die sie ihr Leben lang verbinden sollten. Sie erwartete, jeden Moment aufzuwachen und festzustellen, daß es nur ein Traum war.

»Ich dachte, Ihr Freund Lord Gordon würde noch bis zur Zeremonie bleiben«, sagte Lady Holybrook zu Remmington.

»Harry ist mit den Penroses nach London gereist, bevor er von unseren Hochzeitsplänen erfuhr«, sagte Remmington. »Lily und ich wollten nur eine kleine Feier. Unsere Trauung in Ihrer Kapelle war so, wie wir es uns gewünscht hatten, und wir werden Ihnen für Ihre großzügige Gastfreundschaft immer dankbar sein.«

»Es ist uns eine Ehre, Euer Gnaden«, sagte Lord Holybrook feierlich. »Ich glaube nicht, daß in Holybrook House jemals die Hochzeit eines Herzogs stattgefunden hat. Das wird noch geraume Zeit für Gesprächsstoff sorgen.«

»Wurde Ihre Tochter Sally nicht erst letztes Jahr hier getraut?« fragte Sir Malcolm Lord Holybrook.

»Gott, ja. Was für ein Aufwand. Das Mädchen bestand auf einem Hochzeitsfrühstück für zweihundert Personen.«

»Zweihundertzwanzig«, erinnerte ihn Lady Holybrook und setzte die Geschichte dann selbst fort.

Die Unterhaltung schwirrte um den Tisch, aber Lily war mit ihren eigenen Gedanken beschäftigt. Der Tag schien verschwommen mit Ausnahme des Augenblicks, als sie die Kapelle kurz vor Beginn der Zeremonie betreten hatte. Remmington hatte neben dem Altar gestanden und sich zu ihr umgedreht. Die Intensität seines Blickes hatte sie angezogen, bis sie an seiner Seite stand, ohne genau zu wissen, wie sie eigentlich da hingekommen war.

»Manch eine Braut lächelt gelegentlich an ihrem Hochzeitstag«, sagte Remmington leise. Unter dem Tisch fand seine Hand ihre. »Bist du überhaupt glücklich über das alles, Lily?«

»Ich glaube, ich bin immer noch benommen von all dem, was heute geschehen ist«, gab sie zu. »Aber, ja, ich bin glücklich.«

Sie sah zu ihm auf, und ein Lächeln spielte um seinen Mund. Er hat noch niemals so gut ausgesehen, dachte sie, oder so gefährlich anziehend. Und jetzt war er ihr Ehemann. Bald würde er sie nach oben bringen und wirklich zu seiner Frau machen. Das Geheimnis dessen, was heute nacht vor ihnen lag, ängstigte sie und erfüllte sie gleichzeitig mit Vorfreude.

Der Klang der Stimme ihres Vaters zog ihre Aufmerksamkeit wieder auf die Unterhaltung beim Essen.

»Mit dieser Mumie haben Sie einen guten Fang gemacht, Alfred. Griechische Antiquitäten sind meine Spezialität, aber das übertrifft alles, was ich je gesehen habe. Besteht die Chance, daß Sie sie öffnen, bevor wir abreisen?«

»Nein!« Sophies Aufschrei erregte allgemeine Aufmerksamkeit. Sie griff den Arm ihrer Tante, als wollte sie sich gegen einen Schmerz wappnen. »Sie dürfen sie nicht auswikkeln, Lord Holybrook. Diese Mumie ist verflucht.«

»Sophie, bitte«, tadelte ihre Tante, »du darfst dich nicht so anstrengen. Du weißt, was der Arzt gesagt hat.« Sie wandte sich an Lord Holybrook. »Unser zweiter Butler stammt aus Ägypten. Ich fürchte, er hat Sophie einige recht seltsame Ideen über Mumien und Flüche in den Kopf gesetzt.«

Lord Holybrook nickte zu Sophie. »Ich sehe, die Angelegenheit regt Sie sehr auf, Miß Stanhope. Ich glaube, die Mumie hat nichts dagegen, wenn wir noch ein paar Wochen warten, bis Dr. Alexander sich wieder gut genug fühlt, um die Enthüllung selbst zu überwachen.«

Sophie schauderte. »Danke, Lord Holybrook.«

Holybrook nickte und wandte seinen Blick dann Sir Malcolm zu. »Ein ägyptischer Butler? Ich hoffe, Sie werden bei meinem nächsten Besuch gestatten, daß ich mich kurz mit dem Jungen unterhalte. Klingt, als wäre er faszinierend.«

Lord Holybrook erzählte ein paar seiner Abenteuer in Ägypten, und das Gerede über Flüche war vergessen. Nach dem Essen scharten sich die Frauen um Sophie, während die Herren sich in die Bibliothek zurückzogen, um ihren Port zu nehmen. Lady Bainbridge und Lady Holybrook sprachen endlos über ihre eigenen Hochzeiten, während Lily versuchte, sich mit dem Gedanken vertraut zu machen, daß sie wirklich eine Ehefrau war. Remmingtons Ehefrau. Abgesehen von der Sondererlaubnis und dem düster gekleideten Reverend Clarion hätte dies ein Abend wie jeder andere sein können, eine Gesellschaft, bei der man mit Freunden lachte und redete. Sie konnte sich auf kein einziges Wort konzentrieren.

»Du mußt müde sein«, sagte Lady Bainbridge eine Stunde später zu Sophie. »Ich denke, es ist Zeit, daß die Lakaien dich wieder nach oben tragen. Der Arzt sagte, du sollst es heute nicht übertreiben.«

»Ich bin wirklich nicht ...« Sophie fing den warnenden Blick ihrer Tante auf und schwieg.

»Weshalb gehst du nicht schon vor in dein Zimmer«, sagte Lady Bainbridge zu Lily. »Es ist ziemlich spät. Ich bin sicher, dein Mann wird bald nachkommen.«

»Meine Zofe hat Ihre Sachen während des Essens in das King's Chamber räumen lassen«, sagte Lady Holybrook. »Ich werde sie hinaufschicken, um Ihnen beim Umziehen zu helfen.«

»Danke, aber das wird nicht nötig sein, Lady Holybrook. Ich komme gut allein zurecht.« Lily wollte nicht, daß in dieser Nacht eine Zofe um sie herumschlich. Die Aufmerksamkeit würde sie nur noch nervöser machen, wenn das überhaupt möglich war.

Lady Holybrook sah unsicher aus, nickte aber schließlich. »Clara hat recht. Es ist ziemlich spät. Möchten Sie, daß ich Sie nach oben begleite?«

Lily fand es überhaupt nicht spät, und sie konnte sich nicht vorstellen, weshalb Lady Holybrook dachte, sie bräuchte Begleitung, um eine Treppe hinaufzugehen. Sie runzelte die Stirn und lehnte das Angebot ab. Alle drei Frauen starrten sie während der folgenden Stille an.

»Nun«, sagte Lily schließlich. »Ich gehe dann wohl besser.«

Es war nicht ihr bester Abgang. Sie war nervös, und das merkte man. Ihr Stuhl fiel beinahe um, als sie zu abrupt aufstand. Dieser peinliche Schnitzer zerrte nur noch mehr an ihren Nerven. Als sie die Treppe erreichte, wünschte sie sich wenigstens einen Teil der Benommenheit, die sie über den Tag gerettet hatte. Sie zitterte so stark, daß sie Lady Holybrooks Angebot, sie zu begleiten, ernsthaft in Erwägung zog. Irgendwie gelang es ihr, Remmingtons Zimmer zu erreichen, aber als sie dort war, wußte sie nicht, was sie als nächstes tun sollte.

Ein kleines Feuer warf flackernde Schatten in den Raum und verscheuchte die kalte, feuchte Nachtluft. Lily stellte sich vor den Kamin. Sie blickte wie hypnotisiert in die orangefarbenen Flammen. Sie streckte ihre Hände über das Feuer und rieb sie, als würde draußen ein Blizzard wüten und nicht ein sanfter Frühlingsregen.

Nur wenige Minuten vergingen, bevor Remmington an der Tür stand. Er sagte kein Wort, als er die Tür schloß und verriegelte. Sie waren allein. Heute nacht würde es keine Unterbrechungen geben, keine unwillkommenen Besucher. In der Vergangenheit hatte seine Anwesenheit sie immer beruhigt, ihr ein Gefühl der Sicherheit und des Vertrauens gegeben, daß er sie beschützen würde, auch vor sich selbst. Heute nacht fühlte sie sich unbeholfen und unsicher wegen all der unausgesprochenen Dinge zwischen ihnen.

Remmington bewegte sich nicht von seinem Platz neben der Tür, aber sie konnte seinen Blick spüren. War das, was sie heute nacht tun würden, nur eine weitere Pflichterfüllung für ihn? Dieser Gedanke war ihr peinlich.

»Es scheint so lange her, seit wir die Möglichkeit hatten, allein zu sein«, sagte sie. »Ich dachte, es wäre nett, wenn wir uns ein bißchen unterhalten könnten.«

Remmington lehnte seine Schulter gegen die Tür und ließ seinen Blick anerkennend über sie schweifen. »Lily, wir können niemals nur reden, wenn wir alleine sind. Das hat etwas mit dem Grund zu tun, weshalb wir jetzt allein sind.«

Sie runzelte die Stirn bei der Erinnerung daran, daß er sie nicht freiwillig geheiratet hatte. »Ja, eigentlich hatte ich gehofft, über unsere Ehe sprechen zu können.«

»Ich fürchte, es ist zu spät, es sich anders zu überlegen.«

Der barsche Unterton in seiner Stimme überraschte sie beinahe ebenso wie die Tatsache, daß er sich überhaupt um eine solche Möglichkeit Sorgen machte. Sie setzte sich auf eine Bank am Kamin und begann, die schmalen rosa Bänder zu drehen, die von ihrem Brautkranz herabhingen. »Ich habe mir nichts anders überlegt. Ich dachte ... also, ich hoffte ... Würdest du dich ein bißchen neben mich setzen?«

Er kam auf sie zu und bewegte sich mit der Anmut eines Panthers. Anstatt sich neben sie zu setzen, nahm er einen Stuhl und schob ihn so, daß sie einander gegenübersaßen. »Gut, Lily. Wir reden.« Er nahm ihre Hände in seine, und seine Ellbogen ruhten auf seinen Schenkeln. Sie spürte einen Wärmeschock bei seiner Berührung, ein Gefühl, das sie beruhigte, nicht beunruhigte. Sie sah auf ihre verschlungenen Hände und erkannte, wie leicht seine Hände ihre umfaßten. Er hatte ihr seine Stärke niemals aufgezwungen, aber er hatte sie immer damit umgeben und sie geborgen darin gehalten. Er strich mit seinem Daumen über die empfindliche Haut an ihrem Handgelenk. »Vielleicht sollte ich damit beginnen, dir zu sagen, daß du niemals Angst haben mußt, mir etwas zu sagen. Du kannst mir alles sagen und mich alles fragen.«

Es klang so einfach bei ihm. Er war in dieser aufgezwungenen Ehe gefangen und sprach wie ein Ehemann, der sich etwas aus seiner Frau machte. Sie wußte, daß er ein gewisses Maß an Zuneigung für sie empfand. Sie fragte sich, ob es ausreichte, ob er ihrer Bitte entsprechen würde. »Ich dachte, wir könnten über die Bedingungen unserer Ehe sprechen.«

»Welche Bedingungen?«

Er klang nicht sonderlich erfreut über die Aussicht auf Bedingungen, aber er hielt ihre Hände weiterhin fest. Kein verräterisches Verstärken des Drucks, das seine Weigerung andeuten könnte, es sich auch nur zu überlegen, kein Lösen der wärmenden Berührung, was bedeuten konnte, daß er die

Idee bereits verworfen hatte. Er wartete geduldig auf eine Erklärung. Wie sollte sie es ihm nur erklären. »Eigentlich keine Bedingungen. Ich dachte mehr daran, wie wir zu einem Übereinkommen gelangen könnten.«

»Lily, das ist keine geschäftliche Transaktion, das ist eine Ehe.«

»Oh, ich hoffte, du würdest es so sehen.« Sie nickte zustimmend. »Ich weiß, daß es keine Liebesheirat ist, und du hast selbst gesagt, daß du innerhalb einer Ehe nicht an Loyalität oder Hingabe glaubst. Weißt du, ich hatte ein bißchen Angst, daß ...«

Sein Griff verstärkte sich jetzt. »Was *genau* versuchst du mir zu sagen?«

»Daß ich hoffe, du betrachtest unsere Ehe nicht als Heuchelei«, flüsterte sie. Sie sah ihm direkt in die Augen, und ihr Blick blieb fest, obwohl sie am liebsten vor Verlegenheit weggeschaut hätte. Dies war zu wichtig für sie, um jetzt auszuweichen oder feige zu sein. Sie wollte, daß er es verstand. »Ich weiß, daß viele Paare getrennte Wege gehen, wenn sie einmal verheiratet sind, daß ihre Ehen tatsächlich kaum mehr als geschäftliche Arrangements sind. Auf dem Rückweg von Lady Keaton hast du mir den Eindruck vermittelt, daß du von solchen Ehen nicht allzuviel hältst. Ich auch nicht. Ich möchte eine richtige Ehe.«

Einen langen Moment sagte oder tat er nichts. Dann ließ er ihre Hände los und legte seine Handflächen auf seine Oberschenkel. Seine Augenbrauen zogen sich zusammen, während er auf den Boden zwischen ihnen starrte. Lily legte ihre Hände wieder auf ihren Schoß und drehte den breiten Goldring, den er ihr während der Zeremonie an den Finger gesteckt hatte. Es war ein einfacher Ring, ohne Schnörkel und Verzierungen, nicht einmal die übliche Gravur auf der Innenseite. Ohne die Aufmerksamkeit der anderen zu erregen, war es ihr beim Essen gelungen, ihren Ring vom Finger zu streifen und nach einer Inschrift zu suchen, ein einfaches Wort vielleicht oder wenigstens seine Initialen. Die Innenseite des Rings war ebenso glatt und unbearbeitet wie die Außenseite. Sie nahm an, daß er nicht die Zeit gehabt hatte, eine

Gravur in Auftrag zu geben. Jetzt überlegte sie, ob ihm überhaupt der Gedanke daran gekommen war.

»Du hast mein Wort, daß ich diese Ehe nicht als Farce betrachten werde«, sagte er schließlich.

Lily runzelte die Stirn. »Du sollst mir keine Ergebenheit vorspielen oder vortäuschen, mich zu lieben. Ich habe einfach gehofft, daß du unsere Freundschaft so respektierst, daß du mir gegenüber loyal sein kannst.«

Er sah ihr in die Augen, und sein Gesichtsausdruck war grimmig. »Du hast meine Loyalität.«

»Ich glaube nicht, daß wir über dieselbe Sache reden.«

»Doch, das tun wir. Ich habe vor, dir treu zu sein, Lily. Ich werde die Gelübde, die wir heute abgelegt haben, nicht verraten.«

Dieses Versprechen machte er, ohne sie zu berühren, ohne irgendeine Gefühlsregung. Schließlich dämmerte ihr der Grund. Sie schüttelte den Kopf und dachte, daß sie sich irren müßte. »Aber du denkst, ich werde es tun?«

Seine Gesichtszüge verhärteten sich leicht, aber er beantwortete die Frage nicht. Er mußte es auch nicht. »Du traust mir nicht.«

»Doch, Lily, das tue ich.« Er streckte die Hand aus und strich ihr eine Locke über die Schulter. »Ich habe von dir genug Loyalität erfahren, um zu wissen, daß du deinen Schwüren treu bleiben wirst, selbst wenn sich deine Gefühle mir gegenüber ändern sollten. Das ist einer der Gründe, weshalb ich dich heiraten wollte. Ich sehe Eigenschaften in dir, die ausgesprochen selten sind und die ich über alle Maßen schätze.«

Sie war berührt von seinen Worten, fühlte sich aber immer noch verpflichtet, seinen Fehler zu korrigieren. »Ich weiß, daß Sie mich nicht heiraten wollten, Remmington. Ich bin nicht so eitel, daß Sie mich anlügen und sagen müßten, daß es anders wäre.«

Er zog eine dunkle Augenbraue hoch, und ein Lächeln zuckte um seine Lippen. »Glaubst du wirklich, ich würde meinen Namen einer Frau geben, die ich nicht heiraten wollte?«

Seine Worte ließen sie auf zuviel hoffen. Sie versuchte, sie wegzuerklären. »Vielleicht wollten Sie mich heiraten, weil Sie es für Ihre Pflicht hielten, aber das ist etwas anderes als jemanden heiraten zu wollen, weil ... nun ja, aus den üblichen Gründen. Ich weiß, daß Ihnen Pflicht und Ehre sehr wichtig sind.«

»Das sind sehr gute Gründe.« Er nickte feierlich, und sie wußte, daß er sie neckte. »Aber es sind nicht die richtigen. Ich glaube, ich wußte, daß dieser Tag kommen würde, seit wir uns das erstemal begegneten, seit ich das erstemal in deine Augen blickte und das Spiegelbild eines Mannes sah, den ich lange nicht mehr gesehen hatte.« Seine Fingerspitzen streichelten ihren Wangenknochen, und er lächelte. »Du hast nicht die geringste Ahnung, wovon ich spreche, oder?«

Lily kaute auf ihrer Unterlippe und hob die Schultern. »Es klingt sehr schön.«

»In der Nacht, als du mich deiner Meinung nach in diese Ehe gelockt hast, hat mir Lord Holybrooks unpassendes Erscheinen nur klargemacht, daß ich das Recht haben wollte, mit dir jederzeit sprechen zu können.« Er hob ihre Hand und küßte zärtlich ihre Handfläche, dann ihr Handgelenk. »Ich wollte das Recht, dich zu berühren, dich zu halten, ohne daß hundert Augen auf uns ruhen.« Plötzlich saß sie auf seinem Schoß, und seine Arme umfingen sie. Lily seufzte leise und zufrieden. »Und ich wollte die Freiheit, dich zu küssen, ohne mich darum zu sorgen, ob es zu weit gehen würde.« Er nahm ihr Gesicht in seine Hand und senkte ihren Kopf, bis er gegen ihre Lippen sprach. »Eigentlich mit der Hoffnung, daß unsere Küsse sehr viel weiter gehen würden.«

Lange Zeit sprach er nicht mehr über seine Gründe. Aber er sagte ihr alles, was sie wissen wollte, mit seinen Küssen. Sie gingen weiter und weiter, träumerisch, behutsam, als wollte er nichts anderes, als sie für alle Zeiten zu küssen. Da bewegte sie sich mit einem Mal ruhelos in seinen Armen, und sein Körper wurde starr. Ein wenig erschreckt über die plötzliche Veränderung, lehnte sie sich zurück, um seinen Gesichtsausdruck zu studieren. »Du siehst ein bißchen ... gerötet aus.«

Er machte tief in seinem Hals ein Geräusch, das ein Lachen hätte sein können. »Du kennst nicht einmal die Hälfte.«

Er betrachtete sie einen Augenblick, als suchte er etwas in ihren Augen. »Aber ich glaube, du bist bereit für die nächste Lektion.«

Sie lächelte ihn ermutigend an. »Und du hast dich zu meinem Privatlehrer ernannt?«

»Das klingt sehr verlockend.« Sein Lächeln wurde zärtlich, als er den zerbrechlichen Brautkranz aus ihren Haaren nahm und vorsichtig zur Seite legte. Dann nahm er sie auf die Arme und trug sie zum Bett. Er legte sie in die Mitte und streckte sich neben ihr aus. Sanft zog er sie nach unten, bis sie nebeneinander lagen und sich ins Gesicht sahen. »Die erste Regel ist, daß du mir sagen mußt, was du alles magst und was nicht.«

»Ich mag kleine Hunde, und ich hasse Schlangen.« Sie gab ihr Bestes, um unbekümmert zu sein, und hoffte, ihre Nervosität und Unsicherheit wegen der Dinge, die da kommen würden, verbergen zu können.

Als könnte er ihre Gedanken lesen, kräuselte er die Lippen, und sein Gesichtsausdruck wurde nachdenklich. »Hat irgend jemand dir erzählt, was heute nacht geschehen wird? Lady Bainbridge vielleicht?«

Lily spürte, wie ihre Wangen glühten. Sie schüttelte den Kopf.

Sein nachdenklicher Gesichtsausdruck wurde jetzt finster. »Hast du *irgendeine* Ahnung, was sich zwischen Mann und Frau in der Hochzeitsnacht abspielt?«

Sie hatte es nicht für möglich gehalten, aber sie spürte, wie ihr Gesicht noch roter wurde. »Wir verbringen ziemlich viel Zeit auf dem Land, und es ist beinahe unmöglich, gewisse Dinge nicht zu bemerken, die sich in den Scheunen abspielen.« Sie verzog das Gesicht, und dann wandte sie ihren Blick von ihm ab. »Ich habe das Gefühl, es wird für uns beide ziemlich peinlich.«

Sie spürte, wie das Bett sich bewegte, als er sich von ihr fortdrehte. Er lag auf dem Rücken und starrte zur Decke, die Hände auf seiner Stirn verschränkt. »Ich dachte, jemand hätte dich aufgeklärt, dir wenigstens ein paar grundsätzliche Informationen gegeben.«

»Ich bin nicht vollkommen unwissend. Ich habe eine Reihe von griechischen Manuskripten übersetzt, und einige Liebesgedichte sind ... ziemlich eindeutig.« Sie biß sich auf die Lippe, und ihre Stimme wurde zu einem Flüstern. »Sophies Cousine hat ihr erzählt, daß es beim erstenmal sehr weh tut. Stimmt das?«

Er wandte sich ihr zu und rückte näher, bis ihr Kopf an seiner Schulter ruhte. »Ich glaube, ich bin froh, daß du dir deine Fragen für mich aufgehoben hast.« Er begann, ihren Rücken zu streicheln, mit beruhigenden Bewegungen, die die Rundung ihrer Hüfte und Taille mit einschlossen. »Gefällt dir das Gefühl, wenn wir uns küssen?« Er wartete auf ihr Nicken. »Wenn wir uns lieben, wird es so ähnlich sein, nur viel schöner.«

Sie sah ihn zweifelnd an.

Er lächelte. »Erinnerst du dich, wie gerne wir uns berühren, wenn wir uns küssen?«

»Das kann ich wohl kaum vergessen.«

»Ich möchte dich berühren und streicheln, wenn wir uns küssen, und ich hoffe, du möchtest diese Zärtlichkeiten erwidern und mich ebenso intim berühren.«

»Was meinst du mit ›intim‹?«

Er kniff ein Auge zusammen, während er über die Antwort nachdachte. »Weißt du, ich glaube, es ist besser, es nicht zu erklären, bevor es geschieht, sondern du solltest mich auf dem Weg dahin weiterfragen.«

»Ich bin nicht sicher. Du hast mir nicht gesagt, ob es weh tut.«

»Es könnte zunächst weh tun«, gab er zu, »aber ich werde sehr sanft sein, und ich werde dir sagen, wann dieser Zeitpunkt kommt, so daß du dir bis dahin keine Sorgen machen mußt.« Sein Gesichtsausdruck wurde weich. »Nichts, was wir tun, wird beängstigend oder unangenehm sein, Lily. Ich verspreche es.«

Sie streckte die Hand aus und streichelte seine Wange, dann strich ihre Hand über seine weiße Seidenkrawatte. »Ich habe das Gefühl, du bist sehr geduldig mit mir.«

Remmington dachte, daß er sich eine Belohnung verdient

hatte. »Ich habe das Gefühl, das Warten ist es wert.« Er lächelte und hob ihre Hand, um ihr Handgelenk zu küssen. Dieses Mal spielte er mit seiner Zungenspitze auf dem empfindlichen Punkt. Lily seufzte. Sie war so schön, so unschuldig sinnlich. Sie seufzte wieder. Der Stoff ihres Kleides spannte verführerisch über der sanften Rundung ihrer Brüste, und er verlor den Faden.

»Soll ich jetzt mein Nachthemd anziehen?« Sie setzte sich auf und zog mehrere Nadeln aus ihren Haaren, die daraufhin wie ein Wasserfall feuriger Locken über ihre Schultern bis zu ihrer Taille fielen.

Er stützte seinen Kopf auf eine Hand und griff mit der anderen nach ihren Haaren. Dann nahm er eine dicke Strähne und rieb die seidige Fülle zwischen seinen Fingern, erstaunt, wie weich sie war. Er wußte, ihre Haut war noch weicher …

Sie sah ihn erwartungsvoll an. »Mein Nachthemd?«

Er schüttelte den Kopf. »Du wirst heute nacht kein Nachthemd brauchen.«

Ihre Augen wurden groß, und sie erbebte. Er konnte nicht widerstehen, sie zu necken. »Kalt?«

»Nein. Oder doch, vielleicht ein bißchen.«

Er lächelte und breitete seine Arme aus. »Komm, leg dich neben mich, Lily.« Es gelang ihm, nicht zu stöhnen, als sie auf seiner Brust landete. Seine Finger strichen durch ihr Haar und fanden die kleinen Perlknöpfe in ihrem Nacken.

»Was macht du?«

»Dein Kleid auf. Dieser hohe Kragen sieht unbequem aus.«

»Es ist nicht so unbequem. Die Blutergüsse sind fast verschwunden.«

Er runzelte die Stirn bei der Erinnerung daran. Er knöpfte das Kleid bis zur Taille auf und rollte sie dann auf ihren Rükken, um vorsichtig den Kragen hinunterzuziehen. Es waren nur noch schwache gelbe Flecken um ihren Hals zu sehen, und die würden in ein paar Tagen ebenfalls verschwunden sein. Er strich mit seiner Fingerspitze über die elegante Linie ihres Halses und beugte sich dann vor, um das gleiche mit seinen Lippen zu tun. »Ich werde nicht zulassen, daß er dir noch einmal weh tut.«

Er versprach, sanft zu sein, und zeigte ihr diese Rücksichtnahme, als er sie küßte. Sie paßte ihren Mund dem seinen an, so wie er es ihr gezeigt hatte, dann berührte ihre Zunge seine, und er vergaß sein Versprechen und jede Rücksichtnahme. Der Kuß wurde intensiver, und er nahm ihren Mund vollkommen in Besitz. Als seine Umarmung fester wurde, spürte er, wie ihr Körper steif wurde. Er wußte instinktiv, daß sie sich ihm hingeben wollte, daß er jedoch zu schnell nahm, was sie ihm anbot. Er konnte nicht anders. Seine Hüften preßten sich an ihren weichen Körper, und seine Hand wanderte instinktiv zu ihrer Brust, die er sanft drückte, bis er ihren entsetzten Aufschrei hörte. Abrupt riß er seinen Mund von ihrem und rollte auf seine Seite. Er lag auf dem Rücken, starrte an die Decke und versuchte, wieder zu Atem zu kommen. An diese Sache mit der Geduld mußte er sich erst noch gewöhnen.

Plötzlich beugte sie sich über ihn, und ihr Haar umgab sie beide wie ein Vorhang aus Feuerschein. »Ich glaube, ich war nur ein bißchen nervös. Du wirst doch nicht aufhören, mich zu küssen, oder?«

Er lächelte und schüttelte seinen Kopf. Sie war genauso leidenschaftlich, wie er es gehofft hatte. Wenn er sein Verlangen nach ihr beherrschen konnte, würde die Belohnung jeden Moment der Qual wert sein. Ihr lockender Tonfall gefiel ihm ebenfalls, und er beschloß, sich noch ein bißchen von ihr locken zu lassen. »Ist dir jetzt wärmer?«

»O ja, viel.«

»Mir ist auch warm«, sagte er nachdenklich. »Würdest du mir wohl helfen, meine Jacke auszuziehen?«

Sie sah ihn nachsichtig an, und er wußte, daß sie sein Spiel durchschaute, aber sie nickte einverstanden. Er setzte sich auf und drehte sich zu einer Seite, während sie das Jackett von seinen Schultern zog.

»Ich habe doch die Knöpfe deines Kleides geöffnet, weil es dir zu unbequem wurde.« Er zog seine Krawatte aus und griff sich mit einem Finger in den Hemdkragen. »Vielleicht könntest du diesen Gefallen erwidern. Dieses Hemd ist im Moment sehr unbequem.«

Lily zog ihre Unterlippe zwischen die Zähne und griff nach dem obersten Knopf. Sie öffnete ihn ganz langsam und konzentrierte sich auf die Aufgabe. Bei dem Tempo, mit dem sie vorging, würde ihre Hochzeitsnacht vorbei sein, bevor sie die lange Reihe von Knöpfen geöffnet hatte. Er zog sein Hemd aus der Hose und begann es von unten aufzuknöpfen, so daß ihr noch drei Knöpfe in der Mitte blieben. Als der letzte Knopf geöffnet war, hielt sie sein Hemd zusammen. Sie zögerte, und er versuchte, sie zu beruhigen. »Du hast mich doch in jener Nacht in meinem Stadthaus mit nacktem Oberkörper gesehen. Ich bin jetzt auch nicht anders als damals.«

»Ich weiß«, flüsterte sie. »Ich bin nur nicht sicher, ob ich bereit bin, schon wieder so viel von dir zu sehen.«

Er überlegte, wie sie reagieren würde, wenn sie ihn nackt sähe. »War der Anblick so häßlich?«

Sie schüttelte den Kopf. »Der Anblick war zu verführerisch.«

Er nahm ihre Handgelenke und zog ihre Hände auseinander, wodurch sich das Hemd öffnete. Dann legte er ihre Hände auf seine nackte Brust. »Ich wollte in jener Nacht, daß du mich berührst«, gestand er. »So wie ich dich auch berühren wollte. Ich wollte deinen Körper mit meinen Händen erforschen. Ist es das, was du verführerisch fandest?«

Sie sah seine Brust mit offensichtlicher Sehnsucht an. »Ja.«

Er mußte sie nicht weiter ermutigen. Sie zog ihm das Hemd aus, indem sie ihre Hände unter den Stoff gleiten ließ. Ihre Finger wanderten über seine Brust zu seinem Bauch und dann zu seinen Seiten, wieder hinauf zu seinen Schulter, bis das Hemd auf das Bett fiel. Sein Körper brannte überall dort, wo sie ihn berührte. Seine Hände bewegten sich zu ihrem Kleid, und er streichelte ihre Schultern und Arme, während er das Kleid bis zu ihrer Taille hinunterzog. Nur ein zartes Hemd bedeckte ihre Brüste, und er ließ sich einen Moment Zeit, diesen Anblick zu genießen.

Seine Hände umspannten ihre schmale Taille, und um seine Lippen spielte ein Lächeln. »Ich hatte gedacht, daß du kein Korsett trägst.«

»Ich trage nicht oft eins«, gab sie zu. »Stört es dich?«

Er schüttelte seinen Kopf, als er nach den Trägern ihres Hemdchens griff. Da überkam sie ein Schamgefühl, und sie legte ihre Hände auf seine, als könnte diese kleine Geste ihn aufhalten. Er legte wiederum seine Hände über ihre und schloß sie so, daß sich ihre Finger um die schmalen Träger legten. Seine Hände wanderten zu ihren Handgelenken und drückten sie ganz zart, um sie dazu zu bringen, die Träger für ihn herunterzuziehen. Er übernahm die Aufgabe unterhalb ihrer Schultern und zog das seidene Hemdchen quälend langsam herunter. Sie löste ihre Arme aus den Trägern, machte jedoch keine Anstalten, sich zu bedecken.

Einen Augenblick lang konnte er sie nur anstarren, dann hob er sie an der Taille hoch, bis sie neben dem Bett stand. Kleid und Hemdchen rutschten hinunter und bildeten einen Teich aus Seide und Satin zu ihren Füßen. Schüchtern bedeckte sie sich, die Haare über den Brüsten und die Arme in der uralten Geste jungfräulicher Scham gekreuzt.

»Sieh mich an, Liebste.« Die Ehrfurcht, die er empfand, ließ seine Stimme rauh klingen. Ihre Augen waren dunkel vor Unsicherheit, als sie seinem Blick begegnete. Er streichelte ihre Wange mit einem Finger und strich dann ehrfürchtig ihre Haare über ihre Schultern. »Du bist sehr schön, Lily. Ich möchte dich ansehen.«

Sein Blick wich nicht von ihrem Gesicht, während er auf ihre Erlaubnis wartete. Sehr langsam ließ sie die Arme sinken. »Ich fühle mich im Moment nicht besonders schön. Ich fühle mich nur … nackt.«

Er mußte ihr Sicherheit geben, mußte ihr sagen, wie unglaublich perfekt ihr Körper war. Er konnte kein Wort herausbringen. Sein Blick wanderte über sie, und seine Ehrfurcht verwandelte sich in Staunen. Ihre Haut hatte die Farbe makelloser Perlen, getönt durch den Feuerschein. Er wußte bereits, daß ihre weichen Brüste perfekt in seine Hände paßten. Ihre Taille war so schmal, wie er es sich vorgestellt hatte, ihre Hüften verführerisch geschwungen, und ihre Beine lang und elegant geformt. Jeder Teil von ihr schien genauso, wie er es sich in seinen Tagträumen und noch öfter jede Nacht in seinem Bett ausgemalt hatte. Das vollständige Bild war etwas ganz anderes. Die einzelnen Teile seiner Fantasie verschmolzen in der Realität zu einem sinnlichen Geschöpf, das unvergleichlich war. In all seinen Träumen hätte er sich niemals eine so perfekte Frau vorstellen können wie die, die jetzt vor ihm stand.

Seine Frau.

Sie war sein, und er konnte alles mit ihr tun. Er konnte sie die ganze Nacht lieben, sie küssen und streicheln, wie, wann und wo er wollte. Allein das Wissen, daß er sie berühren konnte, reichte für den Moment. Mehr als alles andere wollte er ihr gefallen. Ohne seine Augen von ihr abzuwenden, griff er hinter sich und zog die Decken zurück. Er nahm sie auf die Arme und setzte sie in die Mitte des Bettes. Sie legte sich nicht zurück, sondern blieb mit geradem Rücken sitzen. Er war enttäuscht, aber nicht überrascht, als sie die Laken bis zum Hals hochzog. Er lächelte, denn er wußte, daß er bald unter diesem Laken sein würde.

Lilys Blick folgte seinen Händen, als er sich an seiner Hose zu schaffen machte. Sie senkte die Wimpern, als er den ersten Knopf öffnete. Einen Moment später spürte sie, wie er neben sie glitt.

»Solltest du nicht die Kerzen löschen?« Sie hatte das Laken unter ihren Armen festgeklemmt, wußte aber, daß er ihren nackten Rücken anstarrte. Das bestätigte sich, als er mit einer Hand über ihre Schultern strich und dann seinen Daumen über ihre Wirbelsäule bis zu ihrer Taille gleiten ließ.

»Und diesen Anblick versäumen? Nein, ich glaube nicht.«

Sie sah über ihre Schulter. Seine Kissen waren gegen das Kopfende gestützt, und er lehnte sich dagegen. Sein Blick war zärtlich, während er ihren Rücken streichelte. Aus seinem Gesichtsausdruck schloß sie, daß er sie unbedingt lieben wollte. Ihre Nervosität und Unerfahrenheit beeinträchtigten seine Geduld nicht, schienen aber auch sein Verlangen nicht zu verringern. Sie war sicher, daß der Anblick ihres Körpers ihn enttäuschen würde. Sie hatte sich immer zu groß, zu unbeholfen gefunden. An den meisten Stellen war sie zu groß, während andere zu schmal waren. Es fehlte die Balance. Erstaunlicherweise schien er es nicht zu bemerken. Ihm schien sogar zu gefallen, was er sah. Sie beschloß, diese Theorie zu testen, indem sie die Laken bis zur Taille fallen ließ. Seine Hand hielt inne, und sie legte sich neben ihn, das Gewicht auf einen Ellbogen gestützt.

Sie hatte es immer gehaßt, wenn Männer ihre Brust fixiert hatten. Jetzt wußte sie, warum. Nur ein Mann, ihr Mann!, konnte sie so ansehen und ihr das Gefühl geben, daß alles in Ordnung war. Er legte eine Hand an ihre Halskuhle, und ihr Herz begann heftiger zu schlagen, einen regelmäßigen Rhythmus des Verlangens, das stärker wurde, als er seine Handfläche bis zur Mitte ihrer Brust gleiten ließ. Seine Hand umfaßte eine Brust, und ihr Herzschlag setzte aus. Ohne jede Eile ertastete er die Form, dann streichelten seine Fingerspitzen über die Brustwarze. Lily hatte das Gefühl, von einem schmerzlosen Feuer verbrannt zu werden. Mit einer unbewußten Bewegung streckte sie ihre Brüste vor, und erst dann wurde ihr klar, daß es eine Einladung war. Er nahm eine Brustwarze in seinen Mund und streichelte die andere mit seinen Fingern.

In ihr breitete sich eine pochende seltsame Ruhelosigkeit aus. Sie wollte nicht, daß er aufhörte, aber sie wollte noch mehr. Etwas, das sie nicht benennen konnte. Sie streckte ihren Hals, und er drückte sie sanft auf den Rücken, während sein Mund sich nach oben tastete, bis er ihre Lippen erreichte. Zur selben Zeit bewegte sich seine Hand tiefer, über ihre Taille, ihren Bauch, fuhr sachte über ihren intimsten Bereich. Seine Hand strich über ihren Oberschenkel und umspann dann ihr Knie. Die ganze Zeit über küßte er sie, seine Zunge erforschte ihre Mundhöhle. Ohne Worte gab er ihr zu verstehen, daß seine Geduld langsam ihre Grenzen erreichte. Er hob ihr Knie, und ihr Bein knickte zur Seite, als wäre es aus Butter. Seine Hand wanderte an der Innenseite ihres Oberschenkels nach oben, und er hörte auf, sie zu küssen.

»Du bist weicher, als ich es mir jemals erträumt hätte.« Sein Atem stockte, als er seine Hand zwischen ihre Schenkel legte. Er drückte seine Handfläche im selben Moment nach unten, als sie ihre Hüften hochbog. Er senkte seinen Kopf, bis sich ihre Stirnen berührten, dann drückte er einen Kuß auf ihre Schläfe und einen drängenderen auf ihre Lippen. Seine Zunge stieß in dem Moment in ihren Mund, als sein Finger in ihren Körper drang. Lily hatte das Gefühl, die Sonne zu berühren. Ihr ganzer Körper bog sich, wollte näher zu ihm. Er schmeckte sie noch einmal voller Glut, bevor er seinen Mund von ihrem löste.

»Gott, Lily. Dein Körper ist schon bereit für mich.« Er zog seinen Finger heraus und stieß ihn sanft wieder hinein, um diese Tatsache zu demonstrieren. Sie spürte, wie ihre Welt begann, auseinanderzufallen. »Es ist Zeit, Lily.« Seine Stimme klang heiser, drängend. »Wenn ich dir erst deine Jungfräulichkeit genommen habe, wirst du noch größere Wonnen erfahren als diese.«

»Ich glaube nicht, daß das möglich ist.« Sie wunderte sich über ihre Fähigkeit zu sprechen. Sie keuchte, als er sich wieder in ihr bewegte. »Und ich habe keine Fragen. Miles, bitte!«

Plötzlich war seine Hand verschwunden, ersetzt durch sein Gewicht auf ihr, und er nahm ihr Gesicht in seine Hände. Seine Augen waren dunkler als die Sünde, sein Blick so intensiv, daß sie sicher war, er könne bis auf den Grund ihrer Seele sehen. Dann merkte sie einen stumpfen Druck zwischen ihren Beinen, in ihrem Inneren, fordernd, nachdrücklich. Sie wartete auf den zerreißenden Schmerz, von dem Sophie geflüstert hatte, spannte sich an, als ihr Körper dem Druck widerstand. Da stieß er entschlossen und tief zu, doch immer noch wartete sie auf den Schmerz.

»Ist es das?« stammelte sie atemlos, denn sie wollte keine Überraschung. Sie bewegte versuchsweise ihre Hüften und spürte ein krampfartiges Gefühl, aber es war kaum wahrnehmbar innerhalb dieses Gefühls der Vollkommenheit, ein schmerzloses, enges Empfinden, das ihren Körper erregt gegen seinen preßte. Als sie ihre Hüften wieder bewegte, stöhnte er. Seine Hände hatte er an ihren Seiten aufgestützt, auf den Muskeln seiner Arme und seiner Brust glitzerten feine Schweißperlen. Seine Augen waren geschlossen, sein Gesicht zeigte einen Ausdruck, den sie nicht deuten konnte. Dann öffneten sich seine Augen, und in ihnen sah sie Flammen brennenden Verlangens.

»Da ist noch mehr.« Er zog sich zurück, und sie hatte das Gefühl, mit ihm fortzugleiten. Ihre Hände drückten sich auf seine Hüften. Er sollte bleiben. Er entsprach ihrer stummen Bitte und drang ganz langsam wieder in sie ein. Ihr Kopf fiel zurück auf die Kissen, und sie konnte kaum atmen, konnte nur spüren, wie er begann, sich in ihr zu bewegen. Sie schlang ihre Arme um ihn, mit jedem Stoß ein bißchen fester. Sie wollte mehr, er sollte stärker in sie eindringen, tiefer, immer wieder. Er küßte sie, aber seine Lippen glitten gleich ihren Hals hinunter und über ihre Schultern, als würde es ihn zu sehr ablenken, wenn er ihren Mund küßte.

Ihre Zehen strichen über die Hinterseite seiner Beine, dann drückte sie ihre Fußsohlen gegen seine Waden mit einem Streicheln, das sie seinen Stößen anpaßte. Er stöhnte und legte einen Arm um ihre Taille, als müsse er sie noch näher spüren. Jeder Stoß schien tiefer zu gehen als der vorige, schien ihre Seele ebenso zu durchdringen wie ihren Körper. Bald schon hatte sie sein Fieber und seinen Rhythmus übernommen. In wachsender Erregung bewegten sie sich mit- und gegeneinander. Sie war so nah, so nah bei ihm, aber nicht nah genug.

Jeder Stoß brachte sie näher zum Höhepunkt, der letzte so aufreizend nah, daß ihre Fingernägel sich in seine Schultern gruben, eine unbewußte Reaktion, die in ihm etwas freizusetzen schien. Mit einem letzten mächtigen Aufbäumen stieß er in ihren Körper, hielt ihre Hüften, damit sie ihn empfangen konnte. Sie spürte, wie er tief in ihr anschwoll, so daß das Brennen zur Wonne wurde, das Erschaudern, das seinen Körper ebenso wie ihren erfaßte, als sein Samen sich in sie ergoß. Das Gefühl war so unerwartet, daß die Wogen über sie hinwegtosten, sie guttural seinen Namen rufen ließen, als er sie eng umfaßte und noch einmal mit aller Kraft in sie stieß.

Remmington kehrte langsam in die Wirklichkeit zurück. Als er sich auf seine Seite rollte, hielt er Lily weiter in seinen Armen und drückte ihren Kopf an seine Schulter. Seine Hand streichelte über ihren Rücken. Sein Körper war befriedigt, wollte sie aber immer noch berühren, sie nach dieser aufwühlenden Erfahrung beruhigen. Sie schlief! Er kämpfte immer noch um Atem, und der Klang seines Herzschlages dröhnte in seinen Ohren. Er wollte sie wieder küssen, zärtlich küssen. Süße, unschuldige Küsse, die nichts anderes wollten, als nur die Freude, sie mit seinen Lippen zu kosten.

Er lächelte zur Decke und erinnerte sich daran, wie sie gefragt hatte: »Ist es das?« Wenn er sich nicht so intensiv konzentriert hätte, regungslos geblieben wäre, um ihrem Körper Zeit zu geben, sich an seinen zu gewöhnen, hätte er über ihren verwirrten Gesichtsausdruck gelächelt. Sein Lächeln schwand ein wenig, und er empfand tiefe Dankbarkeit, daß er ihre Jungfräulichkeit so schmerzlos genommen hatte. Er hatte schon mit Hysterie gerechnet. Er hätte es besser wissen müssen. Lily tat nie das, was er erwartete.

Er schmunzelte und überlegte, ob sie wohl Fragen haben würde, wenn sie sich das nächste Mal liebten. Es war natürlich noch zu früh für sie. Zu früh für ihn. Noch nie hatte er sich so vollkommen befriedigt, so vollkommen gelöst gefühlt. Allein dieser Gedanke ließ ihn die Stirn runzeln. Er wollte sich Lily nicht näher fühlen als er es vor ihrer Hochzeit getan hatte. Natürlich wußte er, daß die Intimität ihre Beziehung verändern würde, aber er dachte, wenn sie sich liebten, würde das sein unersättliches Verlangen stillen, sie zu berühren, sie in seinen Armen zu halten, wann er nur konnte.

Er zwang sich, seinen Griff zu lockern und wegzurutschen. Sie murmelte im Schlaf seinen Namen und drehte sich zu ihm. Der Anblick war verführerisch. Er wollte sie. Er wollte sie berühren, küssen, streicheln und immer und immer wieder lieben. Er würde sie begehren bis zu seinem letzten Tag.

Er drehte sich auf den Rücken und verschränkte die Hände hinter seinem Kopf. Vielleicht irrte er sich, was das immer und immer wieder betraf. Jede neue Geliebte schien beim ersten- oder zweitenmal einzigartig, aber länger konnten sie sein Interesse normalerweise nicht fesseln. Er würde irgendwann von seinem Verlangen nach ihr kuriert sein, und dann würde sein Leben wieder in normalen Bahnen verlaufen. Sie würden eine Routine entwickeln und ein sehr angenehmes Leben zusammen führen. Sie würde ihm Kinder schenken.

Der Gedanke daran, daß Lily sein Kind trug, ließ seine Lenden hitzig reagieren. Er verschränkte seine Hände fester und versuchte, sich das Muster der Stuckdecke einzuprägen. Es half nichts. Die weitläufigen Linien nahmen neue, erotische Formen an. Je länger er sie anstarrte, desto mehr begehrte er Lily. Er spürte, wie Lily sich an seine Seite schmiegte. Er spürte jede Pore seines Körpers, die ihren berührte. Der zarte Duft nach Rosen und Sandelholz stieg ihm in die Nase, und der stärkere, verführerische Duft ihres Liebesaktes. Irgendwie schlangen sich seine Arme wie von selbst um sie.

Nur das eine Mal heute nacht würde er so eng neben ihr schlafen. Er drehte ihr Kinn zu sich und war einen Augenblick fasziniert von der Schönheit seiner Frau.

Ein rücksichtsvoller Ehemann würde sie schlafen lassen. Er würde sie nicht selbstsüchtig wecken, um sein Bedürfnis zu befriedigen.

Er streichelte ihre Wange und murmelte ihren Namen.

Sechzehn

»Was? Wo gehen wir hin?« Lily rieb sich die Augen und wollte sich aufsetzen. Dann fiel ihr ein, daß sie nackt war. Ihr Kopf sackte zurück auf das Kissen, und sie drehte sich zu ihrem Mann um, während sie versuchte, alles zu begreifen. Er stand vor einer großen Kommode und trug bereits ein weißes Hemd und graue Hosen. Auf der Kommode stand eine Schüssel, und an der Wand hing ein großer Spiegel. Er hantierte geschickt mit einem seltsam aussehenden Rasiermesser, und doch sah es aus, als müßten die Striche weh tun, wenn nicht gar tödlich sein. Lily fand die Prozedur faszinierend, aber im Moment interessierte sie die Tageszeit noch mehr als die unbekannten Rasiertechniken. Das warme Licht der Dämmerung schien durch die Fenster, und die Sonne stand knapp über dem Horizont.

»Wir reisen in einer Stunde nach Remmington Castle ab«, wiederholte er.

Sie betrachtete weiter sein Profil und versuchte, ihre noch verschlafenen Gedanken zu ordnen. »Aber ... warum?«

Er sah über eine Schulter, und der kühle, unpersönliche Blick ließ sie überlegen, ob sie die Intimitäten der vergangenen Nacht nur geträumt hatte. Er tauchte das Rasiermesser ins Wasserbecken und wirbelte es im Kreis. »Die Ehe eines Herzogs bleibt nicht unbemerkt. Wenn die Nachricht sich in London noch nicht verbreitet hat, wird es bald soweit sein. Die Klatschtanten werden eine Entschuldigung nach der anderen finden, um Holybrook House zu besuchen, wenn wir so nahe an der Stadt bleiben. Ich habe deinem Vater versprochen, dich abzuschotten.«

Lily runzelte die Stirn. »Bist du aus irgendeinem Grund wütend auf mich?«

»Natürlich nicht. Wie kommst du darauf?« Sein Blick streifte sie kurz. »Ich bin sicher, du willst deinem Vater auf Wiedersehen sagen. Und Sophie auch, könnte ich mir vorstellen. Du mußt dich anziehen, Lily. Trag ein Kleid, das bequem für die Reise ist.«

Er wandte seine Aufmerksamkeit wieder dem Rasiermesser zu. Sie steckte das Laken unter ihren Armen fest und setzte sich auf, während sie darüber nachdachte, wie sie am besten vom Bett zu ihrem Kleid käme. Unglücklicherweise lag das Kleid auf einem Schrankkoffer außer Reichweite. Sie hatte nicht vor, nackt durch den Raum zu stolzieren, so als würde sie sich einbilden, er würde den Anblick genießen. Letzte Nacht hatte Remmington außerordentliches Verlangen gezeigt, sie unbekleidet zu sehen, aber heute morgen schien er nicht das geringste Interesse daran zu haben. Sie wußte, warum. Eigentlich hatte sie schon früher damit gerechnet. Er hatte letzte Nacht seine Erfüllung gesucht und festgestellt, daß ihr etwas fehlte.

Sie schwenkte ihre Beine über die Bettkante und arrangierte die Laken so, daß sie soviel wie möglich von ihr verbargen. Dann rutschte sie zum Ende des Bettes. Der Koffer war immer noch fast zwei Meter entfernt. Mit einem letzten Blick über die Schulter stürzte sie auf den Morgenrock zu, dann zurück zu den schützenden Laken.

»Verdammt.«

Ihr Kopf drehte sich zu Remmington, aber er sah sie gar nicht an. Er betupfte einen kleinen Schnitt an seinem Hals mit einem Leinentuch und sah sein Spiegelbild zornig an, während er sich um die Verletzung kümmerte. Sie versuchte, mit einer Hand ihren Morgenrock anzuziehen, während die andere das Laken festhielt. Ihr Versuch, sich zu verbergen, war nicht ganz erfolgreich, aber schließlich konnte sie den Gürtel zubinden. Als sie wieder aufsah, betupfte er einen weiteren Schnitt, nicht weit von dem anderen entfernt.

Sie saß auf der Bettkante und beobachtete, wie das Rasiermesser über seine Wange ratschte. »Macht das normalerweise dein Kammerdiener?«

Remmington fluchte leise, als er sich ins Kinn schnitt. Er goß frisches Wasser über das Handtuch und wischte sich das Gesicht ab.

»Was?« schnauzte er.

»Dich rasieren.«

»Nein.«

»Du scheinst nicht besonders talentiert dafür zu sein.«

Er sah sie vernichtend an und machte eine Kopfbewegung zu dem Paravent. »Eine Viertelstunde ist bereits um. Es ist Zeit zum Ankleiden, Lily.«

Es dauerte doppelt so lange, alle zu wecken, ihre Abreise zu erklären und sich zu verabschieden. Remmington, Lilys Vater und Sir Malcolm trafen sich in der Bibliothek, während Lily sich im Queen's Chamber von Sophie und Lady Bainbridge verabschiedete.

Wenn Remmington nicht so distanziert gewesen wäre, hätte sie ihm für ihre überstürzte Abreise gedankt. Ihn schien es nicht im geringsten zu stören, daß jeder wußte, was sie in der vergangenen Nacht getan hatten, aber Lily konnte niemandem in die Augen sehen, besonders ihrem Vater nicht. Als sie schließlich von Holybrook House losfuhren, wurde ihre Erleichterung durch die Enttäuschung darüber getrübt, daß sie nicht nach London zurückkehren konnten. Es konnte Wochen, vielleicht Monate dauern, bevor Sir Malcolm die Nachricht schickte, daß Lilys Angreifer verhaftet worden war. Wenn sich die Stimmung ihres Mannes nicht besserte, würde jeder Zeitraum wie eine Ewigkeit scheinen.

Das Schweigen in der Kutsche hielt an. Sie saßen auf derselben Seite der Kutsche, aber das geräumige Fahrzeug erlaubte viel Platz zwischen ihnen, und Remmington saß mehr als dreißig Zentimeter von ihr entfernt. Er sah weiterhin aus dem Fenster, auch nachdem Holybrook House längst aus seinem Blickfeld verschwunden war.

»Es tut mir leid, daß wir etwas verspätet abgefahren sind.« Sie überlegte, ob er sie wirklich für die leichte Verzögerung verantwortlich machte. Sie persönlich glaubte nicht, daß große Eile geboten war. Ihr Vater wollte nicht vor morgen die Nachricht ihrer Vermählung an die Zeitungen schikken. Sie hätten noch einen Tag bleiben können. Remmington zuckte die Schultern und antwortete nicht. Dieses abweisende Verhalten brachte Lily langsam in Rage. »Würdest du mir bitte sagen, weshalb du in einer so schlechten Stimmung bist?«

Die Frage schien ihn zu überraschen. Dann lächelte er sie zum erstenmal an diesem Morgen an. »Nein.«

Er stützte einen Fuß auf den gegenüberliegenden Sitz und beobachtete sie erwartungsvoll.

»Wenn du darauf wartest zu hören, weshalb *ich* mit *dir* unzufrieden bin«, sagte sie, »dann sollte die Antwort ja wohl offensichtlich sein.«

»Ach wirklich?« Er klang nicht im geringsten interessiert. Er sah sie weiter unverbindlich lächelnd an.

Sie hob ihr Kinn und sah weg. »Du hättest es mir letzte Nacht sagen sollen.«

»Was?«

Plötzlich schien es eine wichtige Aufgabe, die Quasten ihres Fächers zu entwirren. Sie ordnete die seidenen Bändchen in Reihen und riskierte dann unter den Wimpern einen Blick zu ihm. Er lächelte nicht mehr. Er sah verwirrt aus. Sie spürte eine Welle der Befriedigung. Er hatte sie den ganzen Morgen im unklaren über seine Unzufriedenheit gelassen. Es war nur fair, daß er auch einen Moment unter Zweifeln litt. Sie nahm sich Zeit, die Frage zu beantworten. »Den Grund für unsere abrupte Abreise heute morgen. Du kannst wohl kaum erwarten, daß ich deine Gedanken erraten kann oder …«

Sie wußte nicht, wie sie das heikle Thema in Worte fassen sollte. Sie hatte gedacht, daß die letzte Nacht wundervoll gewesen war, die unglaublichste Erfahrung ihres Lebens. Er benahm sich, als sei nichts geschehen. Schlimmer, als wenn nichts geschehen wäre. Er behandelte sie beinahe wie eine Fremde. Nur eine Sache konnte für die drastische Veränderung in seinem Verhalten verantwortlich sein. Sie mußte letzte Nacht etwas falsch gemacht haben. Die einzige Sache, die noch schlimmer war als die Erkenntnis, daß sie ihm nicht gefallen hatte, war, daß sie ihn nach dem Grund fragen mußte. Es war demütigend. Sie weigerte sich, es zu tun. »Oh, du hättest es mir letzte Nacht sagen müssen!«

Er zog die Augenbrauen hoch bei diesem plötzlichen Ausbruch. »Mir war nicht klar, daß du dich so aufregen würdest, Lily. Hätte ich das gewußt, hätte ich dir früher von unseren Reiseplänen erzählt.«

»Reisepläne?« wiederholte sie. »Wovon sprichst du?«

»Meine Entscheidung, heute morgen nach Remmington Castle abzureisen«, erklärte er. »Letzte Nacht wollte ich dich damit nicht beunruhigen. Sophie wird in guten Händen sein, und dein Vater und Sir Malcolm werden sowieso heute morgen nach London zurückkehren. Es gab keinen triftigen Grund zu bleiben, aber mehrere triftige Gründe, abzureisen.« Er sah sie nachdenklich an. »Was hast du gedacht, wovon ich rede?«

»Dasselbe natürlich.« Bedeutete ihre Liebe ihm so wenig? Es mußte wohl so sein, denn offensichtlich hatte er die Sache aus seinen Gedanken verbannt. Sie konnte den ganzen Morgen an kaum etwas anderes denken. Wenn sie ihre Bedenken jetzt äußerte, würde er sie für hoffnungslos naiv halten, was die Intimitäten zwischen Mann und Frau anging. Er würde recht haben. »Ich bin nicht ganz bei mir heute morgen. Es kam so überraschend, daß wir nicht nach London zurückkehren würden.«

Remmington schwieg einen Moment und strich dann mit

seinen Knöcheln über ihre Wange. »Wenn man überlegt, was du in den vergangenen Wochen mitgemacht hast, dann hast du die Nachricht erstaunlich gefaßt aufgenommen.«

Lily spürte eine leise aufsteigende Wärme bei dem Lob. Sie sah zu ihm auf und war fasziniert von seinem zärtlichen Gesichtsausdruck.

Er hob ihre Hand und küßte zart ihr Handgelenk. »Ich möchte dich in Sicherheit wissen, Lily. In Remmington Castle kenne ich jeden Winkel, jedes Gesicht. Jemand, der sich in London einfach unter die Leute mischen kann, wird dort sofort als Fremder erkannt. Es scheint der beste Platz für dich zu sein.«

Er sorgte sich um ihre Sicherheit. Sie fühlte sich undankbar, weil sie ihn gequält hatte.

»Außerdem wird mein Bruder dort sein. Bevor wir nach Holybrook Hall abgereist sind, habe ich ihn gebeten, an meiner Stelle einen Streit von Pächtern zu schlichten. Ich würde ihm gerne von der Hochzeit erzählen, bevor er davon in der Zeitung liest.«

»Weiß dein Bruder von deiner Arbeit?«

Er zögerte einen Moment und nickte dann. »Er arbeitet ebenfalls für Bainbridge. Meine Titel bringen Pflichten mit sich, die es mir nicht erlauben, England für längere Zeit zu verlassen. Trevor kümmert sich um die Aufgaben, von denen wir wissen, daß sie wochen- oder monatelange Arbeit im Ausland erfordern.«

»Wirst du ihm von meiner Arbeit erzählen?«

»Ich würde gerne.« Er sah sie mit Augen an, die im morgendlichen Sonnenlicht eher blau als grau wirkten.

Sie vermutete, daß er zu der Sorte Ehemänner gehörte, die es für ihr Recht und ihre Pflicht hielten, solche Entscheidungen für ihre Frau zu treffen. Sie brauchte einen Moment, um zu begreifen, daß er auf ihre Zustimmung wartete. »Du würdest es ihm nicht sagen, wenn ich dich darum bitten würde, es nicht zu tun?«

»Würdest du jemandem von meiner Arbeit erzählen, wenn ich es nicht wollte?«

»Nein.«

Er zuckte die Schultern. »Weshalb bist du überrascht, daß ich dir gegenüber dieselbe Rücksicht nehme?«

»Die meisten Männer würden es nicht tun.« Spontan fiel ihr überhaupt keiner ein.

»Ich bin nicht die meisten Männer.« Er sah entrüstet aus, aber sie wurde mißtrauisch, als er eine Augenbraue hochzog. »*Manche* Männer wären vielleicht beleidigt, wenn sie von dem Menschen, der sie für einen allen anderen überlegenen Mann halten sollte, in eine solch niedrige Kategorie gesteckt werden.«

Lily verdrehte die Augen. »Ich mag kein Eheexperte sein, aber *so* naiv bin ich nun auch nicht.«

Er legte eine Hand auf seine Brust. »Du verletzt mich, *Chérie*.«

Er benutzte die beiläufige Liebkosung im Scherz, aber trotzdem freute es sie. »Zumindest kann dein Bruder nichts dagegen haben, daß du eine Frau geheiratet hast, die mit Spionen arbeitet, wenn er selbst einer ist. Ich habe schon überlegt, wie du ihm unsere Hochzeit erklären würdest, als ich vor einer Woche seine Einladung zu einem Ausritt im Park annahm.«

Sein Lächeln schwand. »Das erinnert mich an etwas. Ich war nicht sonderlich begeistert zu erfahren, daß du einem Ausritt mit meinem Bruder zugestimmt hast.«

»Du brauchst mich gar nicht so anzusehen. Er hat ein Nein nicht akzeptiert. In dieser Hinsicht ist dein Bruder dir sehr ähnlich.«

»Hartnäckig?«

»Arrogant.«

»Hm. Erst scherst du mich mit den meisten Männern über einen Kamm, jetzt bin ich arrogant. Was wirst du wohl nach einer ganzen Woche Ehe von mir halten?«

Sie lächelte ihn an. »Wartest du auf Komplimente, Mylord?«

»Miles«, korrigierte er. »So vermessen wäre ich niemals.«

Seine Stimmung verwirrte sie. Erst brütendes Schweigen, jetzt neckender Humor. Sie hatte keine Ahnung, was sie nach einem Tag Ehe von ihm halten sollte, schon gar nicht nach einer Woche. Und doch wiederholte sich in ihrem Kopf immer wieder die eine Frage, die sie ihm wirklich stellen wollte. *Habe ich dir letzte Nacht gefallen?* Er hatte gesagt, daß sie keine Angst haben sollte, ihn alles zu fragen. Aber sie brachte es nicht über sich, ihm diese Frage zu stellen. »Wie lange dauern deine Aufgaben normalerweise?«

Einen Moment schien er erstaunt über ihre Frage. Dann zuckte er die Schultern. »Das hängt von der Aufgabe ab. Meine Reisen führen mich meist in die Normandie und dauern nicht länger als ein oder zwei Tage. Es gibt Agenten in anderen Teilen Frankreichs, und dann dauert es eine Woche oder länger. Dann sind da noch die Schmuggler. Meistens wissen die Offiziellen ziemlich genau, was vor sich geht und wer daran beteiligt ist, aber sie drücken einfach ein Auge zu. Wir verfolgen die Operationen, um sicherzustellen, daß die Ladung harmlos ist. Diese Aufgaben dauern oft mehrere Wochen.«

»Aber wie werden Männer wie Lord Granger in den Transport von Spionen verwickelt?«

Remmington runzelte die Stirn. »Nur zu leicht. Das einzige, was Granger mehr schätzt als französischen Brandy ist Glücksspiel. Er spielt viel und um hohe Summen. Mit der Zeit waren seine Güter so hoch belastet, daß auch seine Schmuggelaktivitäten ihn nicht mehr über Wasser halten konnten. Die Offiziellen wußten bereits von Grangers Schmuggel. Deshalb ist es niemandem aufgefallen, wenn sein Schiff ein oder zwei zusätzliche Besatzungsmitglieder hatte. Wir schöpften jedoch Verdacht, als Granger innerhalb von Monaten seine sämtlichen Schulden beglich. Wir wissen jetzt, daß es vier Spione gibt, die durch Granger operieren. Eine Zeitlang dachten wir, es gäbe einen fünften, aber er ist offensichtlich nach Frankreich zurückgekehrt, bevor wir ihn erwischen konnten.«

»In Crofford House sagte Sir Malcolm, daß er nicht beabsichtige, sie zu verhaften. Hat er keine Angst vor den Informationen, die so an die Franzosen durchsickern?«

»Keine ihrer Nachrichten hat Frankreich erreicht. Wir haben das Netz lange genug offengehalten, um herauszufinden, wie und wo sie ihre Informationen erhielten. Sir Malcolm hat sie verhaftet, nachdem wir nach Holybrook House abgereist sind.«

»Auch Lord Granger?«

Er schien es nicht eilig zu haben, diese Frage zu beantworten. Er stützte seinen Fuß gegen den Sitz auf der anderen Seite und verschränkte mit finsterem Gesichtsausdruck seine Hände um sein Knie. »Bainbridge hat Granger zwei Möglichkeiten gelassen. Die eine war, wegen Verrats zu hängen.«

»Und die andere?« flüsterte Lily.

Remmington blickte finster auf seine gefalteten Hände. »Vor drei Tagen starb Granger durch seine eigene Hand.«

»O mein Gott.«

Remmington schien mehr zu sich selbst als zu Lily zu sprechen. »Bainbridge hat unsere Agenten in Frankreich informiert, bevor er die französischen Spione verhaftet und Granger mit der Angelegenheit konfrontiert hat. Das ist ein Grund, weshalb ich letzte Woche so abrupt in die Normandie reisen mußte. Bainbridge denkt, daß sein französischer Gegenspieler es ihm heimzahlen wird, indem er jeden verhaftet, den er für einen englischen Spion hält.« Er atmete tief ein und dann langsam wieder aus. »Zu jedem Zeitpunkt kennen wir die Identität von einigen ihrer Agenten, und sie kennen ein paar von unseren. Es ist ein Katz-und-Maus-Spiel. Wir verhaften einen von ihnen, und sie verhaften einen von uns. Wir wissen nur nie, wer es sein wird.«

Lily spürte plötzlich eine innerliche Kälte. »Lacroix«, flüsterte sie. »Glaubst du, daß sie seine Identität kennen?«

Remmington studierte ihr Gesicht einen langen Moment lang, und sein Gesichtsausdruck war unergründlich. »Ich habe ihn gewarnt, Lily. Er weiß, daß er aufpassen muß.«

»Aber wenn …« Sie konnte nicht fortfahren, konnte sich nicht gestatten, diese Möglichkeiten in Betracht zu ziehen.

Remmington legte seinen Arm um sie. Er zog sie an sich, bis ihr Kopf an seiner Schulter ruhte. »Versuch, dich nicht aufzuregen, Lily. Ich kenne Lacroix gut genug, um sicher zu sein, daß er auf sich aufpassen kann. Erzähl mir mehr über diesen Code, den ihr beide benutzt. Weshalb brauchst du ein Wörterbuch, um ihn zu entschlüsseln?«

Seine Frage war ein Versuch, das Thema zu wechseln, aber Lily begrüßte die Ablenkung. Sie wollte nicht über die Gefahr nachdenken, in der Robert schwebte, nicht, wenn sie nichts tun konnte, um es zu verhindern. Sie konzentrierte sich auf ihre Erklärung des Codes. Während die Zeit verging, begann er, ihr mehr von seinen Aktivitäten zu erzählen. Der Klang seiner tiefen Stimme und die zärtliche Art, wie er sie hielt, beruhigten ihre Ängste, auch wenn sie nicht mehr über Sebastian Lacroix sprachen. Das sanfte Schaukeln der Kutsche und das einschläfernde Vibrieren der Räder taten ein übriges, und bald fielen ihr die Augen zu.

Remmington weckte sie einige Stunden später, als sie an einem Gasthaus anhielten, wo sie die Nacht verbringen wollten. Sie spürte sofort seinen Stimmungswechsel. Irgendwann, während sie schlief, hatte er sie auf seinen Schoß gezogen. Er weckte sie mit einem Kuß. Sie schlang ihre Hände um seinen Hals und erwiderte den Kuß, bevor sie richtig wach war. In dem Moment, als er sich von ihr löste, bemerkte sie, daß die Kutsche stand. Er zog ihren Kopf unter sein Kinn, und sie hörte, wie er mehrere Male tief einatmete. Sie legte ihre Arme unter seine Jacke und drückte sich näher an seine Wärme.

»Wir sind an einem Gasthaus namens Brass Ring«, sagte er mit seltsam heiserer Stimme. Lily bemühte sich um Aufmerksamkeit. Er rieb ihren Nacken mit so beruhigenden Bewegungen, daß sie dachte, sie würde schmelzen. »Ich habe Jack hineingeschickt, um für unsere Mahlzeiten und Unterbringung zu sorgen. Welches Gepäck brauchst du für die Nacht?«

»Die blaue Gobelintasche«, murmelte sie und rieb ihre Wange an seiner Brust.

Sie bewegte sich leicht, um sich dichter an ihn zu schmiegen, aber plötzlich lagen seine Hände um ihre Taille. Er hob sie von seinem Schoß und setzte sie neben sich. »Ich bin sicher, Jack hat unser Zimmer. Laß uns hineingehen.«

Remmington half ihr, auszusteigen und hielt einen Arm fest um ihre Taille gelegt, als er sie über den Hof des Gasthauses führte. Es wurde langsam dunkel, und der Hof schwirrte vor Aktivität. Der Brass Ring war ein großer Gasthof. Das dreigeschossige Backsteingebäude war beinahe vollständig von Efeu bedeckt. Eine Zeichnung des Namensvetters hing über dem niedrigen Eingang zu den Gaststuben. Jack wartete dort, um sie zu einem obenliegenden Zimmer zu führen.

Ihr Zimmer war klein, aber die Möbel strahlten eine fröhliche Behaglichkeit aus, die die Hand einer Frau verriet. Bunte Flickenteppiche bedeckten den Holzboden, und am Fenster standen ein Tisch und zwei Stühle. Auf dem Tisch lag ein Tischtuch mit Blumenmuster und auf dem Bett eine dazu passende Tagesdecke. Lilys Blick glitt von dem Bett zu der hohen Gestalt ihres Mannes. Sie wußte bereits, daß seine Füße über das Ende der normalgroßen Matratze hinausbaumeln würden. Die Vorstellung ließ sie lächeln, bis sie sich daran erinnerte, daß sie das Bett mit ihm teilen würde.

Jack kam umgehend mit einem großen Tablett mit ihrem Abendessen. Er stellte es auf den Tisch, während einer der Vorreiter ihr Gepäck in der Tür abstellte. Dann gingen die Diener, nachdem Remmington ihnen gesagt hatte, daß sie am nächsten Morgen kurz nach Tagesanbruch weiterreisen würden.

Lily betrachtete das Mahl mit wenig Interesse. Ihr Magen war von den langen Stunden in der Kutsche immer noch in Aufruhr. Remmingtons Appetit hingegen schien überhaupt nicht beeinträchtigt zu sein. Er schlang geradezu, was die Unterhaltung auf ein Minimum beschränkte. Die Art, wie er sie während der Mahlzeit beobachtete, machte sie nervös. Er zog eine Augenbraue hoch, als sie schließlich ihren nur halb geleerten Teller wegschob.

»Hast du keinen Hunger?«

Sie zuckte die Schultern. »Ich esse nie viel, wenn ich reise.«

»Bist du krank?«

»Nein. Ich habe einfach keinen Hunger.« Sie nahm ihren Becher mit Glühwein und trank zögernd einen Schluck. Er schmeckte besser, als sie erwartet hatte, und sie nahm einen größeren Schluck.

»Und wie geht es dir sonst?« Er legte seine Gabel hin und ließ den Blick nicht von ihr, während er auf eine Antwort wartete.

»Mir geht es gut.« Sie wunderte sich über sein plötzliches Interesse an ihrer Gesundheit. Unsicher, was sie noch sagen konnte, um ihn zu beruhigen, nahm sie noch einen Schluck Wein.

Er schob seinen Teller weg und beugte sich vor. Seine Stimme war leise. »Bist du noch wund von letzter Nacht?«

Sie brauchte einen Moment, bis sie die Bedeutung seiner Worte begriffen hatte. Dann verschluckte sie sich. Erschreckt klopfte er ihr auf den Rücken. Der erste Schlag beförderte sie beinahe mit dem Gesicht nach unten auf ihren Teller. Es gelang ihr, seinen Arm zwischen dem dritten und vierten Schlag zu packen und ihn zu stoppen, bevor er sie ernsthaft verletzte. Sie versuchte, soviel Würde wie möglich aufzubringen, stellte ihren Becher auf den Tisch und nahm ihre Serviette, um ihre tränenden Augen zu betupfen.

»Alles in Ordnung?«

»Ich werde mich erholen. Du bist stärker als du denkst … Miles. Ich muß mich immer daran erinnern, dich mit deinem Vornamen anzureden. Solange ich denken kann, kenne ich dich mit deinem Titel. Aber es ist ein sehr hübscher Name. Wie sind deine Eltern darauf gekommen?«

Remmington lehnte sich in seinem Stuhl zurück und lächelte. »Versuchst du vielleicht, irgendwie meiner Frage auszuweichen?«

»Ich glaube nicht.« Sie klapperte mit den Wimpern, um ganz unschuldig auszusehen. »Ich sagte, daß ich mich erholen werde, was natürlich bedeutet, daß alles in Ordnung ist.«

»Dieser unschuldige Gesichtsausdruck ist wirklich ganz reizend, meine Liebe, aber ich kenne dich zu gut, um mich von deiner gespielten Unschuld narren zu lassen. Du weißt, welche Frage ich gemeint habe.«

Lily wandte ihre Aufmerksamkeit dem Wein zu, den sie auf dem Tischtuch verschüttet hatte. »Mir geht es in jeder Hinsicht gut.«

Er nahm ihre Hand und küßte sie geschickt auf die Handfläche. »Sagst du mir die Wahrheit, Lily? Ich möchte dir nicht wieder wehtun. Wenn du noch nicht bereit bist, können wir bis ... morgen nacht warten.«

»Du hast mir nie wehgetan«, sagte sie ruhig. Dann wurde ihr Gesichtsausdruck nachdenklich. »Nun, vielleicht als du mir auf den Rücken geklopft hast.«

Sein ernstes Gesicht wich einem Lächeln. »Ich liebe deinen Sinn für Humor.«

Lily biß sich auf die Lippe, aber sie konnte die Frage nicht länger zurückhalten. »Glaubst du, eines Tages könntest du mich auch lieben?«

Sein Lächeln schwand. Er nahm ihre Hand, stand auf und zog sie hoch. Er legte seine Hände auf ihre Schultern, und sein Gesicht war ernst, als er auf sie hinuntersah. »Ich möchte, daß zwischen uns immer Wahrheit herrscht, Lily.«

Sie schüttelte den Kopf und wußte instinktiv, daß sie sehr gut mit ein paar Lügen leben könnte. »Wenn du mir nichts Gutes zu sagen hast, dann sagst du vielleicht besser gar nichts.«

»Nein, Lily. Ich möchte nicht, daß du dir etwas vormachst oder mich später einmal beschuldigst, dir etwas vorgemacht zu haben. Ich möchte, daß unsere Beziehung auf Ehrlichkeit und Verständnis basiert. Was du für Liebe hältst, beinhaltet diese beiden Dinge nur selten.« Er sah sie erwartungsvoll an und verzog seine Mundwinkel, als sie ihm nicht direkt zustimmte. »Ich habe vor langer Zeit erfahren, daß romantische Liebe nur in Märchen existiert, aber das Wort selbst kann viele Dinge bedeuten. Manchmal täuschen wir uns selbst damit. Und ich glaube, daß du dich im Moment täuschst. Ich kann zum Beispiel sagen, daß ich Erdbeeren mit Sahne liebe, aber das bedeutet nicht, daß ich sie wirklich *liebe* oder daß sie immer mein Lieblingsessen bleiben werden. Verstehst du, was ich sage?«

»Ich verstehe, daß du mich mit Obst vergleichst.« Sie legte ihre Finger um seine Handgelenke und zog seine Hände von ihren Schultern. »Ich verstehe auch, daß du meine Gefühle für kindisch und naiv hältst.«

Er seufzte geschlagen. »Ich habe dich verletzt.«

»Wie scharfsinnig du doch bist.« Lily trat einen Schritt vor und schubste ihn an den Schultern. Überrascht trat er einen Schritt zurück. »Ich liebe dich, du, du ... unsensibler Kerl!« Sie schubste ihn noch einen Schritt zurück. »Du hast mich letzte Nacht angelogen. Du hast gesagt, wir würden uns lieben, und ich habe meinen Teil erfüllt. Jetzt ist mir klar, daß wir nichts dergleichen getan haben. Ich habe dich geliebt, aber *du* ... für dich war es nichts weiter als ein Paarungsakt.« Ihr Finger bohrte sich in seine Schulter, um ihrer Feststellung Nachdruck zu verleihen. »Du hast mich glauben gemacht, daß du mich magst, und dabei hat die letzte Nacht dir nichts bedeutet. Es war keine Pflichterfüllung. Du hast mich benutzt!«

Er packte ihre Hand, bevor sie ihn wieder schubste. »Ich habe dich letzte Nacht *nicht* benutzt und dich auch nicht angelogen. Und ich lasse nicht zu, daß du unsere Hochzeitsnacht schlechtmachst oder herabsetzt, nur weil deine Gefühle verletzt sind.«

»Du hast gerade beides getan, und ich glaube nicht, daß deine Gefühle auch nur im geringsten verletzt sind.« Sie sah ihn herausfordernd an. »Wie lautet deine Entschuldigung?«

»Du bist unvernünftig, Lily.«

»Unvernünftig, weil du für mich nicht mehr empfindest als für eine Schale Obst? Ich habe nicht darum gebeten, auf ein Podest gestellt zu werden, aber ich hatte gehofft, höher zu rangieren als Lebensmittel. Ich frage mich, womit ich um deine Aufmerksamkeit noch konkurrieren muß. Wenn du mich mit Lebensmitteln vergleichst, dann muß ich ja hinter den wirklich wichtigen Dingen deines Lebens rangieren, wie zum Beispiel einem Paar Lieblingsstiefeln oder einem besonders schönen Rennpferd.«

Er zog sie an sich, bis sich ihre Stirnen beinahe berührten. »Das ist nicht wahr, und du weißt es.«

»Ich weiß überhaupt nichts.« Sie wandte ihren Kopf ab, aber er nahm ihr Kinn und zwang sie, ihn anzusehen.

»Ich hatte niemals auch nur den geringsten Wunsch, ein Stück Obst, meine Stiefel oder ein Pferd zu küssen.«

Lily verdrehte die Augen. »Meine Erleichterung kennt keine Grenzen.«

Seine Hand faßte ihre Taille, und dann streichelte er unverfroren ihre Hüfte. »Ich will dich, Lily. In meinem Leben und in meinem Bett, aber ich werde nicht lügen, um zu bekommen, was ich will, indem ich dir sage, daß ich dich wahnsinnig liebe. Du hast meine Freundschaft, meinen Respekt und meine Zuneigung. Das sind stabile Gefühle, die eine stabile Ehe garantieren. Ich will keine Ehe, die auf etwas Flüchtigem und Unbeständigem basiert, was du für Liebe hältst.«

»Wie kann man nur so kalt und herzlos sein, wenn es um Gefühle geht?«

Er streckte seine Hand aus und fing eine ihrer Tränen mit einer Fingerspitze auf. Sein Gesichtsausdruck war grimmig, als er den Tropfen zwischen Zeigefinger und Daumen rieb. »Ich habe gelernt, daß es am besten ist, sich über Liebe keine Illusionen zu machen.« Die Wut verschwand aus seinem Gesicht, übrig blieb Bedauern. »Jetzt wünsche ich mir beinahe, ich hätte dich angelogen. Die Wahrheit ist schmerzlich. Es tut mir leid, Lily. Laß es mich wiedergutmachen. Laß mich dir zeigen, daß das, was wir haben, genug ist.«

Zu spät erkannte sie seine Absicht. Er senkte seinen Kopf und nahm ihre Lippen. Langsam und betäubend sinnlich streichelte er ihren Mund mehr, als daß er ihn küßte. Der sanfte Druck seiner Hand in ihrem Nacken hinderte sie daran, sich wegzudrehen, aber er forderte ihre Reaktion nicht. Er schmeichelte sie ihr ab. Seine Hände streichelten über ihren Rücken und ruhten dann auf ihren Hüften. Er zog sie näher an seine Hitze. Der intime Kontakt ließ Verlangen in ihr aufflackern. Es gelang ihr, sich ihm zu entziehen. »Ich will mich nicht paaren.«

Er murmelte seine Antwort gegen ihren weichen Hals. »Ich auch nicht. Wir werden Liebe machen.«

»Das geht nicht, wenn du mich nicht liebst.« Ihre Stimme klang beinahe schrill. Die Küsse, mit denen er ihren Hals bedeckte, ließen ihren Puls immer schneller werden.

»Das stimmt nicht.«

Sein letztes Wort sprach er gegen ihre Lippen. Er küßte

sie, bis ihre Knie weich wurden. Dann nahm er sie auf die Arme und trug sie zum Bett.

»Ich glaube nicht, daß wir das tun sollten.« Sie fragte sich, wie er sie weiter küssen konnte, während er sie beide auszog. »Ich würde gerne erst über das nachdenken, was du mir gesagt hast.«

»Du kannst alle Zeit der Welt haben.« Seine Hände arbeiteten am Verschluß seiner Reithose. »Morgen. In der Kutsche.«

»Ich hätte jetzt gerne etwas Zeit.« Sie stützte ihre Hände gegen seine Schultern, aber irgendwie wurde ihr Griff zu einer Liebkosung. Auch als sie ihre Augenbrauen zusammenzog, strichen ihre Hände nach unten, bis sie seine flachen, runden Brustwarzen erreichte. Sie wurden sofort hart unter ihren Handflächen. Neugierig wiederholte sie die Bewegung, und er stöhnte. In seinen dunklen Augen flackerte ein inneres Feuer, und sie kannte seine Antwort schon, bevor er den Kopf schüttelte.

»Morgen.«

Er küßte sie wieder auf den Mund, und sie vergaß alles über dem Vergnügen, das er ihr bereitete. Er wußte genau, wie er ihr Verlangen steigern konnte, wo er sie berühren und wo er sie küssen mußte. Gleichzeitig zeigte er ihr, wie sie seine Wonnen erwidern konnte, bis sie beide mehr brauchten. Dann drang er in ihren Körper, tief und langsam zuerst. Beide waren sich jeder wollüstigen Bewegung bewußt. Seine dunklen Augen hielten ihren Blick fest, um sich total auf ihre Verbindung zu konzentrieren. Sie war wie in Trance, während er in sie stieß. Das einzige Geräusch war ein gelegentliches Keuchen, wenn er der Flamme zu nahe kam, die sie beide drohte, zu verschlingen. Er begann in ihr anzuschwellen und sie mit jedem Stoß mehr auszufüllen. Sein Körper vermittelte ihr Stärke und Kraft und gleichzeitig soviel Schönheit und Zärtlichkeit, daß ihr vor Liebe die Tränen in die Augen stiegen.

Ihre Augen weiteten sich, und ihr gutturaler Aufschrei verband sich mit seinem heiseren Stöhnen, während er ihr immer noch in die Augen sah. Er ließ sie die lustvolle Freude seines Höhepunktes in seinen Augen lesen. In diesem Moment begriff sie die stille Botschaft, die er mit seinem Körper und seinen Augen vermittelte.

Sie hatten sich gerade geliebt.

Siebzehn

Es war die Stunde vor der Dämmerung. Nicht mehr Nacht, aber auch noch nicht Tag. Remmington lag auf der Seite und beobachtete seine schlafende Frau. Er drückte einen Kuß auf ihre nackte Schulter, während seine Hand die Rundungen ihrer Hüfte erforschte. Sie drehte sich von ihm weg, rollte dann aber wieder auf ihn zu, bis sie ihren Körper vollkommen an seinen geschmiegt hatte. Er drückte ihr noch einen Kuß auf die Schulter, während er seine Erforschung fortsetzte. Er wollte jeden Teil von ihr kennen, die Form und Beschaffenheit der zarten Knochen und weiblichen Kurven, jeden Zentimeter ihrer Samthaut. Er rieb seine Wange an ihren Haaren und atmete tief ihren Duft ein. Dann hielt er den Atem an, um sich auch diesen Duft richtig einzuprägen.

In einer anderen Zeit und an einem anderen Ort hätte er sie Tag und Nacht im Bett behalten, bis er von diesem ständigen Bedürfnis, sie zu berühren, geheilt wäre. Aber es war nicht nur Lust, die diesen Wunsch hervorrief. Allein sie zu halten, bereitete ihm Freude, ein Gefühl von Zufriedenheit, das er bisher nicht gekannt hatte.

In dieser Zeit und an diesem Ort konnte er es sich nicht leisten, in seinen seltsamen Launen zu versinken. Er streifte noch einmal ihre Schulter mit seinen Lippen und zwang sich dann von ihrer verführerischen Wärme fort. Der Raum lag immer noch im Schatten, aber das Licht reichte aus, um ihr Gesicht zu betrachten, während er sich anzog und sich über die seltsame Faszination wunderte, die sie auf ihn ausübte.

»Lily?« Er legte seine Hand auf ihre Schulter und stubste sie zärtlich. »Lily, es ist Zeit, sich anzuziehen.«

Ihre Wimpern flatterten, sie öffnete die Augen, und ihre Lippen bogen sich zu einem schläfrigen Lächeln. So wie ihr Blick nach oben wanderte, taten es auch die Laken. Als sie ihm in die Augen sah, hatte sie die Bettdecke bis zum Kinn hochgezogen, und ihr reizendes Lächeln war nur noch Erinnerung. Das mißtrauische Funkeln in ihren Augen ließ ihn die Stirn runzeln.

Er drehte sich um und stopfte die Kleidung, die er am Vortag getragen hatte, in eine Tasche. »Ich werde meine Männer suchen und schauen, daß sie zur Abreise bereit sind. Jack hat gestern abend dafür gesorgt, daß wir heute früh ein Frühstück erhalten. Ich werde in spätestens einer Viertelstunde zurück sein und dich zum Esen nach unten bringen.« Er war fertig mit Packen und drehte sich um, um hinauszugehen. »Denk daran, hinter mir die Tür zu verriegeln.«

Remmington warf ihr nur einen kurzen Blick zu, bevor er das Zimmer verließ. Ihr düsterer Gesichtsausdruck verursachte ihm Schuldgefühle, erinnerte ihn an ihre unbeantwortete Liebeserklärung in der vorigen Nacht. Wie sehr sie auch schmollte, sie würde seine Meinung oder seine Gefühle dieser Ehe gegenüber nicht ändern. Lust und Verlangen waren wunderbar im Bett, aber er würde ihre Ehe nicht auf ein so leicht gebautes Fundament gründen. Diesen Fehler hatte er schon einmal gemacht, und zumindest war er ein Mann, der aus seinen Fehlern lernte. Die impulsiven Gefühle ihrer Vernarrtheit würden schon bald verblassen. Der Tag würde kommen, an dem sie sich fragen würde, was sie je in ihm gesehen hatte, daß es sie zu solcher Sehnsucht trieb.

Sie würden eine angenehme Routine entwickeln, beschloß er. Eine, die sich fortsetzen würde, auch wenn sie endlich zu Verstand kam und erkannte, daß sie Glück hatten, wenn zwischen ihnen Zuneigung und Freundschaft herrschte. Nur wenige Paare hatten das Glück, das zu erfahren. Sie konnten bei Tag Freunde und Vertraute sein, Liebende bei Nacht. Nur bei Nacht.

Schließlich war er nicht der Mann, der von flüchtig aufflackernder Leidenschaft beherrscht wurde. Er konnte den

Drang beherrschen, zurück in diesen Raum zu gehen und sie stundenlang zu lieben. Er konnte die Reaktion seines Körpers auf den Anblick ihres schläfrigen, einladenden Lächelns ignorieren. Seine Beherrschung würde die Stabilität seiner Gefühle beweisen. Sie nach Remmington Castle zu bringen, war viel wichtiger als die momentanen Gelüste seines Körpers. Er würde sich nicht davon ablenken lassen.

Er wartete vor der Tür, bis er hörte, wie sie den Riegel vorschob. Dann drehte er sich um und ging die Treppe hinunter. Eine Handvoll Gäste hatte sich für einen billigeren Schlafplatz im Schankraum entschieden, und das Geräusch des Schnarchens bestätigte ihm, daß die meisten noch schliefen. Er blieb einen Moment am Fuß der Treppe stehen und sah durch den Raum zu der Tür, die zu den Ställen führte.

Ein oder zwei Stunden Verspätung würden ihren Zeitplan nicht ernstlich gefährden. Wie Lily bereits festgestellt hatte, hatten sie immer noch einen guten Vorsprung vor jeder Nachricht, die die Zeitungen erreichen konnte. Und doch war das nicht der einzige Grund für seine Eile. Remmington Castle hatte zahllosen Generationen seiner Familie Sicherheit geboten, und es war tief in ihm verwurzelt, daß er in schwierigen Zeiten den Schutz dieser Festung suchte. Er wollte Lily vor Gefahr beschützen, sie an einem Ort wissen, wo sie vor jeder Bedrohung sicher war.

Ein seltsames Gefühl kroch ihm die Wirbelsäule hoch, gefolgt von dem Drang, die Kutsche zu vergessen und zu seiner Frau zurückzukehren. Dieses Mal war es keine Lust, sondern ein beschützender Impuls, um sicherzustellen, daß alles in Ordnung war. Gerade als er sich umdrehen wollte, öffnete sich die Tür und zwei seiner Vorreiter betraten den Schankraum.

Aus Rücksicht den anderen Gästen gegenüber verbeugten sich die Männer schweigend zur Begrüßung. Mit leiser Stimme befahl Remmington den Männern, die Tür zu seinem Zimmer zu bewachen, bis er zurückkehrte. Obwohl er wußte, daß die Tür verriegelt war, wollte er Lily an diesem Ort nicht allein wissen. Einen Moment lang überlegte er, einen der Männer an seiner Stelle zu den Ställen zu schicken, dann überlegte er, daß Lily denken könnte, daß er aus einem anderen Grund und nicht wegen ihrer Sicherheit zurückkehrte. Es bestand wenig Zweifel, daß sie recht haben würde.

Gestern morgen hatte er sich beinahe die Kehle durchgeschnitten, nur weil er Blicke auf seine attraktive Frau erhascht hatte, während er sich rasierte und seinen Spiegel so eingestellt hatte, daß er jede ihrer Bewegungen beobachten konnte. Als sie hinter dem Paravent verschwunden war, hatte er sich angestrengt, jedes auch noch so kleine Geräusch von ihr zu vernehmen. In seiner Fantasie hatte er sich jedes Kleidungsstück vorgestellt, das sie anlegte, und wie sie sich auf ihrer Haut anfühlten, wenn sie sie anzog. Eine wunderbare Vorstellung der Körperteile, die sie bedeckten. Als sie vollständig angezogen hinter dem Paravent hervorgetreten war, hatte er sich nichts sehnlicher gewünscht als sie wieder auszuziehen. Langsam. Sehr, sehr langsam. Dem Zimmer oben fehlte sogar der Paravent. Er konnte sie beobachten, wenn sie sich anzog, konnte jeden Zentimeter ihres aufreizenden Körpers anschauen und sich daran erinnern, wie sie sich anfühlte. Er konnte sie sogar berühren, wenn er wollte. Er würde warten, bis sie ihre Kleidung gerichtet hatte, jeden Knopf geschlossen, und dann würde er …

Er würde zu den Ställen gehen. Jetzt gleich. Er hatte in den Ställen Wichtiges zu erledigen. Er konnte sich nur im Moment nicht daran erinnern, was es war.

In den Ställen hatte Jack bereits die Pferde gefüttert und überprüfte Geschirr und Zaumzeug. Remmington las die Karte, die Jack in der Kutsche hatte, und sie besprachen die Tagesreise. Jack pries die Vorteile eines speziellen Gasthofes an ihrer Route, als die Stalltür aufbrach und die Pferde ebenso erschreckt wurden wie die Männer. Es war einer der Vorreiter, die er zu Lilys Bewachung abgestellt hatte. Der verzweifelte Gesichtsausdruck des Mannes ließ Remmington aufspringen.

»Euer Gnaden! Sie müssen sofort kommen! Wir haben Stimmen aus Ihrem Zimmer gehört, und ich habe an die Tür geklopft, um nachzufragen, ob alles in Ordnung ist. Eine

Männerstimme antwortete. Er ... er sagte, wir sollten von der Tür weg bleiben oder er würde Ihre Frau erschießen!«

Remmington lief bereits auf den Gasthof zu, während der Vorreiter ihm die Geschichte nachrief. Er rannte durch den Schankraum zur Treppe und nahm drei Stufen auf einmal. Ihre Tür lag am Ende des Ganges. Einige neugierige Gäste standen auf dem Flur, wie auch der Gastwirt, der besorgt aussah. Er versuchte, Remmington aufzuhalten, aber der stieß ihn so heftig zur Seite, daß der Mann gegen die Wand prallte.

Der zweite Vorreiter stand vor der Tür ihres Zimmers, beide Pistolen gezogen und ein Ohr an die starke Eichentür gepreßt. Sobald er Remmington erblickte, trat er von der Tür zurück.

»Er redet da drin, seit Tom fortging, um Sie zu holen«, sagte er mit gedämpfter Stimme. »Er erzählt Ihrer Frau die ganze Zeit, daß er gekommen ist, um sie zu retten.«

»Gib mir deinen Umhang«, befahl Remmington. »Und deine Pistolen.« Während der Vorreiter seinen Umhang ablegte, wandte er sich an den Gastwirt. »Hat jemand nach uns gefragt, nachdem wir gestern abend ankamen?«

»Ja.« Der Gastwirt rieb seinen benommenen Kopf. »Ungefähr eine Stunde nach Ihrer Ankunft kam ein Gentleman und sagte, er wäre Ihr Cousin. Er wollte ein Zimmer neben Ihrem, so daß er Sie heute morgen direkt aufsuchen könnte.« Er zeigte auf das Zimmer direkt gegenüber von Remmingtons. »Ich habe ihn dort einquartiert. Er sah aus wie ein Gentleman und klang einfach tadellos. Ich schwöre, ich hätte niemals ...«

Remmington schnitt ihm mit einem einzigen finsteren Blick das Wort ab. Er schwang sich den Umhang des Vorreiters um die Schultern und nahm dann die Pistolen. Eine hielt er deutlich sichtbar in der rechten Hand. Der Umhang verdeckte seinen linken Arm und verbarg die andere Pistole. Er trat näher an die Tür. »Lily? Bist du in Ordnung?«

Einen Moment herrschte Stille, dann rief eine männliche Stimme: »Sind Sie das, Remmington?«

»Ja.« Remmingtons Mund verzog sich zu einer dünnen

Linie. Die Stimme klang vertraut, aber er konnte sich kein Gesicht dazu vorstellen. Mit einem Kopfnicken gab er seinem Vorreiter den schweigenden Befehl, die Tür zu öffnen. »Ich komme rein.«

Die Tür war unverschlossen, und der Vorreiter stieß sie auf, bevor der Mann in dem Zimmer etwas dagegen sagen konnte. Remmington trat durch die Tür und wappnete sich für das, was da kommen sollte.

Lily stand ungefähr in der Mitte des Raumes. Sie trug ihr Nachthemd und ihren Morgenrock. Ihr Angreifer stand hinter ihr, hielt sie an den Haaren fest und drückte ihr die Mündung seiner Pistole an die Schläfe.

Remmingtons Herzschlag setzte aus.

Eine seltsame Ruhe überkam ihn und brachte die beiden Menschen vor ihm scharf in seinen Blick. Alles andere in dem Zimmer verschwand in einem grauen Nebel am Rande seines Blickfeldes, jede Faser seines Daseins war auf den Mann konzentriert, der Lily bedrohte. Er sah, wie Lilys Kopf von einem heftigen Ruck an ihren Haaren nach hinten gerissen wurde. Dieser Vorgang löste ein Gefühl in ihm aus, das er nicht identifizieren konnte. Es begann in seiner Brust, ein seltsam sich windendes Gefühl, als würde eine Schlange sich bereitmachen, zuzuschlagen. Sein ganzer Körper spannte sich an, jeder Muskel wußte, was er zu tun hatte, sein ganzes Wesen konzentrierte sich auf den Feind. Er hatte sich niemals so wach gefühlt.

Er beugte seinen rechten Arm, so daß die Pistole harmlos zur Decke zeigte. Dann stieß er die Tür mit einem Fuß zu. Er lächelte sogar den Mann an, der seine Frau festhielt. »Guten Morgen, Lord Allen. Ich glaube, es stehen ein paar Erklärungen an.«

»Legen Sie Ihre Pistole auf den Boden, Remmington.«

Der Befehl kam nicht überraschend. Der verzweifelte Ausdruck in George Allens Augen ließ ihn den Befehl befolgen. Er legte seine Waffe auf den Boden, ohne eine plötzliche Bewegung zu machen. Mit derselben fließenden Bewegung richtete er sich wieder auf und wartete. Sein Blick war auf die Mitte von Allens Stirn gerichtet. Er konnte Lily nicht ansehen. Der entsetzte Ausdruck in ihrem Gesicht, den er flüchtig realisiert hatte, würde seine Konzentration brechen.

»Ich nehme sie Ihnen weg«, sagte Allen, und seine trotzigen Wort paßten überhaupt nicht zu seiner zitternden Stimme.

Die Drohung beeindruckte Remmington nicht. Er wußte, daß Allen das Zimmer nicht lebend verlassen würde.

Allens Stimme wurde hysterisch hoch. »Sie werden sie nicht mehr mit Ihren dreckigen Händen anfassen, Remmington. Ich habe sie vor Osgoode gerettet, und ich werde sie vor Ihnen retten. Sie gehört jetzt mir. Sie wird immer mir gehören.«

Irgendwie wußte er, daß er Allen am Reden halten mußte, daß eine vernünftige Ansprache ihn zumindest soweit beruhigen würde, daß er die Pistole von Lilys Kopf nahm. Doch da durchzuckte ihn eine neue Angst, die er bis zu diesem Augenblick nicht in Betracht gezogen hatte. In seiner nervösen Erregung könnte Allen versehentlich den Abzug betätigen. Remmington nahm seine gesamte Beherrschung zusammen, um seine Stimme gefaßt klingen zu lasen. Sein Gesicht war ausdruckslos. »Sie müssen nicht so drastische Maßnahmen ergreifen, Allen. Sie machen Lily angst. Ich bin jetzt unbewaffnet. Nehmen Sie die Waffe von ihrem Kopf, und wir können wie Gentlemen über die Situation sprechen.«

»Nein!« Allen ließ Lilys Haar los und legte seinen Arm um ihren Hals. »Sie haben sie gegen mich aufgebracht, Sie Bastard. Ich bin heute morgen, direkt nachdem Sie gegangen sind, hier eingedrungen. Ich habe ihr gesagt, daß ich sie liebe, daß ich dafür sorgen würde, daß Sie sie niemals wieder berühren. Wissen Sie, was sie mir gesagt hat?« Allens Gesicht verzog sich zu einem höhnischen Grinsen und sein Griff um ihren Hals verstärkte sich mit einer harten ruckartigen Bewegung. »Sie hat mir gesagt, daß Sie *verheiratet* sind.«

Allen schloß seine Augen, und sein Gesichtsausdruck war der eines gequälten Mannes. Als er seine Augen wieder öffnete, lag der Glanz des Irrsinns in ihnen. Remmington wußte jetzt, daß sie diese Situation nicht ruhig würden diskutieren können. George Allen war wahnsinnig.

»Sie hätte mein sein sollen, Remmington. Niemand kann sie haben außer mir.« Sein Blick glitt zu Lily, und er rieb seine Wange an ihrem Haar wie ein Liebhaber. Remmington knirschte mit den Zähnen. »Ich habe immer gedacht, wir würden heiraten, Lily, aber so ist es noch besser. Ich verspreche, es schnell und schmerzlos zu machen, Liebling. Du wirst nicht einmal wissen, was geschieht.«

Remmingtons Blut gefror zu Eis.

»Er wird mich daraufhin erschießen«, sagte Allen mit einem Nicken zu Remmington. »Ich werde für dich sterben, Lily. Wir werden für immer zusammen sein.«

»Es gibt noch eine andere Art, wie Sie sie haben können«, sagte Remmington, noch bevor Allen seine Drohung beendet hatte. Es war keine logische Auseinandersetzung, aber Remmington wußte, daß er es nicht mit einem logischen Mann zu tun hatte. »Wenn Sie mich töten, wird sie Witwe sein. Dann können Sie sie immer noch heiraten.«

»Nein!« schrie Lily. »Tun Sie ihm nichts!«

Allen brachte sie mit einer ruckartigen Bewegung seines Armes zum Schweigen, aber die Mündung seiner Pistole bewegte sich von ihrer Schläfe fort. Doch er änderte beinahe sofort wieder seine Meinung, und die Waffe lag erneut an ihrem Kopf.

»Sie würden sich niemals für eine Frau opfern, nicht einmal für Lily«, spottete Allen. »Was haben Sie vor, Remmington?«

»Ich bin doch derjenige, den Sie treffen wollen. Ich habe Ihnen Lily weggenommen. Wenn Sie sie jetzt erschießen, stirbt sie als meine Frau. Sie wird *mein* sein, Allen.«

»Nein! Sie verdienen sie nicht!«

Die Waffe bewegte sich so, daß die Mündung zwar neben Lilys Schläfe und nicht mehr auf ihren Kopf zielte. Aber sie war immer noch zu nah. Remmington atmete tief durch und ging das rikanteste Spiel seines Lebens ein. »Wollen Sie sie nicht besitzen, Allen? Sind Sie nicht Mann genug, um zu tun, was Sie tun müssen, um sie zu besitzen?«

»Schnauze!« kreischte Allen. »Sie dürfen nicht so über sie reden!«

»Möchten Sie sie nicht ebenso intim kennenlernen, wie ich sie kenne?« höhnte er. »Möchten Sie nicht wissen, wie es ist, sie in Ihrem Bett zu haben? Oder haben Sie Angst, nicht genug Mann für sie zu sein?«

»Schnauze, *Schnauze!*«

In dem Moment, als er die Mündung von Lilys Kopf wegnahm, hob Remmington die verborgene Pistole und feuerte. Ein zweiter Sprengstoß erfolgte, und Remmington spürte einen Luftzug, als Allens Schuß in der Wand hinter ihm landete. Der dicke, erstickende Rauch von Schießpulver erfüllte den Raum, und eine unheimliche Stille folgte dem ohrenbetäubenden Knallen.

Remmington ließ seine Pistole fallen und stürzte durch den Nebel nach vorne. Er fand Lily auf dem Boden. Sie war durch Allens Griff um ihren Hals mit zu Boden gezogen worden. Er schlug Allens Arm weg und entriß Lily dem auf der Erde liegenden Mann. Mit einer Ecke seines Umhangs wischte er das Blut von ihrem Gesicht. Sein Blick war verschwommen, bis er erkannte, daß das Blut nicht von ihr stammte. Er wollte sie an seine Brust drücken und sie halten, bis die Angst, die ihn durchdrang, abebbte. Er wollte nicht, daß sie auch nur noch einen Moment in diesem Zimmer blieb, wo sie sehen konnte, was passiert war. Die Tür wurde aufgerissen, als er sie auf die Arme nahm.

»Kümmer dich darum«, befahl er Jack mit einem kurzen Nicken zu George Allen. Er ging durch die Tür, dann über den Flur, und sein Blick suchte nach dem Gastwirt. »Zeigen Sie uns ein Zimmer, das möglichst weit von diesem entfernt ist. Und zwar jetzt!«

Der Gastwirt lief beinahe, um Remmingtons langen Schritten voranzueilen. Er führte sie eine weitere Treppe hinauf in den zweiten Stock und dort in ein großes, luftiges Zimmer am Ende des langen Ganges.

Remmington sah sich flüchtig in dem Zimmer um und wandte sich dann an den Gastwirt. »Ich möchte, daß uns ein Bad gebracht wird. Und schicken Sie einen meiner Männer mit unserem Gepäck.«

»Ja, Euer Gnaden.« Der Gastwirt neigte seinen Kopf, aber er erstarrte, als sein Blick auf Lily fiel. »Ihre Frau! Sie braucht einen Arzt!«

»Meine Frau ist nicht verletzt«, sagte er gleichmütig, und sein Blick, der den Gastwirt traf, war voll verborgener Wut. »Bringen Sie viel Wasser und zusätzliche Handtücher.«

»Ja, Euer Gnaden.« Der Gastwirt floh und schlug die Tür hinter sich zu.

Remmington durchquerte das Zimmer und setzte sich auf das Bett. Er hielt Lily in seinen Armen, aber er konnte sie nicht nah genug, nicht fest genug halten. Er zwang sich, sie anzusehen, das Entsetzliche anzusehen, was er ihr angetan hatte. Er begann zu beten, ein Gebet, daß sie immer noch unter Schock stand, zu benommen war von dem Ereignis, um zu wissen, was passiert war. Sie würde es bald genug erfahren.

»Mach es weg«, flüsterte sie mit fest zugedrückten Augen. Ihre Stimme war sehr leise, beinahe hysterisch.

Ein Muskel in seinem Kiefer zuckte, und er nahm sie fester in die Arme. »Ich kann nicht, Liebling. Erst, wenn sie mir Wasser gebracht haben. Es dauert nicht mehr lange. Ich verspreche es.« Er spürte, wie sie zu zittern begann, und schloß seine Augen. Sie lebte. Das war alles, was zählte. Und doch gab es noch eine letzte Angst. »Sag mir, daß du ihn nicht angesehen hast, als alles vorbei war. Gott, Lily, sag, daß du das nicht gesehen hast.«

Er schickte ein weiteres stummes Dankgebet zum Himmel, als sie ihren Kopf an seiner Brust schüttelte. Zumindest diese Erinnerung würde ihr erspart bleiben. Der Anblick von Lily, gefangen in diesem Alptraum, würde ihn in den nächsten Jahren nachts verfolgen.

Noch bevor er den Raum durchquert hatte, hatte er gewußt, daß er mit tödlicher Genauigkeit geschossen hatte. Die Kugel war mitten durch Allens Stirn gedrungen. Ein plötzlicher Tod, aber ein blutiger. Festgehalten von Allens Todesgriff, war Lily mit der blutigen Masse bespritzt worden. Er hatte ihr Gesicht so gut er konnte abgewischt, aber der Umhang hatte das Blut nur verschmiert. Es verunreinigte sie überall: ihre Haare, ihren Morgenrock, ihre Haut. Ein Schauder durchfuhr ihn. Wo zum Teufel blieb der Gastwirt mit dem Wasser?

Ein leises Klopfen an der Tür schien eine Antwort auf seine stumme Frage zu sein. Remmington antwortete, und der Gastwirt trat ein, gefolgt von zwei Männern, die eine Messingsitzbadewanne trugen. Sie stellten die Wanne in die Mitte des Zimmers, während weitere Diener mit Handtüchern und Eimern voll dampfenden Wassers erschienen. Ein Vorreiter trug ihr Gepäck herein und stellte sich dann vor die Tür, um Wache zu halten.

Als sie endlich allein waren, trug Remmington Lily zu einem Stuhl, den einer der Diener neben die Wanne geschoben hatte. Sie wollte ihn nicht loslassen. Ihre Finger waren um sein Revers zu festen Fäusten geballt, und er mußte sich erstaunlich anstrengen, um sich loszumachen. Er ließ sie nur für einen Moment allein, um die Tür abzuschließen. Dann kniete er sich neben sie, um den Morgenrock zu öffnen und das bespritzte Kleidungsstück von ihren Schultern zu streifen. Sie saß ruhig da, während er das tat, ihre Glieder leblos wie die einer Flickenpuppe, als er den Mantel von ihren Armen zog. Er nahm ein Handtuch und tauchte es in einen Eimer mit warmem Wasser. Bis zu diesem Augenblick hatte er es vermieden, ihr Gesicht anzusehen, hatte sich für den Anblick gewappnet, aber trotzdem zog sich sein Magen zusammen.

Es war nicht ihr Blut. Sie war sicher. Diese Litanei wiederholte er immer wieder in Gedanken, als er mit dem feuchten Tuch über ihr Gesicht und ihren Hals wischte. Er mußte den Horror abwaschen, sie von dieser Scheußlichkeit reinigen. Er öffnete ihr Nachthemd und riß den dünnen Stoff bis zum Saum auseinander. Auch dieses schmutzige Kleidungsstück warf er neben sich.

Er hob sie mit unendlicher Vorsicht in die Badewanne. Ihre Nacktheit war ihm ebenso wenig bewußt wie es seine eigene gewesen wäre. Als er sie in die Wanne setzte, wurden seine Hemd- und Jackenärmel naß. Als er an sich hinuntersah, bemerkte er, daß auch seine Kleidung blutbefleckt war, wo er sie berührt hatte. Mit raschen Bewegungen entledigte er sich seines Jacketts und seines Hemdes. Lily zog ihre Knie an die Brust und rollte sich schützend zusammen.

»Nein, Liebes.« Sein Griff auf ihren Schultern war fest, aber sanft, als er sie zwang, sich zurückzulehnen. Er nahm ihre Haare und ließ sie über den Rand der Wanne fallen. Dann umfaßte er ihren Hinterkopf mit einer Hand und legte die andere auf ihre Stirn. »Halt deinen Kopf für einen Moment so. Genau«, ermutigte er sie, während er einen leeren Eimer unter ihre Haare zog. Sie schloß die Augen, als er warmes Wasser über ihre Haare goß. Er drückte sie tiefer ins Wasser, so daß sie ihren Kopf gegen den Rand der Wanne legen konnte. Dann seifte er die Locken ein und wusch sie kräftig durch. Nachdem er die Haare ausgespült hatte, griff sie nach der Seife. Wie wild schrubbte sie ihr Gesicht und ihren Hals damit und wiederholte diese Handlung immer und immer wieder. Gerade als er sie hindern wollte, weiterzumachen, beugte sie sich vor und wusch die Seife ab.

»Ist alles weg?« fragte sie und wischte sich das Wasser aus den Augen.

»Alles weg«, murmelte er.

Er half ihr auf die Füße und stützte sie, als sie aus der Wanne stieg. Sie griff nach einem Handtuch, aber er bestand darauf, sie abzutrocknen, und vollendete diese Aufgabe ebenso unpersönlich wie die in der Badewanne. In ihrer Tasche fand er ein Unterkleid, das er ihr über den Kopf zog. Dann hob er ihr Kinn und sah ihr in die Augen.

Es war das erstemal seit der Schießerei, daß sie sich ansahen. Sein Blick war fest, und er versank förmlich in ihren sherryfarbenen Augen. Der Ausdruck blanken Entsetzens war verschwunden. Sie würde sich erholen. Er wiederholte diese Versicherung für sich, während er sich das Bild ihres Gesichtes einprägte und sich daran erinnerte, daß er gedacht hatte, er würde es nie mehr erleben, daß sie ihn so ansah.

Sie war beinahe vor seinen Augen gestorben.

Es war ein grauenvoller Gedanke, zu schmerzhaft, um ihn weiter zu verfolgen. Er strich mit seinen Händen über ihre

Schultern und dann über ihre Oberarme, um sie bei den Ellbogen zu fassen. Er mußte sie festhalten, diese kleine Sicherheit haben, daß sie gesund und wohlbehalten war.

Sie schien seine Gedanken zu lesen. »Halt mich fest.«

Er nahm sie in seine Arme, einen kostbaren Schatz, den er beinahe verloren hatte. Sie legte ihre Wange an seine Brust. Es beruhigte und intensivierte den Schmerz, den er innerlich empfand. Er legte sein Kinn auf ihre feuchten Haare. Dann drehte er den Kopf, um seine Wange auf ihren Kopf zu legen. Er war zufrieden, bis sie zu zittern begann. Er nahm sie auf die Arme und trug sie zum Bett. Behutsam legte er sie unter die Decke. Sie lagen nebeneinander, ihr Kopf ruhte auf seiner Schulter, seine Arme hielten sie fest an ihn gedrückt. Dann begann sie zu weinen.

»Das ist gut«, murmelte er. »Laß es alles raus, Liebes. Weine.«

Wenn das Bad ihren Körper gereinigt hatte, überlegte er, dann würden die Tränen ihre Seele reinigen. Seine Brust wurde naß von ihrem Tränenstrom. Schließlich mußte er sie kurz alleine lassen, um ein Handtuch zu holen. Sie weinte weiter, manchmal fast lautlos, manchmal mit herzzerreißendem Schluchzen.

»Es ist vorbei. Er kann dir nicht mehr wehtun.«

Sie stützte sich auf einen Ellbogen und sah auf ihn hinunter. Ihre Augen waren rot vom Weinen, ihre Stimme heiser. »Du hast meinetwegen einen Menschen getötet. Es wird eine Untersuchung geben.« Sie brach auf seiner Brust zusammen und hielt ihn fest. »Es könnte eine Verhandlung geben! O Miles, was ist, wenn du ins Gefängnis geschickt wirst?«

Nach einem solchen Angriff wären die meisten Frauen tagelang hysterisch gewesen, aber Lilys größte Sorge war seine Sicherheit. Ihre Worte machten ihn sprachlos. Schließlich fing er sich wieder und begann, ihre Haare zu streicheln. »Beruhige dich, Lily. Es wird keine Verhandlung geben. Ich verbiete dir, dir Sorgen über etwas zu machen, das nicht nach außen dringen wird.«

»Aber ...«

Er hob ihren Kopf von seiner Brust und drückte ihr einen

Kuß auf die Stirn. »Es wird zu einer Untersuchung kommen, aber es wird eine Vielzahl von Zeugen geben, die aussagen, daß er den Verstand verloren hatte. Er ist heute morgen wie ein Wahnsinniger in dein Zimmer gestürzt, hat uns beide mit einer Pistole bedroht. Es war ein klarer Fall von Selbstverteidigung, und das ist alles, was die Behörden jemals über die Sache erfahren werden.«

»Aber so ist es nicht gewesen.«

»Genauso ist es gewesen. Niemand muß etwas von Allens anderen Angriffen erfahren. Es würde nur für Klatsch sorgen. Allen war verrückt, aber jeder, der heute morgen nicht dabei war, würde sich vielleicht fragen, was ein Mann allein mit meiner Frau in einem Schlafzimmer getan hat. Es könnte häßliche Spekulationen darüber geben, weshalb dieser Mann jetzt tot ist. Du wirst jedem, der fragt, versichern, daß ich anwesend war, als George Allen unser Zimmer betrat.«

Lilys Augen wurden groß. »Es waren Leute auf dem Flur. Was ist, wenn einer von ihnen eine andere Geschichte erzählt?«

»Es gibt nur eine Version, und zwar die, die ich dir gerade erzählt habe.« Er wußte, daß es Möglichkeiten gab, das sicherzustellen. »Ich meine es ernst, Lily. Ich möchte nicht, daß du dich wegen der Untersuchung sorgst. Bis dahin wird es noch Tage dauern, und dann ist es in weniger als einer Stunde vorbei.«

»Werden wir bis dahin hierbleiben müssen?«

Er schüttelte den Kopf. »Niemand von hier bis London hat die Autorität, in Frage zu stellen, was ich tue. Wir werden in die Stadt zurückkehren müssen.«

Lily sah eine Zeitlang nachdenklich aus. Ihr Gesichtausdruck wurde immer niedergeschlagener. »Der Klatsch. Wenn die Leute das erst einmal herausfinden, wird es einen grauenvollen Skandal geben. Ich weiß nicht, wie ich noch irgend jemandem ins Gesicht sehen kann.«

»Mit mir an deiner Seite«, sagte er bestimmt. »Nichts ist so schlimm, wie es aussieht, Lily. Vertrau mir.« Er war froh, daß sie nicht bei dem Thema von Allens Tod verharrte. Sie lebte, und jetzt war sie sicher. Das waren seine beiden vorherrschenden Gedanken, und an etwas anderes wollte er nicht mehr denken. »Schließ deine Augen und versuch, dich auszuruhen, Liebes. Es wird dir guttun, eine Weile zu schlafen.«

Sie runzelte die Stirn, kuschelte sich aber folgsam an seine Seite. Sie schwieg so lange, daß er schon dachte, sie sei eingeschlafen. Dann hörte er sie flüstern.

»Ich hatte große Angst, bis du kamst, um mich zu retten. Dann hast du mich halb zu Tode geängstigt, als du ihn so gereizt hast. Ich wußte nicht, daß du eine zweite Pistole hast. Als ich den ersten Schuß hörte, dachte ich ...« Ihre Stimme brach, und sie umarmte ihn fester. »Ich dachte, er hätte dich getötet! Bitte, jag mir nie wieder solche Angst ein.«

Remmington antwortete nicht. Ein Verrückter hatte gedroht, sie zu töten, und sie sorgte sich um das Leben ihres Mannes? Er starrte zur Decke und überlegte, ob sie jemals erfahren würde, daß ein Teil von ihm gestorben war, als er Allens Waffe an ihrem Kopf gesehen hatte. Es war ein ganz kleiner, zynischer Teil seines Herzens, der sich für unfähig zur Liebe gehalten hatte.

Achtzehn

Lily erwachte am nächsten Morgen in ihrem Zimmer in Remmingtons Stadthaus. Sie konnte sich kaum an ihre Reise nach London erinnern, nur daran, daß Remmington sie die ganze Zeit über in seinen Armen gehalten hatte. Sie war immer wieder eingeschlafen, aber ihre geistige Erschöpfung war größer als die körperliche gewesen. An ihre Ankunft im Stadthaus konnte sie sich gar nicht erinnern.

Das vertraute Zimmer gab ihr ein tröstliches Gefühl. In ihrer Abwesenheit hatte sich nichts in dem nach Lavendel duftenden Schlafzimmer verändert. Ihr rosagestreiftes Kleid hing noch im Schrank. Sie fand Remmington in der Bibliothek mit ihrem Vater und Sir Malcolm. Die Herren standen alle auf, um sie zu begrüßen.

»Lily!« Der Graf trat einen Schritt vor und blieb dann stehen. »Bist du unverletzt? Allen hat dir nichts getan?«

Sie lächelte ihn beruhigend an. »Ich bin in Ordnung, Papa.«

Remmington war nicht so reserviert. Er durchquerte den Raum, um ihr einen kurzen Handkuß zu geben. Sein Gesichtsausdruck war besorgt. »Du solltest dich heute ausruhen. Ich wollte dich nicht wecken, weil ich dachte, diese Besprechung wäre zu aufregend für dich.«

»Es geht mir gut«, beruhigte sie ihn. »Wenn du nichts dagegen hast, würde ich mir gerne anhören, was mein Vater und Sir Malcolm über … den gestrigen Vorfall zu sagen haben.«

Er runzelte die Augenbrauen. »Ich möchte dich nicht wieder aufregen.«

»Unsinn, ich bin stärker als Sie denken, Mylord.«

Er nickte widerwillig, führte sie aber zu einem Stuhl hinter dem Schreibtisch und stellte sich neben sie, mit einer Hand auf ihrem Stuhlrücken. Das schien ihre Akzeptanz in der Gruppe zu demonstrieren.

»Remmington hat uns gerade erzählt, was im Brass Ring geschehen ist«, sagte der Graf. »Ich kann nicht glauben, daß George Allen so tief in dieser Sache steckte.«

»Er muß sich irgendwann während Ashlands Ball fortgeschlichen haben und ist dann zurückgekehrt, ohne daß es jemand bemerkte«, mutmaßte Bainbridge.

Crofford schauderte. »Guter Gott. Ich habe ihn in mein Haus gelassen. Lily war die ganze Zeit oben. Ich kann nicht glauben, daß er den Nerv hatte, mich um die Erlaubnis zu bitten, ihr den Hof machen zu dürfen!«

Bainbridge runzelte verwirrt die Brauen. »Was ich nicht verstehe ist, weshalb er nicht um diese Erlaubnis gebeten hat, bevor er Lily angriff. Sie war doch offensichtlich ungebunden zu jener Zeit.«

»Wer weiß schon, wie das Gehirn eines Verrückten arbeitet?« fragte Remmington. »Ich kann Ihnen beiden versichern, daß er verrückt war.«

»Ich glaube, ich muß noch einmal mit Lord Ashland sprechen«, überlegte Bainbridge. »Er sagte, er hätte mit Allen bis kurz vor Morgengrauen Karten gespielt, aber ich habe nicht daran gedacht, ihn zu fragen, wann das Spiel begann. Ich werde auch noch mit Allens Dienern sprechen. Sie wissen vielleicht etwas, das mehr Licht in diese Situation bringen könnte.« Er drehte abwesend den silbernen Knauf seines Stockes und sagte grüblerisch: »Haben Sie die Behörden von Allens Tod unterrichtet?«

»Ich hielt es für besser, erst einmal Sie beide zu informieren«, antwortete Remmington.

Bainbridge nickte. »Ich werde mich um die Einzelheiten kümmern und das Oberste Gericht benachrichtigen. Die Untersuchung wird eine reine Formsache sein, aber ich werde gerne dabeisein, wenn Sie es wünschen.«

»Ich wäre Ihnen für Ihre Unterstützung sehr dankbar«, sagte Remmington. »Es scheint offensichtlich, daß Allen unser Mann war, aber bis Sie seinen Verbleib in der Nacht des Überfalls auf Lily überprüfen konnten, werde ich weiter ein wachsames Auge auf meine Frau haben. Ich möchte ihre Sicherheit nicht noch einmal riskieren. Da wir erst kürzlich geheiratet haben, wird es niemand für ungewöhnlich halten, wenn wir uns ein oder zwei Wochen nicht in Gesellschaft begeben.«

»Stimmt«, meinte Crofford. »Wir können gar nicht vorsichtig genug sein, bis wir alles genau wissen.«

»Ich stimme nicht zu«, sagte Lily. »Lord Allen war offensichtlich der Mann hinter der Maske. Ich sehe nicht ein, weshalb ich weiterhin bewacht werden soll, wenn ...«

»Du wirst nicht eingesperrt«, unterbrach Remmington sie. »Wir werden einfach in der Nähe des Hauses bleiben, bis wir sicher sein können, daß der Mann, der dich angegriffen hat, tot ist.« Sein Blick sagte ihr deutlich, daß es keine weitere Diskussion über dieses Thema gab.

Lily fand, daß es gar nicht so schlecht wäre, in der Abgeschiedenheit Zeit allein mit ihrem frischgebackenen Ehemann zu verbringen. Also nickte sie ergeben wie eine brave Ehefrau.

Es stellte sich bei der richterlichen Untersuchung heraus, daß Remmington und Bainbridge keinen Grund zur Sorge haben mußten. Der oberste Richter und seine Friedensrichter trafen zwei Tage nach ihrer Rückkehr nach London im Stadthaus ein. Lily servierte Sir Malcolm und ihrem Mann Tee, als Digsby ihre Ankunft meldete. Remmington machte deutlich, daß Lily sich entschuldigen sollte, damit die Herren unter sich blieben. Sie tat es sehr widerwillig.

»Euer Gnaden?« fragte Digsby.

Schuldbewußt nahm Lily ihr Ohr von der Tür zur Bibliothek und wirbelte herum, um den Diener anzusehen. Ihre Stimme blieb leise, so daß die Männer in der Bibliothek sie nicht hören konnten. »Ja, Digsby?«

»Sie müssen nicht hier warten, Euer Gnaden. Ich werde Sie informieren, wenn die Sitzung vertagt wird.«

»Vielleicht möchten die Herren noch Tee«, sagte sie. »Ich werde warten, falls etwas ist.«

»Das ist meine Pflicht, Madam.«

Aus der Bibliothek hörte sie eine gedämpfte Stimme. *»Ich bin sicher, es ist nicht mehr als eine reine Formsache, Euer Gnaden. Wenn Sie bitte so gut wären, uns den Hergang der Ereignisse zu schildern, die zu dem Zwischenfall geführt haben.«*

Lily hob ihren Blick noch gerade rechtzeitig, um zu sehen, wie Digsby sich aufrichtete, als hätte sie ihn dabei erwischt, wie er versuchte, die Worte des Richters zu verstehen. »Angst, Sie könnten etwas verpassen, Digsby?«

Er zuckte nicht einmal mit der Wimper. »Ja, Madam.«

»Nun gut.« Sie trat auf eine Seite der Doppeltüren. »Heute werden wir uns diese Pflicht teilen.«

Nebeneinander standen sie an der Tür und lauschten den Vorgängen in dem Raum. Jack kam auf seinem Weg zur Küche vorbei, blieb aber stehen, als er die Herzogin und Digsby sah, die ihre Ohren an die Tür zur Bibliothek drückten. Als Lily ihn sah, hob sie einen Finger an ihre Lippen und winkte ihn mit der anderen Hand weiter.

Schließlich wurde Remmington von jeder Verantwortung für den Tod von Lord Allen freigesprochen. Allen wurde aus unbekannten Gründen für vorübergehend unzurechnungsfähig erklärt. Wenn die Beamten es irgendwie seltsam fanden, daß Allen sich in demselben abgelegenen Gasthof aufhielt wie Remmington und Lily, als er verrückt wurde, so gaben sie ihrer Neugier keinen Ausdruck. Auch stellte niemand die Frage, was Allens Anfall ausgelöst haben könnte. Lily vermutete, daß es von einigem Vorteil war, wenn man einen Titel trug, der direkt hinter dem der königlichen Familie rangierte. Der gesamte Zwischenfall wurde als klarer Fall von Selbstverteidigung abgeschrieben. Die gefürchtete Untersuchung war in weniger als einer Stunde abgeschlossen.

Bevor sich die Tür zur Bibliothek öffnete, ging Digsby, um die Umhänge und Hüte der Besucher zu holen. Lily gab vor, den großen Rosenstrauß neu zu arrangieren, der auf einem glänzenden Eichentisch in der Nähe stand.

Der oberste Richter und die anderen Richter verabschiedeten sich, während Remmington an der Tür zur Bibliothek stand. Nachdem sie gegangen waren, wandte er Lily seinen Blick zu. Sie fand, daß er ein bißchen mißtrauisch aussah wegen ihrer Anwesenheit in der Halle.

»Sir Malcolm und ich haben noch ein paar Dinge zu besprechen, Lilly. Weshalb schickst du deinem Vater nicht eine Nachricht, daß die Untersuchung vorbei ist.« Er zog eine Augenbraue hoch, aber ansonsten veränderte sich sein Gesichtsausdruck nicht. »Ich bin sicher, daß du das Ergebnis bereits kennst.«

Lily leugnete nicht. Sie lächelte schwach, bevor er hinter der Tür zur Bibliothek verschwand. Sie ging einen Schritt vor und blieb dann wie angewurzelt stehen, als sich die Tür wieder öffnete. Das Lächeln, das sie aufsetzte, war peinlichst schuldbewußt.

»Jetzt wäre ein guter Zeitpunkt, die Nachricht aufzusetzen, Lily.«

Sie senkte den Kopf und wedelte nicht existierenden Staub von ihrem Kleid. »Wie du möchtest.«

Er wartete, bis sie sich umgedreht hatte und ins Wohnzimmer ging. Sie hörte das leise Klicken, als sich die Bibliothekstüren wieder hinter ihm schlossen. Sie flüsterte einen

Befehl, als sie in der Halle an Digsby vorbeikam. »Ich möchte jedes Wort erfahren.«

Eine halbe Stunde später tauchte Digsby im Wohnzimmer auf und balancierte ein aufwendig verziertes Teeset aus Silber auf einem Tablett. »Ihr Tee, Madam.«

»Ist Remmington noch in der Bibliothek?« Lily hoffte, ihr Mann würde ihr erzählen wollen, was immer er mit Bainbridge besprochen hatte. Ihre Hoffnung schwand, als Digsby den Kopf schüttelte.

»Seine Gnaden und Sir Malcolm sind in ihren Club gefahren.« Er stellte das Tablett auf einem Tisch neben Lily ab, trat dann mehrere Schritte zurück, bis er an der Tür stand, bereit hinauszugehen. »Seine Gnaden erwähnte, daß er heute abend wie üblich zu Hause essen werde.«

Sie gab ihm einen deutlichen Wink. »Wie schade, daß ich bei dem Gespräch zwischen meinem Mann und Sir Malcolm nicht anwesend sein konnte. Ich bin mehr als nur ein bißchen neugierig, was gesagt wurde.«

Digsby zog seine Jacke mit einem scharfen Ruck glatt, trat einen Schritt zurück in die Halle, sah sich um und kam dann zurück in das Zimmer.

Lily lächelte. »Digsby, Sie dürfen die Tür schließen, wenn Sie wollen.«

»Madam, in diesem Haus bieten offene Türen ein höheres Maß an Privatsphäre als geschlossene.«

Sie senkte feierlich ihren Kopf. »Sie haben natürlich recht.«

»Wäre Ihre Gnaden bei dem Gespräch hinter den Bibliothekstüren gewesen, würde sie wissen, daß Sir Malcolm Seine Gnaden darüber informiert hat, daß Lord Ashland in Schottland zur Jagd ist und erst in einer Woche zurückkehren wird. Bis dahin kann er nicht überprüfen, ob Lord Allen den Ball bei Ashlands verlassen hat, als Ihre Gnaden zum erstenmal angegriffen wurde. Lord Allens Diener jedoch haben Sir Malcolm mitgeteilt, daß Seine Lordschaft nicht zu Hause war in der Nacht, als Sir Malcolms Wachen einen Mann vor Crofford House herumlungern sahen.«

»Verstehe.« Lily spürte ein tiefes Gefühl der Erleichterung. Ihr Leben gehörte endlich wieder ihr selbst. Aber sie spürte auch, wie sich eine neuer Argwohn in ihr Herz schlich. Remmington hatte keinen Grund mehr, so nahe bei ihr zu bleiben. »Ist das alles, was ich hören würde, angenommen, ich wäre dabeigewesen?«

»Nein, Euer Gnaden. Sie würden außerdem wissen, daß Lord Allens Lakai Lord Osgoode am Abend vor dem Tod des Gentleman eine Nachricht überbracht hat. Am nächsten Morgen verließ Lord Allen das Haus sehr früh wegen einer, wie er es nannte, ›Verabredung im Morgengrauen‹.«

Lily setzte sich auf einen kleinen Brokatstuhl, als ihr die Bedeutung von Digsbys Worten klar wurde. Osgoode war durch George Allens Hand gestorben, und es war mehr als wahrscheinlich, daß sie der Anlaß war.

»Seine Gnaden erwähnte auch, daß er die Angelegenheit für beendet hält«, fügte Digsby hinzu. Vielleicht bildete sie es sich auch nur ein, aber sie meinte einen mitfühlenden Unterton in Digsbys Stimme zu hören. »Er hat außerdem seine Erleichterung darüber ausgedrückt, daß Sie sich keine Sorgen wegen der Angelegenheit mehr machen müssen.«

Sie wollte lieber Remmingtons Versicherung in dieser Sache hören. Zumindest besaß Digsby die Höflichkeit, es ihr mitzuteilen. »Danke, Digsby. Ich weiß Ihre Kenntnis der Angelegenheit zu schätzen.«

Er verbeugte sich und ließ Lily mit ihren Gedanken allein.

»Es gibt keinen Grund mehr, daß wir zurückgezogen leben«, verkündete Remmington an diesem Abend während des Essens.

Mit einem einzigen Blick bedeutete er Digsby, sein Glas mit Portwein erneut zu füllen. Lily fand das ungewöhnlich, denn normalerweise trank er niemals mehr als ein Glas Wein beim Essen, und sie hatten gerade mit dem Hauptgang begonnen. Sie schaute auf ihren Teller, als sie eine Gabel mit Erbsen hob, und schielte verstohlen nach dem Sitz ihres Kleides. Sie trug an diesem Abend lila Seide, und das Kleid war so tief ausgeschnitten, daß sie fürchtete, alles würde herausfallen. Remmington beachtete weder ihr Kleid noch ihr Unbehagen noch sonst etwas an ihrer Erscheinung. Sie bereute bereits, daß sie soviel Zeit auf ihre Haare und ihre Kleidung verwandt hatte, da es offensichtlich war, daß er es nicht zu schätzen wußte.

Eine der Erbsen begann von der Gabel zu rollen, und sie versuchte, das auszubalancieren. Sie war entsetzt, als sie in entgegengesetzter Richtung von der Gabel sprang. Die Erbse landete auf ihrer Brust und kullerte zwischen ihre Brüste, die durch das enge Oberteil ihres Kleides eine ausgesprochen großzügige Barriere bildeten. Im selben Moment hörte sie, wie Remmington sich an seinem Wein verschluckte. Sie sah auf. Er wischte sich mit seiner Serviette über das Gesicht und untersuchte seine Ärmel und sein Jackett nach Flecken. Sie nutzte seine Abgelenktheit, um die abtrünnige Erbse wieder hervorzuholen und zwischen Teller und Platte abzulegen. Digsby blieb an seinem Platz beim Büfett stehen, den Blick auf irgendeine Stelle neben dem Kerzenleuchter gerichtet. Sie seufzte leise. Niemand hatte ihr Mißgeschick bemerkt.

Remmington räusperte sich. »Nun ja. Wie ich bereits sagte, gibt es keinen Grund mehr, daß wir für uns bleiben. Ich habe heute nachmittag bei White's zufällig deinen Vater getroffen, und er erwähnte, daß er übernächste Woche gerne einen Ball für dich geben würde. Es scheint die ideale Gelegenheit für uns als Paar, der Gesellschaft unsere Reverenz zu erweisen.«

Die Nachricht überraschte sie. »Seit Mutters Tod hat Papa keinen Ball mehr gegeben.«

»Ja, das hat er auch erwähnt. Er fragte außerdem, ob er dir wohl zumuten könnte, ihm ein bißchen bei der Planung zu helfen. Musiker, Erfrischungen, Einladungen und was sonst noch alles. Er hat vor, Lady Bainbridge und Miß Stanhope zu bitten, als Gastgeberinnen zu fungieren, wenn Miß Stanhope sich bis dahin wieder soweit erholt hat, daß sie an dem Ball teilnehmen kann. Er hat jedoch das Gefühl, daß die Planung für die beiden ein bißchen viel wird, vor allem wenn man Miß Stanhopes geschwächten Zustand bedenkt.«

»Sophie und Lady Bainbridge werden erst in zwei Tagen von Holybrook House zurückkehren«, sagte Lily. »Ich habe heute eine Nachricht von Sophie erhalten. Sie scheint sich recht gut erholt zu haben, aber ich glaube nicht, daß sie gesund genug ist, um einen Ball zu planen. Ich werde Papa morgen besuchen, um mit den Arrangements zu beginnen.«

»Sehr gut.«

»Ich hoffe, Sophie ist in der Lage, mit zu meiner Schneiderin zu gehen«, überlegte sie. »Ich werde für diesen Anlaß ein neues Kleid brauchen, aber ich weiß nie, welchen Stoff oder Schnitt ich aussuchen soll. Sophie hat ein gutes Auge für solche Dinge.«

»Ich glaube nicht, daß du deine Freundin zwingen solltest, stundenlang bei deiner Schneiderin zu verbringen.« Remmington sah auf, und sie überlegte, ob er zuviel Wein getrunken hatte. Seine Augen waren leicht glasig. Er nahm sein Messer und seine Gabel und schnitt in ein Stück Roastbeef, was seine ganze Aufmerksamkeit beanspruchte. »Weshalb arrangierst du nicht eine Anprobe hier im Haus? Ich habe zufälligerweise ein ganz gutes Auge für Mode und würde dir gerne meine Meinung dazu sagen.«

Sie war ein wenig überrascht, daß er sich dafür interessierte. »Und du hast bestimmt nichts dagegen?«

Er schwieg lange und zuckte dann die Schultern. »Überhaupt nichts.«

Eine Viertelstunde später hatte er seinen dritten Portwein getrunken und stellte das Glas zur Seite, ein Zeichen dafür, daß die Mahlzeit beendet war. Sie legte ihre Serviette hin und stand ebenfalls auf. Dann begleitete er sie aus dem Eßzimmer. Er ließ ihre Hand los, als sie die Treppe erreichten.

»Ich muß mich noch um einige Papiere in der Bibliothek kümmern«, sagte er. »Ich komme in ein oder zwei Stunden nach.«

Sie versuchte, ihre Enttäuschung hinter einem gezwungenen Lächeln zu verbergen. Dieselbe Entschuldigung hatte er in der vorigen Nacht vorgebracht und war dann erst nach fast vier Stunden gekommen, nicht nach ein oder zwei. »Bis später dann, Mylord.«

Sie schlief bereits, als er in ihr Bett kam. Er hatte ihr das Nachthemd bereits ausgezogen, bevor sie richtig wach war.

»Ich dachte, du kommst nicht mehr.« Ihre Stimme klang atemlos. Er strich ihre Haare zur Seite, um leichte, sinnliche Küsse auf ihren Hals zu drücken. »Ich weiß, daß ich in den vergangenen Wochen fast deine ganze Zeit beansprucht habe. Bist du mit deiner Arbeit sehr in Verzug?«

Er machte ein kehliges Geräusch, um sie zum Schweigen zu bringen. Seine Hand suchte sich einen Weg von ihrer Kniekehle über ihre Hüfte und Taille bis zu ihrer Brust. Dann glitt seine Hand tiefer, und Lily vergaß bald seine Arbeit und alles andere über der außergewöhnlichen Leidenschaft ihrer Liebe.

Er hielt sie danach noch lange still in seinen Armen. Jede Nacht liebte er sie stundenlang und zeigte ihr, wie sie ihm Lust bereiten und ihrer gemeinsamen Ekstase zum Höhepunkt verhelfen konnte. Sie schlief immer in seinen Armen ein. Seine Hände streichelten ihr Haar oder ihre Haut, seine Lippen berührten ihre Stirn oder Schläfe. Morgens wachte sie stets alleine auf.

Als sie in das Stadthaus zurückgekehrt waren, hatte sie erfahren, daß sie kein gemeinsames Zimmer bewohnen würden, als Digsby ihr Gepäck in dieses gebracht hatte. Sie hatte es erwartet. Nur Paare, die zu arm waren, um sich getrennte Betten zu leisten, schliefen gemeinsam – oder die, die sich zu sehr liebten, um sich nachts zu trennen. Das war in ihrer Ehe sicher nicht der Fall. Sie sah Remmington tagsüber kaum. Sie sah ihn nur beim Dinner und dann ein paar Stunden in ihrem Bett. Jeden Tag wurde er ein bißchen reservierter in ihrer Gegenwart, ein bißchen distanzierter, und das Schweigen zwischen ihnen wurde immer ein bißchen verlegener. Sie drückte sich näher an ihn, legte ihre Hand auf seine Brust, um seinen regelmäßigen Herzschlag zu spüren. In ihrem Herz wußte sie, daß sie ihn verlor.

Sie nahm ihren Mut zusammen, um ihn nach dem Grund zu fragen. Seine Hand massierte sanft ihren Rücken, bis sie ihre Augen kaum noch offenhalten konnte. Ihr Mund öffnete sich, um die Frage zu stellen, als sich ihre Augen schlossen. Augenblicke bevor sie einschlief, spürte sie, wie er seinen Arm unter ihren Schultern hervorzog. Sie konnte ihre Augen nicht öffnen, also versuchte sie, ihm nachzurutschen. Sie konnte sich nicht bewegen, vergaß, weshalb sie es wollte, bis sie seinen warmen Atem auf ihrem Gesicht spürte. Er drückte ihr einen zärtlichen Kuß auf die Stirn, und seine Worte waren so leise, daß sie sie kaum verstehen konnte.

»Gute Nacht, Liebling.«

Sie lächelte und schlief ein.

Am nächsten Morgen frühstückte Lily wieder allein und überlegte, wie Remmington es schaffte, so früh aufzustehen, wenn er nachts immer so spät ins Bett ging. Er war bereits in seiner Bibliothek, die Tür geschlossen, und Digsby richtete ihr aus, daß er wichtige Arbeit hatte und nicht gestört werden durfte. Sie erwartete inzwischen diese Ankündigung jeden Morgen.

Nach dem Frühstück ging sie ins Wohnzimmer und setzte eine kurze Nachricht auf. Darin bat sie Remmington, nachmittags um drei Uhr mit ihr im Park auszureiten. Wenn er sich tagsüber keine Zeit für sie nehmen konnte, mußte sie es planen. Sie weigerte sich, weiterhin ignoriert zu werden. Ihr Vorhaben, seine Zeit zu planen, war besser als eine direkte Konfrontation, beschloß sie. Ihr Ausritt würde die perfekte Gelegenheit bieten, das Thema seiner Zeitpläne und Routinen anzusprechen, und weshalb er sie jeden Tag ignorierte. Sie bat Digsby, Remmington diese Nachricht mit dem Mittagessen zu bringen, und ging kurz darauf, um ihren Vater zu besuchen.

Die Pläne für den Ball und die Gesellschaft ihres Vaters boten eine willkommene Abwechslung. Sie verbrachten den Vormittag damit, eine seiner griechischen Schriftrollen zu entziffern und besprachen dann beim Mittagessen den Ball. Sie ging kurz vor ein Uhr, so daß sie Zeit genug haben würde, sich umzuziehen und für ihren Ausritt gut auszusehen.

Als sie das Haus betrat, wollte Remmington gerade fort. Sie ging in die Eingangshalle und wartete am Fuß der Treppe auf ihn.

»Ah, da bist du ja.« Er richtete seine Krawatte, als er die Treppe hinunterging, und blieb dann auf der letzten Stufe stehen. Seine Hand ruhte auf dem Endpfosten, eine Pose, die

die kraftvollen, eleganten Linien seines Körpers betonte. Er war nicht fürs Reiten gekleidet. »Ich habe eine Nachricht in deinem Zimmer hinterlassen. Mein Bruder ist seit gestern in der Stadt, und ich habe versprochen, ihn heute nachmittag bei White's zu treffen. Wir werden dort auch zu Abend essen. Ich hoffe, du hast nichts dagegen, wenn wir unseren Ausflug verschieben.«

Sie mußte ihren Kopf zurücklegen, um ihn anzusehen. »Ich wußte nicht, daß dein Bruder in der Stadt ist.«

»Er hat heute morgen eine Nachricht geschickt. Ich fürchte, ich bin diese Verabredung eingegangen, bevor ich deine Bitte erhalten habe.«

Lily biß die Zähne zusammen. Offensichtlich war er nicht so beschäftigt, daß Trevor seine kostbare Privatsphäre stören durfte. Das beunruhigte sie außerordentlich. »Verstehe.«

Er lächelte nachsichtig. »Wenn du auf dem Ausritt bestehst, wird Trevor sicher ein Einsehen haben, wenn ich ihm mein Bedauern übermittle.«

»Nein«, sagte sie beherrscht. Sein Vorschlag würde ihr nur das Gefühl geben, daß sie um seine Zeit gebettelt hatte. Sie würde nicht betteln. »Das ist nicht nötig.«

Er begann, an ihr vorbeizugehen, und sie legte eine Hand auf seinen Ärmel. »Habe ich irgend etwas getan, was dich wütend macht?«

Er starrte auf ihre Hand, als würde es ihn überraschen, daß sie so vermessen war, ihn zu berühren. »Natürlich nicht, Lily. Ich bin nicht im geringsten böse auf dich.«

»Es ist nur, daß du so … so distanziert bist in letzter Zeit.« Hinter ihnen in der Eingangshalle stand Digsby herum, deshalb beugte sie sich weiter vor, damit der Diener sie nicht hören konnte. Remmington beugte sich zurück, als könnte er ihre Nähe nicht ertragen. Die Reaktion überraschte Lily so sehr, daß sie vergaß, was sie sagen wollte.

»Wir sind nicht distanziert«, sagte er bestimmt. »Wir entwickeln nur langsam eine gewisse Routine. Verheiratete Paare müssen nicht ständig aufeinanderglucken.« Er sah auf die Uhr in der Eingangshalle. »Ich bin spät dran. Du mußt mich entschuldigen.«

Er hob ihre Hand zu einem unpersönlichen Kuß, drehte sich um und ging fort. Lily starrte ihm in verblüfftem Schweigen nach, und ihr Griff um das Geländer war so stark, daß ihre Knöchel weiß wurden. Die Bedeutung seiner Zeitpläne und seiner ostentativen Abwesenheit wurde ihr plötzlich klar. Remmington benutzte sein Pflichtbewußtsein und seinen Hang zur Routine, um ihre Ehe zu einer typischen Gesellschaftsehe zu machen. Er erwartete, daß sie tagsüber getrennte Wege gingen und sich nur nachts trafen, zu nur einem Zweck. Sie überlegte, ob er wohl ein ›rücksichtsvoller‹ Ehemann sein würde, wenn sie erst schwanger war, und sie vollkommen ignorieren würde.

Das Geräusch der Vordertür, als sie sich hinter ihm schloß, riß sie aus ihren Gedanken. Sie hob ihr Kinn und ging die Treppe hinauf. Remmington wollte eine zweckmäßige Ehe. Er würde zutiefst enttäuscht sein. Sie hatte nicht die kleinste Absicht, auch nur im geringsten zweckmäßig zu sein, bis er zugab, daß eine richtige Ehe ein gewisses Maß an Liebe brauchte, um zu bestehen. Und sie *würden* eine richtige Ehe führen.

Remmington fand seinen Bruder an einem Ecktisch bei White's, das Gesicht hinter einer Zeitung vergraben. Ohne auf eine Einladung zu warten, setzte er sich und goß sich einen Brandy ein.

Die Zeitung senkte sich ein wenig, und Trevor blinzelte über den Rand. »Gut, danke.« Er legte seinen Kopf zur Seite. »Was? Ach so, ja, eine ganz furchtbare Reise. Regen von hier bis zur Grenze. Mein Fahrer hat die ganze Zeit über seine Gicht geklagt. Und deine Probleme mit den Pächtern sind gelöst, was zu einem nicht geringen Teil an meiner salomonischen Weisheit liegt. Danke der Nachfrage.«

»Ich bin heute nicht in der Stimmung zu spaßen«, warnte Remmington.

Trevor ignorierte die Warnung. Sein Grinsen reichte von einem Ohr zum andern, als er die Zeitung weglegte. »Du hast dir in meiner Abwesenheit einen ganz schönen Namen gemacht, Bruder. Ganz London brummt mit

Klatsch über deine plötzliche Heirat und dem folgenden Duell mit George Allen. Dein Ruf hat sich von böse zu berüchtigt gewandelt.« Er neigte leicht seinen Kopf. »Meinen Glückwunsch.«

»Es war kein Duell«, schnauzte Remmington. »Als ich Allen erschoß, drohte er gerade, meine Frau zu erschießen.«

Das Lächeln verschwand aus Trevors Gesicht. »Ist das ein Scherz?«

»Nein.«

»Ich habe ein paar seltsame Gerüchte gehört«, überlegte er, »aber ich habe sie nicht geglaubt. Die meisten Leute sagen, daß Allen dich schlimm beleidigt hat und dumm genug war, dich zu einem Duell zu provozieren.«

»Ich glaube, Sir Malcolm hat dieses Gerücht in die Welt gesetzt«, sagte Remmington. »Es ist die Geschichte, die ich bevorzuge. Es gäbe einen größeren Skandal, wenn die Wahrheit herauskäme.«

»Erzähl mir nicht, daß deine Frau und George Allen ...«

»Nein, nichts dergleichen. Unglücklicherweise würden viele diesen Fehler machen.«

»Verstehe«, meinte Trevor. »Du hast deine Frau gerettet, und niemand wird jemals von deinen Heldentaten erfahren. Ist das der Grund für dein langes Gesicht heute?«

Remmingtons Gesichtsausdruck wurde noch finsterer. Er überraschte sowohl sich als auch Trevor, indem er die Wahrheit gestand. »Meine Heldentaten sind ein Teil des Problems, aber nicht ihre mangelnde Anerkennung. Das war nicht Allens einziger Überfall auf meine Frau.«

Er faßte die Vorfälle zusammen, die sich ereignet hatten, seit er Lily getroffen hatte. Er endete mit Allens letztem mißlungenen Versuch, ihr etwas anzutun. »Weißt du, was sie gesagt hat, als es vorbei war?«

Trevor schüttelte seinen Kopf, fasziniert von der Geschichte.

Remmingtons Hand schloß sich fester um sein Brandyglas. »Sie hatte Angst, daß Allen mich erschießen würde. Sie weinte, weil sie dachte, ich würde verhaftet, weil ich diesen Bastard getötet hatte.«

»Klingt, als würde sie eine Menge für dich empfinden«, sagte Trevor.

»Sie glaubt, mich zu lieben.« Remmington runzelte die Stirn. »Bei dem momentanen Zustand unserer Ehe würde ich diese Tatsache allerdings nicht mehr beschwören. Ich fürchte, meine Haltung in letzter Zeit ist eine empfindliche Prüfung für ihr Temperament.«

»Du bist mißmutig, weil deine Frau dich liebt?« Trevor hielt verblüfft beide Hände hoch. »Sag mir bitte, daß ich etwas in deiner Erklärung des Problems verpaßt habe.«

»Sie glaubt nur, daß sie mich liebt. Was sie für mich empfindet, ist nichts als Zuneigung und vielleicht eine gewisse Dankbarkeit. Ich war zufällig in mehreren Situationen zur Stelle, als sie Hilfe brauchte, und ich bin sicher, das hat ihre Gefühle für mich beeinflußt. Wenn sie das einsieht, wird sie es zu schätzen wissen, daß ich nicht der Mittelpunkt ihres Lebens geworden bin und sie nicht der meines Lebens. Wir haben beide unsere eigenen Interessen, und wir brauchen einander nicht, um uns zu beschäftigen.«

Trevor lehnte sich in seinem Stuhl zurück. Er verschränkte seine Arme und starrte seinen Bruder an. »Du hast deiner Frau nicht gesagt, daß du sie liebst.«

Remmington machte eine ungeduldige Handbewegung. »Ich liebe Lily nicht.«

»Habe ich dir schon mal gesagt, daß du immer auf deine Stuhllehne klopfst, wenn du lügst?«

Remmington hörte auf zu klopfen. »Ich lege keinen Wert darauf, diese Unterhaltung fortzusetzen.«

»Warum nicht?« Trevor zog eine Augenbraue hoch. »Du hast selbst gesagt, daß du sie nicht liebst. Es klingt, als würdest du verdammt noch mal dein möglichstes tun, ihr das zu beweisen. Glaubst du, daß die Dinge einfacher werden, wenn sie die Zuneigung, die du ihr nicht gibst, bei einem anderen sucht?«

»Das reicht!« Einige Clubmitglieder drehten sich in ihren Stühlen um und starrten Remmington an. Er dämpfte seine Stimme. »Wenn du nicht mein Bruder wärst, würde ich dich sofort fordern.«

»Das weiß ich sehr wohl.«

»Lily würde mich niemals betrügen. Sie ist nicht wie Catherine.«

»Das habe ich mir gedacht.«

Remmington lehnte sich zurück und betrachtete Trevor mit mißtrauischem Schweigen.

»Wenn sie nicht wie Catherine ist, wo liegen dann ihre Fehler?« fragte Trevor. »Ist sie verzogen oder eingebildet oder so eitel, daß sie auf den ersten Mann hereinfällt, der ihr ein Kompliment macht, sobald ihr Mann ihr den Rücken zudreht? Betrachtet sie alles, was du besitzt, mit den Augen eines Geldverleihers? Vertraut sie ihren Freundinnen an, daß sie deine Leidenschaft für sie amüsant findet?« Trevor schüttelte seinen Kopf. »Nein, das waren alles Catherines Fehler, also muß Lily noch abstoßender sein.«

»Ich rate dir, den Mund zu halten. Und zwar sofort.«

Trevor nickte, als wollte er die Warnung befolgen. »Ich nehme deinen Rat immer an, Bruder. Vor langer Zeit hast du mir gesagt, daß nur ein Narr denselben Fehler zweimal macht. ›Ich tue es nie.‹ Ich glaube jedoch, daß du dabei bist, einen vollkommen neuen Fehler zu machen.«

Remmington knirschte mit seinem Kiefer, um nicht zuzugeben, daß Trevor recht hatte. An jenem Tag im Brass Ring hatte er erkannt, daß Lily schnell zum Mittelpunkt seines Lebens werden könnte, der Grund für seine Existenz. Er würde einer Frau niemals soviel Macht über sich geben. Er war nach London zurückgekehrt in der guten Absicht, Ordnung in seine Ehe zu bringen, eine Routine zu etablieren, um die Stabilität zu garantieren.

Irgend etwas war furchtbar schiefgelaufen. Er saß stundenlang in seiner Bibliothek. Ihm gelang nicht mehr, als ausdruckslos Korrespondenz und politische Papiere anzustarren, während er an seine Frau dachte. Er überlegte, wo sie war und was sie tat, was sie tragen würde, wenn er sie das nächste Mal sah. Noch öfter stellte er sich vor, daß sie überhaupt nichts trug. Jede Stunde wurde zu einer Schlacht, um sich von ihr bis zum Dinner fernzuhalten, wenn er endlich ihren Anblick genießen konnte.

Beim Abendessen wartete er immer, bis sie wegschaute. Dann beobachtete er auch die kleinste Bewegung, die sie machte, studierte alles, was sie trug, und stellte sich die Kleidung vor, die er nicht sehen konnte, die hauchdünnen Seidenunterkleider mit ihren schmalen Trägern und dem perfekten Hang, genau an den richtigen Körperteilen zu haften. In Gedanken zog er sie an seinem Tisch an und aus, bis er sich auf nichts anderes konzentrieren konnte als auf den Schmerz in seinen Lenden. Und das in dem Wissen, daß es Stunden dauern würde, bis er das Verlangen, das sie in ihm erregte, stillen könnte. Jeden Abend verschärfte sie die Qual ein bißchen, indem sie ein Kleid trug, das enger oder tiefer ausgeschnitten war. Oder sie griff so nach ihrem Weinglas, daß schockierend viel nacktes Fleisch enthüllt wurde. Oder sie ließ eine kleine Erbse von ihrer Gabel fallen, so daß sie in den köstlichen Spalt zwischen ihren Brüsten rollte. Er hätte diese appetitliche Kleinigkeit gerne für sie herausgeholt. Mit seiner Zungenspitze. Jedes Abendessen dauerte eine Ewigkeit, und doch dauerte es nicht lang genug. Er wollte mehr und mehr und mehr und zwang sich zu weniger und weniger.

Jede Nacht prügelte er sich geradezu zurück in seine Bibliothek, um über irgend etwas länger zu brüten, bis er sicher war, daß sie schlief, wenn er zu ihr ins Bett ging. Er hatte von Anfang an gewußt, daß er nicht in ihr Zimmer gehen konnte, wenn sie wach war und ihn mit dem Herzen in den Augen ansah. Es wäre zu einfach für ihn, sich selbst zu betrügen, zu glauben, daß sie ihn immer so lieben würde. Und wenn sie es täte? Was, wenn sie ihn jeden Tag seines Lebens so ansehen würde, mit Augen, die vor Liebe zu ihm überflossen?

Er erinnerte sich daran, wie sie ausgesehen hatte, als er sie an diesem Nachmittag alleinließ, diese sherryfarbenen Teiche verletzten Stolzes. Er hatte ihr das absichtlich angetan, um sie von sich und seinem Herzen fernzuhalten. Irgendwie hatte er vergessen, daß sie einfühlsam genug war, um das selbst herauszufinden. O Gott, wenn es nun zu spät wäre? Wenn der Fehler unwiderruflich wäre?

Er setzte sein Brandyglas abrupt ab. »Du mußt mich entschuldigen, Trevor. Mir ist gerade eingefallen, daß ich mich um eine dringende Angelegenheit kümmern muß.«

Lily starrte in die Bibliothek und konnte ihren Augen nicht trauen. Sie hatte Digsby nicht geglaubt, als er ihr gesagt hatte, daß ein Herr sie in der Bibliothek erwartete. Sie hätte ihn beinahe ermahnt, daß er einen Herrn ins Haus gelassen hatte, während ihr Mann nicht zu Hause war, bis sie seinen Namen hörte: Sebastian Lacroix.

Die Tür schloß sich hinter ihr mit einem dumpfen Schlag. Robert drehte sich um bei dem Geräusch, und beide brauchten einen Moment, um sich anzusehen.

»Die Ehe bekommt dir, Lily.«

»Oh, Robert. Du bist in Sicherheit!« Lily stürzte durch den Raum in seine Arme.

»Hmmm!« Er stolperte theatralisch ein paar Schritte zurück. »Wie ich sehe, hast du nichts von deiner Stärke verloren, obwohl du jetzt eine anständig verheiratete Frau bist.«

Sie drückte gegen seine Brust, hielt aber ihre Finger um seine Revers gekrallt. Sie mußte ihn einfach festhalten, um sicher zu sein, daß er wirklich da war. »Was tust du in England? Haben die Franzosen deine Identität aufgedeckt? Weiß Papa, daß du in Sicherheit bist?«

»Alles zu seiner Zeit, Lily. Im Moment reicht es, wenn du weißt, daß ich in Sicherheit bin, daß der Graf es weiß, und daß die Franzosen keine Ahnung haben, wo ich bin. Ich habe jedoch ein paar Fragen, die du mir beantworten könntest.«

Der Ausdruck seiner Augen gefiel ihr ebensowenig wie die tiefer werdenden Linien um seinen Mund. Seine Hände legten sich um ihre Taile. »Vater hat mir geschrieben, daß du den Herzog von Remmington geheiratet hast. Er hat sich sehr vage über die Details geäußert, aber ich wüßte sie gerne.«

»Unsere Hochzeit war nicht geplant, wenn es das ist, was du meinst.« Lily lächelte und versuchte, ihn zu beruhigen. »Es gibt keinen Grund für dich zur Besorgnis.«

Roberts Mund wurde zu einer grimmigen Linie. »Ich kenne ihn, Lily. Er weiß nicht, daß ich weiß, wer er ist, aber ich kenne ihn. Ich weiß auch, daß er den Ruf hat, ein Schwerenöter und Schurke zu sein, was Frauen betrifft. Wenn ich auch nur die geringste Ahnung gehabt hätte, daß er dir seine Aufmerksamkeit schenkt, hätte ich …« Er hielt sie an den Schultern. »Hat er dich zu dieser Ehe gezwungen? Hat er deine Ehre beschmutzt, so daß du keine andere Chance hattest, als seinen Antrag anzunehmen?«

Lily konnte nicht anders. Sie mußte lachen. Sie lehnte ihre Stirn an seine Schulter, aber sie konnte ihr undamenhaftes Kichern nicht unterbinden.

»Ich verstehe nicht, was daran so verdammt komisch ist«, beschwerte sich Robert.

»Ich auch nicht. Nehmen Sie Ihre Hände von meiner Frau, Lacroix.«

Robert nahm seine Hände von ihren Schultern und trat erstaunt einen Schritt zurück. Lily vermutete, daß es Remmingtons Gesichtsausdruck war, der ihn dazu veranlaßte. Sie stellte sich vor Robert, bereit, ihren Bruder zu beschützen. Remmington sah aus, als wollte er ihn ermorden. »Ich – ich wußte nicht, daß du heute abend so früh nach Hause kommst.«

Remmington bewegte sich nicht von seinem Platz neben der Tür, sondern ballte in einem Reflex seine Fäuste. »Ich möchte, daß Sie mein Haus verlassen, Lacroix. Ich möchte Sie nicht mehr in Sichtweite meiner Frau sehen, es sei denn, ich bin bei ihr.«

Robert legte seine Hand auf Lilys Arm. »Du hast es ihm nicht erzählt?«

Lily schob Roberts Hand fort, als sie die Reaktion ihres Mannes auf die unschuldige Berührung sah. Sie beeilte sich, ihre Handfläche an Remmingtons Brust zu legen, bevor er weiter in den Raum treten konnte. Er blieb sofort stehen und legte seine Hand auf ihre. Sein Gesichtsausdruck schien beinahe sanft, als er auf sie hinabsah.

»Du mußt den Raum jetzt verlassen, Lily.«

Sie schüttelte den Kopf. »Nein. Es ist nicht so, wie du denkst.«

Er nahm ihre beiden Hände in seine und hob dann eine an

seinen Mund, um einen kurzen Kuß auf ihr Handgelenk zu drücken. »Ich weiß, Liebling. In der Nacht, als du Patricia Farnsworth in meinem Bett gefunden hast, habe ich erkannt, daß dein Vertrauen in mich vollkommen ist, bedingungslos. Ich werde dir niemals weniger geben als ich von dir bekomme, in jeder Hinsicht.«

Lily stockte der Atem. »Heißt das ...«

»Du hast ihn im Bett mit einer anderen Frau überrascht?« fuhr Robert dazwischen. »Und du hast ihn *geheiratet*? Remmington hat recht, Lily. Du solltest den Raum verlassen.«

Lily spürte, daß sich Remmingtons Stärke wie ein Schutzmantel um sie legte. Sie sah über ihre Schulter und war jedoch sofort alarmiert, als sie Robert auf sie zugehen sah. Sie schlang einen Arm um den Hals ihres Mannes und streckte ihre andere Hand gegen die Brust ihres Bruders aus. »Nein! Hört auf, ihr beide. Miles, laß mich doch erklären.«

»Du mußt gar nichts erklären«, knurrte Robert.

Lily sah zornig über ihre Schulter. »Robert, sei ruhig, bevor du eine ernsthafte Verletzung einsammelst. Sie wandte sich an ihren Mann. »Miles, darf ich dir meinen Bruder vorstellen.«

Sie wartete darauf, daß beide Männer erleichtert aufatmen würden. Es geschah nicht. Sie funkelten sich zornig über ihren Kopf hinweg an.

»Wer zum Teufel ist Venus?« fragte Remmington.

»Venus?« wiederholte Lily.

»Das geht dich nichts an. Weshalb haben Sie meine Schwester geheiratet?«

Remmington lächelte. »Das geht *Sie* verdammt noch mal nichts an.«

Lily seufzte. Sie wand sich zwischen den beiden hervor und hob ihre Hände. »Ich gebe auf. Schlagt euch die Schädel ein, wenn ihr wollt. Ich werde mein Leben lang nicht begreifen, weshalb ihr das tut.«

Sie verschränkte die Arme und wartete. Beide funkelten erst sie zornig an, dann sich gegenseitig.

»Crofford erzählt allen Leuten, daß sein Sohn in Griechenland ist«, sagte Remmington, »um Artefakte auszugraben.«

»Jetzt kennen Sie den Grund für diese Täuschung«, informierte ihn Robert gelassen.

»Sie beide ähneln sich überhaupt nicht.« Remmington sah zu Lily, dann zu ihrem Bruder. »Ich dachte, Sie wollten sie verführen.«

Robert zog seine Lippen hoch. »Das ist abscheulich. Aber Sie haben ja sowieso kaum das Recht, empört zu sein, da Sie ihr nicht treu gewesen sind.«

»Ich habe keine andere Frau angerührt, seit ich Lily getroffen habe.« Remmington streckte seine Hand aus und zog sie an seine Seite. Sein Lächeln war böse. »Das heißt, ich habe keine andere Frau so berührt, wie ich Ihre Schwester berührt habe.«

Robert gab ein angeekeltes Geräusch von sich und sah Lily flehend an. »Sag mir, daß das nicht der Grund ist, weshalb du ihn geheiratet hast.«

Lily versuchte, die Schultern zu zucken, aber das Gewicht von Remmingtons Armen auf ihren Schultern machte das unmöglich. Statt dessen lächelte sie ihn an. »Ich mag es, wie er mich anfaßt.«

Robert zog die Nase kraus. »Ich möchte nichts mehr hören.«

»Gut«, murmelte Remmington, seinen Blick auf Lily geheftet. »Du kannst gehen.«

Lily schüttelte ihren Kopf. »Aber er ist doch gerade erst angekommen. Er hat uns nicht einmal erzählt, weshalb er in England ist.«

Remmington stieß einen Seufzer aus, der von seinen Zehen aufzusteigen schien. »Na schön.« Er führte sie an seinen Schreibtisch, setzte sich auf seinen Stuhl und zog sie dann auf seinen Schoß. Er deutete mit einem Nicken auf den Stuhl gegenüber von seinem Schreibtisch. »Setzen Sie sich und sagen Sie uns, weshalb Sie hier sind. Beeilen Sie sich.«

»Die Herzlichkeit, mit der Sie mich willkommen heißen, überwältigt mich, Captain.« Robert verdrehte die Augen, aber er nahm den angebotenen Platz ein. »Abgesehen von der Nachricht, daß meine Schwester überstürzt geheiratet hat, kam ich nach England, weil ich glaube, daß die Franzosen hinter mir her sind. Ich habe von meiner Kontaktperson im Kriegsministerium eine Nachricht erhalten, daß das Gerücht umgeht, daß man bald einen der besten englischen Kryptographen verhaften würde. Jeder englische Agent in Frankreich weiß, wie man einen Code verfaßt.« Er legte eine Hand auf seine Brust. »Bei aller Bescheidenheit glaube ich, daß ich der einzige bin, den man als Meisterkryptographen bezeichnen würde.«

Remmingtons gesamtes Verhalten änderte sich. Er lockerte seinen Griff um Lily und beugte sich vor. »Sie können nicht daran denken, nach Frankreich zurückzukehren. Wollen Sie sich verstecken?«

Robert nickte. »Bis ich Nachricht in irgendeiner Weise von meiner Kontaktperson erhalte. Er weiß, wie er mich hier erreichen kann. Vielleicht ist es nur ein Gerücht.«

»Brauchen Sie einen Platz zum Schlafen?« fragte Remmington. »Eine Möglichkeit, Ihre Nachrichten weiterzuleiten?«

Robert lächelte und schüttelte seinen Kopf. »Sie haben eine seltsame Auffassung von Gastfreundschaft, Captain. Erst befehlen Sie mir, wegzugehen, dann laden Sie mich ein zu bleiben.«

»Ich habe an eines meiner Güter gedacht«, relativierte Remmington. Er sah Robert scharf an. »Die meisten befinden sich in beachtlicher Entfernung von London.«

»Ich weiß Ihr großzügiges Angebot sehr wohl zu schätzen, aber es ist nicht nötig. Bainbridge hat Vorkehrungen getroffen, daß die Nachrichten meiner Kontaktperson mich erreichen, und er hat ein gemütliches Nest für mich gefunden.« Er wandte sich an Lily. »Ich habe jedoch noch eine Bitte an dich.«

»Alles, was du willst«, sagte Lily.

Robert kräuselte die Lipen und schwieg einen Augenblick. »Ich habe meine Informationen heute früh an Sir Malcolm geleitet. Er hat mir alles über George Allen erzählt, und wie er versucht hat, dich zu töten. Es tut mir leid, daß ich nicht bei dir sein konnte, *Chérie*.«

»Es geht mir gut«, versicherte sie ihm. »Ich habe einen Mann, der sehr wohl in der Lage ist, mich zu beschützen.«

»Scheint so«, stimmte er zu. »Sir Malcolm hat mir außerdem erzählt, daß Sophie bei einem der Angriffe verletzt wurde und daß sie frühestens morgen nach London zurückkehren wird.«

Lily nickte und wartete, daß er fortfuhr. Sie spürte eine Anspannung in ihm, die sich mit jedem Augenblick zu verstärken schien.

»Wenn sie zurückkommt, kannst du sie dann alleine herbitten, zum Tee oder was immer ihr Frauen tagsüber so macht? Wie wäre es mit Freitag, drei Uhr?«

»Warum?« Lilys Augen wurden groß, als Robert rot wurde. Er wurde niemals rot, nicht seit er ein kleiner Junge war. Sie vermutete den Grund im selben Moment wie Remmington. »Sophie?«

»Venus?« sagte Remmington. »Sophie Stanhope ist Ihre Venus?«

Das seltene Erröten wurde noch stärker, bis Roberts Gesicht dunkelrot war. Er richtete seine Aufmerksamkeit weiter auf Lily, und sie wußte, daß er versuchte, seine Würde zu bewahren. »Ich werde dich zu dieser Zeit ebenfalls aufsuchen und würde gerne mit ihr alleine sprechen. Ich wäre dir sehr dankbar, wenn du ihr nicht sagen würdest, daß ich hier bin«, fügte er hinzu.

»Sophie Stanhope«, wiederholte Remmington. Er schüttelte verblüfft seinen Kopf.

Robert funkelte ihn an. »Was finden Sie so unglaublich an der Tatsache, daß sich meine Zuneigung auf Miß Stanhope konzentriert?«

»Nun, gar nichts. Miß Stanhope ist eine reizende junge Dame. Ein bißchen seltsam in ihren Ansichten, was manche Themen betrifft, und außerdem abergläubisch ...« Remmington sah von Roberts Stirnrunzeln zu dem seiner Frau. »Perfekte Frau. Es gibt keine bessere, außer meiner Frau.«

»Ich bin sicher, daß ich es schaffe, Sophie Freitag hier alleine zu haben«, sagte Lily. »Und ich stimme zu, daß du sie überraschen solltest. Denke nur daran, daß sie ernstlich verletzt ist. Also halte deine Begeisterung im Zaum, wenn du sie begrüßt. Ich glaube nicht, daß sie im Moment eine deiner stürmischen Umarmungen zu honorieren weiß.«

»Danke, Lily, du bist ein Schatz.« Er stand auf und streckte Remmington seine Hand entgegen. »So ungern ich es auch zugebe, aber ich habe nichts dagegen, Sie in der Familie willkommen zu heißen.«

Gemeinsam brachten sie Robert zur Hintertür, nachdem er erklärt hatte, daß er auf diesem Weg gekommen war, um jede Aufmerksamkeit zu vermeiden. Robert erzählte ihnen, wie man ihn erreichen konnte, falls es nötig war, den Kontakt herzustellen. Dann beobachteten sie ihn, wie er in einer Seitenstraße verschwand.

Remmington schlang seinen Arm um Lilys Taille. »Wir müssen noch etwas in der Bibliothek erledigen.«

Als sie in sein Gesicht sah, wußte sie, was er meinte. »In der Bibliothek? Mitten am Tag?«

Er beugte sich vor und liebkoste ihr Ohr. »Hmm. Ja. Ich habe die ganze Woche nur an dich gedacht. Jetzt möchte ich dich dort persönlich sehen. In Fleisch und Blut. Und zwar in ganz nacktem Fleisch.«

Neunzehn

»Ich wußte ja gar nicht, daß du meine Kleidung so faszinierend findest.« Remmington legte Lily mitten auf sein Bett und zog seine Jacke aus. Sein Blick wanderte über ihr lila Seidenkleid, das sie auf seine Bitte hin zum Dinner getragen hatte. Er begann, sein Hemd aufzuknöpfen. »Ich finde das, was in deinen Kleidern steckt, noch faszinierender.« Sie setzte sich auf und wollte beginnen, ihr Kleid aufzunesteln, aber er schüttelte den Kopf. »Nein, laß mich das machen. Später.«

Sie lächelte und lehnte sich auf ihre Ellbogen zurück. Die unbewußte verführerische Pose machte seine Hände unsicher. Der grüblerische Ausdruck in ihren Augen veranlaßte ihn, langsamer vorzugehen. Er wußte, daß sie zum erstenmal sah, wie er sich auszog. Heute nacht würde es keine Geheimnisse mehr zwischen ihnen geben.

»Ich dachte, du meinst es ernst, als du sagtest, du wolltest mir in der Bibliothek alle Kleider ausziehen.« Ihre zarten Brauen zogen sich zusammen, ihre Stimme war nachdenklich. »Ich bin ein bißchen froh, daß du es nicht getan hast. Was wir da drin gemacht haben, war schon schlimm genug.« Sie sah zu ihm auf und strahlte. »Aber ich habe es genossen.«

Er lächelte und schwieg. Als sie sich in der Bibliothek eingeschlossen hatten, hatte er die Absicht gehabt, jedes Kleidungsstück von ihrer betörenden Figur zu entfernen. Als er ihr Oberteil aufgeknöpft hatte, war ihm klargeworden, daß er nicht so lange warten konnte. Der verführerische Anblick ihres teilweise nackten Körpers hatte ihn so erregt, daß von Geduld nicht mehr die Rede sein konnte. Er setzte sie auf seinen Schreibtisch und entblößte ihre Beine ebenfalls. Ihre Röcke bauschten sich nun um ihre Hüften, ihr Oberteil stand offen und zeigte mehr als es verbarg. Dieses Bild würde er nie mehr vergessen. Er wußte bereits, daß er an diesem Schreibtisch keine Minute mehr vernünftig arbeiten könnte.

Er brauchte länger als je zuvor, um seine Hemdmanschetten zu öffnen. Während er mit den Manschettenknöpfen rang, schüttelte er das weiche Leinen von seinen Schultern, bis das Hemd lose um seine Taille hing. Die Art, wie Lily seine Brust fixierte, ließ seine Muskeln erwartungsvoll anspannen. Er hatte sich noch nie so für eine Frau ausgezogen, nie daran gedacht, es zu einem Teil seiner Verführung zu machen. Sie verschlang ihn mit den Augen. Er beschloß, sich jeden Abend für sie auszuziehen.

»Weshalb sollte ich heute abend ausgerechnet dieses Kleid zum Essen tragen?« Ihre Stimme klang heiser. »Und weshalb sind wir überhaupt zum Dinner gegangen? Viel gegessen haben wir ja nicht gerade.«

»Ich möchte, daß diese Nacht in jeder Hinsicht perfekt ist.« Er zog das Hemd aus und ließ sie ihn eine Weile ansehen. Er kratzte sich leicht auf der Mitte der Brust, obwohl ihn nichts juckte, und lächelte, als sie ihre Lippen benetzte. »Das

Dinner heute abend war genauso, wie ich es mir jeden Abend seit unserer Ankunft vorgestellt habe.«

»Oh.« Sie zog die Augenbrauen hoch. »Wirklich?«

Er nickte. Heute abend mußte einfach alles stimmen, jedes winzigste Detail, mit dem er sich in der vergangenen Woche gequält hatte. Bisher hätte es nicht besser laufen können. Abgesehen vielleicht von einer Sache.

Nachdem Lilys Bruder gegangen war, hatte er sich dafür entschuldigt, daß er sie ignoriert hatte und versprochen, daß dieses Verhalten vorbei war. Aber er hatte das geschworen, nachdem sie in die Bibliothek zurückgegangen waren und mitten in einer sehr ablenkenden Beschäftigung steckten. Er war nicht ganz sicher, ob seine Worte Sinn gemacht hatten. Aber abgesehen davon hätte der Abend nicht perfekter ablaufen können. Seit Roberts Abschied hatte er sie in seiner Bibliothek geliebt, wie ein fauler Kater auf ihrem Bett gelegen und ihr zugesehen, wie sie sich zum Dinner umzog, hatte sie am Eßtisch verführt und würde sie jetzt in seinem Bett lieben.

Wenn das vorbei war, mußte nur noch ein Teil seines Planes in die Tat umgesetzt werden. Der beste und wichtigste Teil. Nachdem sie sich geliebt hatten, würde er ihr das weiße Spitzennachthemd anziehen, das er so mochte, und sie würde auf seiner Bettkante sitzen. Er würde ihre Hände nehmen und ihr in einfachen, tief empfundenen Worten gestehen, daß er sie liebte, daß seine ganze Welt sich um sie drehte, daß er kein Leben gehabt hatte, bevor sie dazugehörte. Wenn all ihre Bedürfnisse in dieser lustvollen Nacht befriedigt waren, würde sie wissen, daß seine Worte aufrichtig waren. Aber ein solches Geständnis konnte natürlich auch neues Verlangen wecken, und vielleicht hätte er ja den Wunsch, seinen Schwur mit ein paar Küssen zu besiegeln. Er erinnerte sich, daß dieses bestimmte Nachthemd vorne eine Reihe von Perlknöpfen aufwies.

Er rieb seine Hände.

»Ich glaube, Digsby ist mißtrauisch, weil du ihn aus dem Eßzimmer ausgeschlossen hast.« Lily sah an ihrem Kleid hinunter. »Und dein Wein hat das Oberteil meines Kleides ruiniert. Hast du seinen Blick gesehen, als wir das Eßzimmer verließen? Morgen früh liegt wahrscheinlich ein Lätzchen an meinem Platz.«

»Das bezweifle ich.« Seine Hände bewegten sich zum Verschluß seiner Hose. »Und ich werde dir so viele Kleider kaufen, wie ich ruiniere. Solange du Kleider wie dieses bestellst.«

Ihre Mundwinkel zuckten nach oben. »Sie mögen Kleider mit schockierenden Ausschnitten, Mylord?«

»Hmm. Das auch.« Er streckte die Hand aus und berührte die Mitte ihres seidenen Oberteils. Dann strich er mit der Fingerspitze über die lange Reihe winziger Jettknöpfe. Sie blieb still liegen, während sein Finger bis zu ihren Knöcheln hinunterglitt, aber sie erbebte zwischendurch einige Male. »Am liebsten mag ich die Knöpfe. Kleine, die bis zum Boden reichen.«

»Das ist im Moment nicht modern.«

»Zum Teufel mit der Mode. Ich weiß nicht warum, aber an dir machen sie mich verrückt.« Er schüttelte den Kopf und machte sich dann an den Verschlüssen seiner Hose zu schaffen. Seine Hände hielten inne, als ihre Finger denselben Weg nahmen, den seine Finger gerade entlanggestrichen waren, lange, träge Bewegungen von ihrem Ausschnitt bis zu ihrer Taille und dann wieder zurück. »Tu das nicht, Lily.«

»Warum nicht?« Ihre Stimme klang wie ein Schnurren.

»Weil ich nicht …« Er konnte seine Augen nicht von ihren langsamen, verführerischen Bewegungen abwenden. Er wollte sehen, ob sie ihn nur neckte oder wirklich Interesse hatte. »Lily, hör auf. Bitte. Das ruiniert meinen Plan.«

»Plan?« Ihre Hand bewegte sich nicht mehr. »Du hast einen *Plan* für heute abend? So wie eine Art *Zeitplan*?«

Er nickte, ohne nachzudenken, und sein Blick ruhte immer noch auf den Knöpfen. »Einen ganz genauen Plan.«

»Und was hat das …« Sie atmete leise zischend aus. Ihre Hand bewegte sich wieder, zunächst ein wenig zögernd, dann wiederholte sie dieselben betörenden Bewegungen, die seinen Mund trocken werden ließen.

Er war nackt. Er konnte sich nicht daran erinnern, seine restlichen Kleidungsstücke ausgezogen zu haben, aber irgendwie war er nackt. Dann wurde ihm klar, weshalb sie den

Faden verloren hatte, was ihre Meinung über seinen Plan betraf. Nur um sicherzugehen, sah er in ihr Gesicht und erinnerte sich daran, daß die Knöpfe noch da sein würden, nachdem er ihre Reaktion auf den Anblick seines Körpers abgeschätzt hatte.

Er konnte seinen Blick nicht von ihren Augen abwenden. Sicher hatte sie auch früher schon einen Blick auf ihn erhascht. Dies konnte alles nicht neu für sie sein. Er hatte sie jede Nacht geliebt, sie auf jede nur erdenkliche Weise gestreichelt und liebkost, sie ermutigt, ihn ebenso gründlich zu erforschen, und ihr Dinge über die körperliche Liebe beigebracht, die er selbst nicht einmal genau gekannt hatte. Und doch hatte er sich niemals so zur Schau gestellt, niemals im Licht vor ihr gestanden, so daß sie ihn ansehen konnte. Trotz allem, was sie bereits über ihn wußte, konnte sie sich ihre Unschuld bewahren, diese großen, neugierigen Augen, die ihn mit Erstaunen und Freude erfüllten. Er mußte seine Knie durchdrücken, um sicherzugehen, daß er aufrecht stehen blieb. Ihre Augen berührten ihn überall, wanderten langsam über jeden Zentimeter seines Körpers und verweilten dann wie hypnotisiert auf seinem intimsten Körperteil. Er konnte *spüren*, wie sie ihn mit diesem Blick liebkoste.

Sie wiederholte einen Befehl, den er ihr einst gegeben hatte. »Atme, Miles.«

Er füllte seine Lungen mit Luft und legte erst ein Knie auf das Bett, dann das andere, dann lagen seine Hände neben ihren Schultern. Er ließ sich langsam auf ihren in Seide gekleideten Körper sinken. Seine Haut war so empfindsam, daß er ihre Wärme bereits spürte, bevor er sie berührte.

»Lily.« Er legte seine Stirn auf das Kissen neben ihr und versuchte, sich daran zu erinnern, was er als nächstes tun wollte. »Ich hatte einen Plan.«

»Ich weiß.« Sie bog ihren Körper, und er spürte jeden einzelnen winzigen Jettknopf, der sich an ihn drückte. »Das ist noch besser.«

Er begann, sie zu küssen, bremste sich dann aber. »Ich muß dir etwas sagen.« Seine Lippen bewegten sich von alleine über den Puls an ihrem Hals. Seine Hände begannen, über ihren Körper zu wandern. Er konnte nicht anders. Doch, er konnte wohl. »Es ist wichtig, Lily.«

»Ja?« Die Frage klang eher wie eine Einladung. Sie bog ihren Kopf zurück und zeigte noch mehr von ihrem schlanken Hals. »Worum geht es denn?«

Er hörte, wie ihr Atem in schnelles Keuchen überging, spürte, wie sich ihre Brüste unter ihm hoben und senkten, und wußte, daß das Oberteil ihres Kleides ihre Fülle kaum mehr halten konnte. Sein Mund senkte sich. »Ich wollte, daß es richtig läuft, Lily.«

»Dann geht dein Plan auf.« Sie bog sich ihm entgegen, und er legte einen Arm um ihre Taille, zog sie näher und drückte aufreizende Küsse auf die entblößten Teile ihrer Brüste. »Die Knöpfe«, flüsterte sie, »mach sie auf.«

Er hörte sein frustriertes Stöhnen und hob seinen Kopf von der Versuchung. Er wollte ihr in die Augen sehen, wenn er sein Versprechen gab. »Nein, nicht bevor ich gesagt habe ...« Eine Bewegung im Augenwinkel lenkte ihn ab. Er sah, wie ihre Hand über ihre Brust nach unten glitt, zum obersten Knopf ihres Kleides. Er biß die Zähne zusammen und versuchte, sich zu konzentrieren. »Ich versuche, dir zu sagen, daß ich dich liebe, verdammt.«

Dieses Mal stöhnte er angewidert. Er hatte es vollkommen falsch gesagt. Er hatte ihre Brüste angestarrt und ihnen gesagt, daß er sie liebte. Sie haßte es, wenn Männer ihre Brust anstarrten. Außerdem hatte er auch noch geflucht. Er verfluchte sich selbst.

»Ich liebe dich auch, Miles.« Er hob seinen Kopf und sah sie an. Sie lächelte ihn zauberhaft und unschuldig an. »Würdest du dich jetzt um meine Knöpfe kümmern?«

Er wollte ihr sagen, daß da noch mehr war, daß er ihr Dinge sagen wollte, so wie man sie sagen sollte. Er hatte es in Gedanken stundenlang geübt. Er konnte sich im Moment nur nicht daran erinnern.

Statt dessen sagte sein Körper ihr, was in seinem Herzen war. Er ehrte sie, verweilte endlos lange über ihr, erfüllt von einem Gefühl, das über die Begierde seines Körpers hinausging zu den Bedürfnissen seiner Seele.

Alleine wachte er am nächsten Morgen auf.

Seine Hand suchte unter den Laken nach ihr, aber er konnte nicht einmal mehr ihre Wärme spüren. Sie hätte es besser wissen müssen, als sich heute morgen fortzustehlen. Er wollte ihr sagen, daß sie der Mittelpunkt seines Lebens war, verdammt. Verdammt noch mal!

Sein Blick ging zum Fenster, und er erkannte erschreckt, daß es später Morgen war. Er schlief nie länger als bis zum Morgendämmern. Der Grund für dieses ungewöhnliche Ereignis ließ sein Stirnrunzeln schwinden. Letzte Nacht war er zum erstenmal, seit er Lily getroffen hatte, zufrieden eingeschlafen. Nicht nur zufrieden mit sich selbst, sondern zufrieden mit seinem Leben. Er hatte seine wunderschöne Tiger-Lily in seinen Armen gehalten und gewußt, daß ihre Liebe zu ihm niemals verkümmern oder schwinden würde, daß sie die strahlendste Kraft in seinem Leben sein würde, solange er atmete. Er wollte sie gerade jetzt festhalten, in dieser Minute. Er seufzte frustriert und rollte sich aus dem Bett. Er hätte wissen müssen, daß sie nicht dort sein würde, wo er sie erwartete. So wie sie auch niemals tat, was er erwartete. Das war einer der Gründe, weshalb er sie liebte.

Jack strich mit der Hand über eine Schulter, um eine lästige Fliege zu verscheuchen. Die Schreie der Straßenhändler verloren sich fast im Getöse der Kutschen und Karren, die über die Bond Street klapperten. Von seinem Sitz auf der Kutsche des Herzogs beobachtete Jack die Straße mit mäßigem Interesse, während er darauf wartete, daß die Herzogin ihre Besorgung bei dem Drucker Mr. Milton beendete. Der Morgen war ungewöhnlich warm, und er legte seinen leichten Umhang auf den Sitz neben ihm. Wieder sah er zu den Schaufenstern von Miltons Geschäft. Plakate und Muster seiner Produkte füllten die Fenster. Er konnte die Herzogin nicht sehen und auch nicht erkennen, ob sie bald fertig sein würde.

Ein plötzliches Rufen aus der Gasse neben dem Geschäft nahm Jacks Aufmerksamkeit in Anspruch. Er beobachtete, wie ein Druckereiangestellter auf die Kutsche zulief. Seine Schürze war mit schwarzer Tinte beschmiert, sein Gesichtsausdruck war bestürzt. Jacks Hand ging zu dem Messer, das er in seinem Gürtel trug.

»Ho! Gehören Sie zu der Herzogin?« rief der Mann.

Jack nickte und war sicher, daß etwas nicht stimmte.

»Der Herzogin wurde schwach, und sie ist hinten rausgegangen, um frische Luft zu schnappen, aber jetzt ist ihr richtig übel.« Er zeigte mit seinem Daumen über eine Schulter. »Sie ist dort hinten und gibt ihr Frühstück wieder von sich.«

Jack sprang von der Kutsche und lief auf die Gasse zu.

»Da um die Ecke«, rief der Angestellte. Er deutete auf die Backsteingasse und lief dann hinter Jack her.

Gerade als Jack um die Ecke des Gebäudes lief, spürte er einen starken Schlag auf seinem Hinterkopf. Und dann spürte er überhaupt nichts mehr.

»Die sind sehr hübsch, Mr. Milton.« Lily gab Mr. Milton die Einladungsmuster zurück und strich dann ein wenig Papierstaub von ihrem lavendelfarbenen Kleid. »Wie schnell können die Einladungen fertig sein?«

»Heute nachmittag, Euer Gnaden.« Mr. Milton zeigte auf einen grünen Vorhang, der eine Tür hinter der Theke verdeckte. Lily konnte das gedämpfte, rhythmische Geräusch einer Druckerpresse auf der anderen Seite hören. Der scharfe, ätzende Geruch von Tinte hing in dem Laden. »Die Zeit drängt so, daß ich das Risiko eingegangen bin, daß Ihnen der Entwurf gefällt«, fuhr er fort. »Meine Helfer drucken gerade Ihre Einladungen.«

»Ich weiß Ihre Bemühungen sehr zu schätzen, Mr. Milton.«

»Ich bin froh, Ihnen zu Diensten sein zu können«, sagte Mr. Milton. Er verbeugte sich bescheiden und trat dann hinter die Ladentheke. Damit stand er vor einer Wand mit flachen, schrägen Fächern. Umschläge in jeder Größe und Form füllten einen Teil des Regals. Er griff nach einem hartweißen Umschlag mit Goldrand. »Dieser Umschlag wird zu der

Goldkante der Einladung passen, Euer Gnaden. Soll ich die benötigte Anzahl von Umschlägen Ihrem Auftrag hinzufügen?«

Lily nickte. »Sie können die Umschläge und Einladungen heute nachmittag in unser Haus schicken. Sie kennen ja den Weg.«

»Sehr gut, Euer Gnaden.« Mr. Milton verbeugte sich wieder und begleitete sie dann zu seiner Ladentür.

Lily trat hinaus und lächelte immer noch über das Ergebnis der Anstrengungen des Druckers und ihrer eigenen. Nachdem sie diese Aufgabe erfüllt hatte, konnte sie nach Hause zu ihrem Mann zurückkehren. Es hatte sie ihre gesamte Willenskraft gekostet, den warmen Kokon ihres Bettes an diesem Morgen zu verlassen. Remmington hatte sie selbst im Schlaf festgehalten. Seine Hände streichelten sie, wann immer sie sich bewegte, was nur eine unbewußte Kenntnisnahme ihres Körpers sein konnte. Sie lächelte, als sie an seinen Gesichtsausdruck dachte, als er ihr gesagt hatte, daß er sie liebte. Er hatte *fluchend geschworen*, daß er sie liebte. Sie fand es irgendwie liebenswert. Als wollte er seine knappe Erklärung wiedergutmachen, hatte er ihr stundenlang Liebeserklärungen ins Ohr geflüstert, manche zusammenhängend, die meisten jedoch nicht. Lily liebte sie alle. Sie konnte es nicht abwarten, was er ihr heute morgen erzählen würde.

Gedankenverloren wie sie war, verging ein Moment, bis sie erkannte, daß ihre Kutsche nicht mehr vor der Druckerei auf sie wartete. Sie sah die Straße rauf und runter, konnte aber weder Jack sehen noch die glänzendschwarze Kutsche, deren Türen mit Remmingtons Wappen verziert waren. Eine verbeulte rotbraune Reisekutsche stand an der Stelle, wo ihre Kutsche hätte stehen sollen, und der Fahrer kam auf sie zu. Er trug einen hellbraunen Umhang, der um ein teures Paar hoher Stiefel tanzte. Lässig tippte er an seinen Biberhut mit der breiten Krempe.

»Guten Morgen, Euer Gnaden. Mein Herr bittet um einen Moment Ihrer Zeit, wenn Sie nichts dagegen haben, seine Kutsche zu betreten.«

Lily mochte den Mann auf Anhieb nicht. Irgend etwas in seinem Verhalten setzte bei ihr eine Alarmglocke in Gang. Sie suchte die Straße nach Jack ab.

»Ihr Fahrer mußte fort«, sagte er, als könnte er ihre Gedanken lesen. »Wenn Sie zu der Kutsche hinübergehen würden, könnte Lord Gordon Ihnen alles erzählen.«

»Sie arbeiten für Lord Gordon?« Lily spürte eine Welle der Erleichterung, als der Fahrer nickte. Sie kaute auf ihrer Unterlippe und folgte dem Fahrer dann zu der Kutsche. Die Tür öffnete sich, und Harry winkte heraus. Sein normalerweise heiteres Lächeln war an diesem Morgen abwesend, und in seinen blauen Augen lag ein ernster Ausdruck.

»Ich hoffe, wir haben Sie nicht erschreckt, Lily. Ich komme gerade von Lord Holybrook und habe dringende Nachrichten.« Er rieb seine Stirn und sah aus, als wollte er seine Information nur widerwillig weitergeben. »Ich bin hinausgefahren, um Lord Holybrooks Meinung über ein paar Schriftrollen einzuholen, die ich gekauft habe, aber vor meiner Ankunft ereignete sich eine Krise.«

Er öffnete seinen Mund, als wollte er fortfahren, seufzte aber statt dessen nur tief. Er schüttelte seinen Kopf, die Augen niedergeschlagen. »Ich fürchte, es gibt keinen einfachen Weg, Ihnen das mitzuteilen. Es geht um Ihre Freundin, Miß Stanhope. Sie bekam letzte Nacht plötzlich hohes Fieber. Es tut mir leid, daß ich Ihnen das sagen muß, aber Miß Stanhopes Zustand ist ernst. Der Arzt hat nicht viel Hoffnung auf Besserung. Lady Bainbridge sagt, sie hat oft nach Ihnen gefragt, und sie weiß, Sie werden zu ihr gehen wollen, bevor es zu spät ist.«

Lilys Augen wurden groß vor Entsetzen, nicht wegen Sophies Fieber, sondern wegen der Tatsache, daß Harry ihr eine so empörende Lüge erzählte. Sie hatte zwei Tage zuvor von Sophie eine Nachricht erhalten, die besagte, daß ihre Verletzungen gut heilten. Sie und Lady Bainbridge wollten an diesem Nachmittag in London eintreffen.

»Ich weiß, es ist ein Schock«, fuhr Harry fort, »aber ich wußte nicht, wie ich Ihnen die Nachricht mitteilen sollte. Sie müssen sofort mit mir nach Holybrook House fahren. Ich habe Ihren Kutscher zu Remmington geschickt, damit er ihm mitteilt, daß ich Sie zu Basildon bringe und den Grund für unsere Eile erklärt.« Harry streckte eine Hand aus, um sie anzutreiben. »Schnell, Lily. Wir müssen uns beeilen.«

Lily trat einen Schritt auf die Kutsche zu, blieb dann aber stehen. Sie schlug sich mit einer Hand auf die Stirn. »Die Einladungen! Ich muß Mr. Milton noch besondere Anweisungen geben, bevor ich wegfahre.«

»Wir haben keine Zeit, uns um Einladungen zu sorgen«, sagte Harry. »Ihre Freundin liegt auf dem Sterbebett.«

Lily schreckte zurück, bevor er ihr Handgelenk ergreifen konnte, um sie in die Kutsche zu ziehen. »Es wird nur einen Moment dauern. Mein Vater wird wütend sein, wenn ich ihm nicht sage, welche Anordnungen ich getroffen habe. Sein Ball findet in weniger als einer Woche statt. Die Einladungen müssen morgen verschickt werden.«

Harry zögerte und nickte dann seinem Fahrer zu. »Na schön, aber nehmen Sie Lando mit. Er wird sicherstellen, daß der Drucker Sie nicht länger als notwendig festhält.«

»Ich brauche nur einen Augenblick«, versprach sie. Sie drehte sich um und eilte auf Mr. Miltons Geschäftstür zu. Dabei war sie sich sehr wohl bewußt, daß Lando ihr wie ein Schatten folgte. Ihr Herz schlug schneller, als sie sich der Tür näherte, und sie wußte, daß er ihre Angst spüren konnte. Sie hoffte, er würde ihren verängstigten Gesichtsausdruck für Sorge um Sophies Gesundheit halten. Ihr Leben konnte davon abhängen.

Sie drückte die Tür auf und trat ein. Die Glocke über der Tür klingelte, und Mr. Milton erschien im hinteren Bereich des Geschäftes. Lily ging zu der Theke, auf der immer noch die Muster für ihre Einladungen sauber gestapelt lagen. Sie drehte sie um, bevor Lando hinter sie trat.

»Ich muß überraschend die Stadt verlassen«, sagte sie Mr. Milton kurz angebunden. »Sie müssen die Muster zu meinem Vater nach Crofford House schicken, nicht in das Stadthaus meines Mannes.« Sie griff nach einer Feder, die neben Mr. Miltons Auftragsbuch lag, und begann, auf die Rückseite der Einladung zu schreiben. »Sie müssen außerdem diese

Nachricht mit den Mustern verschicken, damit er meine Vorlieben kennt.«

»Aber, Euer Gnaden ...«

»Ich habe keine Zeit, mit Ihnen zu diskutieren, mein guter Mann. Ich bin in Eile und darf mich nicht verspäten.« Sie konnte fühlen, wie Lando über ihre Schulter starrte. Nur um sicherzugehen, drehte sie sich zu ihm um. Lando stand kaum einen Schritt von ihr entfernt und betrachtete aufmerksam die Worte, die sie schrieb. Sie wandte ihren Blick wieder auf die Nachricht, und die Worte verschwammen vor ihrem Blick. Nur ein Bild blieb klar. Die frisch verheilte Narbe an Landos linker Schläfe, die ihrer Meinung nach nur von einem Schlag mit einem sehr alten, sehr schweren Kerzenleuchter stammen konnte.

Irgendwie gelang es ihr, die Nachricht mit ihren Initialen zu versehen. Die Aufgabe erforderte ihre gesamte Konzentration. Sie mußte daran denken, unschuldig und unverdächtig auszusehen. Sie gab Mr. Milton die Nachricht. Erstaunlicherweise zitterte ihre Stimme nicht. »Bitte lesen Sie es mir noch einmal vor, Mr. Milton. Ich möchte sicher sein, daß meine Schrift lesbar ist.«

Mr. Milton überflog die Nachricht und schüttelte seinen Kopf, aber er befolgte ihre Bitte. »Halbes Pfund Papier. Alles mandelfarben. Remmington Wappen auf dem Umschlag. Roter Siegelwachs. Yangtze-gelbes Band im Wachs. Lord Crofford wird den endgültigen Entwurf abnehmen. Goldene Prägung auf dem Wappen.«

Mr. Milton sah auf und warf ihr einen hilflosen und erstaunten Blick zu.

Lily sprach bestimmt, bevor er etwas entgegnen konnte. »Sorgen Sie dafür, daß mein Vater unverzüglich diese Nachricht mit den Mustern erhält, Mr. Milton.«

Der Drucker zögerte einen Moment und verbeugte sich dann vor ihr. »Ja, Euer Gnaden.«

Lily drehte sich um und verließ langsam das Geschäft. Jeder Augenblick war ihr bewußt und jeder Moment, den sie vor Mr. Milton ruhig bleiben konnte. Lando verbarg eine Hand in seinem grauen Überzieher, und sie fürchtete, daß er eine Pistole trug. Sie brauchte einen Moment, um zu entscheiden, daß es unsinnig wäre, Mr. Milton um Hilfe zu bitten, diesem Mann zu entkommen. Sie wußte, daß Lando fähig zum Mord war. Er würde Mr. Milton sicher erschießen, bevor er ihr zu Hilfe kommen könnte.

Ihre Hand zitterte, als sie nach der Klinke des Ladens griff. War Jack bereits tot? Ein plötzlicher Schmerz durchfuhr sie, als ihr klar wurde, daß es so sein mußte. Jack würde sie niemals allein lassen, welche verrückte Entschuldigung Harry auch vorbringen würde. Nur ein Gedanke ging noch über diesen Schmerz hinaus. Sie würden auch sie töten. Wenn sie bereitwillig in Harrys Kutsche einstieg, war sie sicher, daß sie sie lebendig nicht mehr verlassen würde.

Es war müßig zu überlegen, weshalb Harry sie töten wollte. Die Zeit war zu kostbar. Sie hatte nur eine Gelegenheit zu fliehen, eine Hoffnung, daß Lando nicht so kühn sein würde, sie im hellen Tageslicht mitten auf der Bond Street zu erschießen. Die Straße wimmelte vor Menschen. Alles was sie tun mußte, war den Mund öffnen und schreien. Irgend jemand würde ihr schon helfen.

Sie wollte ihren Mund zum Schrei öffnen, als Landos Hand sich brutal auf ihren Arm legte. Nur ein erschrecktes Wimmern vor Schmerz kam über ihre Lippen, als etwas Hartes in ihre Rippen stieß.

»Denken Sie nicht einmal daran, wegzulaufen«, warnte Lando sie leise. Sein Griff sah trügerisch besorgt aus, als hätte sie das Gleichgewicht verloren und er daraufhin ihren Ellbogen genommen, um sie zu stützen. Da er es in den Falten seines Umhangs verborgen hatte, wußte nur Lily, daß er ihr ein Messer an die Seite drückte. Er zog an ihrem Ellbogen und führte sie zur Kutsche. Dann öffnete er die Tür der Kutsche.

»Sie weiß es«, sagte Lando zu Harry, als er sie in die Kutsche hievte.

Lily starrte in den Lauf von Harrys Pistole.

»Setzen Sie sich zu mir«, sagte Harry mit einem einladenden Lächeln. Er nickte zu dem Sitz ihm gegenüber, als sie notgedrungen in die Kutsche kletterte. »Machen Sie es sich ruhig bequem, Lily. Ich würde Sie allerdings lieber nicht erschießen.«

Lily spürte, wie ihr ein Schauer über den Rücken lief. Selbst jetzt, da sie wußte, daß Harry mit einem Mörder gemeinsame Sache machte, wirkte Harry eher jungenhaft freundlich als gefährlich und bedrohlich. Die Kutschentür schloß sich hinter ihr, und sie setzte sich, den Blick auf die Pistole gerichtet. »Weshalb tun Sie das, Harry?«

»Sie sind ein so kluges Mädchen«, überlegte er. »Ich dachte, Sie hätten das inzwischen herausgefunden.« Die Pistole zuckte gleichzeitig mit seinen Schultern. »Aber Sie dachten, Sie hätten alles herausbekommen, als Ihr Mann den armen, verrückten Lord Allen erschossen hat, oder?« Sein Lächeln wurde breiter. »Ich habe tagelang darüber gelacht. Die Dinge hätten gar nicht besser für mich laufen können. Lord Allen hat die Schuld für Landos verpfuschte Arbeit übernommen, und Remmingtons Wachsamkeit hat nachgelasen. Ich hatte schon fast jede Hoffnung aufgegeben, Sie lebendig zu bekommen.«

Lily war sich immer noch nicht im klaren über Harrys Motive und formulierte ihre Frage sehr sorgfältig. »Wir kennen uns nicht so gut, Harry. Ich kann mir nicht vorstellen, daß ich Sie irgendwie beleidigt habe. Weshalb sollten Sie meinen Tod wünschen?«

»Ach, und dieser unschuldige Blick«, sagte er gedehnt. »Sie haben mich lange genug mit Ihrer kleinen Vorstellung genarrt. Ich habe von Ihrer Beteiligung an den Geschäften Ihres Vaters nichts gewußt bis zu dem Abend bei Lady Keaton, als Sie das Rätsel meiner Schriftrolle so sauber gelöst haben. Sie hatten übrigens recht. Die Worte ließen sich genauso übersetzen, wie Sie es gesagt hatten.«

Lily spürte ein ungutes Gefühl in der Magengegend. Remmington konnte nicht wissen, wie recht er an diesem Abend gehabt hatte – und sie hatte seine Sorge als besitzergreifend abgetan. Sie war wirklich albern gewesen. Sie überlegte, ob er es je erfahren würde. Sie sah Harry an und beschloß, daß es klüger wäre, ihr Spiel aufzugeben. Sie spürte, daß hartnäckiges Leugnen ihre Position nur schwächen würde. »Wenn

Sie nicht gewußt haben, daß ich involviert bin, weshalb haben Sie dann versucht, mich umbringen zu lassen?«

»Oh, Sie sollten in der Nacht von Ashlands Ball nicht sterben«, sagte Harry, als hätte sie es wissen müssen. Er sah sie mit gespieltem Bedauern an. »Wie konnten Sie so etwas von mir denken, Lily? Sie sind doch klüger.«

Lily schwieg hilflos.

»Doch nicht so klug?« fragte er. Sein Tonfall war eindeutig selbstgefällig. »Wir wollten Sie dazu benutzen, die Aktivitäten Ihres Vaters zu kontrollieren, liebes Mädchen. Solange Sie unsere Gefangene wären, wüßten wir, daß er alles tun würde, was wir verlangen. Er würde uns jede Information geben, um Sie in Sicherheit zu wissen. Es ist offensichtlich, daß er Sie abgöttisch liebt. Ich hielt es für eine kluge Idee, Crofford zu einem Doppelagenten zu machen. Dieser Plan änderte sich ein wenig, als mir klar wurde, daß auch Sie Kryptographin sind.« Er lächelte sie wieder an, gewinnend und erfreut. »Sie sind eine sehr wertvolle Dame. Die Franzosen werden mir ein kleines Vermögen bezahlen, wenn ich Sie an sie ausliefere. Sie sind ganz gierig auf all die Geheimnisse, die Sie in Ihrem hübschen Kopf haben.«

Lily hob ihr Kinn, damit es nicht zitterte. »Wenn ich so unglaublich wertvoll bin, weshalb haben Sie dann versucht, mich in Holybrook House zu erschießen?«

»Ach, das war wieder einer von Landos Patzern«, sagte er bedauernd. »Er ist ein talentierter Mörder, aber er scheint eine Unglückssträhne zu haben, wenn es um Sie geht. Nicht, daß Sie an jenem Tag das Ziel gewesen wären. Remmington hat Sie derart bewacht, daß wir beschlossen, es wäre an der Zeit, ihn von der Bildfläche verschwinden zu lassen. Unglücklicherweise ist Lando mit einem Messer geschickter als mit einer Pistole.« Harry klopfte sich nachdenklich auf sein Kinn. »Ich muß daran denken, ihn Monaton zu empfehlen, damit er mehr Übung bekommt.«

Lily überlegte, welche Sorte Mann planen konnte, den eigenen Freund zu töten und nicht einmal einen Funken Reue zeigte, wenn er es zugab. Weit entfernt von einem schlechten Gewissen kreisten Harrys Gedanken um die Möglichkeiten, wie er seinen angeheuerten Mörder zu einem talentierteren Killer machen konnte. »Sie haben mich jetzt«, sagte sie. »Es gibt also keinen Grund mehr, Remmington zu töten.«

»Nein«, stimmte er zu. »Es sei denn, er wird zu lästig, wenn Sie vermißt werden.« Seine Hand fuhr durch die Luft. »Remmington sollte in Sicherheit sein. Er wird niemals vermuten, daß ich etwas mit Ihrem Verschwinden zu tun habe. Niemand wird vermuten, daß ich für die Franzosen arbeite. Nicht einmal der lästige Sir Malcolm Bainbridge. Lord Granger hat sich als wirkungsvolle Ablenkung für Sir Malcolm in den letzten Monaten erwiesen. Lando gehört zu Frankreichs Spitzenagenten. Sie sollten geschmeichelt sein, daß man Ihretwegen den besten geschickt hat. Lando wird Sie nach Frankreich begleiten, und ich bin sicher, daß Sie sich viel zu erzählen haben.«

Der Gedanke, daß Lando sie über den Kanal begleiten würde, ließ Lily schaudern. Sie begann sich die Rache vorzustellen, die Lando für seine Narbe nehmen würde. »Weshalb *arbeiten* Sie für die Franzosen?« fragte sie. »Was macht einen Mann zum Verräter seines Landes?«

Harry nahm ihr die Frage entgegen ihren Befürchtungen nicht übel. Er zuckte nur die Schultern. »Ganz einfach. Geld. Die Franzosen haben eine Menge davon, und ich hatte das Glück, ihnen einen beachtlichen Teil abzunehmen. Ich habe das Vermögen, das mein Vater vergeudet hat, bereits wieder aufgefüllt. Ihre Entführung wird meine letzte Tat als Verräter sein. Für den Rest meines Lebens kann ich sehr bequem leben für den Preis, den man mir für Ihre sichere Überführung geboten hat.«

Sie spürte, wie sich eine unsichtbare Schlinge um ihren Hals zog. »Wo bringen Sie mich hin?«

»In mein Stadthaus«, antwortete er. »Ich habe meine Mutter und meine Schwestern zusammen mit den meisten Dienern zu einem ausgedehnten Besuch auf meinen Landsitz geschickt. Sie werden ein sehr gemütliches Zimmer in meinem Keller bewohnen, bis Ihre Familie und Sir Malcolm ihre erfolglose Suche nach Ihnen beendet haben. Wenn sie die Leiche Ihres Kutschers finden, werden sie natürlich das Schlimmste vermuten und die Suche aufgeben. Dann wird es ganz einfach sein, Sie an die Küste zu bringen, wo Sie ein Schiff nach Frankreich besteigen werden. In ein oder zwei Wochen denke ich, werden Sie Gast der französischen Regierung sein.«

Lily überlegte, ob sie in Harry irgendwie Mitleid erregen könnte. Sie studierte sein Gesicht, seine Haltung, aber sie sah in seinem Ausdruck nur freudige Entschlossenheit. Kein Bedauern, keine Reue, keine Gefühle, daß er sie einem Schicksal übergab, das schlimmer als der Tod war.

Sie begann zu beten, daß Mr. Milton ihre Nachricht so schnell wie möglich überbracht hatte. Milton hielt sie bestimmt für verrückt, daß sie ihm Anweisungen gab, die nichts mit ihren Einladungen zu tun hatten. Es bestand die Möglichkeit, daß er die Einladungen abliefern und ihre Nachricht einfach wegwerfen würde. Sie mußte der Tatsache ins Auge sehen, daß Remmington dieses Mal vielleicht nicht zu ihrer Rettung kam.

Zwanzig

»Ich bin aufgewacht, als die beiden Scheißkerle versuchten, mich im Fluß zu ertränken.« Jack hatte seine Hände zu Fäusten geballt. Er konnte seine Wut kaum im Zaum halten, weil er sich so leicht hatte übertölpeln lassen. Er hatte seine Pflicht nicht erfüllt.

Beide Männer stützten sich ab, als die Kutsche scharf um eine Ecke bog. Die Geschwindigkeit, die Digsby den Pferden abverlangte, ließ das Gefährt auf eine Seite schlingern. Remmington setzte sich wieder auf und lud weiter seine Pistolen, während Jack in seiner Erzählung fortfuhr.

»Sie hatten mir das Messer aus dem Gürtel genommen, aber sie wußten nicht, daß ich auch noch eins in meinem Stiefel trug.« Jack gelang ein grimmiges Lächeln. »Es wird ihnen noch leid tun, daß sie mir nicht die Kehle durchgeschnitten haben, um sicherzugehen, daß ich nicht von den Toten zurückkehren würde.«

»Haben sie irgend etwas von meiner Frau gesagt?« wollte Remmington wissen.

Jack schüttelte den Kopf. »Ich habe nur Bruchstücke von ihrer Unterhaltung verstanden. Aber nichts ergab einen Sinn.« Er zögerte einen Moment und sagte dann: »Eines sollten Sie noch über den Mann wissen, der sich als Druckerlehrling ausgab, Euer Gnaden. Der Mann, der mich in die Gasse gelockt hat, hatte eine Narbe, genau hier.« Jack deutete auf seine Schläfe. »In der Nacht, als wir nach Crofford House fuhren, sagte Digsby, daß die Herzogin ihren Angreifer mit einem Schlag auf den Kopf verletzt hat. Aber ich Narr habe den Zusammenhang nicht hergestellt, bis ich mich um seine Söldlinge gekümmert hatte.«

Remmington spürte, wie ihm das Blut in den Adern gefror. Er prüfte die Funktionsfähigkeit seiner Pistolen, und prüfte sie noch einmal. Er mußte sich irgendwie beschäftigen, um sein Gefühl der Hilflosigkeit zu bekämpfen.

Lag Lily in derselben Gasse, wo Jack beinahe sein Ende gefunden hätte? War sie allein? Er wußte, daß sie Angst hatte … wenn sie noch lebte. Er legte die Pistolen zur Seite, weil er Bedenken hatte, er würde sich vor Nervosität daran verletzen.

Die Kutsche hielt ratternd vor Miltons Geschäft. Digsby gelang es irgendwie, einen Augenblick vor Remmington an der Eingangstür des Geschäftes zu sein und sie zu öffnen, ohne sie aus den Angeln zu heben, wie Remmington es vorhatte. Remmington durchquerte das Geschäft mit drei langen Schritten.

Mr. Milton stand hinter der Ladentheke. Seine Augen wurden groß, als Remmington sich über ihn beugte, aber er zögerte einen Moment zu lange, bevor er sich zurückzog. Remmington packte ihn am Revers und zog ihn über die Theke.

»*Wo ist meine Frau?*«

Milton wurde bleich bei der ohrenbetäubend gebrüllten Frage und versuchte, wieder Boden unter die Füße zu bekommen. Seine Schuhspitzen baumelten ein paar Zentimeter über dem Boden. »Sie ist vor fast zwei Stunden gegangen!

Oh, ich wußte, daß etwas nicht stimmte. Sie benahm sich so seltsam, und diese Nachricht ...«

Remmington ließ ihn mit einem dumpfen Geräusch runter. »Welche Nachricht? Zeigen Sie mir die Nachricht.«

Milton eilte zu der Theke. Seine Hand zitterte, als er Remmington ein Stück Papier gab. »Das ist nur eine Abschrift, Euer Gnaden. Das Original habe ich ihrem Vater geschickt, so wie sie es wollte.«

Remmington überflog das Papier. »Haben diese Anweisungen irgend etwas mit ihren Einladungen zu tun?«

Milton sah überrascht aus. »Nein, Euer Gnaden. Sie haben überhaupt nichts mit den Einladungen zu tun. Tatsache ist, daß sie mir genau das Gegenteil gesagt hat, bevor sie das Geschäft zum erstenmal verließ, dann kam sie Augenblicke später wieder zurück und gab diese Anordnungen, die überhaupt keinen Sinn machten. Sie benahm sich auch anders.«

»Was meinen Sie damit?«

»Es war ein Mann bei ihr, und ich nahm an, es wäre ihr Fahrer. Aber sie sah ihn über die Schulter an, lächelte die ganze Zeit und schwatzte weiter, während ihre Augen voller Angst waren.«

»Hatte der Mann eine Narbe auf der Schläfe?«

Milton nickte. »Ich habe versucht, sie zu fragen, was los sei, aber sie ließ mich nicht zu Wort kommen. Ich wußte, daß ich so tun sollte, als sei alles in Ordnung, aber ich konnte nicht herausfinden warum. Sie sagte nur, daß sie überraschend die Stadt verlassen müßte und daß es sehr wichtig sei, daß der Graf die Nachricht bekommt.«

Remmington drehte sich um. Er konnte Lily sehen, als stünde sie vor ihm, wußte genau, was Milton mit dem Ausdruck ihrer Augen meinte. Was er nicht verstehen konnte, war, daß Milton in diese Augen sehen konnte, ohne etwas zu tun, um ihr zu helfen. Wie konnte er zulassen, daß Lily das Geschäft mit einem Mann verließ, der ihr Angst machte?! Wenn Milton versucht hätte, ihr zu helfen, wäre er jetzt wahrscheinlich tot.

»Ich wußte nicht, was ich davon halten sollte, Euer Gnaden. Ich habe nur versucht, das zu tun, was Ihre Frau wollte.«

»Ich weiß, Mr. Milton.« Remmington verließ das Geschäft, ohne sich noch einmal umzusehen.

»Crofford House?« fragte Digsby, als sie auf der Straße standen.

Remmington nickte.

Weniger als eine Viertelstunde später betrat er die Bibliothek des Grafen. Robert war dort mit seinem Vater. Beide drehten sich um und sahen ihn an.

»Lily«, brachte Remmington heraus, obwohl ihm der Hals wie zugeschnürt war. »Haben Sie ihre Nachricht erhalten?«

»Vor ungefähr einer Stunde kam etwas von dem Drukker.« Crofford lehnte sich in seinem Stuhl zurück und umklammerte seinen Schreibtisch so fest, daß seine Knöchel weiß wurden. »Was ist los? Was ist mit ihr geschehen?«

»Sie ist heute morgen zu Milton gefahren, um die Einladungen auszusuchen. Irgend jemand hat meinen Fahrer in eine Gasse gelockt und ihn bewußtlos geschlagen. Bevor der Mann, der Lily mitnahm, mit ihr verschwand, konnte sie diese Nachricht hinterlassen.« Remmington warf die Kopie der Nachricht auf Croffords Schreibtisch. »Was bedeutet es?«

Robert lief um den Schreibtisch, um seinem Vater über die Schulter zu sehen. Er las die Nachricht laut. »Halbes Pfund Papier. Alles mandelfarben. Remmington Wappen auf dem Umschlag. Roter Siegelwachs. Yangtze-gelbes Band im Wachs. Lord Crofford wird den endgültigen Entwurf abnehmen. Goldene Prägung auf dem Wappen.«

»Was *bedeutet* es?« wiederholte Remmington.

Die beiden Männer studierten die Nachricht ohne ein weiteres Wort oder eine Frage nach Lily. Ihre Nachricht würde ihnen mitteilen, was sie wissen wollten. Sie mußte.

Remmington begann auf und ab zu gehen.

Beeilung! Dieses Wort war wie ein Echo in seinen Gedanken. Er konnte es nicht aussprechen, konnte nichts tun, um sie von ihrer Arbeit abzulenken. Die Sekunden vergingen. Er wollte sie beide schütteln. Es würde nichts nützen. Noch mehr Sekunden. Die Nachricht mußte einen Code haben. Sie mußte einfach! Seine stille Forderung wurde zu einem Gebet. *Bitte*!

Robert sprach als erster. »Sieben Sätze. Die Wörter in den Sätzen, drei, zwei, fünf, zwei, drei, sieben, vier.« Er beugte sich tiefer über die Nachricht und studierte sie eine gute Minute. »Verdammt, Lily! Wo ist der Schlüssel?«

»Numerier die Buchstaben«, schnauzte Crofford.

»Nein. Es sind richtige Wörter. Es kann kein Kreuzalphabet sein, wenn sie nicht wenigstens eine Stunde Zeit gehabt hat, um die Nachricht zu verschlüsseln.« Robert sah zu Remmington auf. »Wie lange hat sie gebraucht, um das zu schreiben?«

»Höchstens drei Minuten.«

»Minuten.« Robert starrte die Nachricht an. »In der Zeit kann sie hundert Codes schreiben!«

»Ja, aber sie wußte, daß sie nur Minuten hatte«, überlegte Crofford. »Sie würde kein Risiko eingehen, sondern einen Code benutzen, den sie in- und auswendig kennt. Einen, bei dem sie keinen Fehler machen kann.«

Remmington hörte auf, neben dem Kamin auf und ab zu geben. Die Uhr auf dem Kaminsims tickte weiter. Endloses, endloses Ticken. Er wollte die Uhr in Stücke schmeißen. Er funkelte Lilys Vater und Bruder zornig an. *Sagt was*!

»Es könnte ein ganz einfacher Code sein«, sagte Robert. »Er könnte so einfach sein, daß wir ihn nicht erkennen.«

»O mein Gott!« Crofford stand halb von seinem Stuhl auf. Dann setzte er sich ebenso abrupt wieder hin. »O mein Gott.« Mit seiner Feder unterstrich er den ersten Buchstaben jeden Satzes. »H.A.R.R.Y.L.G. Harry, L.G. Harry, *Lord Gordon*.«

Beide sahen Remmington an.

»Robert, kommen Sie mit. Crofford, schicken Sie nach Bainbridge. Sagen Sie ihm, daß ich meine Männer hole und zu Harry fahre.«

Lily steckte ihre Haarnadel in einem anderen Winkel in das Schloß, konnte aber nicht sehen, was sie tat. Ihre Gefängniszelle in Harrys Stadthaus war ein kleiner enger Raum, der tief in eine Kellerwand gegraben war. Es roch nach Schimmel und Mäusen. Sie hatte nur einen kurzen Blick auf die feuchten Backsteinwände und den Erdboden erhaschen können, bevor Lando sie hineingeschubst hatte. Dann war die Tür zugefallen, und sie war von Dunkelheit umgeben. Die Wände schienen immer näher zu kommen. Wände, die sie nicht einmal sehen konnte. Sie fühlte sich lebendig begraben. Sie mußte ihre gesamte Willenskraft aufbringen, um nicht zu schreien oder an der Tür zu kratzen und um eine Laterne oder eine Kerze zu bitten. Sie würde ihnen ihre Schwäche nicht zeigen.

Die Kälte des Raumes kroch ihr in die Knochen, und trotzdem trat ihr der Schweiß auf die Stirn. Ihre Haut war feucht vor Angst. Die Haarnadel zerbrach. Es war bisher die dritte. Sie hatte keine Ahnung, wie lange sie an dem Schloß gearbeitet hatte. In vollkommener Dunkelheit war die Zeit nicht mehr meßbar. Es kam ihr vor wie Tage. Es konnten aber auch nur Minuten gewesen sein. Das Schloß würde sich irgendwann vielleicht als zu sicher für ihre Fähigkeiten erweisen, aber sie würde nicht aufgeben, bis auch ihre letzte Haarnadel in nutzlose Teile zerbrochen war. Dann würde sie wissen, daß es keine Hoffnung gab, aus diesem schwarzen Loch zu entwischen. Dann würde sie verrückt werden.

Sie suchte in ihren Haaren nach einer weiteren Nadel, geriet dann aber in Panik, als sie das abgebrochene Stück nicht aus dem Schloß bekam. Sie steckte die neue Nadel in die kleine Öffnung und versuchte, das abgebrochene Teil herauszubekommen. Plötzlich klickte es, und sie verharrte. Noch ein bißchen Probieren, und sie spürte, wie das Schloß sich bewegte. Sie hatte es geschafft!

Ihre Hand suchte nach dem Riegel, aber sie zögerte noch einen langen Moment, nachdem sie ihn gefunden hatte. Vielleicht bewachte jemand die Tür und wartete, bis sie einen Augenblick Freiheit genossen hatte, bevor sie wieder in die Zelle gezwungen wurde. Sie wußte, daß man sie sicher betäuben würde – wenn nicht gar Schlimmeres –, bevor sie in diesen Horrorraum zurückkehrte.

Sie lehnte ihre Schulter gegen die Tür, drückte sie vorsichtig auf und trat dann einen Schritt nach draußen. Nur Dunkelheit erwartete sie. Von allen Seiten erdrückte sie sie, stille, schwarze, endlose Nacht. Dann ein schwaches huschendes Geräusch und leises rhythmisches Klicken. Wie von kleinen Zähnen. Wie das Geräusch einer Ratte. Es kam aus ihrer Zelle. Ein erschreckter Schrei kam ihr über die Lippen, als sie die Tür gerade wieder zudrückte. Ihre Schultern sanken gegen die Tür und ein Schaudern durchzuckte ihren Körper. Sie lauschte nach einem Geräusch. Nicht nur wegen der Ratte, sondern auch nach einer Bewegung von oben, die ihr zeigte, daß sie sich verraten hatte.

Nichts.

Wenn jemand ihren Schrei gehört hatte, vermutete man wohl, daß sie etwas Unangenehmes in der Zelle gefunden hatte. Sie streckte ihre Arme aus und spreizte die Finger, um die Dunkelheit um sie herum zu erforschen. Sie suchte nach etwas Festem, als sie einen Schritt vortrat. Die Treppe war geradeaus und dann rechts ... oder? Ja. Rechts.

Noch ein Schritt. Noch einer und noch einer.

Es konnte nicht so weit sein bis zur Wand. Sie ging in die falsche Richtung! Ihre Hand traf auf etwas Hartes, und sie schrie auf, teils aus Schock, teils aus Schmerz, weil sie sich den Finger gestoßen hatte. Ein zögerndes Ausstrecken ihrer Finger, und sie spürte Stein. Backstein. Die Backsteinwand gegenüber von ihrer Zellentür! Mit der Hand an der Wand streckte sie ihren Fuß nach vorne, verlagerte dann ihr Gewicht und wiederholte die gleiche vorsichtige Bewegung mit dem anderen Bein. Sieben langsame Schritte später stieß etwas an ihren Knöchel. Die unterste Treppenstufe. Sie tastete sich vor, bis ihr Fuß auf der Stufe stand. Dann nahm sie mit einer Hand ihre Röcke hoch und benutzte die andere, um das Gleichgewicht zu halten, während sie sich die Stufen hinauftastete.

Ein schwacher Lichtschein drang unter der Tür oben an der Treppe hindurch, nicht mehr als ein grauer Schatten. Wenn diese Tür nun auch verschlossen war? Der Knauf drehte sich in ihrer Hand, aber die Tür bewegte sich nicht. Sie lehnte sich dagegen, verlor für einen Moment das Gleichgewicht und fiel beinahe hintenüber. Nur ihre Hand an dem Türknauf verhinderte, daß sie rückwärts die Treppe hinunterfiel. Sie wartete, bis sie wieder zu Atem gekommen war. Dann drehte sie den Knauf und lehnte ihre Schulter gegen die Tür. Sie öffnete sich.

Sie stand im Keller des Stadthauses. Er schien zum größten Teil als Lagerraum zu dienen, aber oben in den Wänden befanden sich Fenster. Sie waren mit Staub und Schmutz bedeckt, aber trotzdem waren es Fenster, die das schönste Licht hereinließen, das Lily jemals gesehen hatte. Sie wollte lachen, aber es war ein hysterisches Lachen, und sie unterdrückte es. Sie war ein Stockwerk näher an ihren Entführern. Jetzt konnten sie sie vielleicht hören.

Sie rieb ihre Hände an ihrem Rock und hinterließ dunkle Ruß- und Schmutzspuren auf ihrem lavendelfarbenen Kleid. Es kümmerte sie nicht. Die Treppe zum Erdgeschoß lag vor ihr. Sie schlang ihre Röcke zu einem großen Knoten an der Hüfte, so daß sie ihre Beine und Hände frei bewegen konnte. Sie griff nach der vierten Stufe und legte ihre Hände auf die äußersten Ecken, wo es unwahrscheinlicher war, daß ein loser Nagel oder ein Brett unter ihrem Gewicht quietschen würde. Sie brachte ihre Füße auf der untersten Stufe in die gleiche Position und begann, sich nach oben zu arbeiten. Sie kam sich vor wie eine große, unbeholfene Spinne.

Oben trennten fast drei Zentimeter die Tür von dem polierten Eichenboden. Lily wußte, daß diese Tür zur Eingangshalle führte. Sie verlagerte ihr Gewicht auf die Treppe, so daß sie ihre Wange auf die oberste Stufe legen und unter der Tür hindurchblinzeln konnte. Links konnte sie einen großen Türbogen sehen und erinnerte sich an einen flüchtigen Blick auf ein Wohnzimmer gegenüber der Eingangstür. Sie drehte den Kopf und blickte nach rechts.

Noch mehr polierter Eichenboden in dieser Richtung und eine lange Wand mit einer Doppeltür in der Mitte, vielleicht eine Bibliothek. Und wieder ein Spalt zwischen Tür und Boden. Der geschlossene Raum hatte Fenster, denn sie konnte unter der Tür reflektierendes Sonnenlicht sehen. Außerdem sah sie einen flüchtigen Schatten und wußte, daß er von jemandem in dem Raum stammen mußte, der an der Tür vorbeiging. Harry oder Lando oder einer der beiden Diener, die sie bei ihrer Ankunft gesehen hatte. Sie hatten Lando auf französisch begrüßt und ihn angesprochen, als sei er ihr Anführer.

Sie konnte keine weitere Bewegung sehen und auch keine Geräusche aus dem Haus hören. Wenn sie es bis zur Haustür schaffen würde, ohne bemerkt zu werden, wäre sie frei. Wenn sie erst einmal die Straße erreicht hatte, müßten sie sie erschießen, um sie zurückzuholen. Sie würde nicht ohne Kampf zurückkehren. Ihre Hand griff nach dem Türknauf. Ein plötzliches Klopfen ließ sie zurückzucken. Jemand stand an der Haustür! Noch mehr Komplizen? Was war, wenn sie jemand geschickt hatten, um nach ihr zu sehen? Ihr Herz schlug schneller.

Ein paar abgetragene braune Schuhe gingen durch die Eingangshalle und blieben vor der Eingangstür stehen. Dann wurde die Tür geöffnet. »Kann ich Ihnen helfen, Sir?«

Die Stimme gehörte einem von Landos Befehlsempfängern. Im Augenwinkel bemerkte sie eine Bewegung und sah nach rechts. Die Tür zur Bibliothek war jetzt offen, und sie sah die glänzend polierten Reitstiefel des Mannes, der dort stand. Harry oder Lando. Ihr Blick kehrte zur Eingangstür zurück. In der Sekunde, die sie weggesehen hatte, hatte ein weiterer Mann die Eingangshalle betreten. Sie sah, wie seine Stiefel über den Eichenboden gingen und einen Schritt von ihrem Versteck entfernt stehenblieben. Sie seufzte still, als er sich von ihr wegdrehte.

»Sagen Sie Lord Gordon, daß ich hier bin«, verkündete eine Stimme an der Haustür.

Lily legte beide Hände über Mund und Nase aus Angst, sie könnte ihr Schluchzen nicht zurückhalten. Nur eins hielt sie davon ab, aus ihrem Versteck hinauszustürmen und sich in die Arme ihres Mannes zu werfen – das Wissen, daß er tot wäre, bevor sie ihn erreicht hatte.

»Remmington?« rief Harry. Die Stiefel neben der Tür zur Bibliothek bewegten sich vorwärts. »Was tun Sie denn hier? Kommen Sie rein.«

Die Stiefel vor ihrer Tür versperrten ihr jede Sicht auf ihren Mann, aber sie hörte seine festen, vertrauten Schritte. Die anderen drei Männer standen in ihrem Blickfeld, nur einer war für sie unsichtbar. Ihr Blick suchte den Boden ab, und da fand sie das letzte Paar Schuhe neben dem Eingang zum Wohnzimmer. Dann hörte sie wieder Harrys Stimme.

»Mein Gott, Remmington! Was machen Sie mit den Pistolen?«

Lily lächelte, schwach vor Erleichterung. Remmington hatte die Situation im Griff. Sie überlegte, ob er wohl den Trick mit seinem Umhang angewandt hatte, um seine Waffen zu verstecken. Jetzt konnte sie sich zu erkennen geben. Sobald sie wieder stehen konnte. Sie durfte vor ihren Feinden keine Schwäche zeigen, nichts tun, was Remmington ablenken und ihn verwundbar machen könnte. Sie legte ihre Wange auf die Stufe und atmete tief ein. Es war jetzt alles in Ordnung. Sie konnte sich einen Moment Zeit nehmen, um sich zu sammeln.

»Ich glaube, Sie wissen ganz genau, was ich mit diesen Waffen mache. Bringen Sie mich zu meiner Frau. *Sofort*!«

»Er wird Sie nirgendwo hinbringen.« Das kam von Lando. Lily wußte jetzt, daß ihm die Stiefel vor ihrer Tür gehörten. Sie hörte zweimal scharfes Klicken. »Wir sind ebenfalls gut ausgerüstet, Remmington. Tatsächlich bin ich Ihnen gegenüber ein bißchen im Vorteil. Wenn Sie über Ihre linke Schulter sehen: Dort steht mein Freund Michel, der Sie ebenfalls im Visier hat.«

»Glauben Sie, ich bin so dumm, alleine herzukommen?« höhnte Remmington. »Bringen Sie mich zu meiner Frau, Harry.«

Es war Lando, der antwortete. Mit einem ohrenbetäubenden Pistolenschuß. Lily sah entsetzt, wie Harry zu Boden fiel. Sie konnte jetzt sein Gesicht sehen, nicht jedoch seine Verletzung. Sein Mund öffnete und schloß sich, dann öffnete er sich ein letztes Mal. Innerhalb von Sekunden wurden seine Augen glasig und starrten ins Nichts.

Lando brach das darauffolgende Schweigen. »Ich glaube, ich erwähnte bereits, daß er Sie nirgendwo hinbringen wird.

Ich fürchte, Harry wurde eine Belastung, nachdem er uns einmal gebracht hatte, was wir wollten. Eine teure Belastung. Dieser Schuß wird sicher Ihre Männer auf den Plan bringen, aber ich bezweifle, daß sie viel bewirken können, wenn drei Pistolen auf Ihr Herz gerichtet sind.«

»Sie haben nicht genügend Waffen, um sie alle zu erschießen«, warnte Remmington. »Sie können mich erschießen und zwei weitere. Das wird nicht ausreichen. Meine Frau wird nicht hierbleiben.«

»Habe ich gesagt, daß sie hier ist?« fragte Lando. »Glauben Sie, *ich* bin so dumm, sie in Reichweite zu verstecken? Sie ist an einem Ort, wo Sie sie niemals finden werden, wenn ich Sie nicht hinbringe. Wenn ich die Männer, die sie festhalten, nicht innerhalb einer Stunde treffe, haben sie den Befehl, sie zu töten.«

»Einen solchen Befehl würden Sie nicht geben. Nicht, nachdem Sie soviel Mühe hatten, sie lebendig zu fangen.« Remmington klang sicher. Nur Lily konnte die Furcht in seiner Stimme erkennen.

»Töten Sie mich doch, und Sie werden schon sehen«, forderte Lando ihn hämisch heraus. Einen Moment herrschte Schweigen, dann triumphierte Lando. »Eine kluge Entscheidung, Remmington. Jetzt legen Sie sie auf den Boden.«

»Erst wenn wir ein Abkommen geschlossen haben. Ich werde Ihre Geisel sein, wenn Sie mich zu ihr bringen. Ich werde meinen Männern befehlen, Sie nicht zu erschießen, solange Sie keinen Trick versuchen oder mich erschießen.«

Nein, nein, nein! Lily wagte nicht, ein Wort zu sagen. Nicht wenn ihr Mann seine Waffen gesenkt hatte. Wo waren die anderen?

Das Geräusch von Schritten beantwortete ihre Frage, und dann sah sie zahllose Stiefel. Sie standen in etlicher Entfernung von Lando und seinen Männern.

»Remmington! Was ist geschehen?« Das war Roberts Stimme.

»Sie ist nicht hier«, sagte Remmington. »Erschießen Sie ihn nicht. Ihr Leben könnte davon abhängen.«

Lily wußte, daß dies ihre einzige Chance war. Remmingtons Männer würden bewaffnet sein. Sie würden ihre Pistolen auf den Feind gerichtet haben. Sie sprach ein schnelles Gebet, stand dann auf und legte ihre Hand auf den Türknauf, den sie drehte, bis der Riegel vor der Tür war. Sie trat zwei Stufen zurück, die Hand noch auf dem Knauf. Dann stieß sie die Tür so fest sie konnte auf. Sie hörte, wie in dem Moment, als die Tür Landos Rücken traf, ein Schuß losging.

Drei weitere Schüsse wurden abgefeuert, als sie in die Eingangshalle stolperte. In diesem Augenblick sah sie ihren Mann. Instinktiv hatte er die Pistolen gehoben, um sich vor Lando und seinen Kumpanen zu schützen, aber seine Aufmerksamkeit galt nur ihrem Gesicht. Dadurch war er verwundbar. Sie trat einen Schritt vor in dem überwältigenden Wunsch, ihn zu beschützen.

»Lily!«

Zwei weitere Schüsse, und Remmington sprang auf sie zu. Sein Gewicht zwang sie zu Boden. Er beschützte jeden Zentimeter ihres Körpers mit seinem, so wie sie ihn hatte beschützen wollen. Er legte einen Arm um ihren Kopf, hob die Pistole in der anderen Hand, zielte und feuerte. Lando fiel nur wenige Schritte entfernt zu Boden, eine tödliche Wunde mitten in der Brust.

»Da!« hörte sie Jack rufen. Lily spürte eine Welle der Erleichterung, als sie erkannte, daß ihr Fahrer den Morgen überlebt hatte.

»Nein«, antwortete Bull. Er beugte sich über den Mann namens Michel. »Sie sind alle tot bis auf den hier, und der hat eine böse Bauchwunde. Er wird nirgendwo hingehen.«

»Ihr beide«, befahl Robert und zeigte auf Bull und einen weiteren Mann von Remmington. »Überprüft die oberen Stockwerke.« Er bellte weiter Befehle, bis alle beschäftigt waren. Alle außer Lily und Remmington, die miteinander beschäftigt waren.

Remmington sah sie verzweifelt und fragend an. Dann polterten seine Pistolen auf den Boden. Er stützte sich auf einen Ellbogen und tastete sie ab. »Bist du verletzt? Lily! Sag's mir. Bist du irgendwo verletzt?«

Er tastete ihren Körper sachlich nach Verletzungen ab,

und dadurch berührte er sie überall. Sie legte ihre Hand auf seine, damit er aufhörte. »Es geht mir gut.«

»Lily.« Es schien ihm schwerzufallen, das Wort auszusprechen. Er sah ihr so tief in die Augen, daß er ihre Seele zu suchen schien. Die Furchen in seinem Gesicht verschwanden, und die Anspannung in seinem Körper ließ nach. Seine Fingerspitzen bewegten sich über ihre Stirn, ihre Schläfe, ihre Wangenknochen. Er hielt ihr Kinn und spreizte seine Finger, bis er über ihren Hals strich. Sie spürte, wie seine Fingerspitzen über die empfindliche Stelle tasteten, unter der ihr Puls immer noch raste. »*Lily*.«

Dieses Wort enthielt eine Fülle von Bedeutungen. Alle in einem kleinen Wort, durch seinen Ausdruck, als er es aussprach.

»Ich liebe dich auch«, flüsterte sie.

Er schloß seine Arme um sie. Seine Hände umfaßten ihren Kopf, um sie fester zu halten, sein Gesicht war in ihrer Halsbeuge vergraben. »Ich liebe dich«, flüsterte er. »Ich könnte nicht mehr leben, wenn dir etwas zugestoßen wäre.« Er küßte ihren Hals, ihre Wange, ihr Ohr und flüsterte ihr dann viele Zärtlichkeiten ins Ohr, bis ihr das Herz überging und Tränen in ihre Augen stiegen.

»Ähem.«

Versunken hob Remmington den Kopf, um sie küssen. Ein Kuß, der beruhigen und nicht erregen sollte. Lily intensivierte den Kuß. Sie wollte, daß er sie besaß, sie nahm, sie alles vergessen ließ, was geschehen war. Nur nicht das, was zwischen ihnen geschehen war. Sie brauchte es, daß er ihr die Angst nahm, die Erinnerung an das dunkle Loch unter ihnen, die …«

»Ähhhem. *Ähem*!«

Lily öffnete die Augen. Robert stand über ihnen mit einem düsteren, mißbilligenden Gesichtsausdruck. Sie versuchte, ihren Mund von dem ihres Mannes zu lösen. Ihre schwachen Bemühungen zeigten keine Wirkung.

Robert mußte ihr Scheitern bemerkt haben. Er beugte sich hinunter und stieß Remmington unsanft an der Schulter. Ohne Erfolg. Er puffte ihn so lange, bis Remmington endlich den Kopf hob. »Guter Gott, Mann. Zeigen Sie mehr Zurückhaltung. Zumindest ein bißchen Respekt für die Toten. Überall liegen Leichen. Das … das ist ein Sakrileg.«

»Ist einer von meinen Männern verletzt?« fragte Remmington. Er wandte seinen Blick nicht von Lily ab.

»Keiner.«

»Sind Sie verletzt?«

»Nee.«

Remmington nickte, stand unbeeindruckt auf und zog Lily hoch, bis sie neben ihm stand. Sein Blick wanderte durch das Foyer, und er nahm sie auf die Arme. »Leg deinen Kopf auf meine Schulter, Lily.«

Sie begann sich umzusehen, und er drehte sich so, daß seine Brust ihr den Blick versperrte. Er runzelte die Stirn, und Lily begriff, daß er nicht wollte, daß sie die Leichen sah. Sie nickte und legte gefügig ihren Kopf auf seine Schulter.

Er küßte sie auf die Stirn. »Schau nur mich an, Lily. Ich trage dich hinaus.«

Als sie das Haus verließen, fuhren zwei Kutschen vor. Mehrere Männer, die Lily nicht kannte, stiegen aus, dann ihr Vater und Sir Malcolm.

»Ist alles in Ordnung?« fragte Crofford.

Remmington nickte. »Robert ist drinnen mit meinen Männern. Er soll alles erklären. Ich möchte Lily nach Hause bringen.« Er wandte sich an Bainbridge. »Weshalb treffen wir uns nicht alle in meinem Stadthaus, wenn Sie hier fertig sind? Wir müssen noch ein paar Dinge besprechen.«

Bainbridge nickte.

»Bist du verletzt?« fragte ihr Vater mit besorgtem Gesicht.

»Nein, Papa, es geht mir gut.« Sie lächelte Remmington an. »Mein Mann hat mich gerettet.«

Remmington stöhnte empört. »Sie hat sich selbst gerettet«, berichtigte er. »Und mein Leben auch, wette ich.« Er sah zu Lily hinunter und schüttelte den Kopf. »Madam, Sie überraschen mich immer wieder.«

Lily spürte, wie ihr die Röte in die Wangen stieg. Der Ausdruck in seinen Augen erinnerte sie an die Worte, die er vor gar nicht so langer Zeit geflüstert hatte. Sie wollte sie noch einmal hören. »Ich würde diesen Ort gerne verlassen. Könntest du bitte woanders überrascht sein?«

Er betrachtete einen Moment lang ihr Gesicht und zog dann amüsiert eine Augenbraue hoch. »Ganz sicher.«

Einundzwanzig

Robert trank seinen Brandy aus und stellte das Glas auf Remmingtons Schreibtisch. »Verdammt rücksichtslos, wenn du mich fragst. Wir sind schon fast eine Stunde hier.«

»Hab Geduld«, sagte sein Vater. »Deine Schwester hat heute Furchtbares mitgemacht. Wahrscheinlich weint sie sich oben die Augen aus, das arme Kind. Ich kann nichts falsch daran finden, daß Remmington bei seiner Frau bleibt, um sie zu trösten.«

Robert ging zu dem Beistelltisch, um sich einen weiteren Brandy einzugießen und murmelte vor sich hin: »Ich wette zehn Guineen, daß er nicht ihre Hand tätschelt und murmelt: ›Ganz ruhig‹.«

»Was sagst du?« fragte Crofford.

»Nichts Wichtiges. Möchte noch jemand einen Drink?«

Crofford und Sir Malcolm lehnten das Angebot ab.

»Wir könnten schon einmal ein paar Dinge besprechen, während wir warten«, sagte Bainbridge. Er strich mit seinem Daumen über seinen Schnurrbart. »Remmingtons Bruder Trevor macht sein Schiff klar, damit es morgen mit der Flut auslaufen kann. Ich habe ihm bereits gesagt, daß er sich auf einen Passagier einrichten soll, aber ich möchte nicht, daß Sie unnötige Risiken eingehen, Robert. Wir haben nur die Aussage eines verwundeten Spions, daß Lily und Ihr Vater das einzige Ziel waren. Es könnte sein, daß man Sie in Frankreich sucht.«

Robert schüttelte den Kopf. »Unsere Armeen richten sich auf eine Schlacht in Nordspanien oder den Pyrenäen ein, die vielleicht das Resultat des Krieges entscheiden kann. Meine Anwesenheit in Paris ist entscheidend. Wenn die Franzosen hinter mir her wären, hätte ich das inzwischen erfahren.«

»Wenn die Franzosen deinen Kontaktmann nicht verhaftet haben«, meinte Crofford.

»Unwahrscheinlich«, erwiderte Robert. »Du kennst meine Kontaktperson nicht. Er ist der letzte, dem die Franzosen subversive Aktivitäten zutrauen würden.«

»Nun gut«, sagte Bainbridge. »Sie segeln morgen mit Montague.« Er wandte sich an Crofford. »Damit bleibt das Problem, was wir mit Ihnen machen, mein Freund. Die Franzosen kennen Ihre Aktivitäten, und sie könnten sehr wohl einen anderen Agenten nach England schicken, um diese Aktivitäten zu unterbinden.«

Crofford nickte. »Das habe ich auch in Betracht gezogen. Es scheint am besten zu sein, wenn ich eine Zeitlang verschwinde. Aber ich muß an einem Ort sein, wo ich die Nachrichten unserer Agenten und die, die wir von den Franzosen abfangen, kodieren und dechiffrieren kann.« Er lehnte sich in seinem Stuhl zurück und rieb sein Kinn. »Das Haus in Brighton wäre nicht schlecht. Soweit ich weiß, ist es uneinnehmbar. Das einzige Risiko wird im Transport der Nachrichten von Brighton nach London bestehen.«

»Ich versichere Ihnen, daß das Risiko sehr gering ist«, sagte Bainbridge. »Es ist besser, als Ihre Dienste ganz zu verlieren. Sie und Lily sind die einzigen, die Roberts Codes entziffern können, und ich denke, wir können davon ausgehen, daß wir Lilys Dienste nicht länger in Anspruch nehmen können. Remmington wird es sicher verbieten.«

»Was werde ich sicher verbieten?« fragte Remmington von der Tür her. Seine Hand legte sich fester um Lilys Taille und er führte sie zu dem Sofa, wo sie Sir Malcolm und ihrem Vater gegenübersaßen. Robert stand am Kamin, eine Hand auf dem Sims.

»Wir hatten dich nicht erwartet, Lily«, sagte Crofford. Er sah Remmington stirnrunzelnd an. »Sie sieht blaß aus. Sie sollten darauf bestehen, daß sie nach oben geht, um sich zu erholen.«

Remmington zuckte die Schultern. »Ihre Tochter besteht auf dem Gegenteil.«

»Ich finde, Lily sieht sehr gut aus«, sagte Robert. »Nicht

ein bißchen blaß. Muß schon sagen, Remmington. Ihre stärkenden Fähigkeiten sind bemerkenswert.«

»Ich wünschte, ihr würdet damit aufhören, von mir zu sprechen, als wäre ich ein Briefbeschwerer«, sagte Lily. Ihre Wangen wurden dunkelrot. »Robert, wenn du dich um meine Gesundheit sorgst, kannst du mich ganz schlicht persönlich fragen.«

Robert griente. »Wie geht es dir, Lily?«

»Viel besser, danke. Können wir jetzt über etwas Wichtiges sprechen?«

Remmington sah Robert stirnrunzelnd an. »Haben Sie den verwundeten Spion befragt oder etwas Interessantes in dem Haus gefunden?«

Bainbridge beantwortete die Frage. »Landos Mann hat uns erzählt, was wir wissen wollten, nachdem ich ihm sein Leben im Gegenzug zu den Informationen angeboten habe. Wie sich herausgestellt hat, gab es einen fünften Spion in Lord Grangers Ring. Lando.«

»Aber weshalb konnten wir ihn nicht aufspüren?« fragte Remmington. »Die anderen vier Spione oder ihre Boten haben in regelmäßigen Intervallen durch Granger berichtet. Weshalb Lando nicht?«

»Lando wußte, daß Grangers Indiskretionen die Aufmerksamkeit der Behörden auf sich ziehen würden«, erklärte Bainbridge. »Es war nur eine Frage der Zeit, bis Granger sich verraten würde. Um seine Mission nicht zu gefährden, hat Lando seine Verbindungen zu Granger abgebrochen und mit Harrys Hilfe eine unabhängige Operation aufgebaut.«

»Harry hat immer so getan, als besäße er keinen Penny«, meinte Remmington. »In dieser Hinsicht hat er sich klüger verhalten als Granger.«

»Aber warum hat Lando ihn erschossen?« fragte Robert.

»Lando hatte nie die Absicht, seine Versprechen Harry gegenüber einzuhalten«, sagte Remmington. »Nachdem sie Lily einmal hatten, war Harry nicht mehr nützlich. Wenn es Lily nicht gelungen wäre zu fliehen und Lando dabei aus dem Gleichgewicht zu bringen, dann hätte Lando Harrys Haus sicher lebendig verlassen.« Er spürte, wie Lilys Griff auf seinem Arm fester wurde. Er hob ihre Hand und hielt sie zärtlich. »Er wollte mich als Geisel nehmen. Ich hatte mich damit bereits einverstanden erklärt.«

»Was hat Sie bloß geritten, etwas so Dummes zu tun?« fragte Robert. »Ich konnte meinen Augen nicht trauen, als ich sah, wie Sie Ihre Pistolen senkten.«

»Ich konnte nicht wissen, ob er über Lilys Aufenthaltsort die Wahrheit sagte oder nicht.« Er verschränkte seine Hand mit Lilys und strich dann mit seiner anderen Hand über ihr zartes Handgelenk. »In diesem Moment hätte ich fast allem zugestimmt, wenn es ihre Sicherheit garantiert hätte. Lando wußte das. Ich nehme an, er wollte mich dazu benutzen, sich den Weg auf ein Schiff zu erhandeln.«

»Sie hätten zugelassen, daß er das Land verläßt?« fragte Robert.

»Nein. Dann hätte ich das Schlimmste annehmen müssen, nämlich daß meine Frau bereits tot ist. Ich hätte Lando getötet oder wäre bei dem Versuch umgekommen. Ohne Geisel hätte Lando England nicht lebendig verlassen.«

Einen Moment sprach niemand.

In Lilys Augen glänzten Tränen, als sie zu ihrem Bruder aufsah. »Ich habe vergessen, dir für etwas zu danken, Robert. Es hat sich gelohnt, daß du dir die Zeit genommen hast, mir beizubringen, wie man ein Schloß knackt.«

Remmington tupfte ihr eine Träne von der Wange. »Dein Vater hat recht, Liebling. Du solltest dich ausruhen.«

Sie legte ihren Kopf an seine Schulter, eine Hand auf seine Brust. »Hier kann ich mich sehr gut ausruhen.«

»Wir werden Ihre Zeit nicht mehr lange in Anspruch nehmen«, sagte Bainbridge. »Sie sollen nur wissen, daß die Franzosen über Lilys Aktivitäten Bescheid wissen, ebenso über die ihres Vaters. Crofford hat vor, von Brighton aus weiterzuarbeiten, und Robert wird morgen früh auf seinen Posten zurückkehren. Mir ist natürlich klar, daß Sie darauf bestehen werden, daß Lily ihre Position aufgibt, aber das allein garantiert noch nicht ihre Sicherheit. Sie werden beide auf der Hut sein müssen, bis der Krieg vorbei ist.«

Remmington dachte einen Moment über diese Worte

nach und darüber, wie sich die Hand seiner Frau unter seiner anspannte. Er hob ihr Kinn und sah ihr in die Augen. »Möchtest du aufhören?«

Sie biß sich auf die Lippe. »Ich weiß nicht.«

»Natürlich wird sie aufhören«, sagte Crofford. »Lily, wie kannst du auch nur etwas anderes denken?«

Remmington wußte es. Er sah es in ihren Augen. »Ich glaube, Ihre Tochter denkt an *alles* andere. Es steht mehr auf dem Spiel als unser Leben.« Er streichelte ihre Wange. »Meine Männer und ich können dich hier beschützen. Es wird nicht angenehm sein. Du wirst mehr oder weniger in deinem eigenen Haus gefangen sein. Aber ich werde diesen Ort in eine Festung verwandeln, bevor ich noch einmal riskieren muß, dich zu verlieren.«

Sie sah ihn hilflos an und schüttelte den Kopf. »Ich weiß nicht.«

Er wandte sich an Bainbridge. »Ich nehme an, Sie können ein oder zwei Tage auf ihre Antwort warten.«

»Sie tun nichts dergleichen«, sagte Crofford zu Bainbridge. »Sie werden ihnen jetzt gleich sagen, daß Lilys Karriere für das Kriegsministerium beendet ist.«

Bainbridge strich sich wieder über seinen Schnurrbart und sah nachdenklich aus. »Ich verstehe Ihre Bedenken, Crofford, aber ich werde nicht widersprechen, wenn Lily weiter für das Ministerium arbeiten will. Die Franzosen haben keine Möglichkeit herauszufinden, ob sie aufhört. Sie wird eine Zielscheibe bleiben, unabhängig von ihrer Entscheidung.«

Remmington beobachtete Lilys Gesicht, ihre Unentschlossenheit und ihre Angst. Er wollte sie nicht mehr weinen sehen. »Gibt es noch etwas, was wir wissen sollten, bevor Sie gehen, Sir Malcolm?«

Das war ein diskreter Hinweis, und Bainbridge stand auf. »Nichts Dringendes.« Er wandte sich an Crofford und Robert. »Meine Herren. Ich glaube, es ist Zeit zu gehen.«

Lily mußte weinen, als sie sich von Vater und Bruder verabschiedete und nicht wußte, wann sie sie wiedersehen würde.

Als sie gegangen waren, trug Remmington sie in sein Bett, wo er sie lange festhielt. Als sie von Harrys Haus zurückgekommen waren, hatte sie nicht geweint. Ihr Mann hatte sie mit stürmischen, besitzergreifenden Küssen viel zu sehr abgelenkt. Dann hatte er sie geliebt. Und ihre Gefühle waren so intensiv gewesen, daß sie an nichts anderes hatte denken können. Aber jetzt konnte sie nichts anderes als weinen.

»Ich kann nicht mehr aufhören«, schluchzte sie und wischte sich erneut mit seinem Taschentuch über die Augen. Es schien ihn nicht zu stören. Er streichelte ihr weiter tröstend über die Schultern. »Ich weiß nicht, was ich tun soll, Miles. So viele Tote, und es ist immer noch nicht vorbei. Der Krieg nicht, der Betrug nicht.« Ein neuer Tränenstrom folgte.

»Ganz ruhig, Lily. Es ist alles in Ordnung. Du mußt nicht für Bainbridge arbeiten, wenn du nicht willst.« Er strich mit seiner Hand ihre Haare zurück und küßte sie auf die Stirn. »Du hast bereits mehr getan, als man von einer einzelnen Person erwarten kann.«

»Aber ich glaube nicht, daß ich herumsitzen könnte, wenn alle anderen um mich herum …« Ein interessanter Gedanke ließ sie innehalten. Sie stützte sich auf einen Ellbogen, um sein Gesicht zu studieren. »Wirst du *deine* Verpflichtungen aufgeben?«

»Natürlich«, sagte er lächelnd. »Meine momentane Aufgabe wird mich für den Rest des Krieges beschäftigen. Trevor kann meine Aufgaben auf See übernehmen, aber deine Sicherheit werde ich niemand anderem als mir anvertrauen.«

Lily teilte seinen Humor nicht. »Du wirst deine Arbeit aufgeben, aber du erwartest nicht, daß ich dasselbe tue?«

»Ich habe dir gerade gesagt, daß ich die Absicht habe, meine Pflicht zu erfüllen und bei meiner jetzigen Aufgabe zu bleiben.« Ein humorvolles Funkeln und etwas Unverschämteres leuchtete in seinen Augen. »Ein Mann darf seine Pflichten nie vernachlässigen.«

Sie drehte sich in seinen Armen, bis sie auf seiner Brust lag und stützte dann ihr Kinn auf ihre Hände. »Ich werde aufhören, wenn du es willst.«

Der humorvolle Gesichtsausdruck verschwand. »Ich

glaube, deine Arbeit ist zu wichtig, um sie ganz aufzugeben, Lily. Ich gebe zu, daß ich glücklicher wäre, wenn du deinem Vater die Übersetzungen überlassen würdest, die nicht von deinem Bruder kommen. Ich kenne die Anzahl der Nachrichten, die durch Sir Malcolms Hände gehen.« Er runzelte die Augenbrauen. »Bevor das alles begann, wieviel Zeit hast du da mit Übersetzungen verbracht?«

»Manchmal nur eine Stunde am Tag.« Sie kräuselte die Lippen. »Aber oft den größten Teil des Tages.«

Er begann ihren Rücken zu streicheln, während sie sprach, und gelegentlich verweilten seine Finger auf den kleinen Perlknöpfen, die ihr Kleid vom Hals bis zur Taille schlossen. »Wieviel Zeit würdest du benötigen, wenn du nur Roberts Botschaften bearbeiten würdest?«

»Ein paar Stunden, höchstens ein oder zwei Tage die Woche.« Sie spürte, wie ihr Körper sich entspannte, und es schien die natürlichste Sache der Welt zu sein, ihren Mann aufs Kinn zu küssen. Sie war immer fasziniert von der rauhen Oberfläche seiner Haut, dort, wo er sich rasierte. Sie streichelte seine Wange. Sie wiederholte die Bewegung, als sie merkte, daß er das beruhigende Streicheln genoß. Sie genoß es ebenfalls.

»Das klingt gut«, meinte er. »Es wird die Zeit kommen, da wirst du nicht mehr als ein oder zwei Tage die Woche deiner Arbeit widmen wollen.«

Seine Stimme klang heiser, und sie erkannte das Verlangen, das in seinen Augen aufflackerte. Eine Spiegelung ihres eigenen. »Und welcher Tag wird das sein, Mylord?«

»Nun, ich habe gehört, daß viele junge Mütter gerne die Zeit mit ihren Babys verbringen. Ich dachte nur …«

Sie legte ihre Finger auf seine Lippen, schüttelte den Kopf und konnte die Enttäuschung in ihrer Stimme nicht verbergen. »Miles, ich bin nicht schwanger.«

Er zog ihre Hand von seinem Mund und lächelte so hinreißend, daß es ihr vor Sehnsucht geradezu wehtat.

»Das weiß ich, Lily.« Seine Hände umfaßten ihr Gesicht, und er zog sie näher, bis seine Lippen nur einen Atemzug von ihrem Mund entfernt waren. »Aber ich habe da einen Plan …«

Über die Autorin

Elizabeth Elliott hat ihre Festanstellung aufgegeben, um am Ufer eines Sees nicht weit von Woebegone Liebesromane zu schreiben. In der ihr verbleibenden Zeit arbeitet sie als freie Autorin/Beraterin für die Software-Industrie. Sie lebt zusammen mit ihrem Mann und ihren Söhnen an diesem romantischen See und schreibt gerade an ihrem nächsten Roman.